小学館文庫

アンダークラス

相場英雄

小学館

目次

プロローグ

騒がしい介護施設のリビングを抜け出し、藤井詩子《ふじいうたこ》は二階にある六畳ほどの個室に戻った。

サイドテーブルの小型ランプを灯《とも》すと、米代川《よねしろ》に面した窓に細かい水滴がびっしりと付着していた。

北東北の短い夏が終わったあと、あっという間に秋が深まり、長く暗い冬が到来した。

年明け直後から暖房の設定を〈強〉に変えた。川面《かわも》を渡る寒風と室内の温度差によって水滴が生じる。ここ二、三日肌を刺すような西風が日本海から吹き続けた。緞帳《どんちょう》のように重苦しい雲が街を覆う冬が続いたあと、次の春を迎えられるのか。詩子は書架の前に置いた診察券に目をやり、ため息を吐《つ》いた。

おそらくこれが最後の冬になる。ならば、残された命の砂時計は有効に使わねばならない。川の方を見たあと、詩子は読みかけの文庫本と老眼鏡を手に取った。

〈稲光《いなびかり》の剣舞《けんぶ》〉

普段は昼行灯《ひるあんどん》の中年旗本が、悪事を働く侍たちの行状を町衆《まちしゅう》から聞きつけ、成敗に赴くシリーズ物の時代小説だ。

勧善懲悪のストーリーはいつも詩子を虜《とりこ》にする。実生活で悪者が退治されることなど絶対にないことを知り尽くしている。それだけに、せめて小説の中では、己を苦しめてきた悪い男たちが懲らしめられる姿に接したい。

物語は最終盤に差し掛かり、旗本・榊三十郎《さかきさんじゅうろう》が先祖伝来の妖剣を抜くお決まりのシーンに差し掛かった。

鼓動が着実に高まるのを感じながら、詩子はページをめくった。南町奉行所に巣くう悪徳同心一味が刀を抜き、榊に斬りつける段になったときだった。ノックの音が響き、詩子は我に返った。

「どなたかしら？」

文庫本をサイドテーブルに置き、声をかけた。

「アインです」

「どうぞ、入って」

悪戯《いたずら》っ子《こ》のような笑みを浮かべ、女がドアを開けた。手振りで部屋に招き入れると、ベトナム人の見習いヘルパー、アインが詩子に歩み寄った。

「アイン、何を持ってきたん？」

「藤井さん、これ知っていますか？」

アインがノートほどの薄い板をサイドテーブルに置いた。

「たしかタブレットとかいうんよね」

「借りてきましたよ」

アインは先輩の日本人ヘルパーの名を告げ、折り畳み椅子に座った。

「藤井さん、皆さんと一緒にテレビ観《み》ること、好きじゃないね」

詩子は夕食の時間が終わると、さっさと自室に引き揚げる。

「最近のテレビはくだらん番組ばっかり。下品に笑う芸人、大袈裟《おおげさ》にラーメンを食べるタレント……ドラマにしても、おんなじようなストーリーばっかりでちっともおもろない」

リビングには大型の液晶テレビがある。どの番組を観るかは牢名主《ろうなぬし》のような三、四名の男女が決定権を握っている。断りを入れて好みのプログラムを選ぶには、愛想笑いを絶やさぬ努力が必要だ。

テレビのために頭を下げるつもりはない。それならば、好きな小説を楽しんだ方がよほど充実した時間を過ごせる。あの世まで本は持っていけない。そう覚悟を決めてからはひたすら読書で余暇を過ごすようになった。

「このタブレットで、好きな番組を探せますよ」

「こんな板やのに？」

詩子が首を傾《かし》げると、アインが人差し指で画面に触れた。

アインは二カ月前施設にやってきた。日本語は達者だが、身なりはお世辞にも綺麗《きれい》とは言えず、どこからか流れて来た様子だった。

しばらく観察していると、アインは事細かに利用者をチェックし、先回りしてサービスしてくれることに気づいた。

食事の際、詩子は必ず温かい番茶と常温の水をセットでトレイに置く。ウォーターサーバーの水は冷えていて、胃腸を刺激するので避けてきた。他の日本人ヘルパーは誰一人気づかなかったが、アインは二日目から黙々と番茶と常温の水をセットしてくれた。食事だけでなく、アインは新聞や雑誌の好みも把握し、手元に届けてくれる。

「湿っぽい演歌は大嫌いやし、やかましいアイドルはもっとダメやし」

「どんな歌が好きですか？」

アインの声を聞き、不意に大昔の光景が頭の奥に映った。

紫煙が充満するダンスホールで、若い黒人兵と中年の白人下士官がバンドを組み、古いジャズを演奏した。南部出身の兵士たちは、ニューオーリンズの古いナンバーを弾き続けた。

「昔のジャズとか、黒人歌手のソウルが好きやね」

アインが目を丸くした。海外の音楽の話をしても、施設で理解する者など皆無だ。しかし、眼前のアインは有名なトランペッターやサックス奏者、女性歌手の名を挙げた。

「あなた、よう知っとうんやね」

「ラジオで聞きました。藤井さん、ロックはどうですか？」

タブレットという板の上で忙《せわ》しなく指を動かしながらアインが尋ねる。

「やかましい音は嫌いやよ」

「こんなリズムはどうですか？」

アインがタブレットを詩子に向けた。小さな画面枠いっぱいに、ギターを抱える奇妙な髪型の男が映った。

「誰やの？」

「ジャマイカの有名なロック歌手です」

「ジャマイカ？」

アインはカリブ海に浮かぶ小さな島だと言った。

「このビデオはどうやって映ってるん？」

ビデオを観るには、大きなデッキと画面が必要なはずだ。

「インターネットで昔の映像を楽しめるサイトです」

アインがタブレットの右上の隅にある扇のようなマークを指した。インターネットなら少しは知っている。だが、まだ疑問がある。

「リビングにあるパソコンは線をつないでるやない。なんでこんな薄い板でインターネットが使えるん？」

「建物の中に電波が飛んでいます」

アインによれば、ワイファイという技術で無線が空中を飛び、この薄い板が電波をキャッチしているのだという。

感心していると、アインが三角を横にしたようなマークに触れた。するとドラムとベースが刻むゆったりしたリズムが響き始めた。かすかにギターの音が重なり始め、黒人女性たちのコーラスが物悲しいメロディーを奏でた。

「今から四〇年くらい前、ロンドンのライブです」

癖毛を伸ばし、束ねている。奇妙な髪型の男がギターをかき鳴らし、マイクに向かった途端、詩子は驚いた。初めてジャズを聴いたときと同じで、体の芯を熱い電流が走った。

「いい曲やね」

詩子は粒子の粗い動画に見入った。目を閉じたまま、男が奇妙な形の髪を振り乱し、歌い続ける。更に耳を凝らすと、強い訛《なま》りの声から、歌詞が浮かび上がった。

「女たちよ、泣くな、そう歌っとう……」

「そうです。私、この歌が大好きです。でも……」

アインの顔が一瞬曇った。

「藤井さん、英語わかるの？」

「大昔、英語を話せんと生きていかれへんかったの」

タブレットをサイドテーブルに置いたアインが、いつの間にか右手で涙を拭っていた。小さなスピーカーから嗄《しわが》れ声が響き続ける。

ゆったりとしたリズムのうねりの中で、女よ泣くな、そう語りかけ、聴く者の心の奥底に強く訴えていた。

「この歌をずっと隠れて聴いていました。あちこちの工場に行きました」

「どこの工場やったん？」

「神戸です」

大都市の名前を聞いた途端、詩子はアインの肩を強くさすった。頭の奥のスクリーンには、煤《すす》けたガード下の光景が蘇《よみがえ》った。埃《ほこり》にまみれ、愛想笑いを浮かべる若い時分の己の姿も見える。

「どんなことがあったんか話して」

目の前で、アインが何度も頷《うなず》いた。

「私、そして友達のベトナム人、みんなスレイブ。奴隷だったね」

スレイブ、奴隷……アインが発した言葉が耳の奥に突き刺さった。長い間、記憶に蓋《ふた》をしてきた己の過去とだぶる。

「神戸を逃げ出して、大阪に行ったね。その後もあちこち、逃げたね」

「辛《つら》かったねえ、アイン」

「あと少しで日本に来て一年半になるけど、ようやく普通に暮らせる場所に来たね」

アインの大きな両目から涙が溢《あふ》れた。この間も、スローなメロディーが狭い部屋の中で流れ続けた。泣くなというビブラートの効いたフレーズが詩子の耳を刺激した。

第一章　失踪

1

「あれ、いつもここにB7サイズの用紙があるのに……」

霞《かすみ》が関合《せき》同庁舎のコンビニで、田川信一《たがわしんいち》は首を傾げた。

「すみません、新人が間違えて陳列したみたいです」

不恰好《ぶかっこう》に腰を屈《かが》める田川の横に、笑みを浮かべた若い女性が歩み寄った。少しだけ茶色に染めた髪をポニーテールに結い、青いストライプの制服姿だ。IDカードには「徐《ジョ》」の文字、そして笑顔の写真がプリントされている。徐はB5やB6のノートをどかし、一番下にあったパスポート大のメモ用紙を取り出した。

「田川さんのほかに五、六人のお客様がお求めになるので、切らさないようにしています」

田川は用紙の包みを二つ手に取り、レジに向かった。

午後一時半、世間のランチタイムが終わったばかりで、店内は空《す》いていた。

「お孫さんはお元気ですか?」

レジの徐が田川の小銭入れに目を向けた。小銭入れの外側には小さな写真入れがあり、一年前に娘の梢《こずえ》が産んだ孫の智香《ともか》のお宮参りのショットがある。

新潟の病院勤務の医師と結婚した梢は、夫の転勤とともに関東に戻り、今は目白の職員寮に住んでいる。育児をしながら病理医の仕事も続けており、夫の夜勤や学会の出張があるたび、中野区の新井薬師前《あらいやくしまえ》にある実家に智香とともに帰ってくる。母親の里美《さとみ》がいる安心感からか、梢は智香の面倒を頼むと自分の研究資料を広げ始める。娘が巣立ち、がらんとしていた田川家はここ数ヵ月で随分とにぎやかになった。仕事に追われ、娘の成長に接する機会が少なかった分、孫の存在はことのほか田川を和ませる。

「夜泣きやおしめの交換で手がかかるけど、ものすごくかわいいよ」

田川の言葉に、徐が笑みを浮かべる。

四谷の日本語学校に通う徐とは、半年ほど前から言葉を交わすようになった。徐は二三歳の中国人で、来日して一年半になる。

上海《シャンハイ》郊外にある短期大学で日本語を学んだあと、さらにスキルを磨く目的で来日したのだ。東京での生活は楽ではないという。中国の実家は決して裕福とはいえず、仕送りはゼロ。徐は留学生に許された範囲の時間だけ稼ぎ、生活費と学費を捻出している。今では、日本人アルバイト三人の新人指導も務めるほどで、官庁街のコンビニになくてはならない人材に成長した。

田川が上海に赴き、現地の言葉で接客することを想像してみる。中国語での日常会話はもとより、公共料金の支払い、宅配便の手配など多様な業務をこなせるとは到底思えない。海外から来た若い人材がそれだけ優秀なのだ。

「田川さん、悪い人を捕まえたのですか？」

徐が田川の胸元にある赤いバッジを指した。

「日本の刑事ドラマ観ます。ハンサムな俳優がそのバッジ着けています」

赤バッジには「S1S」と白文字で記してある。〈サーチ　一課　セレクト〉の略称で、殺人や強盗を扱う捜査一課の証《あか》しだ。ドラマでは屈強な若手や勘の鋭いベテランが出てくるが、田川の場合は事情が違う。

「ドラマとは別物だよ。窓際のお荷物だから」

小銭トレーに代金を載せ、田川は首を振った。

「窓際？　お荷物？」

徐が窓の方向を見ると、田川は苦笑した。己の境遇まで勉強のタネにされてしまった。それだけ徐は熱心なのだ。

「能力の低い年寄りだから、窓に近い暇人の席に追いやられる、お荷物は厄介者とか、邪魔者という意味だよ」

そう答えると、徐は不思議そうな表情で田川を見た。

「いつもリフィル買われます。仕事を頑張っているからメモをいっぱい取るのでしょう？」

「買い被《かぶ》りすぎだ」

釣り銭とリフィルを受け取ると、田川は店の外に出た。

二月の初旬、東京の官庁街には乾いた風が強く吹き付ける。田川はリフィルをコートのポケットに入れ、肩をすぼめながら警視庁本部を目指して歩き始めた。

2

警視庁の顔、花形と称される捜査一課にあって、田川が所属する部署は地味で陽《ひ》の当たらないシマだ。窓際、お荷物というレッテルが貼られているのは紛れもない事実だ。迷宮《おみや》入り寸前で、世間的に注目度の低い殺人や強盗事件を捜査本部から引き継ぎ、たった一人で犯人《ホシ》を割り出す。

手帳のリフィルを始終買い足しするのは、捜査の過程で見聞きしたことを漏らさずメモする癖があるからだ。

習慣だ。

つい一時間ほど前、東京地裁で開かれた殺人事件の第一回公判は、田川がその存在を炙《あぶ》り出し、逮捕した人物が被告席に立った。罪状認否に立ち会うのは刑事としての習慣だ。

一年八カ月前、北区赤羽の古い住宅街で一人暮らしの六〇代の女性が絞殺された。事件は極端に手がかりがなく、初動捜査は難航した。

現場周辺をローラー作戦で調べる地取り、人間関係から怨恨《えんこん》などの線を調べる鑑取りだけでなく、防犯カメラの映像を丹念に調べる機動部隊、捜査支援分析センター《SSBC》もお手上げで、手がかりは皆無の状態だった。

怨恨、物盗《ものと》り両面から調べが進められ、本部一課と所轄署から計六〇名の捜査員が投入されたが、事件は迷宮入り寸前となった。

発生から九カ月後、孤独な女性の死に関する世間の記憶は薄れた。捜査本部の陣容は露骨に縮小され、継続捜査担当の田川が受け持つことになった。

資料をくまなく読み込んだ田川は、被害者女性の自宅になんども足を運んで手がかりを探し続けた。古いタイプの刑事が呪文のように唱える〝現場百回〟の実践だ。

七回目に訪れた際、田川は箱庭に面した日当たりの良い縁側に着目した。女が殺害され、遺体が放置されていたのは玄関から一番奥まった寝室だった。一方、縁側に湯《ゆ》呑《の》み茶碗《ぢゃわん》の跡がかすかに残っていた。手で擦《こす》っても、布巾で拭いても跡は消えなかった。被害者が好んで座るうち、茶碗の水滴が染み込んだ。それだけ鑑の濃い場所に違いないと判断した。

湯呑みの跡の横に座ると、背の低い生垣越しに道路が見えた。通学路に当たっていることから、子供たちの姿もあった。近隣の小中学校の児童、生徒たちに尋ねると、晴れた日の午後、女が頻繁に縁側にいたとの証言が集まった。

一〇年前に夫に先立たれた女には子供がなく、親戚縁者と呼べる人間も北海道に従姉妹《いとこ》がいるだけ。近所付き合いもなかったことから、鑑取り班は成果を得られなかった。しかし、田川が郵便配達の関係者に当たると、週に一、二度の割合で縁側に立ち寄る男がいたと分かった。七七歳の自治会長で、まさに女を殺した真犯人《ホンボシ》だった。

地取り班が真っ先に事情を訊《き》きに行った民生委員も兼ねる人物で、肩書きを信頼し切っていたことが初動捜査の躓《つまず》きの原因となった。

動機は単純で、色恋沙汰《ざた》のもつれだった。はたから見れば近所の茶飲み友達だ。女もご近所さんの一人として接していたが、自治会長の感情は全く別だった。

その存在が浮かび上がって以降、田川は男の周囲を丹念に洗った。町内会の清掃や子供たちの見守り活動に熱心な好々爺《こうこうや》……ここまでは鑑取り班の報告と一緒だが、夜はその顔が一変した。住宅街と駅前商店街の間にある町中華で食事したとき、主人が聞かせてくれた。

親の代から裕福だった上、自治会長は株式投資に熱心で蓄えもあり、週に一、二度の割合で銀座や六本木の高級クラブに出入りしていた。

田川は歓楽街に出かけ、生の証言を拾い続けた。ホステスらによれば、老人は金に物を言わせて肉体関係を迫ることが頻繁にあり、厄介なキモ客として知られていた。田川が事件当日のアリバイ調べに訪れると、老人は観念した。体の関係を断られたことで逆上し、近くにあった前掛けの紐《ひも》で殺したと自供したのだ。凶器となった前掛けも近隣の公園の茂みから見つかり、田川は捜査本部に事件を差し戻した。

老人で自治会長という先入観を捨てて捜査に臨んだことが女の無念を晴らすことにつながった……捜査に思い込みは禁物という刑事の念持を意識させる一件だった。

外務省の建物を過ぎ、警察庁のビル近くで一段と強い空っ風が吹き付けた。田川はコートのポケットに深く手を入れた。

買ったばかりのリフィルが指先に触れる。今回の事件でも黒い革表紙の手帳が分厚く膨れ上がった。現場となった戸建て住宅の間取り、電気使用量、自転車の防犯登録……田川は目についた物のほとんどを手帳に書き付けた。

当然、メモ欄は足りなくなり、用紙を買い足す。糊《のり》で用紙を貼り付け、蛇腹状になったメモを読み返し、気になった点を一つひとつ潰《つぶ》していく。自分にはこれしか能がない。今度も三度目の買い足しをし、家の間取りをチェックし直したことが事件解決につながった。

新しいリフィルの出番は当分ない。溜《た》まった経費計算を片付けよう……そんな考えが浮かんだとき、背広のポケットでガラ携が鈍い音をたてて振動した。

3

警視庁本部五階の継続捜査班に戻ると、女性の後ろ姿が見えた。黒髪のショートカット、丸みを帯びた体型は授業参観に来た母親を思わせる。電話の主が早くも押しかけてきた。

「こんにちは」

丸顔の女性が振り返り、頭を下げた。化粧気はほとんどなく、少し下がった目尻が人の良さを表している。

「いきなりすみませんでした。第一強行犯捜査係の樫山《かしやま》順子《じゅんこ》です」

捜査一課には、第一から第七まで殺人や強盗、放火犯などの強行犯を担当するチームがある。第一は強行犯係全体を統括する役割で、現場資料の取りまとめや初動捜査の指揮、チームごとの横の連絡調整を行う筆頭格に当たる。

第一を束ねるのは叩き上げのノンキャリア警視、樫山はその補助的な役割を果たすキャリア警視だ。三〇代半ばの独身で、仕事熱心との評判を聞いたことがある。

「樫山さんがなぜ本職に？」

警察庁採用の国家公務員が第一強行犯係に在籍しているのは、地方の道府県警に幹部職で赴任する際、俯瞰《ふかん》的に仕事を把握できるよう経験を積ませるのが目的だ。

「人捜しを手伝っていただけませんか」

「はあ？」

拍子抜けした田川だったが、ひとまず樫山にパイプ椅子を勧めた。

部屋の対角線上には捜査共助課がある。警視庁と他の地方警察本部の連絡役となる部署だ。田川が他府県で捜査を行う場合、捜査共助課を通じて先方に連絡を入れる。逆もしかりで、他府県捜査員が犯人を都内で検挙した際は、同課を通じて取調室の使用許可を求める。人捜しなら継続担当より捜査共助課が適任のはずだ。

「本職は地味な殺人《コロシ》の専任です」

殺人事件の時効が撤廃されたのを機に、捜査一課に特命捜査対策室が設置された。第一から第四係まであり、世間の耳目を集めた凶悪な未解決事件を約五〇名で担当する。根気強く犯人を追う精鋭が集められ、予算もふんだんに使える。

一方、田川が所属するのはおまけ的に設置された第五係だ。田川のように体を壊して強行犯捜査の第一線を退いた者や、生活安全部や組織犯罪対策部で協調性に欠けるとレッテルを貼られた訳あり刑事ばかり五名が所属する。

「このたびも北区の一件を解決なさったばかりですよね」

「先ほど初公判の傍聴に行っておりました。人捜しと言われても、上司がなんと言うか」

「特命捜査対策室の理事官、一課長にも許可をいただいてきました。頼れるのは田川さんだけです」

嫌な予感が的中した。外堀はすでに埋まっていた。

「誰を捜すのですか？」

樫山がスマホの写真ファイルを開いた。

「この女性です」

鮮明なスマホの画面には、白い歯を見せる浅黒い肌の女性がいる。

「ベトナム人でホアン・マイ・アイン、二九歳です」

「ベトナム人？」

一課が追っていた逃亡犯、あるいは訳ありの指名手配犯など様々な容疑者の顔を思い浮かべていただけに、田川はまた拍子抜けした。

「技能実習生として一年半前に来日しました。私がベトナムの大使館にいたころ、知り合った人物です」

技能実習生とは、田川にとってあまり馴染《なじ》みのない言葉だ。

「日越の友好関係を深めるため、大使館にいたころ積極的に現地の若者を招いて日本行きのサポートをしました。しかし、アインは半年前に日本で姿を消しました」

キャリアは他省庁への出向を経験する。

樫山は外務省の駐ベトナム大使館に赴き、アインという女性と知りあった。その人物が日本で行方をくらましたとなれば、面目が潰れてしまうという理屈だ。

「万が一、入管の手を煩わすようなことになっていたら、色々と面倒でして。横のつながりで、入管が締め付けを強化するという話が聞こえてきました」

樫山の表情がさらに曇る。出入国在留管理庁、通称入管は不法滞在の外国人を次々に摘発し、本国へ強制送還させる。警察庁キャリアが来日を支援した人物が行方不明となり、他の官庁に摘発されれば面倒が起こる。

「私のできる範囲であれば、お手伝いします」

田川の答えに樫山が安堵《あんど》の息を吐いた。

4

「スタジオ機能は理解しました。ところで、オックスマートからサバンナにヘッドハンティングされていかがですか？」

学校の体育館ほどもある新型スタジオの隅、会議机の対面で、日本実業新聞流通経済部の女性編集委員、福田美佳子《ふくだみかこ》が意味ありげな笑みを浮かべた。

山本康裕《やまもとやすひろ》は福田の手元にあるICレコーダーを一瞥《いちべつ》した。視線を察した福田が停止ボタンを押す。

レコーダーの右脇には、サバンナ・ジャパンと会社名、マネージングディレクターと役職が刷られた山本の名刺が置いてある。

「オックスを辞める時、守秘義務契約を結びました。契約を破れば多額の違約金が発生します。どうかご容赦ください」

「オックスマートは沈みゆく船？　サバンナが世界一のネット通販だから移ったの？」

「お答えできません」

山本はなんども首を振った。低迷が続く国内の個人消費、急拡大路線の反動、オックスマートを形容する言葉はいくらでもある。古巣の名前を聞くたび、あのときの予想外に軽い感触が否応《いやおう》なく両手に蘇る。

「出来高次第では億円プレーヤーらしいですね」

「そちらも答えられませんよ」

一年半前、ヘッドハンターに会い、転職を決めた。

山本は二三年前、オックスマートの総合スーパー部門の営業企画部に入社し、全国の店舗開発に従事し、食品や衣料品の仕入れ担当を務めた。このほか、海外市場の開拓のため、中国やインドネシア、タイにも赴任した。

帰国後はグループの持ち株会社の総合企画部に配属され、巨象の舵取《かじと》りを担った。だが、少子高齢化が急ピッチで進行する日本で、業績は頭打ちになった。山本が先行きに不安を感じていたタイミングで、ヘッドハンターに声をかけられた。

転職の背中を押したのは別の要素もある。海外の一流大学に通いたいと言い始めた、私立女子校に通う高校生の娘の存在だ。

山本の海外赴任に同行した娘は、現地のインターナショナルスクールに通った。帰国後、名門女子校に編入したが、日本の教育システムと肌が合わなかった。

オックスマートで役員になっても、年間一〇〇〇万円近くかかる留学費用を賄うのは不可能だ。教育熱心な妻に転職の話をすると、絶対に受けるべきだと勧められた。

ヘッドハンターが提示したサラリーは、年間三〇〇〇万円の固定給。サバンナが世界中の拠点で使う指標、フィックスド・オン・サラリーという仕組みに準じたものだ。

役職はマネージングディレクター、日本流にいえば企画系セクションの筆頭部長となる。もう一つ魅力的だったのは新規事業の売り上げに伴う成功報酬だ。米国人幹部は、ライバルのシェアを五％落とすごとに、二〇〇〇万円分のサバンナ株のストックオプションを用意すると確約した。成功報酬は魅力的だが、その分だけ失敗した際のペナルティーも大きい。ぬるま湯の日本企業とは大きく違う。自分は成功する、そう強く念じて仕事を続けなければ、サバンナという肉食動物だけの企業で生き残ることはできない。

「山本さん、少し日焼けしましたか？」

「そんなことはありませんが、なにか？」

ペンを置いた福田がしげしげと山本の顔を見ている。

「鼻の頭が少し赤いので、年末年始にハワイとか行ってこられたのかと思いました」

山本は慌てて鼻を押さえ、苦笑いした。

「出張で北国へ行きました。未《いま》だに寒さで鼻がむずむずします」

おどけて返したが、背中に鳥肌が立った。

「ところで、専用スタジオの建設費は？」

福田が天井から吊《つ》るされた特殊な撮影用の照明を見ながら尋ねた。

「約六億円です。用地買収やスタジオの建設費を合算すると二五億円でしょうか」

福田が手元のノートにペンを走らせた。福田の所属する日本一の経済メディアに対し、最優先で新規事業の説明という名のリークを行う。サバンナが現在最も注力するファッション事業の概要だ。

サバンナの日本法人は、世田谷区三軒茶屋《さんげんぢゃや》の幹線国道沿いの大型商業ビルに入居している。そこから目と鼻の先ほどの池尻大橋、目黒川沿いの古い倉庫を五軒まとめて購入し、著名建築家や空間デザイナーと手を組み、撮影スタジオを作った。スチールだけでなく、動画用の最新業務用機材も揃《そろ》えた。

「こちらは新規公開するサービスの一つです。ご覧ください」

福田にタブレットを渡す。鮮明な液晶画面には、背の高い女性モデルが映っている。

「服の上をタップすると、ブランドとサイズが表示されます」

言われた通り、福田が画面に触る。

「そちらは後ろ姿の様子です。お店の合わせ鏡よりもリアルな立体像が表示されます」

通販でネックとなる試着について、サバンナは一計を案じた。顧客が自分のサイズを登録すると、メーカーごとにサイズの違うシャツやパンツを自動的に判断し、「少し大きめ」、「タイト感強め」などと的確に判断する。

「システム面の投資は今後も継続されるのですか？」

「弊社のグローバルな利益構造はよくご存知のはずです」

「それでは、日本の競合他社より多い？」

「桁が違います」

「本業の通販事業が赤字になっても、データサービスが着実に稼いでくれますものね」

米国サバンナ本社の下には、SWS《サバンナ・ウェブ・サービス》という子会社がある。世界中の企業や官公庁のデータ処理を担う専門会社で、直近のグローバルベースの売上高は三〇〇億ドルを超える。

クラウドサービスを通じて顧客のデータ管理のアウトソーシング業務を請け負う。この分野では世界最大の企業であり、日本の中堅自動車メーカーや大手電機会社とほぼ同等の売上高を叩き出す。

「潤沢な資金を使い、全く新しい切り口で世界市場にサービスを提供します」

会議机のタブレットを取り上げると、山本は画面をタップした。

「第一弾は新進デザイナーを集めたモードショーをネット上で展開します。もちろん皆様のご関心のあるブランドや衣料品はサバンナの膨大なデータから抽出します」

「たくさんの業者を入れると、その分山本さん自身のうまみも大きいのでは？」

「リベートですか？　まさか」

　山本はあいまいな笑みを返した。背後に人影を感じた。

「ちょっと失礼します」

　振り返ると、グレーのジャケットを羽織った女が立っていた。

「どうした？」

「例の件、すべて解決しました」

　オックスマートから連れてきた部下、中村沙織《なかむらさおり》が小声で言った。突飛な質問に備え、少し離れた場所で待機していたのだ。

「そうか……」

　山本は安堵の息を吐いた。中村が視線で大丈夫と告げる。

「あとは任せた」

　山本が言うと、中村は福田に頭を下げ、足早にスタジオの出口へと向かった。

「大変失礼いたしました」

　福田に気付かれぬよう、もう一度自分の両手を見た。テーブルの下で両手を擦り合わせ、目に見えぬ冷気を体から追いやる。だが、指先は冷たいままだ。

「ありきたりのプレゼンはもう結構です。山本さんなら見出しが取れそうなことを用意しているんでしょう？」

山本が顔を上げると、福田が貪欲《どんよく》な記者の目付きで言った。

「福田さんだけでなく、YOYO CITYさんもびっくりされると思います」

山本はタブレットの画面をタップした。

YOYO CITYは日本市場でここ数年、存在感を増したアパレルのネット販売最大手だ。元プロサーファーの青年が一五年前に創業した。サーフブランドのシャツやパンツをハワイやカリフォルニアで買い付け、ネットを使って売り出した。

創業社長は常にサーファーファッションに身を包み、気軽に大手アパレル会社を訪問する。天性の人懐こさが受け、扱いブランドの数とともに売り上げが伸びた。一見するとチャラチャラした外見だが、社会貢献活動にも熱心で、最近は就活生たちの入社希望ランキングでも上位に顔を出すようになった。

「こちらは新サービスが押し出す最大のテーマです」

画面を福田に向ける。その途端、ベテラン記者の表情が一変した。

「本当に？」

「世界一の流通業サバンナは全く新しい発想で市場を拓《ひら》きます。概要をまとめたメモリを差し上げます。どうか参考になさってください」

山本が親指ほどの大きさのUSBメモリを差し出すと、福田がひったくるように取り上げ、席を立った。山本が遠ざかる背中に深々と頭を下げていると、背後から中村の声が響いた。

「先ほどの件、ようやく始末が終わりました」

「ご苦労だった」

福田が座っていた席に中村を座らせる。同時に、両手の指先から冷気が体に這《は》い上がってくる感覚に襲われる。対面で中村が周囲を見回す。

「後始末の中身を教えてくれ」

中村が小さなノートを取り出し、ページをめくり始めた。

「先ほど福田記者に鼻のことを突っ込まれたとき、かなり顔が引きつっておられました。あとで保湿クリームを塗ってください」

笑い返したつもりだが、中村にはそう見えなかったということだ。山本は二、三度深呼吸した。

「もう平気だ」

「報酬は裏のルートから送りました」

中村がノートを山本に向けた。細かい手書き文字が並んでいる。さらに、中村は報告を続けた。

「先ほど副社長から重要な一斉メールが入りました。お読みになりました？」

副社長とは、米国の弁護士資格を有する法務担当の上役だ。大手商社やコンサルティング会社の社内弁護士を経て、日米の法務に詳しいという理由でヘッドハンティングされた三〇代後半の男で、日本人ながらサバンナの創業者の大学の後輩でもある。

外資系企業はドライな人間関係で成り立っていると思っていた。しかし、いざ入社してみると抱いていたイメージとは一八〇度違った。

顔を合わせれば笑顔で言葉を交わすが、肚《はら》の中は違う。酒食を共にしながら本社の顔色をうかがい、さらなる高給が狙える転職先の情報を拾うのだ。

週末はホームパーティーと称してお気に入りのスタッフを豪奢《ごうしゃ》な借り上げマンションに招待し、露骨に派閥工作する。日本企業お得意の接待ゴルフの類《たぐ》いよりも厄介だ。しかし、娘・千華《ちか》の留学を成功させるためには、なんとしても日本法人の幹部職の席を確保し続けねばならない。

「まず、簡単に要点を送りました」

山本はメールソフトを起動させた。

〈サバンナ・ジャパン、自発的に是正措置を実施〉

山本は本文に目を向けた。

〈サバンナ・ジャパンは公正取引委員会の立ち入り調査を受けていた件について、自発的に是正措置を講じた。本日これを同委に報告し、了解を得た。サバンナは今後も当局の指導に従い、日本でのビジネスを拡大させていく方針で……〉

半年前、サバンナに公正取引委員会が抜き打ち調査に入った。従来から公取委と法務部はなんどもやり取りを行っていたようだが、〈抜き打ち〉という措置に社内は大混乱に陥った。独占禁止法の中にある〈優越的地位の濫用〉が疑われたのだ。

公取委は談合や不当廉売、私的独占などを監視する内閣府の外局だ。企画立案が主業務の山本のセクションは対象外だったが、法務や営業担当部門はぎりぎりと締め付けられた。これを機に、他の部署でも明日は我が身という警戒感が強まった。

副社長によれば、公取委はサバンナのほかにSNSや検索エンジンなどインターネット業界で世界最大手と呼ばれる企業に重大な関心を持っている。最大の関心事はサバンナのようにデジタル社会で〈プラットフォーマー〉と呼ばれる大企業が顧客や取引業者の情報を独占することで、公正な商取引が阻害されていないかということだ。

「次も要約です」

中村の声に反応し、山本は新着メールを開いた。

〈サバンナ・フィールドの改定システム構築〉

〈最恵待遇の是正〉

中村がまとめてくれたメールには、大きく二つの項目があった。

サバンナ・フィールドは、サバンナ自身が仕入れて販売する商品のほかに、日用品や雑貨を扱う大小様々な業者が商品を出品する仕組みで、インターネット上に広がる巨大なショッピングモールだ。

公取委が問題視したのは出品する多数の企業に対し、サバンナと競合する通販サイトより低価格かつ豊富な品揃えで商品を提供するよう求める契約を交わしていた点だ。これが最恵待遇に当たる。副社長の長い声明に再び目をやる。中村が重要な箇所を抽出し、日本語訳を加えている。

〈公取委はサバンナ・フィールドの最恵待遇を巡る諸契約が独占禁止法の優越的地位の濫用の疑いがあるとして……〉

オックスマート時代も、公取委の非公式なヒアリングに接したことがある。オックスマートは全国四七都道府県に店舗を有している。オックスマートの売り場の一等地に商品を陳列すれば、納入企業は確実に売り上げを増やすことができる。当然、オックスマートは大量仕入れの見返りとして値引きを要請する。これが〈優越的地位の濫用〉に当たるとみなされたのだ。当時は有能な総務部関係者が同委の面子《メンツ》を潰さぬ形で調整を進めたと元同僚から聞いた。

一方のサバンナでは広報や法務の対応が後手に回ったため、一部の幹部社員と取引先数社しか知り得なかった〈握り〉のようなグレーな慣行が世間の知るところとなった。要するに日本の当局者の厳しいスタンスを見誤ったのだ。

〈今後は日本市場の仕組みを踏まえ、法令を遵守しつつ、取引先企業との間でも透明

性の高い契約体制を構築していく〉

「もう、結構。ウチの部門はこんなヘマはやらない」

山本の頭の中に千華の顔が浮かんだ。公取委の厳しい是正勧告を受けた法務や営業の担当者は簡単に馘首《かくしゅ》された。同じ轍《てつ》を踏むわけにはいかない。

「法務のサブマネージャーがＡＩＰを適用されたようです」

中村が告げた。公取委の抜き打ち検査を事前に察知できなかったことへのペナルティー、いや、罰というより実質的な辞職勧告だ。

「気の毒に。絶対に逃げられん」

天井を仰ぎ見ながら、山本は呟いた。サバンナには独自のルールがある。簡単なアルファベット三文字が示す掟《おきて》は全社員を震え上がらせる。

「だいぶ抵抗したようですが……」

「明日は我が身にならぬよう、せいぜい気をつけよう」

山本が言うと、中村が頷いた。

5

午後七時過ぎ、田川は鞄《かばん》に新しい資料を詰め込み、中野区新井薬師前にある自宅に帰宅した。玄関ドアを開けた瞬間、目の前に異様な圧迫感を感じた。上がり框《かまち》には段ボールが積み上げられている。

「おかえりなさい、信ちゃん」

台所から妻・里美の声が響く。

「どうしたんだ、この荷物」

「梢が大量に注文したのよ」

「またサバンナか」

積み上げられた大小様々な段ボール箱の側面には、平原に生い茂る草花をモチーフにしたイラストが刷り込まれている。箱の数は一〇個以上もある。余りの多さに田川はため息を吐いた。

「今度は何を買った？」

「紙おむつと肌着だって」

狭い玄関を抜け、ようやくコートを脱ぐ。廊下を通り、リビングダイニングに向かうと、台所で料理をする里美の後ろ姿が見えた。

「梢と智香は？」

「今日は目白の寮よ」

二人の頻繁な里帰りは思わぬ副産物を呼び込んだ。それが玄関にうずたかく積まれる通販大手サバンナの段ボールだ。

「寮に送ればいいじゃないか」

「もういっぱいなんだって。いいんだって。いいじゃない、信ちゃんは昼間外にいるんだし」

　何気ない言葉が田川の胸に刺さる。

　継続捜査班に所属する前は、一〇年以上一課の第三強行犯係に在籍し、日夜凶悪犯を追った。ひとたび事件が発生すれば、捜査本部《ちょうば》に詰めっぱなしとなり、一月や二月帰宅しないこともザラだった。

　多くの捜査本部で鑑取り班に割り振られた。酒を媒介にして協力者との信頼関係を深めるうち、肝臓を患い、第一線を外れた。継続捜査班に入ってからも、事件を担当すれば休日も関係なく日本全国を飛び回る。結婚して三〇年以上経《た》つが、他ならぬ田川が自分の家にいる時間が一番短いのだ。

　田川は椅子に腰を下ろし、自ら肩を叩いた。

「もしかして、新しい仕事が入った？」

　里美がテーブル脇にある不格好に膨らんだ鞄を見た。

「今度は人捜しを頼まれた。それもキャリアの依頼だ」

　ベトナム人の行方を捜すと明かすと、里美がなぜか安堵の息を吐いた。

「どうした？」

「だって、いつも亡くなった人のことを調べ尽くして、信ちゃん疲れ果てるから。生きている人だって聞いて、安心したわ」

被害者や遺族の無念を考えると、いち早く真犯人を検挙せねばならないと焦《じ》れる。そんな夫の様子を里美はずっと見続けてきた。

「それにしても、ベトナムとかネパールの人とかが増えたわね。商店街で何人も働いているわ。そうそう、あとはコンビニね。みんなとても日本語が上手なの」

「霞が関も同じだ」

田川は合同庁舎内に勉強熱心な中国人留学生がいると明かした。

「リフィルの好みやら、他のお客さんが毎日買っていくコーヒーの種類やらまで把握している。大したものだよ」

知らず知らずのうちに、自分の生活圏で外国人が増えている。東京を離れて捜査する際も、コンビニや土木作業の現場に多数が従事していた。

田川が足元の鞄を睨《にら》んだとき、背広の中でガラ携が鈍い音を立てた。小さなモニターに捜査共助課の名前が点滅している。

〈捜査共助課の宮本《みやもと》です……例のベトナム人のことで連絡しました〉

「アインさんがどうした?」

〈見つかりました、いや、その……先ほど秋田県警から連絡が入りまして、逮捕され

たそうです〉

「どういうことだ？」

田川が文具を探し始めると、里美が戸棚にあったメモ帳とペンを差し出した。

〈自殺幇助《ほうじょ》だと聞いております。詳しい話は追ってお知らせします〉

メモ帳に宮本の言葉を書き込むと、申し訳なさそうに俯《うつむ》いた樫山の顔が浮かんだ。

6

行方不明だったアインは昨夕、秋田県警に通常逮捕された。県警からの緊急連絡を受けて捜査一課幹部らと協議した結果、田川と樫山は午前六時、東京駅発の秋田新幹線始発に乗り込んだ。

県警がさっさと地検に送致する事案だが、警察庁キャリアからの連絡を受けて、特別に事情を聴く時間を取ってくれるという。秋田地検の次席検事が樫山の大学の先輩だったこともあり、県警と地検が内々に融通を利かせたのだ。

「私にお気遣いなく、朝食をどうぞ」

田川は窓側の樫山に声をかけた。樫山は乗車直後から何度もため息を吐き、肩を落としていた。東京駅の新幹線ホームの売店で買ったサンドイッチと牛乳に手をつけず、車窓からの風景を見ているが、眼差《まなざ》しは景色を愛《め》でているのではない。

「私は家で済ませましたので、食べてください」

「本当にすみません」

樫山はなんども詫《わ》びた。樫山は腰が低かったが、上野、大宮と停車駅を過ぎるうち、樫山の口数は次第に少なくなり、ため息の回数が増えた。

「なぜこんなことに……」

車両が那須《なす》塩原を過ぎた頃から、うわ言のように樫山は繰り返した。

「本人から詳しい話を聞きましょう。そのために行くのです」

樫山が視線を再び外に向けたとき、新幹線が猛スピードで郡山《こおりやま》駅を通過した。枯葉に覆われていた薄曇りの景色は、いつの間にか白に変わっていた。

福島、仙台、盛岡と北上するに従い、雪はさらに深くなるだろう。年明け直後から北国の雪は確実に増え始め、着実に大地を覆う。盛岡で車両が切り離され、秋田に向かう道中は、日本でも有数の豪雪地帯を通る。

田川は鞄から手帳を取り出した。

秋田県警本部捜査一課の警部、能代《のしろ》署刑事課長の印が押された資料を自宅のファクスで受け取った。手帳の中身は、田川なりに要点を絞り込み、書き写したものだ。新しく買ったリフィルが早速活躍した。

〈事件発生日時：二〇一九年二月七日午前〉
〈逮捕容疑：自殺幇助〉
〈被疑者氏名：ホアン・マイ・アイン　年齢二九歳（国籍：ベトナム）　現住所：秋田県能代市栄町……〉
〈被害者氏名：藤井詩子　年齢：八五歳……〉
事件現場は秋田県北部に位置する能代市だ。地図で見ると、日本海に鷲鼻《わしばな》のように突き出した男鹿《おが》半島があり、能代はその上に位置する。
かつて秋田杉の一大集積地として栄えた商都の外れには、米代川という一級河川が流れる。米代川が日本海に流れ込む河口付近には、往時荷揚げに使われたという川と並行に走る水路がある。港と大河を結ぶ船舶用の水路の横が、アインというベトナム人女性が被疑者として逮捕された現場だ。
秋田県警によれば、車椅子に乗った藤井をアインが水路に突き落とした。二人の関係は、老人介護施設の利用者とヘルパー見習いだった。
〈認否：被害者に強く求められ、車椅子ごと水路に押し出した。自殺を手助けしたのは間違いない↓素直に取り調べに応じ、容疑事実を認める〉
〈老人介護施設での聞き込み：（藤井は半年前の検査でステージⅣのすい臓がんが発見され、以来ずっとふさぎこんでいた＝施設長の証言）、（三カ月前に新規採用された

アインととりわけ仲が良く、アインは熱心に藤井の話し相手になっていた＝施設副長の証言〉

〈地元病院・主治医の証言：すい臓がん手術は不可能な段階で、投薬治療のみ続けた。本人の強い希望で病状を告知〉

病を苦にした老人が身近な人に自殺の手助けを頼む。世界に例を見ないほど高齢化社会が進行した日本では、似たような事件が度々起こる。

田川はさらにページをめくった。自宅書斎でインターネットを使って検索した能代の気象情報が刻まれている。

事件が起きたのは二〇一九年二月七日。同日の能代市の最高気温は摂氏三度、最低はマイナス五度、北西の風三メートルとあった。

アインが藤井を車椅子ごと水路に落とした時刻は午前九時半、気温はマイナス一度だった。風速は三メートルあった。風が一メートル強まるごとに、体感温度は一度ずつ低下する。これを加味すれば、現場の気温はマイナス四度近かった。重篤ながんを患っていた藤井にとって、急激な体温低下が死に直結したのは間違いない。

〈逮捕に至る経緯：藤井を水路に落としたあとアインが介護施設に連絡を入れ、一一九番通報を依頼→状況を不審に思った救急隊員から能代署に通報〉

〈能代署刑事課捜査員が臨場→アインが自殺幇助をほのめかしたため署に連行→通訳

を仙台から呼び、最終確認したところ容疑事実を認める↓地裁に通常逮捕の手続き〉

田川はもう一度、手帳のページをめくった。

アインはほんの少し前から能代の老人介護施設に勤め始めた。以前は地方都市の近郊を転々としていたと簡単な記述がある。素直に取り調べに応じ、容疑を認めた。樫山が来日を強く促したアインはなぜ行方をくらまし、自殺の手助けをしたのか。県警の資料には田川が知りたかった事柄の記述が抜け落ちていた。現地に着いたとき、詳しく尋ねる必要がありそうだ。

手帳を閉じると、田川は雪景色を虚《うつ》ろな目つきで眺める樫山を見た。先ほどと同じで、心ここにあらずといった表情だ。年下キャリアに問いかけるのを諦め、田川は再び自分の手帳に目を向けた。

7

新幹線が北上を続ける間、田川は手帳のページをめくり続けた。すると、昨日書いたメモが目に留まった。

〈日越関係に悪影響が出ることは絶対に避けたい〉

特命捜査対策室理事官や捜査一課長の了解を得てきたという樫山が言った。

樫山は一四年前に警察庁に入ったあと、東海地方の県警捜査二課長を経て本庁に戻った。その後、本庁主要ポストや道府県警幹部職を務め外務省に出向、ベトナムにある日本大使館に一等書記官として赴任した。

樫山は二年前のベトナム赴任時、ある事柄に着目したと明かした。それが技能実習生という制度だった。

〈今後、日本の産業界を支えるのは間違いなくベトナムからの優秀な人材です〉

技能実習制度は一九九三年に始まった。中国やベトナムなどアジア地域の開発途上国から労働者を招き、日本で仕事の技術や知識を吸収してもらうのが狙いだ。彼らが帰国したのち、母国の経済発展に寄与させるという。

『技能実習制度の適用期間は最長五年で、技能や技術の修得に関しては実習計画に基づいて行われる。外国人技能実習生は日本で企業や個人事業主と雇用契約を結び、母国で得ることのできない技能の修得と習熟を図る。なお、技能実習は労働力の需給の調整手段として行われてはならない』

実習の対象は建設や食品製造、繊維・衣服など七七職種・一三九の作業だ。話の中で田川がコンビニで働く徐に触れると、樫山は首を振った。

〈彼女の場合は資格外活動です〉

技能実習生とは違い、日本の大学や専門学校で学ぶ留学生が週に二八時間以内であればアルバイトが可能な制度が『資格外活動』だという。

〈技能実習で約二六万人、資格外で三〇万人の外国人が日本で働いています〉

〈日本中の職場が慢性的な人手不足です。中国やネパール、そしてベトナムからの実習生は欠かせない存在です〉

ベトナム赴任経験を割り引いても、なぜそこまで熱心なのか。その旨を尋ねると、樫山は言葉に力を込めた。

〈かつて日本大使館が協賛して技能実習生募集の広報ビデオを制作しました。出演した中にアインがいました。私にも責任があるというか……〉

樫山は俯いたが、すぐに顔を上げた。薄《うっす》らと両目が充血していた。

〈彼女は相当に苦労して日本行きの切符を手に入れたのです〉

アインはハノイ郊外の貧しい村の出身で、地元選出の議員に優秀な成績を評価され、研修学校への道筋をつけてもらったという。

研修学校とは、日本語の読み書きのほか、生活習慣や食生活等々を学ぶ場所だ。手先が器用だったアインの場合、日本製の工業用ミシンを使った縫製の研修も並行して行い、教員の目に留まった。

〈撮影する前後、身の上話を聞きました。親戚からお金を工面して学校に入ったと聞きました〉

樫山は自分の妹と同い年のアインに対して個人的な親しみを抱いたと明かした。

〈ベトナムの議員も心配しています。議員はベトナム外務省との関係も深く、研修制度の推進役です〉

老眼鏡を外し、田川は目頭を押さえた。疲れた目を休めようと、新幹線車両の扉上にある電光掲示板に視線を移した。

〈秋田地方の天気：県南　西北西の風強く……〉

捜査で冬の北国には何度も足を向けた。日本海側はどんよりとした雲が垂れ込め、しんしんと雪が降りしきる。

〈秋田日報ニュース〉

天気予報の次は、地元紙の見出しが現れた。

〈能代の自殺幇助事件、容疑者は事情聴取に応じ、犯行を認める……〉

〈容疑者のベトナム人は被害者の重篤な病状に同情し、手助けしたと供述……〉

空席の目立つ車両で、電光掲示板に注目している乗客はいない。わずかな時間でアインの日本での足取りをどの程度たどることができるか。田川は手帳を閉じ、考え込んだ。

8

紙が擦れる微《かす》かな音で、山本は目を覚ました。人差し指で瞼《まぶた》を触り、ゆっくり周囲を見渡す。ベッドの右側、窓辺の淡い光の中に、女のシルエットが浮かび上がった。

「起こしてしまいましたか？」

山本が首を振ると、中村がはにかんだような笑みを返す。ノーメイクだが、肌の色艶は良い。中村は唇にゴムをくわえ、セミロングの髪をアップに結い始めた。

会社では絶対見せない表情に、密《ひそ》かな優越感を覚える。もう一度指で瞼を擦る。中村はベッド脇の籐《とう》製のソファに腰掛け、真っ白なバスローブを纏《まと》っている。

「お休みの間、主要紙やネットニュースをチェックしました」

声音がわずかに変化した。夜明け前に発した艶《なまめ》かしい声ではなく、仕事場で聞くいつものクールな響きだ。山本は上半身をベッドに起こし、手櫛《てぐし》で髪を整えた。

柔らかな手触りの寝具に包まれている。深呼吸すると、自分の口からわずかにすえた酒の臭いがした。東向きの窓から陽差しが差し込む。ベッド脇のデジタル時計に目をやると、午前八時前だ。

昨晩は来日中の米国本社幹部三人と痛飲し、六本木のホテルにチェックインした。

横浜・日吉の自宅に帰ったのでは、時間がかかりすぎる。最近、米国の就業時間に合わせた深夜会議に出席する機会が増え、会社が契約するホテルで寝泊まりするようになった。

「大分飲まれたんですか?」

新聞の束をテーブルの隅に避《よ》けながら、中村が言った。

米国人幹部たちを麻布十番の老舗鮨《すし》店に連れていった。若手幹部は純米吟醸と白身魚の昆布締めを楽しんだほか、煮ハマグリや寒ブリなど渋い鮨ネタに舌鼓を打った。食後は六本木の高級クラブへ移動し、何本も高価なシャンパンを開けた。

「無理を言ってすまなかった」

ベッド脇に放り出したバスローブを手繰り寄せる。

「最近ずっとお忙しかったから、私は嬉《うれ》しかったです」

中村の声が弾んでいる。山本はバスローブを羽織り、サイドテーブルに置いたスマホを手に取った。履歴を辿《たど》ると、午前二時すぎに中村に連絡していた。

〈朝、起こしにきてほしい〉

わがままな求めに応え、中村は中野新橋のマンションからタクシーを飛ばしてきた。

今朝五時前、乱暴に中村を抱いた。体を重ねるのは一カ月ぶりだった。

「お水をどうぞ。ホテルの冷蔵庫は割高ですものね」

コンビニで買ってきたミネラルウォーターをタンブラーに注ぎ、中村が差し出した。冷えた水を一気に喉に流し込むと、山本はテーブルの上にある新聞の束に目をやった。

「先ほど、副社長にも記事のコピーと簡単な英訳を送りました」

中村は手回しが良い。理屈っぽい副社長に山本のことをアピールするため、早朝から仕事をこなしたのだ。

〈サバンナ、新たなサービスで〝ディープジャパン〟を世界へ〉

記事は、写真付きで一〇段と大きな扱いだ。

昨日、池尻大橋のスタジオを日本実業新聞だけに公開した。新たなファッション通販、その後の目玉となる戦略の概略が絵解きで解説されている。

人口が減り続ける日本では、物価が下降曲線をたどるデフレという化け物が根を張った。アパレル分野は最も被害を受けた業界だ。

来日した米国本社の若い副社長にプレゼンしたのは、日本独自の取り組みだ。日本では、米国と同様に経済格差が顕在化し、一握りの富裕層は惜しみなく金を払う。逆に言えば、安物志向の低所得者層を、サバンナ・ジャパンははなから相手にしない。目玉となる新事業は、日本の埋もれた技術に焦点を当て、新たなビジネスで磨きをかける。そして世界の富裕層に売り込む。山本が懸命にアピールした結果、本社幹部から正式にゴーサインをもらった。

サバンナの企業理念を理解し、常に提案を続ける。そして新商品を見つけ、目新しいサービスを構築する必要がある……立ち止まることはサバンナでは許されない。懸命に働き、結果を出すことが居場所の確保につながる。また、売り上げと利益目標を説明し、確実にパフォーマンスを残すことで更なる昇進と昇給を得る。

目標に届かなければ、馘首される。外部から常に新しい人材を受け入れ、アメーバのように組織を巨大化させ、業務を多岐に広げていくのが創業時からの精神となっている。

「スタートは上々だ。AIPは絶対にごめんだ」

サバンナの冷徹な人事システムの名を口にしたあと、山本は紙面に目をやった。

「私は一足先に会社へ行きますけど、大丈夫ですか?」

中村の声で山本は我に返った。

「二日酔いは熱いシャワーでなんとかする」

「三〇分ほどですけど、ものすごくうなされていたから……」

山本は右手を額に当てた。脂汗をかいたのだろう。掌《てのひら》に不快なぬめりを感じる。

「嫌な夢を見たが、俺は平気だ」

福田の取材を受けたとき、懸案が片付いたと中村が知らせてくれた。その片付いた頭の痛い問題が未明の悪夢につながった。

「それでは、失礼します」

中村がバスローブを床に脱ぎ捨て浴室へ向かった。白くしなやかな背中が遠ざかる。

「他のメディアからも取材が入るだろう。交通整理を頼む」

指示するとバスルームに続く部屋の隅で中村が小さく頷いた。

中村は三四歳、実務にそつがない。山本がオックスマートの海外事業部にいたころ、他部署から強く希望して異動してきた。東京の私立女子大を卒業し、オックスマートの幹部候補生として入社した逸材だ。

中村とはいくつも仕事を共にしたが、男女の仲になったのは一年前だ。中村には結婚を約束した大学時代からの恋人がいたが、専業主婦として家に入るよう強く求められたことを契機に別れた。滅多にプライベートの話をしない中村が気落ちしていた。上司として相談に乗って以降、距離が急速に縮まった。

サバンナ社内でスタッフの色恋はご法度だ。山本は冷静な上司を演じ、中村は従順な部下の役割を貫き通す。自分の家族と別れるつもりはない。中村にその旨を伝えてあり、有能な部下も納得済みで関係を続けてきた。

逆に言えば、サバンナという組織の中で、味方は中村だけだ。毎年、業績が振るわない社員が自動的に弾《はじ》かれる仕組みだ。顔で笑っても、水面下で社員同士が蹴り合いをする。

上司に告げ口する者、新事業に横槍《よこやり》を入れてくる輩《やから》も少なくない。苛烈《かれつ》な競争社会において、中村は確実に山本の側に立ってくれる。

もう一口、ミネラルウォーターを口に運んだとき、サイドテーブルに置いたスマホが鈍い音を立てて振動した。画面を見ると、娘の名前が表示されていた。通話ボタンを押すと、娘が三日後の約束を口にした。留学専門の斡旋《あっせん》業者の講習を一緒に聞きに行くことの再確認だった。

「必ず行くよ。それじゃママによろしく」

山本が小声で言ったとき、シャワールームから勢いよく水が流れ出す音が聞こえ始めた。

9

午前一〇時すぎ、秋田駅で新幹線を降りた瞬間から、東京とは比べ物にならない冷たい西風が田川の頬を容赦無く刺した。厚手のコートの下に薄手のダウンベストを着込んでいるが、北国の空気は遠慮なく老いた体に襲いかかる。

「お待ちしておりました」

樫山とともに新幹線ホームから連絡通路に上がろうとしたとき、裾の長いダウンジャケットの男に声をかけられた。男の顔は樫山に向いている。

「警視庁捜査一課の樫山です。こちらは田川警部補です」

樫山が丁寧に挨拶《あいさつ》すると、男が再度頭を下げた。

「秋田県警捜査一課の佐々木《ささき》です」

佐々木が開いた警察手帳には、顔写真と警部の階級が載っていた。

「能代まで県警の車で。道々、事情を説明します」

佐々木は樫山が抱えていた大きめの旅行鞄を抱えると、先を歩き始めた。樫山がなんども固辞するが、佐々木は聞く耳を持たない。

「こういうときは素直に甘えましょう」

田川が小声で言うと、樫山が恐縮したように頷いた。

吹きさらしの新幹線ホームから連絡通路を渡った佐々木が早足に先を行く。通路と改札口はそれぞれ壁があるが、空気はホームと同じで冷えていた。

コンコースの外れでエレベーターを降りると、佐々木の指す方向にグレーのクラウンが停車していた。助手席側の後部座席脇には、武道で鍛えたのか、胸板の厚い若い私服警官が待機している。

「雪国で道が汚れておりまして、洗車が行き届かない車両で恐縮です」

若い私服警官にドアを開けるよう促しながら、佐々木が言った。ボディには泥跳ねが付き、融雪剤で白っぽく埃がかかったように汚れていた。

樫山が佐々木に促されるまま助手席の後ろに座り、田川は運転席の後ろ側に着いた。佐々木が顎で促すと、若い巡査がクラウンのエンジンをスタートさせた。秋田駅東口を発《た》った捜査車両は、道幅の広い秋田中央道路を東に走り、秋田道の秋田中央インターから北上を始めた。

除雪したばかりなのだろう。秋田道の路面は圧雪状態で平坦《へいたん》だった。ただ、西風が吹き付ける一帯には所々吹き溜まりがある。

「事件の経過を説明します」

秋田中央インターを発って二分ほどしたとき、佐々木が口を開いた。佐々木は助手席のサンバイザーを下ろし、裏側に付いたミラー越しに樫山を見ていた。階級が下、しかもキャリアの鞄持ち的な役回りの田川には一切関心がない様子だ。

「こちらが資料になります」

佐々木が黒い表紙のファイルを取り出した。

「ありがとうございます」

受け取った樫山が表紙をめくった。田川も資料に目を向けた。

「本当に彼女が自殺幇助を？」

「間違いありません」

田川は樫山の手元にあるアインの供述に目をやった。

〈被害者（藤井詩子）に懇願され、車椅子での散歩途中、水路へ突き落とした。約二週間前に自殺の手助けを依頼されて以降、悩み続けてきた〉

〈繰り返し断った。しかし、藤井の決意は変わらず、最後は大好きな人のためだと思って手伝いをした〉

樫山によれば、アインはベトナムにいた頃から日本語の習熟が早く、ひらがなと簡単な漢字での読み書きには問題はなかったという。

「次に現場検証時の鑑識写真があります」

佐々木は現場経験の乏しい樫山に気を遣って言った。

「なんども殺人《コロシ》事件の現場に行きました。平気です」

樫山はためらうことなくページをめくった。県警鑑識課が撮った写真が連なっている。まずは水路から引き上げられた藤井の遺体、その横に車椅子がある。二つの物体をヒキの視点から収めた一枚だ。次のページには、藤井だけの全体写真だ。厚手のダウンジャケット、足元にはずぶ濡れになった毛布がある。

「薄く氷が張った水路でした。落ちた直後に低温によるショックで仮死状態となり、溺れました」

ミラー越しに佐々木が説明を続けた。

樫山がさらにページを繰った。今度は藤井の顔面を左右、そして真正面から写した物が連なっていた。田川は多くの水死体を目にしたが、藤井の遺体は格段に綺麗な状態だった。

発見までに時間がかかった水死体は見るも無残に膨れ上がる。自殺にせよ他殺にせよ、体中にガスが溜まり、浮き輪のように膨らむのだ。発見が遅れれば、魚に顔や腕を食いちぎられる。流木や川底の石に当たれば、人間の体《たい》をなさない。

「車椅子を押した直後、我に返ったアインが自ら助けを呼びに行きました」

佐々木が言った。田川は視線で樫山に断ったあと、ページを遡《さかのぼ》った。アインが施設に戻り、話を聞いた職員が一一九番通報し、レスキュー隊員が被害者を水から引き揚げたが既に心肺停止状態だった。藤井は地元病院に搬送され、医師によって死亡が確認された。

〈沈んでいく藤井を見た直後、我に返った〉

誰しも犯した行為を振り返り、正気に戻る瞬間がある。

「保険金の類いは調べましたか？」

田川が尋ねると、佐々木が口を開く。

「生命保険の類いに被害者は一切加入していませんでした」

「なるほど……」

田川が考え込んでいると、樫山が小声で言った。

「先を見てもよろしいですか」

樫山が先ほどの鑑識写真の箇所へとページを遡った。樫山の指が動き、今度は顔以外を写した物に変わった。着衣のダウンは水を吸い、どす黒く変色していた。膝掛けに使っていた毛布も同様だ。再度、樫山がページをめくった。

「あとも通常の鑑識写真です」

田川は左ページの写真に目を凝らした。強い違和感が胸の奥から湧き上がる。田川は背広から老眼鏡を取り出した。

「検視官の立ち会いは？」

左ページの写真を凝視したまま、田川は言った。

「その必要はありませんでした」

田川が顔を上げると、ミラーの中の佐々木の眉根が寄った。

「少し気になるのです」

田川は写真の中、藤井の遺体の一点を指して言った。

10

秋田駅から広大な平野をひたすら北上し、犯行現場を訪れた。

能代市の西の外れ、大河・米代川の土手近くだ。市街地から北西方向にある商業港近くのエリアで、米代川と並行して港へ流れる水路には氷が張っていた。青白い氷がいくつも浮かび、バスケットボール大の塊も見える。文字通り凍《い》てつく景色だった。

「寒いっ」

港方向から吹き付ける強風を受け、樫山が甲高い声をあげた。関東の空っ風とは比べものにならない冷風だ。田川はコートのボタンを上まで閉め、マフラーも首に巻きつけた。風が当たる頬や額はチクチクと針で刺されたように痛みを伴う。

「こちらです」

能代市の子供用遊戯施設の建物、そこに連なる駐車場から二〇メートルほどの距離、米代川から水が流れ込む水路の端に立ち、佐々木が薄氷の張るエリアを指した。

藤井とアインがいた老人介護施設は、川沿いの水路から五〇〇メートルほどの場所にあり、一年を通して施設利用者と介護スタッフが水路や土手周辺を散策するという。

今年は普段より雪が少なく、利用者たちは日が差した時間帯を見つけ、散歩することが多いのだと佐々木が言った。

夏場は鯱《しゃち》流しとよばれる祭りが行われるとも聞かされた。青森のねぶたのように巨大な山車《だし》が市内を練り歩き、土手を通って海で焼かれる。五穀豊穣を願い、害虫を海に追いやる狙いがあるという。冬でなければ、風光明媚《めいび》な場所だ。

高速道路と同様、能代市の市街地や犯行現場一帯も除雪が行き届いていた。車椅子を使う藤井とアインが施設を出ても不審に思う者はいなかったことに納得がいく。

鑑識による現場検証が終わったあとで、黄色い規制線は取り払われている。水路脇には菊の花や藤井が好きだった缶ビールが手向けられていた。

佐々木の脇を通り抜け、田川は水路端ぎりぎりまで近づいた。

アインが老女を車椅子ごと水路に落としてから、現場には薄らと雪が積もった。冷気で薄雪が凍ったため、足跡は採取できなかったという。要するに、事件はアインの証言しか頼るものがない。

田川は鑑識写真を思い起こした。車椅子を操作するハンドルには、自転車と同じようなブレーキがあった。両手を強く握ることで速度を調整し車椅子を静止させる。

〈水路の手前でなんどかブレーキをかけた〉

県警捜査一課の見立ては、早く押すよう懇願する藤井に対し、アインがなんども思い留《とど》まり、車椅子が停止したというものだ。

田川はもう一度周囲を見渡した。手袋をはめた右手で積もった雪を払ってみるが、車椅子跡やブレーキをかけた様子はわからない。

「車椅子を押すアインと藤井さんは、あそこの防犯カメラにも映っていました」

佐々木が駐車場の奥にある建物の入り口を指した。目を凝らすと、自動ドアの上部に小さなカメラが設置されている。

「犯行時の様子は撮影されていましたか？」

「残念ながら、死角でした」

田川の問いかけに、佐々木が事務的な口調で告げる。

「ほかに人は？」

「散歩していた男性はいましたが、本件とは関係がなさそうです。藤井を水路に落としてから約二分後、アインは介護施設に駆け戻って事務室にいたスタッフに連絡しています。救急車、レスキューの到着まで約一〇分でした」

樫山に説明する佐々木の声を聞きながら、田川は手帳にペンを走らせた。死角、散歩の男性……。

現場に着いてから、田川の胸の中の不安がさらに広がった。県警が検視官の臨場を要請せず、所轄署刑事課と県警本部捜査一課でアインの供述通りに自殺幇助と見立てたのは間違いではなかったか。

「田川さん、なにか気にかかるんですね？　佐々木さんにお話ししてみてはどうですか？」

「検視官が臨場していたら、別の見立てになっていたかもしれません」

高速道路を走る車中で、田川の頭の中に何度も警告灯が点滅した。

「具体的にはどういうことですか？」

田川は右手で自分の左手を叩いた。

三〇年近く昔、交番勤務を終えた田川は城東《じょうとう》地区の所轄署刑事課に配属された。そのとき、初めて遭遇した殺人事件でも同じことがあった。その後も、本部強行犯捜査係の一員としてなんども変死に臨場した。このうち一〇件程度で同じ事象があった。

田川は樫山に小声で告げた。

「殺しの手かもしれません」

田川が言ったとき、佐々木と目が合った。

「本職の勘違いならば良いのですが」

田川が樫山に告げると、佐々木が大股で歩み寄った。目つきが一段と鋭くなっている。

「自殺幇助でなく、自らの意志で犯行に及んだ殺人の可能性があるという意味です」

小声で樫山に告げ、田川は口を噤《つぐ》んだ。

殺しの手とは、被害者が遺《のこ》した無言のメッセージだ。自殺か他殺か判然としない事件には、警視庁だけでなく地方の警察本部でも検視官が臨場する。現場では、検視官が着目するポイントの一つが遺体の手だ。

覚悟の上で自死を選んだ者の手は、体の内側に自然な形で添えられている場合が多い。逆に自殺を装った殺人事件であれば、被害者は最後の抵抗をみせることが多い。

その際、加害者をつかむ、あるいは現場周辺の取手やドアノブなどを触ろうと体の外側に無意識のうちに手が反り返る場合がある。

首吊りを偽装する、あるいは刃物を使った自傷を偽装した場合、犯人は凶器の向きや死体の位置関係などに注意を払うが、手の向きにまで関心が及ぶことはない。

このため、被害者の手は不自然な向きや形のまま放置され、死後硬直を始めることがある。殺しの手は、無念の死を遂げた被害者が発した執念のメッセージなのだと何人もの検視官から教えられた。

現場写真の左手は、奇妙な形で硬直していた。写真を見ると、車椅子の手摺《てす》りをつかもうとしているようだった。陸上競技の短距離リレーで、前の走者からバトンを左手で受け取るような形で、藤井の左手は捻《ねじ》れていたのだ。

重度のがんを悲観し、アインに懇願して死を選んだはずの藤井が、水に落ちる寸前に、わざわざ手摺りを握るだろうか。田川は疑念を抱えたまま、秋田県警の捜査車両に乗り込んだ。

11

ノックの音が聞こえた直後、手錠と腰縄を打たれたホアン・マイ・アインが女性捜査員に伴われ、取調室に入ってきた。田川の横にいた樫山が立ち上がり、駆け寄った。

「アイン！」

突然現れた樫山に驚き、アインは立ちすくんだ。

東京でアインと樫山のツーショット写真を見た。ハノイで撮ったアインは、真っ白な歯を見せ、淡いブルーのアオザイが映えていた。今は上下ともに濃いグレーのスウェットを着用し、足元はゴム製のみすぼらしいサンダルだ。田川はアインの様子を慎重に観察した。

「樫山さん、どうしてここに？」

みるみるうちに、アインの両目が充血する。

「連絡取れなくなって以降、ずっと捜していたの」

「ごめんなさい」

互いに見つめ合い、二人はなんども頷く。女性捜査員がアインの手錠を外し、腰縄を解く。アインは両手首を軽くさすった。

「どうしてこんなことになったの？」

「ごめんなさい……私、頼まれたから」

アインが消え入りそうな声音で告げたとき、部屋の隅にいた県警の佐々木が咳《せき》払いした。

「特別に四、五分用意しました」

佐々木によれば、アインはすでに地検に身柄を送られ、担当検事と会っている。その際、県警の取り調べと同様、藤井に懇願され、車椅子を押したと供述していた。

「ご配慮、感謝します」

女性捜査員がアインを促し、窓を背にする席に座らせた。樫山が対面に腰掛けたとき、佐々木が口を開いた。

「事件に関係することは我々が担当しますので、あくまでその他の事柄でお願いします」

問答無用の口調だ。補助机に佐々木が目配せすると、若手捜査員はデスクに置かれたスイッチを押した。取調室の天井近くに吊り下げられた小型カメラが微かな機械音をたて、赤いランプが灯った。録画と録音が同時にスタートしたのだ。

「なぜ神戸の勤務先から突然いなくなったの？」

樫山が質問を始めると、アインが項垂《うなだ》れた。

「……色々あったね」

「どんなこと？」

「嫌なこと、大変だったこと、泣きたいこと、いっぱいあるね。日本は良い国だって思っていたのに、全然違ったよ」

「なぜ私に連絡しなかったの? 携帯電話の番号、メールアドレスも教えていたじゃない。万が一、入管に摘発されていたら、私は一切手出しができなかったのよ」

「だって……スマートフォンを取り上げられたから」

「能代まで流れ着いた経緯については、これから我々が事情聴取します」

佐々木が冷静に言い放った。

「すみません」

樫山の後方で、佐々木は腕組みしている。アインと樫山のやりとりを記録するため、秋田駅まで迎えに来ていた若手捜査員がノートパソコンにメモを打ち込む。田川はなおもアインの観察を続けた。樫山に会って驚いたものの、アインは落ち着きを取り戻している。

「ベトナム大使館の人が明日か明後日《あさって》には来てくれる。家族にはもう連絡がいっているわ」

アインが小さく頷いた。

「私はあなたの味方なの。佐々木さんも同じよ」

樫山が机の上で手を伸ばし、アインの両手を引き寄せた。

「もうメモを取らなくていいぞ」

佐々木が若手捜査員に言った。若手捜査員はゆっくりと両手を天井に向け、伸びをした。その後は取調室の中央に置かれた机、そして小声で話す女性二人に漫然と視線を向け始めた。

田川の横で、若手捜査員が生あくびを嚙《か》み殺した瞬間、田川はゆっくり立ち上がり、背後に回った。依然として樫山とアインは話し続けている。佐々木は腕組みしながら二人の女性を漫然と見ている。

このタイミングならば、頭に浮かんだ事柄を試す好機だ。田川は弛緩《しかん》した若手捜査員の背中を見つめ、身を屈めた。次の瞬間、息を殺し、背中を勢いよく押した。

「あっ」

虚を突かれた形となった若手捜査員は、とっさに机の縁をつかんだ。

「ちょっと動かないで」

田川は机をつかんだ若手捜査員の左手を押さえた。

「樫山さん、この手の向きをよく覚えておいてください」

田川の言葉に樫山は首を傾げたが、すぐに頷いた。

「まさか……」

樫山は呆気《あっけ》にとられたように田川の手を見ている。

「そのまさか、かもしれません」

田川はアインを見た。若手捜査員の背中をいきなり押したとき、アインは樫山との会話に集中していた。だが、今は違う。小さく口を開け、田川を睨んでいる。田川が強い視線を送ると、アインは慌てて机の上に視線を戻した。

「田川さん、なんのつもりですか？」

取調室の隅にいた佐々木が歩み寄った。

「あとでお話しさせてください」

短く答えると、田川は若手捜査員の左腕を見た。机の縁をつかんだ若手捜査員の左手は、リレーで前走者のバトンを待つランナーと同じ構えだった。ガラ携を背広から取り出し、田川は若手捜査員の左手をカメラで撮影した。

「もう結構ですよ」

田川の言葉に若手捜査員が首を傾げた。アインを見ると、肩が強張《こわば》っているように見えた。

12

「もう一度、再生してください」

田川の指示で樫山が取調室の記録映像を巻き戻した。樫山の指が再生ボタンを押した直後、若手捜査員の声が能代署会議室に響いた。

〈あっ〉

〈ちょっと動かないで〉

今度は田川の声だ。画面には目を丸くするアインの顔がアップで映る。田川は樫山の手を押しのけ、停止ボタンをプッシュした。

「どうですか、アインの表情は？」

静止画には目を見開き、肩を硬直させた不安げなアインが映っている。

「彼女は虚を突かれたということですね」

樫山が低い声で言った。

「まさか……」

佐々木が唸《うな》った。その背後には渋面の能代署署長がいる。二人の顔には、解決済みの事件をほじくり返すなと書いてある。だが、事件に対して疑念が浮かんだ以上、司法警察員として引き下がれない。

「落ち着いていたアインは明らかに動揺しました。樫山さんのご意見は？」

腕組みしていた樫山が顔を上げた。

「アインの意志で車椅子を押したという見立てに説得力があります。再捜査の余地はあると思います」

「アインはすでに自供をしています」

署長は口をへの字に曲げた。

「自供が嘘だったら？　目撃者は誰もいない。雪で車椅子の痕跡も消え、事件の真相を知るのはアインだけですよ」

「そこまで言われると……」

強気だった佐々木の態度が変わった。眉間《みけん》の皺が消え、口元に薄ら笑いが浮かんだ。

田川の頭の中ではずっと警告灯が点滅している。

「ですが、被害者には金銭的な余裕はなく、目ぼしい財産、保険金もありません。藤井を殺したからといってアインに金が転がり込むようなことはないんです」

佐々木が言った。要するに、藤井を殺すメリットはアインにはない。だから自殺を手助けしたというアインの証言を信じるというわけだ。

「今までに殺しの手に絡んだご経験は？」

田川が話の方向を変えると、佐々木が力なく首を振った。

「捜査研修で習ったことはあります。しかし、今回のようなケースでまさか……」

「古い格言で〈まさかの坂〉というのがあります。アインの自白の背後を探る必要があると本職は考えます」

殺しの手を見分けるのは、捜査の初歩中の初歩だ。

「もしもし……」

会議室の隅に移動した樫山が、スマホで誰かと話し始めていた。

アインが逮捕されたのは二月七日の午後六時半だ。腕時計に目をやると、今は午後〇時三三分で、逮捕から一八時間経過した。警察がアインを勾留できる残り時間は三〇時間、ここに検察の持ち分二四時間を足した計七二時間が起訴までの期限だ。

容疑事実を自殺幇助から殺人に切り替えるとなれば、明確な証拠が必要となる。要するに、頼まれて殺したという自供をひっくり返す材料がなければ、秋田県警は恥の上塗りをやってしまう。

「はい、わかりました……」

樫山が電話を切った。

「本庁の官房長と話しました」

署長が肩を強張らせた。本庁とは警察庁のことで、全国の警察組織を監督統括する役所であり、官房長はナンバー3の役職だ。

「ベトナムとの友好関係を鑑みて、官房としては自殺幇助、アインの自供を信じたいのが本音です」

署長が佐々木に目をやり、小さく息を吐いた。

「しかしです。田川さんの見立て通りアインが自らの意志で犯したことが判明すれば、警察への信頼は地に堕《お》ちる……官房長はそう言いました」

「それで、結論は？」

田川は樫山に顔を向けた。

「警察庁から検察庁に働きかけを行い、当面は現状通り自殺幇助で調べを進め、その間に殺人であったか否かを精査せよとのことでした」

アインの母国には、日本への送り出しに尽力した有力政治家が控える。対アジア、ことのほかベトナムとの外交関係を友好的に進めたい霞が関の住人たちは、いいとこ取りを狙っている。

「田川さん、お願いがあります」

樫山が姿勢を正した。

「自殺幇助か殺人かを判別する捜査に加わってください」

「しかし、本職は部外者です」

「官房にも評判が届いていました。田川さんなら必ず事件の本質を見出《みいだ》してくれる、そう強く言われました」

「しかし……」

「既に官房から警視庁本部に指令が出ています」

「わかりました。それで期限は？」

「一〇日間です」

樫山がぽつりと告げた。被疑者を逮捕して、起訴するまで警察・検察側の持ち時間は七二時間、つまり三日だ。この間に検察官が容疑者を起訴しなければ、釈放せねばならない。だが、樫山の言った一〇日は別の意味を持つ。頭の中に、刑事訴訟法の一部が浮かんだ。

〈第二〇八条……被疑者を勾留した事件につき、勾留の請求をした日から一〇日以内に公訴を提起しないときは、検察官は、直ちに被疑者を釈放しなければならない……裁判官は、やむを得ない事由があると認めるときは、検察官の請求により、前項の期間を延長することができる。この期間の延長は、通じて一〇日を超えることができない〉

「上層部《うえ》が考えそうな妥協点ですね」

証拠や証言が曖昧《あいまい》な場合や、多数の目撃者の証言の裏付けを取る等々、殺人事件の捜査には時間がかかる。警察・検察に与えられた七二時間という本来の持ち時間はいつも足りなくなる。このため、裁判所の許可を得て被疑者の身柄拘束の期間を延長できるのだ。その期間は一〇日が二回、最長二〇日となる。

「既に自白を取っている捜査で二〇日も勾留延長をかけたら、なにか特別な事情があると勘ぐられる、そういう意味ですね」

たった一〇日、厳密に言えば、警察と検察の残り持ち時間の五四時間を足した一二日と六時間で殺人の証拠、事件に至る背後関係を全て暴かねばならない。被疑者は神戸の勤め先から姿を消し、はるか北の能代までたどり着いた。

〈嫌なこと、大変だったこと、泣きたいこと、いっぱいあるね。日本は良い国だって思っていたのに、全然違ったよ〉

アインの言葉に虚飾はなかった。指定された短い期間で、アインの行動履歴を洗い、殺人の裏付けが取れるのか。殺しの手を見抜いてから、事態が急転した。すべては自分の蒔《ま》いた種だ。田川は腹を括《くく》った。

「よろしくお願いします」

会議室の対面の席でバツの悪そうな顔をしていた佐々木が、いきなり机に両手をつき、頭を下げた。署長も渋々頭を下げる。

「この話は絶対外部に漏らさぬよう徹底してください」

樫山が強い口調で言った。

「専従の捜査員を一〇名ほど貸してください」

樫山が言うと、佐々木と署長が同時に頷いた。

「忙しくなりますよ」

田川は低い声で告げ、背広の胸ポケットをさすった。今は薄い手帳が、どの程度の厚みになるか。期限が区切られている分だけ、目一杯メモを刻まねばならない。背広の形崩れは必至だ。

13

「釈迦に説法ですが、どうかしばらくお付き合いください」

サバンナの山本康裕は照明を絞った池尻大橋のスタジオを見渡した。目の前には三五名の聴衆が控えている。

池尻大橋の倉庫をリノベーションした新しいスタジオを案内したあと、山本はサバンナの新戦略に向けた説明会の壇上に立った。

舞台袖にいる中村に目をやる。山本が頷くと、中村がマウスを素早くクリックした。

直後、自分の背後にある三〇〇インチの巨大スクリーンに黒い文字が映った。

〈4C〉

次いでCの頭文字が付く単語が四つ現れた。

〈Customer Value/顧客の価値〉

〈Cost/顧客にかかる取引コスト〉

〈Convenience/顧客の利便性〉

〈Communication/顧客との対話〉

山本は最前列に並ぶブランド幹部たちの顔をゆっくりと見渡した。懸命にメモを取る者、目を閉じて腕組みする者と様々だ。

「我々サバンナは、米国で書籍のインターネット販売を通じて二四年前にビジネスを始めました。当初より掲げてきたのはこの四つのCの基本理念です」

世界最大のネット通販企業に成長したサバンナは、ニューヨーク・ウォール街の金融マンだったジム・ペインが一代で築き上げた。

ニューヨークやロサンゼルスなど一部の大都会、そして大規模ショッピングモールでもない限り、広大な米大陸で書籍や雑誌を頻繁に買うことはできない。実店舗の不足という難題を、インターネット上の購買チャンネル構築で補完できると考えたペインは、ウォール街の投資家たちから出資を募り、ビジネスを始めた。

「書籍販売から日用雑貨へと商域を広げていったのは皆様がご存知の通りです」

山本は背後のスクリーンを指した。アメリカの人気ホラー作家のハードカバーや総合スポーツ誌が大写しとなり、次いでカラフルな柔軟剤やキャンプ用品が映し出された。

「ペインは4Cの理念を掲げました。簡単に言えば、顧客第一主義です。その思想は実にシンプルです。お客様の利便性を徹底的に突き詰める、創業当初からの基本理念は今も変わりません」

山本は言葉を区切ると、わざと間を作った。

「前置きが長くなって申し訳ありません。顧客第一、4Cの理念を掲げるサバンナの次なる主戦場は、皆様の携わられているファッションです」

声を張った山本を見上げる聴衆が増えた。そこにタイミングを合わせるよう、中村が画面を変えた。

〈サバンナ、ファッションサイトを刷新〉

薄い黄色の画面に黒いフォントで新たなサービスの名が現れた。

「有力ファッションブランドに向けサバンナの新展開をご説明させていただきます」

山本は腹に力を込め、言った。直後、スクリーンの画面が切り替わる。

〈Eハンガー〉

〈Eミラー〉

二つの言葉が大写しされた。最前列の顧客数人がペンを止めた。

「従来、サバンナのサービスでは膨大な個人、法人顧客の取引実績から好みや購買サイクルをＡＩ《人工知能》が分析し、新たなお勧め商品として提供するスタイルを確立しました」

山本の言葉の直後、また背景が変わった。

「Ｅハンガーとは、全世界の顧客が特定の衣服を何回手に取ったか、つまり興味を持ってチェックしたのかを計測するシステムです」

山本の説明に、会場のあちこちで、小声で話し合う客たちの姿が見えた。

「Ｅミラーは収集データの商品の色違い、サイズの違いを顧客がチェックした情報を一括管理できるデータベースです」

今までつまらなそうな顔でプレゼンを聞いていた関係者も慌ててメモ帳を開き、ペンを走らせる。

「経理やカスタマー対応をアウトソーシングされている方も多いかと思います。Ｅハンガー、Ｅミラーは御社にとって貴重な顧客データを、サバンナがクラウドで一括管理し、いつでもビジネス戦略や顧客管理に活《い》かせる仕様にします」

サバンナの本業である世界中での通販事業は、ときに赤字になる。顧客第一主義を貫き、毎年巨額の設備投資を行うためだ。一方、本業を支えているのはデータ保管サービスだ。

アパレル業界の顧客情報を有効利用する術《すべ》は、サバンナが世界中のどんな企業よりも秀でている……山本は聴衆を見回した。

大半の客が身を乗り出している。日本においては、若き経営者が興したYOYOCITYが先駆者だが、所詮は人口一億二〇〇〇万人分の市場であり、パイが急速に萎《しぼ》んでいる。サバンナが狙うのは成長が加速するアジアやアフリカ、その先にある米国、欧州だ。

「最新のEハンガー、Eミラーについて我々との協業を検討していただきたいと思います」

山本はゆっくりと会場を見回し、自信たっぷりの口調で告げた。

「東京でサバンナがファッションサービスのリアル店舗を出店します」

全身に聴衆の視線が集まるのを感じながら、山本は言った。

「リアル店舗にはお取引いただくブランドの皆様が希望される全ての商品、全てのサイズを置きます。今までのように人件費や在庫の管理に煩わされる心配は一切ありません」

舞台袖にいた中村と呼吸を合わせ、山本は次々に新サービスのキモとなる戦略を説明し続けた。

「我々はショールーミングを逆手にとり、ビジネスを拡大させます」

ショールーミングは流通業界で忌み嫌われてきた言葉だ。インターネット通販が世界的に当たり前になるにつれ、消費者は知恵を絞って安いプライスタグをつけた商品を選ぶようになった。実店舗でサイズを確かめたあとは、ネット通販をはしごし、一番安いサイトで買うのだ。

「リアル店舗ではもちろん試着可能ですし、色味も自分に合わせるよう顧客一人一人がチェックできます」

聴衆の反応を確かめながら、山本は言葉を継いだ。

「ただし、顧客はリアル店舗で商品を購入できません。購入はすべてサバンナの新サービスのアプリを使うのです」

山本が告げた直後、顧客の大半は狐《きつね》につままれたような顔をした。

「皆様のブランドは固定のお客様をお持ちです。季節ごとの新作を常にチェックし、一定数の商品をご購入される方々が、さらにお買い物で利便性をあげる仕組みを新たに始めるリアル店舗で提供します」

舞台袖の中村に目を向けると、大画面の表示が切り替わった。スクリーンを指しながら、山本は説明を続ける。

「リアル店舗に出店していただくことで、ブランドの皆様は商品を実際に手に持っていただくチャンネルが一つ増えるだけでなく、在庫管理の煩わしさ、人件費の抑制、販売管理の手間など、皆様が常に頭を悩ませておられる事柄から解放されます」

このとき五、六人が反応し始めた。

「リアル店舗は、まず東京でサービスを開始し、その後は札幌、仙台、名古屋、大阪、京都、広島、福岡へとネットワークを広げていきます」

根強いファンを持つブランドは、サバンナのリアル店舗に出店するだけで、割高な実店舗の家賃を払う必要がなくなり、現場販売員の人件費から解放される。おまけに、全ラインナップ、あるいは売れ筋だと見込んだ商品の見本数着をリアル店舗に運び込むだけで、今までのような在庫管理の煩わしさから逃れることができる。売り上げの集計はサバンナのシステムで一括管理が可能だ。

「どうか、ご検討をお願いいたします」

山本が一礼し、演台を降りると、数人のブランド関係者が周囲を取り囲んだ。

「仙台はいつリアル店舗をオープンしますか？」

ストライプのスーツを着た女性が尋ねた。仙台は東北一の都市であり、買い物好きな消費者が多いことをアパレルの実務担当者たちは皆知っている。やはり、関心が高いのだと実感する。

「あと数カ月、いえ半年以内には」

笑みを返したあと、中村と目が合った。

「駅前ですか？」

スーツの女性がさらに問う。

「その予定です。目下、店舗候補を探しております」

山本は自信たっぷりに言った。

14

「これで良かったのでしょうか」

四畳半の部屋、ベッド脇にあるアインの自宅クローゼットを開けながら、樫山がため息を吐いた。介護施設からほど近いアパートは日当たりが悪かった。今までになんども被疑者の住まいを訪れたことがある。殺人事件の被疑者の多くは荒《すさ》んだ生活をしていたが、アインが使っていた共同部屋にそんな気配はない。掃除が行き届き、整理整頓が徹底されていた。

「差し入れの準備はできましたか？」

「あとは量販店でフリースの上下や靴下を買います」

樫山はクローゼットからアインの肌着や下着を取り出し、折りたたんで持参してきたスーパーのショッピングバッグに詰め始めた。

「中心部にオックスマートの店舗があるらしいです。だいぶ寂れているようですけど」

樫山が小声で言った。オックスマートとの因縁を樫山も知っているらしい。

「本職にはお気遣いなく。昔の事件ですから」

田川は自嘲気味に言った。地方都市にはくまなくオックスマートのＳＣ《ショッピングセンター》、あるいは系列のスーパーがある。樫山によれば、オックスの店舗は能代署に近い柳町にある。

会議のあと、樫山とともに能代署の留置場に赴いた。田川の姿を見た途端、アインは態度を硬化させた。心を許していた樫山に対しても、肌着などの着替えを持ってきてほしいと告げたのみで、あとは固く口を閉ざした。

「肚を決めた方がいいですよ」

アインは自分の意志で人を手にかけた。長年の捜査経験に照らせば、アインの表情は殺人を裏付けるものだ。だが動機が見えてこない。勤務先が用意した小部屋を調べたが、答えは一向に見つからない。

「次は被害者《マルガイ》の遺留品を調べ直してみましょう」

ショッピングバッグを肩にかけると、樫山が立ち上がった。

事件現場となった米代川一帯から五〇〇メートルほど、能代の松林近くにアインが臨時雇いとして勤めていた介護付有料老人ホーム「まつばら」がある。

能代は冬場に日本海から強い西風が吹き付ける。過去に何度も大火に遭ったため、風の松原という防砂林が整備され、現在は市民の憩いの場になっている。

アインが働き、そして被害者の藤井が入居していた「まつばら」は防砂林から名付けられたという。

地上三階建ての施設の定員は二八名で、常に満員だ。田川と樫山はアインらが暮らす職員用の借り上げアパートから徒歩五分ほどの施設の受付に着いた。挨拶もそこそこに田川は男性事務職員の立ち会いで藤井の使っていた個室に向かった。

藤井が使っていたのは、二階の東側にある個室だ。事務職員の先導で、個室の引き戸を開けた。六畳ほどのスペース、レースと遮光カーテンの近くにシングルベッドがあり、サイドテーブルには花瓶がある。入り口近くには衣装ケースが置かれている。

「日記の類い、あるいは遺書めいた物はありませんでしたか？」

部屋の中を一通り見回したあと、田川は事務職員に尋ねた。

「残念ながらありませんでした」

「身寄りのない方でしたね？」

「色々とご事情がある方でしたので」

「事情とは？」

事務職員が携えていたファイルを開き、ページをめくった。

「藤井さんは、市内の花街で生まれた非嫡出子です。母親とは六五年前に死別され、その後はずっと一人で暮らしていたそうです」

事務職員はファイルを読み上げた。

「藤井さんの履歴に関しては、県警が調べています」

田川のメモをのぞきこみ、樫山が言った。

「性分なので、気になさらないでください」

田川は衣装ケースの扉を開けた。地味な色のフリースや綿入れのほか、ジャージの上下が衣類の中心だった。ブラウスなどよそいきの類いは少ない。

「携帯電話はお持ちだったのでしょうか？」

田川の問いに職員が首を振った。

「では、手紙とかは？」

「入居者への郵便物は我々に一括して届けられるのですが、年賀状や暑中見舞いも含め、藤井さん宛の物はほとんどありませんでした」

「天涯孤独だった？」

事務職員が顔をしかめ、頷いた。

「ちょっと偏屈なところがありまして、他の入居者とほとんど交流せず、訪ねてくる人も少なかったようです。彼女はいつも本や新聞を読まれていました。書籍は市内の書店ではなく、サバンナの通販を頻繁に利用されていました」

「なるほど」

「がんが見つかり、手の施しようがないことを自覚されてから、頑《かたく》なな性格に拍車がかかってしまい、アイン以外の人間とはほとんど話をしませんでした」

職員によれば、藤井は度々死にたいと独り言を漏らしていたという。

「今回の事件は自殺幇助なのですよね？」

「ええ、まあ。色々と裏付けをしておりまして」

田川は曖昧に答えた。田川は事務職員が言った地元紙の名前、サバンナを使って頻繁に取り寄せていたという時代小説の文庫のタイトルや著者名を手帳に書き加えた。

「そういえば、この部屋に本はありませんね」

家財道具の少ない殺風景な部屋を一瞥し、田川は言った。

「読み終えたものは、すべて集会場の交流室に寄贈してくださいました」

「なぜ、アインさんとだけだったのでしょう？」

「単にウマがあったとしか言い様がありません。入居者とヘルパーは互いに相性がありますから」

男性職員が申し訳なげに言った。田川は再度衣装ケースやサイドテーブルなどを見て回った。田川は膝を折り、フロアに手をついてベッドの下やサイドボードの下にも視線を向けた。しかし、掃除が行き届いた部屋にはなにも落ちていない。

手を払い、事務職員に顔を向ける。集会場に寄贈されたという書籍のタイトルをメモして、そこから手がかりを見つけるか。そんなことを考えると、一つの疑問が生まれた。

「スマホをお持ちでなかった藤井さんは、どのようにしてサバンナに注文を?」

「集会場の共用パソコンです。買い物をする際、アインがいつも手伝っていました」

「パソコンを見せてもらっても構いませんか?」

「こちらへどうぞ」

事務職員が藤井の個室の扉を開け、田川と樫山を促した。

15

介護施設まつばらの玄関ホール横には、広さ三〇畳ほどの明るい集会場が設けられていた。昼食を終えた施設利用者たちが集い、大型テレビでバラエティー番組を観ている。陽当たりの良い窓側のソファ席では将棋や囲碁に興じる老人もいる。

「書架はあちらになります」

事務職員が窓辺の方向、集会場の隅を指した。田川は樫山とともに老人たちの間を縫うように歩く。バラエティー番組に出演する若い芸人のたわいもない話に声を上げて笑う老人、そして女性週刊誌を食い入るように読む婦人の傍《そば》を抜け、書架の前に着いた。

五つの段を持つ書架が三つ並んでいる。近くには地元紙や全国紙、スポーツ紙を束ねるラックがある。

「この辺りが藤井さんの寄贈分ですね」

真ん中の書架を指し、事務職員が言った。

〈火焔《かえん》の剣舞〉〈疾風《しっぷう》の剣舞〉〈稲光の剣舞〉

著名な時代小説作家の作品だ。

「テレビの時代劇が減ったので、代わりに読み始めたら気に入られたようです」

剣舞シリーズだけで二〇冊、同じ著者の捕物シリーズが一五冊、それ以外にも他の時代作家の娯楽物が書架に並んでいた。田川がペンを使って数を数え始めると、事務職員が口を開いた。

「全部で七〇冊になります」

「リストはありますか？」

「寄贈されたものは施設の大切な資産ですから。あとでコピーを差し上げます」

田川は剣舞シリーズの一冊を手に取った。表紙をめくり、ページを繰る。寄贈されたあとで何人が手にしたのかはわからないが、所々ページの角が折れ、シワがよっている。

「藤井さんは綺麗にお読みになったようですが」

田川の思いを察したのだろう。バツが悪そうに事務職員が言った。

「本のページの間にメモやらが挟まっていたりしませんでしたか？」

「ありませんでした。事件のあと、県警の立ち会いですべてチェックしましたから」

「なるほど」

田川は手帳を取り出し、メモの類いがなかったことを書き加えた。

「そこまで記録を？」

隣にいた樫山が怪訝《けげん》な顔で言った。

「これしかやり方を知らんのです。どうか気になさらず」

田川は肩をすくめ、言った。

「こちらが共用のパソコンです」

書架の脇に、古びた事務机が置かれている。その上には型の古いノートパソコンがある。

「履歴をチェックしてもよろしいですか?」

樫山が言うと、事務職員が頷いた。

「藤井さんのほかに、将棋の棋譜をチェックする方など二、三人が使用していました」

樫山はノートパソコンの前に陣取り、電源ボタンを押した。樫山は手慣れた様子でインターネット画面を開き、閲覧の履歴画面を呼び出した。

「あとでお借りしてもよろしいでしょうか?」

「もちろんです」

藤井はサバンナを使って書籍を買っていた。日本語検定N2という高いレベルの資格を持つアインが補助すれば、パソコンに不慣れな藤井でも買い物するのは容易だ。

二人の居室同様、この集会場にも不審な点はない。田川は事務職員の顔を見た。

「ここ一カ月くらいでしょうか。藤井さんが何回か電話をかけていたので驚いたことがありました」

事務職員が集会場の反対側の隅を指した。玄関ホールにつながる通路に緑色の公衆電話があるという。樫山と顔を見合わせたあと、田川は再度老人たちの間を縫ってフロアを横切った。

「今時、公衆電話ですか?」

樫山が口にした。

「入居者の半分程度は携帯電話をお持ちですが、残りの皆様は今も公衆電話が重要な通信手段です」

「なるほど、メールやらに慣れすぎたせいか」

田川が自嘲気味に言うと、事務職員がなんども頷いた。

「それで、藤井さんはどこに電話をしていたのでしょう？」

「さあ、そこまでは……しかし、眉間に皺を寄せ、厳しい表情だったのは覚えています」

「怒っていた？」

「そうかもしれません。それにまれに関西弁が聞こえました」

「関西弁って、大阪とか京都の言葉？」

「バラエティー番組で芸人さんが漫才をやるような感じのイントネーションでした」

田川は反射的に手帳に〈関西弁〉と書き込んだ。藤井は秋田の北の外れで殺された。ここから関西までは優に一〇〇〇キロ以上距離がある。藤井の詳しい経歴はよくわからないが、関西弁という単語が引っかかった。

「樫山さん、たしかアインは神戸にいたんですよね？」

手帳のページを遡りながら、田川は尋ねた。

「それとなにか関係が？」

「現状、両者をつなぐのは、ネットと関西という土地くらいです」

「藤井さんが電話をかけているとき、アインは一緒でしたか？」

田川が訊くと、事務職員はわずかに首を傾げた。

「わかりません。いたかもしれませんが、記憶は定かではありません」

樫山が秋田県警の担当者に電話をかけ、公衆電話の通話履歴を至急取り寄せるよう指示を飛ばしている。

アイン、藤井ともにそれぞれの居室に違和感はなかった。だが、目の前にある緑色の古めかしい公衆電話は違う。

「ほかに、二人のことでなにか思い出すこと、気になった事柄はありませんか？」

田川が尋ねると職員が腕組みし、天井を仰ぎ見た。

「電話のとき以外でも藤井さんが関西のイントネーションを使うことがありました」

組んだ腕を解き、職員が田川に顔を向けた。

「どんなことでしょうか？」

「正確には覚えていませんが、たしかヤマガワがどうとか」

田川は拳《こぶし》を握り、樫山を見た。相棒がかすかに頷く。

「人の名前、それとも地名ですか？」

樫山が身を乗り出す。

「わかりません。でも、ヤマガワと言う際、我々東北の人間は最後のワの部分に力を込めますが、藤井さんはガに力点を置いていたような気がします」

「そのとき、アインも一緒でしたか？」

「ええ、そうです。アインも藤井さんと同じイントネーションでした」

「二人だけの符丁でしょうか？」

「わかりません」

職員が肩をすくめた。田川は手帳のページをめくり、ヤマガワとメモした。

「藤井さんは、他の入居者とあまり交わる人ではありませんでした」

職員がホールの方を見ながら言った。

「いつも一人でぽつんとされていて……そんなときもヤマガワと呟《つぶや》かれていたような気がします」

「どういう意味でしょうか？」

田川は手帳から目を上げ、尋ねた。

「さあ、単なる口癖としか思いませんでしたからね」

職員が眉根を寄せた。

田川は樫山を見た。相棒もなにかを感じたようだ。藤井の口癖と関西のイントネーション。事件の鍵となるものなのか。田川には判断がつかない。しかし、数少ない手がかりであることはたしかだ。

〈ヤマガワ　山川　山側　ヤマ川〉

田川は素早くペンを動かし、思いつくままにヤマガワという言葉を書き加えた。名字、あるいは地名、店の屋号かもしれない。

「色々と参考になりました」

田川と樫山は職員に頭を下げ、施設を後にした。

16

「ひとまず腹を満たして、作戦を練りましょう」

田川はぬる燗《かん》が入った徳利《とっくり》を樫山に差し出した。

「大先輩にお酌していただくなんて、申し訳ありません」

「肝臓を壊してから、私はお茶専門です」

田川はウーロン茶の入ったグラスを樫山の猪口《ちょこ》に当てた。依然、樫山の表情は冴《さ》えない。

「ここは署長に教えてもらいました。郷土料理がとてもうまいと聞きました」

カウンター席に置かれた小鍋の蓋を開けた。秋田名物のきりたんぽ鍋を頼もうとしたが、ねじり鉢巻を額に巻いた身長の高い店主がない、と首を振った。地元民は白飯をピンポン大に丸めたダマコを好むという。鉄鍋から鳥の出汁《だし》の香りが沸き上がり、胃袋を強く刺激した。

「あったげえうちに食え」

カウンターの中で比内《ひない》地鶏を焼いていた店主がにこやかに笑う。署長が事前に電話してくれたおかげで、見知らぬ土地でも温かなサービスを受けている。田川は小鉢を手に取り、ダマコと根の長いセリを樫山用に取り分けた。

「美味《おい》しいです、このお出汁。それにダマコがスープを吸ってふんわりしています」

「えがっだ」

店主が満面の笑みで頷いた。

田川も小鉢を取り上げる。ダマコは予想よりずっと柔らかい。出汁は地鶏の滋味がふんだんに効いている。寒風吹きすさぶ現場に赴いたため、芯から体が冷えた。温かい食べ物はなによりのご馳走《ちそう》だ。

「これから、うまくいくでしょうか?」

「懸命にやるだけです」

留置場を出た田川と樫山は、県警捜査幹部との会議に臨んだ。東京から来たキャリアとして樫山が仕切り役となった。

県警捜査員たちは生い立ちや以前住んでいた土地、友人や縁者に関する鑑取りを入念に行う。同時に、老人介護施設の人間関係の洗い出し、特に偏屈だったという藤井とトラブルになった人物がいないか、恨みを抱くような者の有無を入念に調べることになった。

「馬刺しも食べましょう」

店の主人は、新鮮な馬刺しのほか、ギバサと呼ばれる滑《ぬめ》りのある海藻の酢の物、ハタハタの飯寿司《いずし》をずらりとカウンターに並べた。

「料理に合わせて、地酒出すがらな」

主人が人懐こい顔で告げると、樫山がぺこりと頭を下げた。

田川と樫山が座るカウンター席には他に三名の客がいる。田川の背後にある小上がり席は一〇人程度が入り、にぎやかに酒を酌み交わしている。

ぬる燗で食欲を刺激されたのか、樫山がひっきりなしに箸を動かす。今のうちに食べておいた方がいい。田川は年下の上司に言った。捜査報告が入り始めれば、ゆっくり食事を摂《と》る時間などなくなる。一回目の勾留期限まであと一二日。様々な証拠や報告を照らし合わせていくうちに激しく体力を消耗する。

「田川さんに協力をお願いしてよかったです」

ぬる燗で頬をほんのり赤らめた樫山が言ったときだった。カウンター席の右端にいた田川の近く、重厚な秋田杉の扉が開いた。同時に、粉雪が風とともに店の中に舞い込み、田川の背広の肩に乗った。扉の前に見覚えのある顔があった。

「一緒に食事どうですか?」

運転手役の若い巡査部長だ。巡査部長はコートの肩についた粉雪を手で払うと、田川の横にきて中腰になった。

「例の照会の件です」

「まつかぜの公衆電話ね?」

樫山が箸を置き、身を乗り出した。

「架電先はどこでした?」

巡査部長が背広の内ポケットから紙を取り出した。通信会社のロゴが見える。

「被害者《マルガイ》の架電先らしき電話番号を抽出したところ、相手は全て通販大手サバンナの顧客サービス相談室でした。合計で八件、一時間半以上になります」

巡査部長が書類を広げ、田川と樫山の間、ギバサの小鉢の横に置いた。

〈発信元　まつかぜ　架電先サバンナ・ジャパン・カスタマーセンター　〇一二〇……〉

巡査部長の言う通り、細かいマス目にびっしりと記録が載っている。藤井と思《おぼ》しき人物がかけていた先は、サバンナだった。

最初は今年の一月初旬。その後、藤井は七回カスタマーセンターに電話をかけている。最初は二分、その後は一〇分、一五分と時間が増え、二〇分を超えているものもある。

「クレーマーと呼ぶには度を超えていますね」

田川の言葉に樫山が頷く。

「この手のサービスは通話を録音しているはずです」

樫山はカウンターの下に置いた大きめのトートバッグからタブレット端末を取り出した。樫山は手慣れた様子でスクリーンをタップする。

素早く動いていた樫山の指が止まった。人差し指の先を見ると、田川にも馴染みのある書式が表示されていた。

「通話記録をすんなり渡してくれる相手ではありません」

精彩な液晶画面には、任意で捜査協力を依頼するフォーマットがある。相手の名前、そして日付の場所が空欄になっているが、その他は典型的な警察の書式だ。

「あとで私が電話を入れるので、この書類を私の名前、そして県警本部長の連名でサバンナに送るよう手配してもらえませんか」

今まで黙っていた県警の巡査部長の顔を見上げ、樫山が言った。

「あなたのスマホのアドレスにこの雛形《ひながた》を転送します。署に戻ってプリントアウトして、本部長の名前をもらえば体裁は整います」

「了解です。本職のメアドは……」

若手巡査部長が告げると、樫山がメールソフトを起動させ、アルファベットと数字交じりのアドレスを打ち込んだ。

フォームを巡査部長に送ったあと、樫山は再び画面をスクロールし始めた。田川は指先に注目し、即座に口を開いた。

「これなら円滑に調べを進められますね」

タブレットの画面には、裁判所に令状を求める書式があった。

「田川さん、省力化できるところは私に任せてください」

今まで落ち込んでいた樫山が、別人のように快活な笑みを見せた。

17

樫山とともに能代署の会議室に戻ると、県警捜査一課の佐々木らが待ち受けていた。

タクシーで署に戻る途中、粉雪が猛烈な地吹雪に変わった。

「お食事中に申し訳ありませんでした」

佐々木が樫山に頭を下げた。

「先ほど私が直接サバンナのカスタマーセンターに電話を入れました」

佐々木が勧めるパイプ椅子に腰掛けながら、樫山がコートのポケットからスマホを取り出した。

樫山は状況を説明した。サバンナからは一介のオペレーターに処理できる内容ではなく、可及的速やかに折り返しの連絡を入れるという返答があったという。

「そろそろ回答があってもいい頃ですね」

樫山がスマホを会議机に置いたとき、着信音が周囲に響いた。樫山がスマホの画面をタップすると、女の声が聞こえ始めた。樫山は田川や佐々木、能代署の刑事課長を見回した。出力をスピーカーに切り替えたのだ。

〈夜分に失礼いたします。私、サバンナ・ジャパン企画室ヴァイス・プレジデントの中村と申します。恐れ入りますが、樫山さまでいらっしゃいますか〉

聞き取りやすい声だが、どこか冷めた感じがした。ヴァイス・プレジデントという役職がどの程度偉いかはわからないが、一介のオペレーターではないのはたしかだ。

「わざわざご対応くださって恐縮です。警視庁捜査一課管理官の樫山です」

樫山はゆっくりと言葉を区切りながら話し始める。

〈顧客対応についてお問い合わせをいただいたと担当者から承りました〉

「警視庁と秋田県警捜査一課は共同で捜査を進めております。二カ月前から、藤井詩子さんという顧客が御社のカスタマーセンターに架電していました。その際の録音データをご提供いただけませんか」

〈弊社の規則で、お客様のプライバシーを開示するのはかたく禁じられております。まことに申し訳ありません〉

中村という女の声音は丁寧だが、一切まかりならぬという強いニュアンスを含んでいる。

「どうしてもだめでしょうか？」

〈申し訳ございません。私の一存でどうにかなるものではありません〉

「カスタマーセンターに電話された藤井さんですが、実はお亡くなりになったのです」

〈えっ〉

事務的だった中村の口調が一変した。

「現在、詳しい死因や背後関係を捜査中です。藤井さんと関係のあった方々全てにお話をうかがい、接触のあった企業や団体をくまなく調べています。あくまで裏付けの一環としてお願いしております。どうかご協力ください」

樫山は声を荒らげることなく、淡々と要求を押す。

〈そういう事情ならばなおさら日本法人の幹部、そして米国本社の法務スタッフと協

議せねばなりません。しばらくお時間をいただけますでしょうか?〉

「何時間くらいですか?」

〈申し訳ございません。初めてのことですので〉

「我々は一人の人間の命がどうして絶えたのかを捜査しております。それでは近々、裁判所に令状を請求します」

〈必ずご連絡を差し上げます。恐縮ですが、再確認のためもう一度ご連絡先をお教えいただけますか?〉

樫山はゆっくりと言葉を区切り、携帯電話の番号、そしてメールアドレスを二種類伝えた。電話口で中村がこれを復唱する。

〈それでは、明日の早朝、もしくは午前中には折り返します〉

「真夜中でも構いません。裁判所は二四時間令状請求が可能ですから」

目に見えぬ電話の回線を通し、女同士の緊迫したやりとりが続いた。

〈可及的速やかに対応させていただきます〉

「残業を無理強いしたくてこんなお願いをしているわけではないのです。そのあたり、どうかご理解くださいね」

努めて優しい言い方だが、樫山の目は醒《さ》めている。

〈それでは失礼します〉

中村が電話を切った途端、樫山が息を吐き、人差し指でスマホの画面にタッチした。

「こんな感じでいかがでしょうか？」

「裁判所は二四時間対応しているという言葉は相当に効いたはずですよ」

田川の対面に座る佐々木が感心したように言った。

「時間が惜しいです。どなたか裁判所に行って令状を取っていただけませんか？」

佐々木が頷いた。

「先ほどメールでお送りいただいた書式、すでにプリントアウトしてあとは樫山さんのご署名、捺印《なついん》をしていただくだけになっております」

ファイルから書類を引っ張り出し、佐々木が紙を樫山の前に差し出した。

「お手数おかけしました」

「いえいえ、こんなに迅速なご対応は初めてです」

樫山は小さな筆入れをバッグから取り出し、さらさらと署名を行い、認印を押した。

「それでは、裁判所へ捜査員を向かわせます」

佐々木が背後にいた運転手役の巡査部長に手渡した。

田川は腕を組み、考え始めた。かつて大企業相手になんども捜査協力を要請したが、会社に都合の悪い事柄があるときほど回答に時間がかかった。いや、時間をかけて真相に蓋をするのが企業という生き物の特徴だ。

「今後の捜査の進め方について詰めませんか？」

田川の提案に会議室の一同が頷いた。

「被害者藤井さんの簡単な経歴を把握しましたので、お目通しお願いします」

佐々木が樫山に紙を差し出した。田川は樫山の横から書類を覗《のぞ》き込んだ。

〈藤井詩子　昭和八（一九三三）年生まれ。秋田県能代市住吉町……〉

介護施設職員の説明では、藤井は能代市内の料亭に住み込みで働く仲居の子として生まれた。田川が住吉町という住所を指すと、能代署の刑事課長が口を開いた。

「昔はたくさん料亭があったそうです。秋田杉の買い付けに全国から商人が訪れ、それは賑《にぎ》やかだったとか」

〈母ツヤの長女、非嫡出子として……〉

役所の古い書式の写しとは別に、県警捜査員が書き加えた手書きのメモが書類にある。

〈詩子は尋常小学校卒業まで母ツヤとともに料亭内にある仲居用の別棟で暮らしたあと、奉公のため能代を離れた……〉

田川が書類から顔を上げると、刑事課長が口を開いた。

「料亭の主人は女好きで、母親のほかにも女中を妾《めかけ》にしていたようです」

似たような話は長年の捜査でいくつも聞いた。男尊女卑の考えが今とは比べものにならないほど強かった昭和初期のことだ。藤井と同じような境遇で生まれ育ち、満足な教育も受けられず、犯罪者になった者を逮捕したこともある。

〈能代を離れたあとは、料亭の客のツテをたどって兵庫県神戸市に……〉

神戸という地名を見た瞬間、介護施設職員の言葉が蘇《よみがえ》った。

〈まれに関西弁が聞こえました〉

北国能代と関西弁、藤井を巡って意外なところに接点があった。

〈神戸では林田区（現在の長田区）にある縫製工場に勤務。その後同市中心部に移り……〉

県警捜査員は懸命に調べたのだろうが、藤井の足取りは所々抜けている。資料には十代前半に神戸に行ったとあるが、その後のことは神戸の中心部にある三宮《さんのみや》近くの住所があるのみで、婚歴や職歴など、藤井の人となりを知る上での重要な要素が欠けている。

「神戸に行きましょう」

樫山が言った。

「そうですね、アインも神戸にいましたからね」

「藤井さんとアインの鑑取りは秋田のみなさんにお任せして、神戸は我々が」

樫山の頬がわずかに紅潮していた。

「構いませんか？」

田川が佐々木や刑事課長に言うと、県警の捜査員は一様に頷いた。

18

「それでは、失礼いたします」

白い制服のホテルマンがコーヒーの入ったポットをサイドテーブルに置き、出ていった。山本康裕は濃い目のコーヒーをカップに注ぎ、喉に流し込んだ。

一時間半前、中村とともに麻布十番の老舗鮨屋にいた。シャンパンから秋田産の純米吟醸に切り替えた矢先に中村宛に連絡が入り、打ち上げはあっけなくお開きとなった。

中村は突発的なトラブルが起きたと言い、急遽《きゅうきょ》三軒茶屋の本社に戻った。その後山本は六本木にある定宿に入った。

〈例の件で警察から照会がありました。オペレーターとの会話について、録音データを提出してほしいと言っています〉

三〇分前、中村からショートメールが入った。警察が老婆の通信履歴を発見したのだ。濃い目のコーヒーをもう一口喉に流し、山本はノートパソコンのエンターキーを押した。画面にニュースサイトの一覧が現れる。

〈秋田の自殺幇助、県警がベトナム人の通訳登用：中央新報〉

昨日の全国紙や通信社電は、ベトナム人の介護施設スタッフという物珍しさに反応し、社会面で事件を報じた。容疑者が早々に逮捕され、その上自殺幇助の容疑を認めたことで、報道は着実に沈静化しつつある。熱いコーヒーを注ぎ足すと、両手でカップを覆う。山本がもう一度カップに目をやったとき、スマホが突然鳴り始めた。視線を向けると、中村ではなく、別の名前が映っていた。

「どうした？」

〈パパ、ちょっと聞いてよ〉

娘の千華だった。声が上ずっている。

〈ママがさ、どうしてもあの変な塾に行けって言うの。キモオタ男子が何人もいるんだよ〉

「前から言っているが、日本は発展の余地がない。人口は減り続け貧乏人ばかりが増える。塾は絶対に必要なんだ」

山本は千華に対し、持論を展開し始めた。

外資系の巨大企業に移籍した山本自身が痛感している事柄だ。サバンナはニューヨーク証券取引所に上場する企業で、創業者でさえ株主に雇われている。いかに配当を多く株主に還元し、常に株価を高値で安定させるかを第一義に考える。

株価の高値安定のため、社員一人一人にはありったけの成果が求められる。結果を出せばポストとサラリーは確実に上がる。さらなる活躍が認められれば、他社から高条件のオファーが届き、ステップを登り続けることが可能になる。

「パパが勤めるサバンナは典型的だけど、企業は利益を生む人間しか正社員として採用しない。その他の頭を使わない業務は非正規労働者で十分なんだ」

〈非正規って、給料が安い人のことでしょう?〉

「わかりやすく教えようか。あのバーガーチェーンを知っているよな」

山本は世界的なチェーン店の名を口にした。

「渋谷センター街の店長は正社員だ。だが新宿にある日本法人の課長、つまりサバンナにいるパパみたいな立場とは、待遇が全く違う」

〈具体的には?〉

「店長の年収はせいぜい四〇〇万円、課長なら六〇〇、七〇〇万円くらい。これが米国本社の採用なら一〇〇〇万円以上になる」

露骨なデータに千華が黙り込んだ。有名大学を卒業し、大企業に就職すれば安泰という時代はとうの昔に終わった。成長性の見込める企業の幹部候補生として極めて狭い門をくぐり、他者を押しのけて幹部に上り詰める。あるいはより良い条件で引き抜かれるかだ。

「金持ちか貧乏か二者択一だ。金持ちになる切符は全体の一割程度、残りは全員が確実に貧乏人になる運命だ」

実際、二〇年前の日本は非正規労働者が全体の二三%だったが、現在はこれが四〇%近くまで上昇している。また派遣労働者と正規雇用者の賃金格差が問題視され始めると、今度は業務委託という形態が増えた。フリーランサーという耳障りのよい言葉に置きかえられている。

いずれにせよ、今後は不安定な職種が増え続け、大半が貧乏人の属性になる。サバンナにいる間は常に緊張を強いられる。いつ下の層に落ちるか分からない。それを思えば、無駄な出費は抑えたい。ホテルにいる間、コーヒーはサービスとなる。会社名義で泊まれるときは、目一杯サービスを受ける。

「海外に行って、世界標準で勉強してほしい。そのためにはお金が必要だ。だから毎晩残業して頑張っている」

昨年の夏休み、千華の海外学校時代のシンガポール人の友人が来日し、三日間山本のマンションに滞在した。マレー系の友人はシンガポールの物価が上昇を続けていることを面白おかしく語っていた。家族四人でありふれたレストランでランチを摂れば、二万円程度は普通にかかるという。千華はおおげさだと笑い飛ばしたが、山本は笑えなかった。世間はインバウンド景気を好感している。日本の魅力が外国人に再評価されたからだと強調する政治家も少なくない。だが実態は違う。日本の物価が主要国に比べ極端に安くなっていることがインバウンド景気の本質にある。

二人が原宿に出かけたとき、インターネットでシンガポールの状況を調べた。約一五年前、シンガポールの国内総生産《GDP》は約二五〇〇億SPドルだったが、これが現在は約五〇〇〇億SPドルと二倍近くに伸びていた。

一方、同じ時期の日本は五三〇兆円から五六〇兆円と約五％しか成長していない。この間、政府による意図的な円安政策によって円の価値が下落した。このため、成長著しいアジア諸国に比べ日本という国自体が明確に貧乏になってしまった。

シンガポールをはじめ、新興アジア諸国は成長が著しい。GDPを個人の給与に例《たと》えるとわかりやすい。シンガポールでは一五年で給与が二〇万円から四〇万円になったが、日本は二一万円だ。しかも、シンガポールはさらに給与が伸びそうだという期待が国民全体に広がっている。対する日本でそんなことを考える人間は皆無だ。

「日本に居続けると、いかにこの国が貧しく、縮んでいるのかを実感できない。だから千華には絶対に海外に出てほしい」

しばし間があった後、娘が口を開いた。

〈今晩は帰ってくるの？〉

「無理だ。トラブルが起きたから本社との連絡をつけなきゃならん」

〈了解……〉

山本が別れの言葉を切り出そうとした瞬間、千華の声が聞こえた。

〈パパ、またあのお菓子食べたい〉

「なんのことだ？」

〈あのボーロ、友達にも好評だったよ〉

仙台の駅ビル構内の土産物屋で見つけた、幼児向けの玉子菓子の名を唐突に告げられた。

〈ほら、可愛いこけしのイラストが蓋になっているボーロ〉

「近いうちにまた仙台に行く。そのとき、また買ってくるよ」

〈お願いね。サバンナでも扱っていないレア物だからね〉

娘の言葉に山本は思わず吹き出し、電話を切った。

「お嬢さんですか？」

背後から突然、女の声が響いた。振り向くと、前髪をかき上げた中村が立っていた。

「ああ」

「あの、気になっていたんですけど」

中村が山本の手元に視線を向けた。

「時計、新しくされたんですね」

「ああ、まあね」

山本はあわてて腕時計を手で覆った。動画コンテンツを制作する業者からプレゼントされたスイス製の時計だ。レンタル名目で渡されたが、返却するつもりはない。

「例の問題の解決策を持ってきました」

それで、と中村が部下の顔で告げた。

「こちらが明日発表予定のリリース案です」

中村が一枚の紙を差し出した。

〈システム障害について　サバンナ・ジャパン〉

山本は紙から目を離し、中村を見た。醒めた目付きだ。

「システム担当者、弁護士とも協議しました」

中村が別の紙を差し出す。システム関係の報告書には数字と記号、アルファベットが細かいフォントで並ぶ。新サービスの導入はすべてに優先する。山本の命で、社内に詳細を伏せたまま、強い権限によって様々な部署を動かした。

「例の電話が入ったとき、並行して顧客管理のデータベースに小さな不具合がありました。具体的には、お勧め商品のピックアップ機能にバグが発生しました。ですから、なかったことではありません」

「なるほど、顧客対応に不備があった旨を公表すれば警察も納得する」

「誤ったレコメンド通知があった顧客一〇〇名には、サバンナギフトポイントを一〇〇〇円分付与し、謝罪します」

　中村の言葉に山本は頷く。

「これは本物のデータです。一生表に出ることはありません」

　中村がジャケットから小さなメモリーカードを取り出した。

「例の録音データか？」

「システム障害の際に、この世から物理的に消えてしまったデータです。万が一、警察が会社を家宅捜索しても、ないものはないのです」

　山本は窓際のデスクから離れ、ベッド横のサイドテーブルの脇に進んだ。

「どうした？」

　声をかけると、中村はサイドテーブルに置いてあった真鍮製のオブジェを手に取った。

「このメモリがこの世からなくなれば、サバンナが追及されることも、山本さんが疑われることもありません」

　短く言ったあと、中村はオブジェの底をメモリーカードに叩きつけた。爪のようなサイズのプラスチックが粉々に砕け散った。

「これで完了です」

中村の顔を覆うようにセミロングの髪が垂れ下がった。

第二章 潜行

1

「随分賑わっていますね」

二月九日、JR三ノ宮駅近くのバス停を離れ、アーケードの商店街を目にした途端、田川は感嘆の声をあげた。

「関西でも有数の繁華街です」

樫山も周囲を見回す。神戸牛レストランの看板やパン屋のショーウィンドーが華やかな電飾を灯されている。駅の通路からほど近いステーキ店の前で、田川は足を止めた。

〈神戸牛ロース薄切り〉〈神戸牛ヘレステーキ〉〈神戸牛サーロインステーキ〉……白いサシがびっしりと入った肉の塊が綺麗に磨き上げられたショーケースに並ぶ。

「おいしそう」

隣の樫山が呟いた。

「事件が解決したら、我が家でとびきりのすき焼きをご馳走しますよ」

「本当ですか？」

「地元の商店街に馴染みの精肉店があります。早くすき焼きを食べられるよう頑張りましょう」

店からは牛肉を香ばしく焼く匂いが漂う。田川と樫山の脇を通り、何人もの主婦が店に吸い寄せられていく。ソースの香りのほかに、新鮮な肉そのものから発せられる甘い匂いも混じる。

午前一〇時前に秋田県能代市を発ち、秋田市郊外にある秋田空港まで県警の若い巡査部長が送ってくれた。

粉雪舞う秋田空港から飛行機で一時間半。二人は伊丹《いたみ》空港に到着し、神戸三宮駅行きの空港バスを使い、神戸の中心部、三宮までたどり着いた。宿を発ってから五時間以上、総移動距離は七〇〇キロを超えた。旅には慣れているが、寄る年波には勝てない。慣れない寝床で疲れも取れていない。しかし、捜査の期限は迫っている。神戸という田川にとって未踏の土地の空気を感じ、新たな手がかりをつかみたい。田川は懸命に足を蹴り出した。

「神戸は初めてでしたね」

「大阪と京都はなんどもありますが、こちらは初めてです」

大阪難波《なんば》のような猥雑《わいざつ》な感じはなく、梅田のようにどこかすました雰囲気もない。だが、田川の周囲を行き交う地元の婦人たちは色とりどりのコートを身にまとい、ハンドバッグも巧みな細工が施されたものが多い。

「友人に聞いたことがあります。神戸は背伸びしないオシャレな人が多いのだそうです」

「背伸びしない？」

「明治初期から外国と交易があり、自然と海外文化が生活に染み込んだので、これ見よがしのブランド物は野暮ったい、そんな風に考える人が多いと聞きました」

髪を綺麗にカールさせた妻と同年代の女性が横を通り過ぎた。

「横浜をギュッと凝縮したような街らしいです」

横浜には煉瓦《れんが》造りの建物が立ち並び、カバンや靴、衣料品でも地元発祥の店が多い。三宮も同じだ。周囲に全国チェーンの類いは少なく、女性服や紳士服、靴や鞄にしても古く風格のある店舗がたくさんある。

「ゆっくり散策したいところですが、とりあえずアポ先に行きましょう」

田川は手帳を開いた。秋田空港で訪問先に連絡を入れておいた場所が三宮にある。

「三宮センイ商店街ですね」

田川の手帳を覗き込みながら、樫山が言った。

「あちらのようです」

手芸用品やボタン、大量の生地がうずたかく積まれている店舗がアーケードの先に見えた。点心の蒸気が立ちこめる中華料理屋の脇を通り過ぎ、田川は樫山と肩を並べて商店街の先へと足を速めた。

乾いた風が六甲山の方向から吹き下ろし、かなり寒い。樫山はなんどもコートの襟を立て、肩をすぼめる。

「アインの様子はいかがでしたか？」

「ほとんど話してくれませんでした。ただ神戸と告げたときは顔を上げました」

今朝早く、宿で朝食を摂ったあと田川と樫山は能代署に立ち寄った。その際、樫山は県警の計らいで一五分だけアインと面会した。

「神戸でなにか答えが見つかればいいですね」

樫山は自らを奮い立たせるように言った。

田川は手帳に書いた住所と近くの店舗脇にある番地表示を見比べた。目的地はそう遠くない。次第に周囲の商店街の様子が少し変わってきた。目的地に近づくと、どこか長屋風の店舗が増え始める。東京でいえば、馬喰横山《ばくろよこやま》、大阪ならば船場《せんば》のような衣料品専門問屋街だ。生地やボタンといった素材や、裁縫用具などを扱う店が多い。

「あそこですね」

棒状に巻かれた生地を売る小さな店の近くに〈三宮センィ街〉の煤けた看板がある。

昨夜から今朝にかけ、秋田県警が手を尽くして藤井の経歴を調べた。今から七〇年近く前、藤井は能代の料亭の離れに住む実母と別れ、たった一人で神戸の縫製工場へ奉公に出された。

勤務先は〈湊川《みなとがわ》衣料製作所〉という名の業者だ。県警の調べによれば、神戸の豪商の使いで秋田杉を買い付けにきた木材問屋の紹介で、見知らぬ土地へと藤井は連れてこられた。

肝心の工場はすでに四〇年以上前に廃業した。わずかな手がかりを得るために繊維業者組合を訪ねる。

高架下に連なるセンィ商店街の周囲を近隣の勤め人や学生が行き交う。先ほどの看板から二〇メートルほど歩くと、二階につながる薄暗い階段が見えた。田川は出張用のカバンを持ち直し、狭い階段を上った。一階の商店街と同じく、周囲は薄暗い。

〈やまはな　シルク　ブラウス地　裏地　芯地　レース〉

階段を上がり切ったところに、これまた煤けた案内板がある。

「樫山さんが生まれる前、日本は深刻な繊維不況に見舞われた時期がありました。藤井さんもそれを経験したのでしょうか」

シャッターに貼られた〈空き店舗〉のビラが通路を抜ける風になびいている。

「面白そうなお店もありますよ」

生地屋の看板の先にある真っ赤なポスターを樫山が指した。

〈入口すぐそこ！　産地とお客様をつなぐ　三宮高架下酒場〉

ポスターの先を見ると、台車に発泡スチロールの箱を積んだ若い男性が店に入っていく。

「明石《あかし》がすぐ近くですし、瀬戸内のお魚がとてもおいしいと友人から聞いたことがあります」

「仕事が片付いたら行きましょう。秋田の次は瀬戸内。捜査でないと地元名物はなかなか味わえない」

田川が軽口を叩くと、樫山が目尻を下げた。店の前を通り過ぎると、ほのかに出汁の香りがした。田川はさらに通路の奥へと進む。

〈ナカオ　コウベカルチャーセンター〉

壁一面に影絵で社交ダンスを踊る男女の姿が描かれている。曇りガラス越しにうかがうと、老齢の男女が煌《きら》びやかな衣装を着て、優雅に踊っている。

「ずいぶんとハイカラな街ですね」

田川が言った直後、樫山のスマホが鈍い音を立てて振動した。スマホを取り出した途端、樫山が眉根を寄せた。

昨晩の能代署会議室のときと同じように、樫山がスピーカー切り替えのボタンをタップした。

「サバンナです」

「警視庁樫山です」

〈突然のお電話、失礼いたします。サバンナ・ジャパンの中村です〉

「進展がありましたか？」

田川の顔を見ながら、樫山が言った。

〈お伝えした時間に間に合わず、申し訳ありません。こういうご報告は本来なら内規に反するのですが〉

スマホを掌に載せた樫山が眉根を寄せる。

〈あと二時間ほどで、弊社から主要な記者クラブにプレスリリースを配布します〉

「どんな中身ですか？」

〈ここ数日、お問い合わせの件とは別に社内調査が進んでおりました〉

「調査とは？」

〈顧客対応システムでバグが生じておりました〉

中村は声のトーンを落とした。

「我々にどのような関係が？」

〈まことに申し訳ありません、お問い合わせの件をなんとか情報提供できるように米国本社とも協議してきましたが、件《くだん》のトラブルが遠因となり、一千件近い音声データが消失してしまいました。すぐにリリースをお送りします〉

事務的な声で告げると、中村が電話を切った。

「本当ですかね？」

首を傾げた樫山が言った。

「記者クラブに資料を配布する。企業にとっては重い判断だと思います」

そう言うと、田川は樫山と顔を見合わせた。

中村から連絡が入って一分後だった。ガード下の通路で、樫山のスマホが再度振動した。樫山はスマホの画面を凝視した。

「本当にトラブルがありました」

樫山が眉根を寄せ、スマホを田川に手渡した。背広から老眼鏡を取り出し、画面の中の細かい文字を追った。外資系通信社の短文ニュースだ。

〈サバンナ・ジャパン　顧客管理システムの不具合について会見へ〉

「能代署の若い人が気を利かせて送ってくれました」

通信社の短い記事には、膨大な数の商品を顧客に勧める機能に不具合が生じ、日本国内の顧客数百人に誤ったメッセージを送ってしまったとある。

「大企業が謝罪会見を開くということは、それなりの覚悟があるはずです」

樫山が顔をしかめ、言った。

「藤井さんのデータがサバンナにとってすごく危険なものだった場合はどうでしょう?」

田川は記事を睨んだ。

「そこまでやりますか?」

「大企業は、一つの嘘を隠すために、百の嘘を上塗りする生き物です」

個人が発した小さな声や微かな異音は、大企業の面子を保つためにたやすく踏み潰される。その過程で、抗《あらが》う声を無理やり消され、命を奪われた人間を田川は今まで何人も見てきた。

「捜査を尽くさねばなりません。東京に戻ったら、本当にデータが消えてしまったのか、裏を取りましょう」

「その強い意志がいくつも事件を解決したのですね」

樫山がスマホをバッグに片付けながら言った。

「本庁の先輩方が田川さんのことをいつも話しています」

「しつこいだけとか、抗命するとかロクなものではないでしょう」

「いいえ、今回ご一緒して意味がわかりました」

「さあ、事務所に行きましょう」

田川は通路の壁に貼られた案内図を指し、言った。

2

繊維業組合の事務室で、田川は黴臭《かび》い業者名簿をめくり続けた。

「午前中に連絡もろたとき、おおよその目星はつけたんですわ」

老眼鏡を鼻の頭にのせた年老いた事務員が申し訳なさそうに言った。

「おしかけてきたのは我々です。どうかお気遣いなく」

田川が名簿から顔を上げると、ニットのベストを着た老事務員が別のファイルを事務所裏の書架から引っ張り出し、濡れティッシュで表面に付いた埃を落とした。作業ジャンパーの胸元には萩原《はぎわら》の名札がある。

〈湊川衣料製作所〉

田川は被害者・藤井のかつての勤務先の名を探し続けた。隣では、持参したマスクで口元を覆った樫山もひたすらページを繰る。

「ガチャマン景気が萎んだあと、ここいらの業者もようけ倒産したり、夜逃げしたりで、組合の記録も曖昧なんが多いんや」

老事務員の萩原が背表紙に付いた埃を吹き飛ばし、言った。

「ガチャマン景気？」

ページを繰る手を止め、田川は聞いたばかりの言葉を手帳に書き込んだ。

「朝鮮戦争が始まったころから、戦後復興の一大景気が始まったんはご存知ですかな？」

「いわゆる戦争特需ですよね」

「織機をガチャンとやれば、万の金が儲《もう》かるからガチャマン。繊維、紡績、糸偏の業種がえらい儲かったんや。そうなれば、生地や縫製なんかにも儲けの裾野が広がる」

「湊川衣料製作所という会社はご存知ですか？」

「ずいぶん古い会社やからなあ、俺はよう知らん。すまんなあ」

秋田県警の介護施設入居者への聞き込みにより、かろうじて出て来た名前だ。手帳にメモを加え、田川が再び名簿をめくり始めたとき、曇りガラスの入り口ドアが開き、ニットの帽子を被った老女が入ってきた。上品な佇《たたず》まいがある。

「マサちゃん、手伝《てつど》うてくれへん？」

萩原が老女に声をかけた。マサちゃんという女性も事務員なのだろう。説明を受けると、樫山が手にしていた名簿に目をやった。

「湊川衣料製作所……たしか、えらい人遣いの荒い会社やなかったかな」

樫山の手から名簿を取り上げると、マサちゃんが親指を舐《な》めながらページを繰り始めた。マサちゃんがチェックを始めて二、三分が経過したとき、唐突にその手が止まった。

「ハギちゃん、これや、これやわ」

田川と樫山はマサちゃんの指先を凝視した。たしかに秋田県警が調べた企業名が名簿に残っているが社名のマスに斜線が引かれている。つまり、廃業、もしくは倒産したのだ。

「当時の社長さんとか、ご家族、従業員の方とかに心当たりはありませんか?」

黄ばんだ書類から顔を上げ、田川は頼み込んだ。

「せやな……」

マサちゃんが萩原と顔を見合わせ、考え込む。田川も樫山を見た。

「捜査はこういう小さな作業の積み重ねですよ」

樫山が頷いた。被害者の足跡をたどり、友人や親戚を見つけて話を聞き出す。必要な情報がすんなり出てくることなど滅多になく、膨大な時間がかかるのだと樫山に告げた。

「なあ、刑事さん」

萩原が田川の顔を見つめていた。

「この事務所にはロクなもんが残ってへん。どうやろ、湊川に行ってみたら」

「せや、あそこに古い商店街があるし、古い人に訊いたらわかるかもしれんよ」

萩原のあとに、マサちゃんが言った。

「あそこなら、ええ人おるやんか」

マサちゃんが手を打つと、萩原が口を開いた。

「商工会の顔役で、清水《しみず》いう爺《じい》さんや。一見ガラの悪いオッさんやけど、あの辺りの噂話とか、昔誰が住んどったとかツテは一番持っているんちゃうかな」

萩原は早速、古いガラ携を取り出して通話ボタンを押した。

「おう、清水さんか？」

窓際の席に行き、萩原が話し始めた。

「湊川に古いマーケットがあるねん。その中に魚屋があってな、今は隠居爺さんや」

マサちゃんがいたずらっぽく笑う。

「清水さんはな、昔はえらい遊び倒したらしいねん。それでセンイ街辺りでアメリカの古着買《こ》うて、よう有馬温泉の芸者さんとこ行ったらしいわ。年寄りの自慢話はどこまで本当かわからんけどな」

マサちゃんは電話をかける萩原を指し、笑った。どうやら萩原と清水は悪友らしい。

「お手数おかけします」

田川はマサちゃんに深く頭を下げた。

「あの、田川さん。藤井さんの分は現地で調べるとして……」

樫山が小声で言った。

「そうでした、アインの分もある」

田川は手帳のページを遡った。

〈コウベテキスタイル〉

県警の資料から書き写してきた企業名が目の前にある。田川が萩原にその名を告げると、別のファイルを取り出してきてくれた。

「長田区にあるわりと新しい企業やね」

萩原の声が少しだけ沈んだ気がした。

「なにかあるのですか？」

「わしらのような年寄りにはわからん経営スタイルっちゅうか」

田川は樫山に目をやった。

「昔の繊維や縫製の会社、そりゃ仕事はきついで。でもな、社長が親方で、ミシン工や下張り工は子供も同然や。家族みたいなもんやった」

マサちゃんが言った。

「ではコウベテキスタイルは違う？」

「違うやろなあ」

萩原が諦めたような声を出した。田川は樫山と顔を見合わせた。

「昔の奉公言うたら、そら親方や先輩が怖かったし、仕事覚えるまでは厳しい世界やったんやて。でもな、今の仕組みはなあ」

萩原の声が尻すぼみになった。

「ウチら古い人間やから、よう説明できんわ。まあ、行ってみたらええわ」

マサちゃんが淡々と言った。

「まずは湊川の清水さんに会ってみます。長田の方は明日の午前中にでも」

田川が腕時計を見ると、午後四時半を過ぎていた。聞き込みにどの程度時間がかかるかわからない。アインの元の勤め先は日を改めたほうが賢明に思えた。

田川は名刺に自分のガラ携の番号を書き加え、マサちゃんに渡して繊維組合の事務所を後にした。

ガード下二階の通りに出ると、樫山が口を開いた。

「アインの勤め先、きっとブラック企業です」

「残業やらパワハラやらがあるという意味ですか？」

田川の問いかけに樫山が頷く。

「能代署でアインと再会したとき、彼女がなんて言ったか覚えていますか？」

〈だって……スマートフォンを取り上げられたから〉

あのとき、アインは涙声だった。

「過酷な環境から逃げ出した、そういうことでしたね」

「実際に行ってこの目で労働環境を確かめたいと思っています」

樫山が力を込めて言った。ブラック企業という言葉が、なんども田川の耳の奥で反響した。

3

神戸市営地下鉄の駅を出て、五分ほど幹線道路沿いに歩いたとき、スマホの地図アプリと周囲を見比べていた樫山が足を止めた。

「ここですね、東山商店街」

樫山が古びたアーケードの壁を指した。

〈お買い物は東山商店街　ミナイチショッピングセンター〉

アーケードの入り口近くには青果店の四トントラックが横付けされ、若い店員たちが野菜の詰まった段ボールを運んでいる。すぐ後ろには小さなベーカリーがあり、揚げパンを調理する香ばしい匂いが漂う。

〈超目玉商品!〉

〈最終赤字大奉仕!〉

〈今だけタイムセール　豚バラスライス〉

店先に特売品の札をたくさん並べ、店員が大声で客を呼び込む精肉店がある。店先には買い物袋を抱えた主婦たちが列を作っている。

「うちの地元よりずっと規模が大きい。専門店がたくさんある商店街は大好きです」

田川は周囲の店を見回した。古びた商店街では、行き交う買い物客と店のスタッフがほとんど顔見知りのようだ。

精肉店の隣は乾物や塩干物も扱う大きな鮮魚店だ。その向かいには青果店があり、斜め向かいには練り物の専門店がある。魚を捌《さば》き、これを加工する様がひと目でわかる。他にも、衣料品店や洋食屋が軒を連ねる。アーケードの長さは五、六〇〇メートルほどだろうか。

「湊川市場だから略してミナイチですね。大正時代に神戸で初めて設置された公設市場が起源みたいです」

樫山がスマホの画面を見ながら言った。

「人間のつながりが濃いエリアだったら、なにか見つかるかもしれません。この街は人の顔が見えます」

田川の言葉に樫山が首を傾げた。

「昔ならば、タバコ屋で街の成り立ちや不良の名前を聞き出せましたが、今はコンビニでそんなことを尋ねてもなにも教えてくれません」

「そういう風に捜査をするのですね」

田川は後ろ頭をかきながら、商店街の奥の方向へと歩き続けた。

「あそこじゃないですか？」

〈神戸の台所　東山商店街〉

商店街共通のノボリの脇に〈魚勝《うおかつ》〉の看板と屋号が染め抜かれた大漁旗が見える。

店先には所狭しと鮮魚が並んでいる。天井からはタコの干物が吊るされ、足には〈明石産〉の札がある。タコで有名な明石は目と鼻の先だ。

「そうですね、魚勝だ」

田川は手帳のページをめくり、言った。

〈魚勝の刺身・寿司等は、店内でお召し上がりいただけます。どうぞご利用ください〉

手書きの札が刺身コーナーの脇にある。その奥には、カッパ巻きやいなり寿司、握り寿司のパックが綺麗に並べられている。

「小腹空きませんか?」

田川が訊くと、樫山がにっこりと笑った。田川はいなり寿司の小さなパックを取り上げると、ポニーテールの若い店員がいるレジに向かった。

「あそこで食べてもいいかな?」

田川が小銭をトレイに置きながら尋ねると、店員が笑みを浮かべた。

「もしかして、刑事さん?」

「どうしてわかった?」

「爺ちゃんから話を聞いていたさかい。爺ちゃん!」

大人びた風貌とは裏腹に、幼い声だ。気風《きっぷ》の良い、はきはきした口調が心地よい。

「なんや?」

顎がしゃくれた太眉毛の老人が顔を出した。田川が会釈すると、事情を察してくれたのか手を拭きながら調理場から出てきた。田川は他の客に見えぬよう警察手帳を腰のあたりで提示した。

「魚勝の清水ですわ」

清水は店の奥にある簡易テーブルが並ぶエリアを指した。

「ほお、わざわざ買うてくれたんか? 言うてくれたらなんぼでもサービスしたのに」

「小腹が空いていたところに美味しそうないなりが目に入ったので、つい」

田川は清水の案内で丸いテーブルとパイプ椅子のイートインスペースに着いた。

「遠いところから、ご苦労さんです」

「ご商売中にお邪魔するのは気がひけたのですが、時間がないもので」

田川が腰掛けると、清水はレジにいた孫娘に茶を出すよう指示し、煤けた椅子に座った。

「繊維組合の萩原さんには大変お世話になりました」

田川が頭を下げると、清水が口元をほころばせた。

「昔の悪い遊び仲間ですわ」

聞き込みをする際、いきなり本題に入るのはタブーだ。相手が警察官のことをどう考えているのか、慎重に見極めるのが田川なりのセオリーだ。

「組合のマサちゃん、わしらが有馬温泉でごっつい遊び倒したとか、えげつないこと教えたんとちがいますか？」

「ダンディーなお二人が芸者さんたちの人気者だったと」

「何言《ゆ》うとんねん。あの口の悪いマサちゃんがそんなこと言うわけないで」

田川は壁の隅に地元警察署の感謝状を見つけた。地域の子供たちの登下校の見守り活動や、交通安全運動、防犯活動全般に長年従事したことへの感謝状だ。

「お茶、冷めんうちにどうぞ」

レジにいたポニーテールの孫娘が田川と樫山、そして祖父の前に湯呑みを置いた。

「今時珍しい孝行娘ですね」

レジに向かう孫娘の後ろ姿を追いながら言うと、清水が相好を崩した。

「勉強はアカンけど、昔からよう店を手伝ってくれるええ子でしてな。あの子の代は彼女一人やから、婿さえ来てくれたらわしは安心して死ねるわ」

清水がおどけて言うと、樫山がくすりと笑った。

「誰かええ兄ちゃんしらん？」

清水は樫山に尋ねるが、曖昧な笑みを返すのみだった。日頃仕事で向き合っている刑事たち、あるいは本庁の幹部たちとのやりとりと市井の人物とでは勝手が違うのだ。

「ほんで、人を捜しているとかでしたな？」

「亡くなった方です」

田川は手帳の間から藤井の顔写真を取り出し、清水に手渡した。

「藤井詩子さんという八〇過ぎの女性です。秋田県の能代というところから、尋常小学校卒業後にこちらに奉公に来られた方です」

田川の説明を聞きながら、清水が写真を凝視している。

「ご存知ありませんか？」

「うーん、わしの一番上の姉ちゃんの世代の人やなあ。でもな、こういう人は全国のあちこちから来よったからなあ」

清水が眉根を寄せた。

「せっかく東京から来はったんやから、うちの姉ちゃんにも、話をしておきました」

そう言うと、清水がレジの孫娘に大伯母を呼べと声をかけた。

「かまいませんか？」

田川が言うと、清水がかましまへんと応じた。

「こういうときはちゃんと警察に協力するのが商人《あきんど》や」

清水が真面目な顔で言った。すると杖《つえ》をつきながら、白髪の老婆が姿を見せた。田川と樫山は立ち上がり、頭を下げた。

「姉のタツです、毎度」

老婆がにっこり笑った。

「姉ちゃん、この人のこと知らへんか？」

藤井と同年代ということは、年齢は八〇歳を超えている。多少右足が不自由そうだが、声ははっきりしている。清水によれば、タツは三宮の鞄職人のもとに嫁いだが、夫が亡くなったことを契機に実家の湊川に戻ったのだという。清水が藤井の顔写真を姉に見せる。

「秋田の人って言うとってやね？」

「どうでしょうか、ご存知ありませんか？」

田川は身を乗り出した。タツは写真を持ち、目を凝らしている。

「藤井さん、下の名前はなんていうん？」

「詩子さん、詩人の詩に、子供の子です」

田川が耳元で告げると、タツが膝を打った。

「そうか、あのウタさんやないか」

「ウタさん？」

樫山が首を傾げると、タツがなんども頷いた。

「三宮に嫁いで何年くらいしてからやろ。ウタさんとよう飲茶《ヤムチャ》に行ったんよ」

「飲茶とは、小籠包《ショーロンポウ》とかシュウマイを食べながら、お茶するやつですか？」

田川が尋ねると、タツがそうだと言った。

「姉ちゃん、元町のあの店かいな？」

「そうや。昼時の忙しい時間を避けて、他に二、三人の友達と一緒になんども行ったわ」

突然、タツが隣にいる弟の清水の肩を叩いた。

「ウチの部屋に行李《こうり》があるやろ。あんなかに古いアルバムが何冊かあるわ」

タツの言葉を聞き、田川は樫山と顔を見合わせた。

「なんかのお手伝いにはなるやろか？」

「もちろんです。助かります」

田川が椅子から立ち上がって頭を下げると、樫山も慌てて腰を上げた。

4

なんども建て増しを繰り返してきたのだろう。魚勝の店舗裏にある清水の自宅スペースは狭い廊下がクネクネと曲がっている。清水の背中を追いながら、田川は古びた階段を上った。薄暗い廊下のため、後ろで樫山が二、三度躓《つまず》いた。

「今なら違法建築ちゅうやつやで、見んかったことにしてや」

先を行く清水が軽口を叩く。一足先に居室へ向かった姉のタツは、押入れにある行李を見つけただろうか。田川がそんなことを考えたとき、清水が歩みを止めた。

「ここが姉ちゃんの部屋や。おい、入るで」

煤けた襖《ふすま》の前で清水が言った。中からタツの返事が聞こえた。

田川と樫山は連れ立って六畳間に入った。部屋の中に小型のコタツがあり、天板の上にはみかんを載せた木皿がある。

横には地元紙の俳句欄の切り抜きや特売チラシが置かれている。小さな液晶テレビの対面に回転式の低い座椅子が設置され、あまり動かずとも大概の用事は済むようになっている。綺麗な部屋ではないが、三〇年前に他界した祖母と再会したような気持ちになった。

「たしかこのアルバムやったと思うけど……」

押入れの前に染みの付いた行李があり、その前にタツが蹲《うずくま》っている。鶯《うぐいす》色の表紙がついたアルバムを取り上げると、タツがコタツの天板に載せた。同時に細かい埃が周囲に飛び散る。喉が弱いのか、田川の背後で樫山が小さな咳をした。

タツがアルバムのページを繰り始めた。清水が傍らに座り、古い写真を睨んでいる。

「えらい古いな」

「そらそうや、戦後まもなくの頃やし」

タツがコタツの上にあった老眼鏡を鼻にのせた。

田川はタツの右側に腰を下ろし、アルバムに目をやった。肩口から樫山も覗き込む。強いパーマをかけた若い女性がにこやかに笑い、喫茶店で談笑している。このほか、先ほど訪れた三宮センィ商店街の角で友人とツーショットでフレームに収まる女性がいる。

「今はこんな皺くちゃやけど、若い頃は結構いけてたんよ」

タツが愛嬌《あいきょう》たっぷりに言うと、清水が頷いた。

「わしも姉ちゃんが綺麗やったんは覚えとうで。今は一ミリも面影ないけどな」

「少しくらい残ってるやろ」

終戦直後の混乱を経て、朝鮮戦争が起こり、日本が特需に沸いたことは歴史の授業で習った。さらに繊維街の事務所でガチャマン景気という言葉にも接した。神戸や周辺の繊維産業は好調で、タツのような一般の女性も綺麗に着飾ることができたのだ。

「タツさんはこのときなにかお仕事を？」

田川が尋ねると、タツはこくりと頷いた。

「繊維問屋の事務員でな。今でいうＯＬさんやった」

「せやなあ、給料日のたびに姉ちゃんが洋菓子買うてきてくれたん、よう覚えとるわ」

「あの、ウタさんという方はどこに？」

樫山の問いに清水が応じた。

「せや、人捜ししとんねん。姉ちゃん、早よみつけな」

清水が急《せ》かすと、タツが勢いよくページを繰り始めた。所々に染みや黴が付着したページがめくれるたび、埃がたつ。

「この辺やったと思うわ」

二、三ページめくるとタツの手が止まった。
「たしかに点心食うとうな。場所はどこや？」

とっくりのセーターを着たタツ、その横には派手なスカーフを首に巻いた女性がいる。二人は竹の蒸籠《せいろ》を前に満面の笑みを振りまいている。

「こっちは姉ちゃん、これがウタさんか？」

「せや」

清水がテーブルの右側に座る笑顔の女を指した。パーマで頭頂部や襟筋の髪が丸まっている。唇には口紅が引かれ、目元には長いつけまつげがある。

「偉いべっぴんさんやん、これがウタさんか？」

「せやで」

タツが得意げに言った。田川は女の顔を凝視し、首を傾げた。白黒のツーショット写真にはタツが書いたと思われるメモがある。

〈ウタ姐《ねえ》さんと元町の香港酒楼にて〉

「元町は三宮の隣でしたね？」

田川の問いかけにタツが頷く。

「神戸の人は観光客向けの中華街なんか行けへんよ。街中に美味しい店があるしな」

タツはこの料理店の大根餅や小籠包、とりわけ粥《かゆ》が美味いのだと力説した。田川は背広のポケットから手帳を取り出す。

「どうされました？」

樫山が怪訝な顔で言う。

「ちょっと気になりまして」

田川は手帳のページを勢いよくめくる。

〈藤井詩子　昭和八（一九三三）年生まれ……〉

次いで、写真下のメモに視線を戻す。

〈昭和二五年　六月一二日〉

「タツさん、ご一緒だったウタさんはこのときおいくつでしたか？」

「彼女はウチより三つ上やから、こんときはたしか二四、五歳やったんとちゃうかな」

タツの言葉を聞き、田川は思わず首を振った。

「刑事さん、どないしたん？」

清水が田川の顔を覗き込む。

「藤井さんは昭和八年生まれ、昭和二五年の時点で一七歳です」

田川が顔を上げると、タツが顔をしかめた。同時に清水が大きなため息を吐いた。

「姉ちゃん、しっかりしてや。人違いやんか」

「そんなん言われてもな……」

タツが背を丸め、俯く。

「どうか気になさらず」

田川はとりなすが、期待が膨らんでいた分だけ気分が萎んでいく。もう一度、写真に目をやった。少女の面影を残す若き日のタツに対し、もう一人は濃厚な女の気配を漂わせている。戦後の混乱期、進駐軍将校の愛人になって懸命に家族を支えた女性たちがいたことを先輩刑事から聞かされた。ウタという女性がどのような戦後を過ごしたのかは不明だが、溢《あふ》れる色気の中にはっきりと影を感じる。口元の笑みに対し、目が醒めている。

「刑事さん、堪忍やで」

タツが田川の顔の前で両手を合わせた。

「無理をお願いしたのは我々ですから」

「どうかお気になさらないで」

樫山がタツの皺だらけの両手を握り、言った。

「これもなにかの縁や。俺も知り合いを当たってみるし、しばらく待ってくれへんか？」

「ありがとうございます」

笑顔で返したが、気長に待つ余裕はない。秋田地検と警察庁が裏で手を握った結果、残り一一日間で真相を突き止めねばならない。田川は腕時計に目をやった。午後五時をすぎている。魚勝の店頭には近隣住民が押し寄せ、かき入れどきだ。

「それでは、なにか情報がありましたらこちらにご連絡を」

田川は名刺を差し出し、ボールペンでガラ携の番号を書き加えて清水に渡した。

「これからどないしますの？」

清水が申し訳なさそうに言う。

「次の関係先に行くには……」

田川と同じように腕時計に目をやった樫山が言った。アインの勤務先だった長田区の会社には訪問する旨は伝えていない。

「仕切り直しにしましょう」

田川が口を開くと、樫山がはいと応じた。

「宿はどこに？」

「元町駅の近くです」

樫山が答えると、清水が身を乗り出した。

「そうか、よかったらウチでメシでも」

田川は首を振った。

「そこまで甘えることはできません。厳密に言えば内規違反に当たりますので」

「そないにかたいこと言わんと」

「いえ、本当なんですよ」

樫山が言い切ると、清水が肩を落とした。

「元町のあたりやったら、安くて美味い店がなんぼでもあるで」

清水は前掛けのポケットからメモ用紙とペンを取り出し、餃子《ギョーザ》専門店や洋食屋、中華料理店の名を書き連ねた。

「店の場所はスマホで検索できるやろ？」

清水がメモを樫山に手渡し、笑みを浮かべた。

5

湊川から神戸中心部の元町に戻り、田川と樫山は緩い坂道の途中にあるビジネスホテルにチェックインした。各々部屋に入り、田川は直属の上司である特命捜査対策室の理事官に連絡を入れた。樫山は警察庁、そして警視庁上層部と秋田県警の連絡に追われ、ロビーでの待ち合わせ時間に五分ほど遅れてきた。

六甲山系から吹き下ろす風がさらに強まったころ、田川は樫山と連れ立って神戸の繁華街へと歩き出した。

「アインが黙秘に転じたそうです」

黙秘という言葉を口にした直後、樫山が顔をしかめた。

「私は一体なにをやっているんだか、混乱しています」

樫山が微かに洟《はな》をすすった。

「私を引っ張り出したことを後悔しているのですか？」

「そんなことはありません。ただ、アインが可哀想で」

「彼女は不運な人かもしれません。しかし、彼女の意志で藤井さんを殺した可能性がある以上、私情は禁物です」

田川はJRや私鉄の高架を見やり、言った。

「わかっています。でも……すみません」

「誰しも通る道です。今後樫山さんが様々な場面で指揮を執る際、複雑な思いに揺れる現場の刑事がいる、そのことを覚えておいてください」

樫山の目元が濡れていた。田川は気づかないふりをしながら、周囲を見回した。勤めや学校から帰る地元民が増え始めた。三宮ほどではないが、元町駅の周辺も買い物客が多い。三宮と同じく地元のアーケード商店街が現役で活躍している。樫山はコートのポケットから清水が書いてくれたメモを取り出す。

「餃子専門店に洋食、中華料理屋とどれも美味《うま》そうです」

「味噌ダレ餃子って、すごくそそられます」

メモを眺めながら樫山が言った。樫山がスマホで検索すると、元町駅前近くにある昔ながらの飲食店街、真紅の暖簾《のれん》が目印とあった。田川はガラ携を取り出し、画面にある電話番号をダイヤルするが、満員で三、四〇分ほど待つ必要があると告げられた。

「どうします？」

樫山に尋ねると、キャリア警官は即座に首を振った。

「お腹《なか》ペコペコです。別のお店にしましょう」

樫山の顔に普段通りの明るい色が戻っていた。田川は餃子専門店に丁寧に詫びを入れ、電話を切った。

「ここなんかいかがですか？」

田川はメモを覗き、駅のガード下にある台湾料理の老舗を指した。

「ワンタンや汁そばが美味そうです」

「決まりですね」

スマホで素早く検索した樫山が田川の左手を引っ張り、歩き始めた。駅の改札から吐き出される乗客、それに駅前ロータリーでバスを待つ人々が多数いるが、樫山は軽やかに通り抜ける。

駅前を線路沿いに三〇メートルほど歩いたとき、樫山が小さなバーやレストランの連なる一角で白い看板を指した。

〈丸王食堂〉

昭和の町中華の風情を色濃く残した看板だ。

「清水さんのお勧めに間違いはないはずです」

田川は樫山の背中を追いながら、細かいメニューが一面に貼り付けられた古い木製のドアを開けた。

「チャーシューたっぷりの汁そばはもちろん絶品でしたが、イカ団子も美味かった」

「野菜炒めと焼き飯も絶品でした」

田川は膨らんだ腹をさすりながら、店のドアを押し開けた。中華といっても味の濃い調味料は最小限に抑えられ、素材の味を堪能できる店だった。会計も安価で、樫山が田川分も自腹で支払った。

「百貨店へ行ってもよいですか？　出張が長引くとは考えていなかったので着替えを買いたくて」

樫山が小声で言った。

「私がいては買いにくいでしょう。先にホテルに戻りますので、用事が済んだらロビーに呼び出してください」

田川はコンビニの安い下着で十分だが、女性はそうはいかない。

「あの、方向音痴なので……」

樫山が恥ずかしげに言った。その手元にはスマホの画面が光っている。ホテルのあるトアロード、そして今二人が立っている元町駅前、そしてその近くにあるメリケンロードの近辺に赤いピンが表示されている。

地図ソフトによれば、メリケンロードをほんの少し歩き、大きな交差点に出た明石町の角に目的の大手百貨店はある。

「では地下の食品売り場を冷やかしています。買い物が済んだら電話をください」

田川が答えると、樫山が頷いた。

「あそこにネオンが見えます。間違えることはないと思いますが……」

駅前ロータリーを越えたあたりで、田川は大手百貨店のロゴを指した。

「お店の中を歩き回っていると、たちまちどこにいるのかわからなくなるのです」

「では、お供しましょう」

田川は樫山と肩を並べ、百貨店の方向へと歩き出した。三宮のような煌びやかさはないが、元町も地元の商店が健在で、惣菜《そうざい》を売る店員の威勢の良い声が響く。

「都会なのに、良い街ですね」

店先でミンチカツを売る精肉店を見ながら田川は言った。揚げ物のテイクアウトが名物なのか、地元客のほか海外からの観光客が店先に並ぶ。ラードの香ばしい匂いが鼻腔を刺激する。

「急ぎましょうか」

腕時計に目をやった樫山が言った。小さな文字盤をのぞくと、午後七時二三分だ。閉店は午後八時、田川は目配せをして交差点を急ぎ足で渡り、古代ローマの円形劇場のような外観の百貨店に向かった。

大きなガラス製の扉を押し開けると、仕立ての良いコートを纏った婦人たちが大きな買い物袋を携えて出てきた。田川が扉を開けていると、婦人たちは軽く会釈して通り抜けていく。

「私、受付で売り場を聞いてきます」

樫山は案内カウンターに小走りで向かう。後ろ姿を目で追ったあと、田川は店の中を見回した。入り口近くの壁にフロアガイドのボードがある。田川が好きな食品は地下一階、一階から四階までに婦人用品、雑貨、肌着があると案内している。

「その売り場でしたら……」

ハキハキした案内嬢の声が背後から聞こえる。

「四階の売り場も一階と同じでとても広いです。お客さまがお探しの品物はエレベーターを降りて……」

案内嬢が発した言葉に、田川は振り返った。樫山は店内案内のパンフレットの見取り図に目を落としている。田川は受付カウンターに歩み寄る。

「どうしました？」

「ちょっと気になることが」

田川は樫山の手元にある案内パンフレットに目をやった。

「あった……」

田川は肌着売り場を示すフロアの見取り図の中の一点を指した。白いハット、首にピンクのスカーフを巻いた案内嬢が首を傾げている。

「それでしたら、こちらのフロアにもございます」

案内嬢は白い手を挙げ、雑貨売り場の棚脇にあるプレートの方向に向けた。

「肌着売り場は、エレベーターを降りた海側のちょうど対角線の方向、山側三番地です」

田川は背広から手帳を取り出し、勢いよくページをめくった。

〈老舗百貨店　ＰＸ〉

マサちゃんが告げた老舗百貨店とは、田川と樫山がいる場所を指している。

「あの、なにか？」

案内嬢が怪訝な顔で田川を見る。

「山側とはなんですか？」

「六甲山の方向です。神戸では詳しい番地を言う以前に、海側か山側かで大まかな位置関係を説明いたします」

案内嬢の言葉を聞き、田川はさらにページをめくった。介護施設まつかぜの職員から話を聞いたときのメモだ。

〈←山側（Yamagawa）〉

案内嬢の白い手の先にも同じ言葉が記された看板がある。

「あった！」

田川は樫山の顔を見つめ、唸るように言った。

6

田川はホテルの部屋でガラ携の写真を睨んだ。

〈←山側（Yamagawa）〉

三〇分前に立ち寄った大手百貨店の案内看板に目が釘付《くぎづ》けとなった。

「田川さん、どうぞ」

小部屋のカウンターでインスタントコーヒーを淹《い》れた樫山が目の前にカップを差し出す。

「県警に依頼して、アインに事情聴取してもらいますか？」

傍らに丸いスツールを引き寄せた樫山が言った直後、田川は慌てて首を振った。

「まだ早いですね。この言葉はいずれ突きネタになります」

田川の言葉に樫山が首を傾げる。

「現場の言葉でしてね」

田川はもう一口コーヒーを啜《すす》った。

「アインは並大抵のことでは真相を話しません」

樫山が口を一文字に閉ざした。

「藤井さんの口癖、そして神戸六甲山の山側という共通項が浮かびました。しかし、因果関係は不明です」

田川の言葉に樫山が頷く。

「神戸における山側という言葉の意味に彼女の動機が関係しているような気がします。黙秘を続ける犯人《ホシ》に対し、決定的な証拠を突きつけることで観念させて自供を得ます」

田川はガラ携の画面を切り替え、湊川商店街で清水からもらった名刺を取り出した。

「どうするのですか？」

「図々《ずうずう》しいのが刑事です。善は急げ、知恵を授けてもらいます」

田川は背広の胸ポケットから老眼鏡を取り出し、魚勝の電話番号をチェックした。

田川はガラ携を耳に当てた。四、五度と呼び出し音が響いたあと甲高い女の声が聞こえた。

〈毎度、魚勝です！〉

トーンの高い声は小さなスピーカーから漏れ聞こえたようで、樫山がくすりと笑った。

「警視庁の田川です」

田川が言い終えぬうちに、店番をしていた孫娘が爺ちゃんと大声で叫んだ。すると、何人かの声でお代わり、お酒の追加と聞こえた。食卓で器を置く音が響いたあと、清水が電話口に出た。

〈どないしましたんや？〉

「ご夕食の途中でしたか。申し訳ありません」

〈いや、かまへんよ〉

田川は先ほど百貨店の案内看板で見た事柄を清水に告げた。同時に、小さなサイドテーブルに手帳を開き、メモの用意を始めた。

〈なんや、衝撃の新事実とか言い出すんかと思うたわ。刑事ドラマの見過ぎやな〉

電話口で清水が大きな声で笑ったあと、言葉を継いだ。

〈山側と海側やろ。そんなん簡単や。神戸の人間は初めて行った商店街でも迷子にならん〉

「なぜでしょう？」

〈せやから、わしらは山が見える方角を真っ先に調べる〉

「ははあ、なるほど……」

ほんの数時間前、三宮駅から街に出たときの光景を思い返した。駅の西口に出ると、六甲山系が間近に迫っていた。

〈六甲山がある方が北、無い方が南やから、山を起点にすればどこにいるのか見当がつくいうわけや。いたってシンプルや〉

清水の声を聞きながら、田川は懸命にペンを走らせた。

「山側、海側について他の見方とか、言い伝え的なものはありませんか？」

〈言い伝えって、日本昔話みたいやな〉

「すみません、適当な例えがなくて」

〈伝説とかの類いとはちゃうけど、神戸の人間やったら誰でも知ってることがあるで〉

田川は樫山に目をやり、ペンを止めた。

〈俺らみたいな貧乏人は海側、金持ちは山側に住む。簡単なことやで〉

田川は清水の言葉を手帳に書き加えた。

〈海側・貧乏、山側・金持ち〉

清水が矢継ぎ早に説明を続ける。

〈三宮や元町の西側、坂がきついやろ？〉

たしかに元町の駅前からホテルに戻る際も緩い坂道となっていた。ホテルからさらに西側は一段と傾斜がきつくなっていた。

〈大昔から神戸の六甲山側、つまり北側は金持ちのお屋敷が立ち並んどった。せやな、北野とか……〉

清水の口から阪急神戸線沿線の東灘《ひがしなだ》区、灘区という地名のほか、六甲、御影《みかげ》、岡本など具体的な駅名が飛び出した。田川はメモを取る手を速めた。明治以降、急速に工業化が進んだ大阪一帯で公害が深刻化し、富裕層が移住してきたこともあるという。

〈それに、商売で一旗あげた大阪の人もなんでか神戸の山側に住みたがるわ〉

神戸、山側……新たな手がかりがアインと藤井をどのようにつないでいたのか。

〈ウチの姉ちゃんにも思い出してもらうよう努力するし、わし自身も調べてみる〉

「よろしくお願いします」

田川は本心から言った。清水はずっと田川の捜査のことを考えていてくれたのだ。

〈せっかく遠くから来られたんや、手ぶらで帰らせるわけにはいかんやろ〉

そう言うと、照れ隠しなのか電話口で清水が大声で笑った。

「ありがとうございます」

ガラ携を握りしめたまま、田川は深く頭を下げた。

7

「今日は一段と冷えますね」

コートの襟を立てながら樫山が言った。二月一〇日の午前、昨夜と同様、六甲山から乾いた風が勢いよく吹き下ろす。

「関東の空っ風も冷たいですが、こちらも相当にきつい」

田川は首に巻いたマフラーを締め直し、薄暗い階段を上がった。

元町の宿を午前八時半に発ち、三宮まで徒歩で移動した。三宮から市営地下鉄で西へ向かう電車に乗り、五つ目の長田で降りた。時刻は午前九時前で、通勤や通学客の数が減り始めていた。

田川が先導する形で地上に出た。三宮や元町のような煌びやかさは一切なく、どこの地方都市でも見られる片側二車線の幹線道路があり、商用車やトラックが激しく行き交っている。

「あれが目印ですね」

北西の方向に目をやると、地元商店街のアーケード前に朱色の鳥居が見える。歩き出すと、次第に鳥居の文字が読めるまでに近づいた。鳥居の井桁の間に〈長田神社前〉、その下には地元地銀の看板が吊り下げられている。

「古そうな佇まいなのに、随分と道路の区画が整っていますね」

衣料品店や茶具を売る店の前を通ったとき、樫山がぽつりと呟いた。

「神戸で一番被害がひどかったエリアです」

田川が小声で言うと、樫山が不意に口元を手で覆った。

「すみません、新聞やテレビで知っていたはずなのに」

二四年前、田川と樫山が立っている一帯は巨大な揺れに襲われ、その後は大火災が街を焼き、多数の死傷者が出た。

「地元の方が懸命に街を再興された証拠です。しっかりと生活の匂いがします」

田川は茶を煎《い》る店を見ながら言った。阪神・淡路大震災発生直後から、警察学校同期の機動隊経験者らが救援活動に向かった。戻ってきた同期たちは異様に口が重かった。

東日本大震災が発生したあと、親戚が被災したことから田川も宮城県へ支援物資を運んだことがある。テレビや新聞で知っているはずの景色だったが、いざ自分の目で見ると全く違うことを痛感した。周囲に黙礼し、田川は歩を進めた。

中濃やとんかつ用だけでなく、お好み焼きや焼きそば専用のソースを売る地元商店がある。そのほかにも〈ぼっかけ〉と大きな手書きのチラシを貼ったうどん屋の暖簾も目に入った。

「スジ肉とこんにゃくを煮込んだものらしいですね」

いつの間にかスマホで検索した樫山が言った。

「旨そうですね」

「捜査がいち段落したら、ランチでぼっかけをいただくのもありですね」

うどん屋の店先からは出汁の芳醇《ほうじゅん》な香りが漂う。ぼっかけをのせたうどんを食べたら、冷えた体に沁《し》み渡るだろう。

地元商店街が途切れ、中堅スーパーが見え始めた。田川は手帳を取り出し、前夜手書きで記した見取り図をチェックした。

「あの朱色の橋を右に曲がって一キロほど行った辺りですね」

手帳の中に二重丸の印とともに〈コウベテキスタイル〉の文字がある。

〈わしらのような年寄りにはわからん経営スタイルっちゅうか〉

昨夕、三宮で会った萩原の声が耳の奥で響く。ガチャマン景気を知る世代の専門家が首を傾げたのが気にかかった。

商店街から逸《そ》れて川沿いを一〇分ほど歩くと、周囲は戸建ての住宅や低層のマンションや月極《つきぎめ》駐車場が連なるエリアになった。中野の自宅近くとさほど雰囲気は変わらない。

田川は電柱や戸建ての住居表示を頼りに、川沿いの小径《こみち》から北方向へと左折した。住宅街が途切れ、大きな駐車場の先にプレハブの建物が二棟見え始めた。

「あれですね」

樫山の指の先に〈コウベテキスタイル〉の看板が見えた。

「アポなしですが、行ってみましょう」

田川は歩みを速め、駐車場を横切った。

数十歩進み、事務所と書かれたアルミサッシの戸の前に立った。

「歓迎されるとは思いません。万が一、私が汚い言葉を使っても気にしないでください」

田川は傍らの樫山に言い、引き戸をノックし、開けた。

「こんにちは。警視庁の田川と申します。責任者に会いたいんですが」

言葉を発した直後、鋭い視線と怒声が田川を襲った。

「なんや、あんたら。押し売りならいらんで」

新手のセールスマンかと訝《いぶか》しがる女に警察手帳を提示した瞬間、さらに態度が硬化した。

薄いブルーの作業ジャンパーとデニム。首元には金色のネックレスが光る。作業着の左ポケットには〈常務・黒田《くろだ》〉の名札がある。

化粧が濃い。地味な作業着とのミスマッチが甚だしく、場末のスナックのママのようだ。年齢は五〇代半ばから後半程度か。

「この人について、お話を聞かせてください」

樫山がアインの顔写真を見せた途端、黒田は眉根を寄せ、机にあった定規で側《そば》にあったノートをビシビシと叩き始めた。

「こちらに勤めていた女性です。アインのことを覚えていますよね」

樫山が言うと、黒田の顔全体が紅潮する。

「ほんましつこいわ、警察呼ぶで！」

顔を真っ赤にした黒田が叫んだ。

「我々は警察官です。ご迷惑ならばどうかご都合の良い時間を教えていただけませんか」

田川が懸命にとりなすが、黒田は聞く耳を持たない。

「あんたら東京の刑事やろ？　それがなんで神戸におるんよ」

田川は樫山と顔を見合わせた。

「アインなんて外人の女、よう知らんわ！」

「そんなはずはありません。彼女はこちらで働いていた技術実習生です。雇用された際の手続き書類を見せていただけませんか？」

黒田の剣幕に樫山は一歩もひかない。

「勝手に逃げよったベトナム女なんて、知らんわ。こっちはえらい迷惑しとんのや」

知らないと言いつつ、黒田はアインがベトナム人であることを認め、しかも逃げたということも明かした。はなから田川ら警察官を拒絶しているのは明白で、外人、ベトナム女と侮蔑的な口調で叫ぶたび、黒田の眉間には深いしわができる。

「逃亡したのは、御社の雇用環境に問題があったことが原因ではありませんか？」

樫山が冷静に問い詰める。二人の話は全く嚙み合わず、押し問答が続いた。その間、田川は事務所の中を注意深く観察した。八畳ほどのスペースに簡易応接セットがある。その向こうにデスクが四脚、それらの上には古いタイプの固定電話がある。全国どこにでもある中小企業の事務所だ。

壁には安全第一と書かれたプラカードを持つ女性タレントのポスターが貼られ、その横には地元市議会議員と撮った団体写真が飾られている。

黒田の左横の壁には、手書きの棒グラフがある。細かいマス目には赤や青色の凸凹《でこぼこ》のグラフが描かれ、その下にはカタカナの表記がある。目を凝らすと、〈グエン〉〈フォン〉などと項目が書かれている。グエン……それぞれ勤務する外国人実習生の名前だ。

取調室で項垂れたアインの横顔が蘇る。作業の成果を表したものにちがいない。アインのグラフはどの程度だったか。田川が首を傾げていると、一段と大きな声が事務所の中に響いた。

「あいつら日本語も半端なレベルやのに、休みが欲しい、食事時間を増やせだの権利ばっかり主張しよる。躾《しつけ》がなっとらんのや。ロクな奴《やつ》らやない」

田川の視線をたどったのだろう。黒田が吐き捨てるように言った。

子供の頃、在日韓国人や華僑の家族を口汚く揶揄《やゆ》した同級生、大人たちの顔が何人も浮かぶ。霞が関のコンビニでも、徐のほか、インドやタイから来た留学生アルバイトに悪態をつく客の姿を何度か目にした。

元々日本は島国で、海外からの人間に対するアレルギーがある。同じ肌の色、顔つきの中国や韓国の人々にさえ拒否反応を起こす一定数の日本人は、瞳の色や顔つきが異なるアジアやアフリカ系の人間にはさらに高い壁を作る。

目の前の黒田にしても、拒否反応が一際強い人間なのだ。そうした人物が何人もの外国人を使っている。まして、黒田は躾という言葉を口にした。アインらベトナム人労働者は幼児ではなく、歴《れっき》とした大人だ。

「あんたら、ほんま不法侵入や！　訴えるで！」

樫山と対峙《たいじ》していた黒田が、突然金切り声をあげた。

「近いうちに裁判所の令状を持参しますので、その際はよろしくお願いします」

「裁判所がなんぼのもんやねん！」

今まで定規で叩いていたノートを握ると、黒田は樫山に投げつけた。

「一度ひきましょう」

樫山の耳元で告げると、樫山の前に出て両手を広げた。

「黒田さん、乱暴はしないほうがいい」

黒田はデスク前の簡易応接セットにあったガラスの灰皿に手をかけた。

「やかましわ！」

田川は樫山の腕をつかみ、事務所の扉を開けて外に出た。

「出ましょう」

「振り返らないで。これ以上刺激すると、無用のトラブルになります」

樫山の左腕が微かに震えている。長年の捜査経験に照らせば、あの黒田という女性常務は後ろめたいことを隠すために、わざと激昂《げきこう》したのだろう。大きな声を出せば、相手が怯《ひる》む。法律と捜査権を盾にしようとも、あの手の人間に理屈は通じない。

「でも、あと一〇日しかありません」

プレハブの社屋を駐車場の隅から見やり、樫山が言った。

「焦っても結果はついてきません。一歩ずつです」

今まで手がかりの乏しい事件をいくつも担当してきた。こつこつと歩き回り、着実に真相を手繰り寄せる感触があった。しかし、今回のケースは直近に迫る期限がある。樫山をなだめる間も刻々と砂時計は減っていく。

「さて、どうやってアインのことを調べましょうか」

田川は背広から手帳を取り出し、ページをめくった。だが、アインに関するメモを見ても、次に回るようなあてはない。樫山は未練がましく事務所の方向を睨んでいる。

「我々が訪れただけであれほど怒りますかね」

田川は黒田の第一印象を書き留めたあと、言った。

「後ろめたいこと、隠したいことがたくさんあるからですよ」

事務所に視線を向けたまま、樫山が低い声で答えた。

「それはそうなんですが」

田川と樫山はノーアポで黒田のもとを訪れた。過酷な環境で従業員たちを働かせているという後ろめたさだけで、果たしてあそこまで敵意を剝《む》き出しにするか。

アインが自殺幇助容疑で逮捕されたことは、様々なメディアで報じられた。遠く能代で発生した事件でも、神戸にいる黒田が情報を知っていた公算はある。アインを追い込み、脱走という行為の直接の原因を作ったのは黒田とみて間違いない。いずれ警察が訪ねてくる、黒田の中にそんな心構えがあっただろう。しかし、激昂して物を投げつけるほど、刑事の訪問が怖かったのか。田川がその旨を樫山に告げようとしたときだった。

「あの……」

唐突に田川の肩口で男の声が響いた。振り向くと、厚手のフリースを着た青年が不安げな顔で立っていた。

8

「ネギ焼きできたで。冷めんうちに食べて」

年老いた女店主が薄い粉物にソースをたっぷりと刷毛《はけ》で塗りつけた。ネギ焼きから鉄板に零《こぼ》れ落ちた自家製ソースが、目の前で香ばしい匂いを漂わせる。

「特製のぼっかけもたっぷり入っとるから、うまいで」

女性店主はからからと笑ったあと、田川らが座る小上がり席からボウルや鍋が雑然と置かれている厨房《ちゅうぼう》へと戻った。

店主の後ろ姿を見送ったあと、田川は対面の青年の顔を見た。厚手のフリースを脱いだ青年の胸元には、〈安藤泰夫《あんどうやすお》〉の名札がある。その下には、〈NPO法人チームダイバーシティ〉と刷られている。

田川たちは一旦会社の前を離れ、安藤の案内で長田神社近くの小さなお好み焼き屋に入った。店はお世辞にも綺麗ではなかったが、田川が何度も地取りで訪れた城東の下町にある駄菓子屋やもんじゃ焼き屋のような佇まいがあった。

店主は年季の入った専用鉄板でネギ焼きを作り、小上がり席まで運んでくれた。

「勘違いしてすみませんでした」

安藤が頭を下げた。

「なるほど、そういう仕組みがあるのですね」

安藤は田川と樫山のコンビを労働基準監督署の職員と勘違いしたのだ。

「コウベテキスタイルは札付きのブラック企業です。労基署の臨検、つまり抜き打ち検査かと思ってしまいました」

「ブラックとは、低賃金で過酷な長時間就労という意味ですか？」

ステンレス製のヘラでネギ焼きを切り分け、樫山が口を開いた。

「もちろん。より悪質なのは、パワハラやセクハラも常態化していることです。就業中に怪我をしても労災扱いにならないのは日常茶飯事で、泣き寝入りする従業員も多数います」

　樫山が分けたネギ焼きを一口食べ、安藤が言った。

「それじゃあ、アインも同じような目に遭ったのですね」

　樫山の声がたちまち萎む。

「その可能性は十分ありますね」

　安藤はベトナム人だけでなく、中国やパキスタンなどアジア各国から技能実習生として来日した外国人を支援するNPO法人のスタッフだと明かした。

　神戸市や周辺市町村で働く実習生たちを日本語学習へと案内し、故郷向けの送金方法など様々な相談事を聞き、ときに雇い主と侃々諤々《かんかんがくがく》の賃金交渉もこなすという。

「ホアン・マイ・アインさんですか……」

　安藤は使い込んだリュックからタブレットを取り出し、外国人技能実習生のリストをめくり始めた。

「半年前に失踪されていますね」

　安藤の声が徐々に小さくなる。

「過去二年の間に、あの会社からは計一〇名が失踪しています」

「なぜアインが失踪したのか、その後どういう足取りを辿ったのか、現在調べている事件と関係するもので、東京から秋田、そして神戸へ飛んできました」

樫山が生真面目な口調で告げる。

「おや……」

安藤がタブレットの画面を二本の指で拡大表示させ始めた。田川は身を乗り出した。

「他のスタッフが聞き取った情報によれば、特殊な事情を抱えていたようですね」

安藤の言葉に樫山が身を乗り出し、タブレットをのぞきこむ。

「特記事項があります、これですね」

安藤が拡大表示させた枠を指した。

〈離婚歴あり。母国に女児（五歳）残して来日〉

樫山はなんども首を振る。

「子供がいたなんて知りませんでした。貧しい家族のために頑張ると言っていましたけど」

「あの常務は本当に冷酷な女です。他の実習生に比べ、アインさんは弱みがあるとみなされたのかもしれません。だから残業やパワハラの度合いが酷かった可能性があります」

田川はテーブルの下で拳を握り締めたあと、アインに幼い娘がいたことを手帳に書き込んだ。

中国や東南アジアの新興国から来日する留学生や技能実習生の多くは、母国での貧しい生活から抜け出すために日本を目指す。五歳の幼子を母国に残したアインがどんな気持ちで働いていたのか。ＮＰＯの事務的な資料は、残酷な事柄を暗示している。

「アインを知っている人に会うことは可能でしょうか？」

樫山が懇願口調で安藤に言った。

「情報を提供してくれそうな実習生はいます。あとで連絡しましょう」

樫山が安堵の息を吐き、言葉を継いだ。

「できるだけ神戸に滞在できるようにしますので、どうかお願いします」

樫山が安藤になんども頭を下げた。

「どういう経緯かは不明ですが、彼女は神戸を離れたあと最終的に秋田県の能代市という町に行き、そこで……」

樫山は安藤に対し、アインが老人介護施設で働き、入居者の自殺幇助の容疑で逮捕された旨を淡々と告げた。

「自殺幇助の件は知りませんでした。しかし、その前の段階は典型的なパターンです」

「典型的とは？」

「ここに簡単な調査結果があります」

安藤が田川にタブレットの画面を向けた。アインの名前の横、小さなマス目の中に〈低賃金、長時間労働を苦に逃亡〉の文字が打ち込まれている。

「こちらは国が調べたデータの一部です」

安藤がタブレットの画面をスワイプすると、年ごとの棒グラフが現れた。

「二〇一七年は七〇〇〇人超、二〇一八年は九〇〇〇人超の外国人実習生が失踪しています。今後、一万人に達する可能性があります」

安藤が画面に触れた。すると〈失踪動機〉という項目が表示された。

「低賃金を理由に失踪した割合が約七〇%、実習期間終了後も働きたいが一七%、指導が厳しいが一二%となっています」

リュックのポケットから安藤が一枚のチラシを取り、田川に差し出した。

〈外国人技能実習生の採用で人手不足解消を！〉

ワープロソフトで綴られた文字が並ぶ。黒一色のポスターで一見地味な印象を受けるが、連ねられた言葉の一つ一つは異様だ。

〈給与は最低賃金適用可能。残業、休日出勤は嫌な顔をせずに。来日前に日本語や生活上のマナーも研修済み〉

「なんですか、これは？」

田川は異様な文言が並んだチラシを凝視した。

〈毎月の家賃や光熱費は実習生が負担。万が一の失踪や途中帰国に際しては初期費用の補償あり〉

万が一の失踪、途中帰国という言葉がチラシに刷り込まれているのはなぜか。どんな仲介業者かは知らないが、そうしたケースがあることを前提に宣伝しているのだ。

「悪質な斡旋業者が関西一帯にばら撒《ま》いたもので、コウベテキスタイルも最低賃金というコピーに釣られたうちの一社です」

安藤は淡々と言ったが、言葉の一つ一つはとても重い。

「外泊禁止はもちろんのこと、外出も二人ないし三人一組で相互監視を徹底するよう指示されているほか、恋愛をきつく禁じています」

若い世代の実習生たちは、たまの休みに食事や買い物に出かけたいはずだ。いや、そうしたわずかな楽しみがなければ、誰でも憔悴《しょうすい》してしまう。

「これは先々月、コウベテキスタイルに勤務するベトナム人女性従業員から密かに聞き取った勤務実態と賃金データです。さらに数人の分と照合したのち、労働基準監督署へ告発する予定です」

安藤が別の紙を取り出し、田川と樫山の間に置いた。アインと同じように長いベトナム人の名が記されている。

〈勤務開始は午前八時（準備のため始業より三〇分前には必ず仕事場に入る）、途中三〇分の休憩を三回（トイレもこの間に、時給はカット）したあと、深夜〇時近くまで勤務。その後は仕事場の清掃、会社支給の作業服の洗濯などがあり、実質的に業務が終わるのは午前一時半近くに達する〉

〈家賃光熱費は実習生負担〉

勤務に関する資料の横にあるチラシを見る。長時間労働と住居費や各種保険料の天引き。午前七時半から深夜の一時半まで職場にいたのでは、睡眠時間もまともに取れない。

「この条件で働いた場合、実習生たちの給与はどの程度になるのでしょう？」

田川が尋ねると、安藤が即座に答えた。

「会社裏のボロボロのプレハブ宿舎は、六畳間に二段ベッドが三台設置され、計六人が押し込まれた劣悪な条件です。当然、炊事場とシャワールーム、トイレは共用です。もちろん、プライバシーなどありません」

かつて強盗犯の行方を追った山谷《さんや》の風景が脳裏をかすめた。

「家賃は一人三万円、光熱費も一律に五〇〇〇円抜かれるので、大体一人当たりで七、八万円が手取りです。夜間の残業代と均《なら》して時給に換算すると三〇〇円程度です」

細かい内訳を聞き、田川は絶句した。

「外国人技能実習生のほぼ全員が母国を出る前、斡旋業者から多額の借金をしています。日本円で五、六〇万円前後が多いようですが、なかには一〇〇万円近い人もいます。ベトナムならば上級公務員の三年分程度に相当する額です」

地方公務員の田川の年収から考えると、アインのような外国人労働者は、来日前に二〇〇〇万円近い額の金を前借りしている計算だ。

「出国前の借金を毎月返済しなければなりません。食費を切り詰め、手元に残るのはせいぜい三、四万円程度。母国の斡旋業者の質が悪ければ一、二万円です」

田川は唇を嚙んだ。アインの素性を調べるにあたり、外国人技能実習生の置かれた環境の酷さを知らずにいた。

「そもそもの事柄をお聞きしてもよろしいですか？」

田川が口を開くと、安藤が頷いた。

「なぜそこまでして日本や他の国へ出稼ぎに？」

「ベトナムはここ四、五年で急激な経済成長を果たしています。日本が一〇年から二〇年スパンで高度成長を果たしたのに対し、三、四年で成し遂げているようなものです」

「国にとどまって働いた方が良いのでは？」

田川の言葉に安藤が強く首を振った。

「成長が急激すぎて、ベトナム国内の経済格差が大きく開いてしまっているのです。

もともと社会保障制度が整っていないのに、経済のパイが急拡大してしまったため、医療費や教育費が高騰しています。成長の恩恵にあずかるのは都市部の一部の層だけで、地方の一般人は置いてきぼりです」

田川は樫山と顔を見合わせた。

「成長に伴い、学歴格差も生じています。高学歴の人間は給与の高い仕事を得ることができますが、そうでない人は底辺の仕事だけ。地方出身の貧しい層は海外で職を得て、一発逆転を図るという構図です」

田川は一〇年以上前に亡くなった両親を思い出した。父親は岩手の貧農の末っ子、母親は九州の離島出身。共に集団就職で上京し、下町の金型工場で出会った。日本で五〇年以上前に起こった事柄が、ベトナムなどアジア新興国で起きている。違いは、国を出るかどうかという点だ。

「ベトナム政府も外貨獲得の観点から労働力の輸出政策を推進しています」

安藤の言葉に樫山がかすかに頷いた。急速な経済成長と格差拡大、国の後押し……様々な条件が合わさった結果か。田川は書き取ったメモを見直した。やはり、過酷な条件で働かされているベトナム人たちの金の話が気になる。

「ちなみに兵庫県の最低賃金はいくらですか？」

「時給八七一円です」

安藤が即答した。

法で定められた賃金と時間当たり五〇〇円以上の乖離《かいり》がある。田川のような刑事も長時間労働を強いられるが、規定の残業代を受け取れる上に、分厚い社会保障というセーフティーネットがある。圧倒的な労働力不足を補うため、実習生制度という耳ざわりの良い言葉を使い、彼らを酷使する日本のやり方は理不尽だ。腹の底から湧き上がった怒りを抑えるため、田川は腕を組んだ。

9

目の前の安藤は、田川と樫山に顔を向け、話し続ける。

「社長や専務らが取引先と開く宴会で酌婦《しゃくふ》のようなことまでさせられていたそうです。極めて低い賃金しか払っていないのに、パワハラがあり、セクハラも頻発しています」

安藤が発した酌婦という言葉に田川は口を閉ざした。悪徳業者の幹部たちが宴席の酌だけで済ますはずがない。ペンを握る手に自然と力がこもる。

「東京や大阪から元請業者がコウベテキスタイルに来るのですか？」

「おそらく、そうでしょう」

出張で見知らぬ土地に来て接待を受ければ、羽を伸ばしたくなるのが男の習性だ。アインは本来の仕事だけでなく、余計な任務まで背負わされていた公算が高い。

「こちらはベトナムの仲介業者が彼らに渡した案内書です」

田川の目の前に薄い冊子がある。ベトナム語で書かれているため詳細を知ることはできないが、所々に日本語の翻訳が付箋で貼られている。

〈一ヵ月の手取りは約二〇万円！　借入金も短期間で返済可能〉

樫山が深いため息を吐いた。

「私も悪事の片棒を担いでいたのかもしれません」

樫山が微かに洟をすすり、ベトナムの大使館時代にアインと出会ったときの話をかいつまんで説明した。

「借金してブローカーに渡航費用を払った人のほか、仲介会社に保証金を預けている人もいます。もちろん、就業期間が満了するまで金は返ってきませんし、途中で帰国すれば、没収です」

安藤が淡々と告げる。巷《ちまた》に溢れ始めた外国人労働者の厳しい現実に田川は言葉を失う。

「政府が都合よく人買いをした側面もあります。制度の未熟さを逆手に取った悪質な人材ブローカーも多数存在します。ただし、一番ひどいのは、日本の雇い主たちです」

　安藤の声に怒気がこもる。

「アインはスマホを取り上げられたと言っていました。なんども電話をかけ、メールを入れたのに連絡が取れなかったのも当然ですね」

　樫山の言葉に安藤が頷く。

「技能実習生は転職の自由がありません。過酷な状況を打破するため、日本にいる同胞たちとSNSを通じて連絡を取り合い、低賃金を改善するよう求める動きが広がりかけたこともあります。黒田常務は、ベトナム人たちの横のつながりを断ち切ることを画策したのです。パスポートを取り上げる連中もいます」

　各種のSNSは妻や娘が頻繁に利用している。電話料金を費やさずとも無料で短文メッセージや写真を送ることが可能なためだ。これを外国人労働者に置き換えれば、話はわかりやすい。以前なら雇い主の目を盗んで国際電話をかけるような危険を冒さねばならなかったが、今は掌の中で家族や友人とコミュニケーションをとることが可能だ。

「黒田さんは口汚く外国人を罵《ののし》り、躾がなっていない、そんな暴言も吐きました」

　顔をしかめながら言うと、安藤が答えた。

「彼女に問題があるのは事実ですが、躾という言葉には特殊な事情があります」

田川が首を傾げると、安藤が話を続けた。ベトナムで日本行きの研修をする間、講師が日本の生活習慣や仕事に当たっての心構えをくどいほど説くのだという。中には軍隊式の厳しい研修を課す業者もあると安藤が明かした。

一連の研修を躾が行き届いていると称し、仲介会社が日本の企業に売り込む。人間の気持ちや尊厳を一切無視したやり方が、躾という言葉に凝縮されていた。

「NPOが日本語の習得さえままならぬ外国人実習生に代わり、雇い主に交渉する機会も増えています」

安藤が強い口調で言い切ったとき、厨房から女性店主が顔を出した。

「もう、あんたら早う食べえな。次のソバメシが待っとうで」

老店主の言葉に田川は我に返った。先ほど店主が塗ったソースがネギ焼きから溢れ、鉄板で焦げ始めていた。

「ひとまず食べましょう」

田川の言葉を合図に、樫山と安藤は黙々とステンレスのコテでネギ焼きを口に運んだ。粉物が焦げ、口の中に苦味が広がった。ネギ焼きの味が悪いわけではない。話の内容があまりに過酷すぎたため、腹の底から怒りが湧き上がり、苦味に変わったのだ。

10

「おばちゃん、ごっつうまかった」

安藤が言うと、厨房の奥から老店主が顔を出し、にっこり笑った。

「あんた、怪しげな関西弁はやめえて、いつも言うとうやろ」

ネギ焼きのあとに出されたソバメシは田川が初めて口にする食べ物だった。ネギ焼き同様、ソバメシにもぼっかけが入っていた。このほか、天かすや甘辛自家製ソースと鰹節の相性も良く、田川はたちまち満腹になった。

傍らの樫山もソバメシを味わっていたが、表情は冴えない。

「エセ関西弁を使うと、すぐにバレてしまいます」

はにかんだように安藤が言う。東海地方出身だという安藤は、高校卒業後に神戸の私立大学に入学。卒業後は地元中堅機械メーカーに就職したあと、ボランティアで参加した就労支援のNPOの仕事にやりがいを見出し、転職したのだという。

「熱心な支援の動機、熱意の根っ子にあるものはなんですか？」

田川が尋ねると、安藤が口元を引き締めた。

「彼らの気持ちが痛いほどわかるからです」

痛いほどとはどういう意味か。田川は樫山と顔を見合わせた。

「高校を卒業する直前、実家の町工場が倒産しました。親戚がなんとか金を工面してくれて学校は出ました」

「大学へはどうやって？」

樫山が顔をしかめながら言った。

「推薦が決まっていた東京の大学は諦めました。第二志望だった神戸の私立に通うために、新聞社の奨学生制度を使いました」

「新聞配達しながら通学する仕組みですね。販売所に聞き込みに行ったことがあります」

田川が言うと、安藤が頷いた。

「見ず知らずの神戸に着いて、海側の専売所に配属されました。どの新聞も販売部数が落ちてきたタイミングで、店主は厳しい販促ノルマを奨学生にも課しました」

「しかし、あくまで学業優先ではないのですか？」

「熱心に勧誘してくれた新聞社の担当さんに何度も抗議しました。しかし学生は貴重な労働力でして。朝夕刊の配達に集金、そこに苛烈なノルマです」

「どんなノルマが？」

樫山が恐る恐る訊いた。

「自分の担当エリアでライバル紙から一週間で一〇軒奪って絶対に一年契約させろとか、その手の話です」

「しかし、新聞の読み手は主義主張があるから読者にしても……」

樫山が困惑の表情を見せる。

「厳しい肉体労働に加え、忙しい学業でいつも腹ペコでした。ノルマ未達だと賄いの食事を制限され、最終的にはメシ抜きです」

安藤の両目が充血し始めた。

「見ず知らずの土地に放り込まれ、知り合いもいないのにノルマ達成なんて簡単にはできません。何度もメシ抜きとなったときは、わずかな蓄えからコンビニで握り飯を買ったりしていました」

「ひどい……」

樫山が口元を押さえた。

「これが新聞奨学生の実態でした。ある日、夕刊を配達し終えて販売所に戻ると、布団袋と段ボールが店先に置かれていました」

「それは安藤さんの荷物？」

田川が尋ねると、安藤が頷いた。

「使えない奴、文句ばかり言う面倒臭い学生はいらんから出ていけ、そう言われました」

田川は絶句した。田川の両親、集団就職で上京した若き労働者たちを巡って、厳しい環境があったことを聞かされた。しかし、目の前にいる安藤のような若い世代でも、そんな経験をしていたとは、予想もしなかった。

「新聞社は動いてくれたんですよね？」

樫山の言葉に安藤が小さく頷いた。

「さすがに労基法違反ですからね。神戸の他の専売所にすぐ異動です。しかし、前の店で使えない奴というレッテルがはられ、それが卒業までついて回りました」

言い終えると、安藤は煤けた天井を見つめた。

「実習生の痛みを肌で理解できる……そういうことだったのですね」

田川の言葉に安藤が頷いた。

「大学を卒業するまで販売所に勤務しなければ奨学金全額を即時返済しなければなりません。私は日本人で言葉も文化も理解できましたが、彼らは全く状況が違う」

安藤が唇を嚙んだ。自分よりはるかに若い世代でも、人並み以上の苦労をした青年だ。その安藤が見るに見かねて支援を続ける。自分の傷口も回復していないのに、他者を助ける。生半可な気持ちではないはずだ。

「さて、話に戻りましょうか」

田川たちの使っていた小皿とコテを片付けながら、安藤がおどけた口調で言った。

樫山が気を利かせて急須の茶を入れ直す。

「喫茶店でもよろしければ」

田川が厨房の奥に目をやると、安藤が首を振った。

「暇な店ですから、平気ですよ」

安藤が言った直後、厨房から老店主の声が響く。

「よう聞こえとうで」

愛嬌たっぷりの声だった。田川らは顔を見合わせてこの日初めて笑った。だが、それもつかの間だった。田川が食事を摂る間も、アインは寒い留置場にいる。田川は手帳に目を落とし、口を開いた。

「なぜこんな低賃金がまかり通るのですか？」

「デフレが日本を支配し続けているからです」

田川は手帳にデフレと魔物という単語を書き入れた。

11

「高額商品が不振なので、メーカーは低価格品を大量に出します。当然、人件費も圧縮の対象になります。その結果、低賃金を強いられることになった労働者は安い物しか買えない……デフレはコストカットと低賃金の追いかけっこです」

メモを取りながら、田川は別の事件を思い返した。韓国や中国、台湾の新興企業の攻勢を受け続けた日本の大手電機、自動車メーカーの多くがコストカットの名の下、急ピッチで人件費削減に動いた。

「当時より事態はもっと深刻です。アインさんが勤務していたコウベテキスタイル、つまりアパレル業界はデフレのダメージが最も深刻です」

所々に油染みがあるリュックから安藤がノートとペンを取り出した。

「アパレルは季節ごとに売れ筋商品が変わり、これに対応するため大量の注文を出します。彼らの多くがコウベテキスタイルのような中小企業を使うので国内の縫製業界は慢性的な人手不足です」

ついさっき書き取ったデフレという言葉が田川の視界に入る。

「中小・中堅の縫製会社は日本人派遣社員を使っていたのでは高コストで収益は上がりません。だからより安価な技能実習生を奴隷のような待遇で使っています」

「他に技能実習生が多い業界はどこになるのでしょう？」

樫山が口を開いた。

「農業や建設、土木、今後は介護の分野でしょうか」

田川は介護と書き込んだときに手を止めた。

「アインは秋田で介護の現場にいました」

樫山がぽつりと言った。

「日本人が特に集まりにくい業種です。老人たちの世話で体を酷使する上に、拘束時間も長い。入浴や排泄《はいせつ》の介助もあるので、お世辞にも綺麗な職場とは言い難い」

医療機関で働く娘の梢からも過酷な労働の話を聞いていた。

「ここ数年で政府主導の介護報酬切り下げが続き、従業員たちは皆、低賃金を強いられています。日本人の離職者が増加した反動で、外国人労働者への需要は高まるばかりです」

「それほど日本は労働力が不足しているのでしょうか？」

樫山が尋ねる。

「団塊より上の世代の大量離職が始まった二〇一〇年以降、日本は労働力人口が急激に減少傾向を辿っています。きつくて低賃金というイメージが定着してきた業種ほどその傾向が強いのです」

田川は定年退職した先輩たちの顔を思い浮かべた。ベテランが減る一方、長時間労働でパワハラが当たり前の刑事職に就きたがらない若手警官が急増中だ。

「二〇二五年問題という言葉をご存知ですか？」

突然、安藤が切り出した。

田川は手帳に〈二〇二五年問題〉と書き加えた。

「あと数年のうちに、人口の二割を後期高齢者が占めます。戦後のベビーブーマーである団塊世代、彼らが一斉に七五歳以上の後期高齢者になるのです」

安藤がリュックからクリアファイルを取り出した。

「我々NPOが恐れている未来は、すぐそばまで来ています」

安藤がファイルの中から一枚のプリントを取り出し、田川と樫山の前に置いた。

〈今後一〇年で日本の総人口は七〇〇万人減少し、生産年齢人口は七〇〇〇万人まで落ち込み、六五歳以上の人口は三五〇〇万人を突破する〉

分析の横には、大学教授の名前が記されている。

〈二〇二五年の日本は、国民の三人に一人が六五歳以上、五人に一人が七五歳以上という世界史上初めての『超・超高齢化』社会に突入する〉

田川は手帳の〈二〇二五年〉という文字を睨んだ。

「誇張ではありません。統計の専門家がはじき出した論文の要約です」

安藤は別の紙を取り出し、田川の目の前に置いた。棒グラフが描かれ、その中に数字が埋め込まれている。

「二〇一三年時点で、技能実習生や留学生など日本で働く外国人は約七〇万人でした。

それが、こちらの数字に変わりました」

安藤の人差し指の先に二〇一八年一〇月末時点で〈一四六万人〉のデータがあった。

「短期間でこれほど増えたのですか？」

「デフレの長期化が人手不足を招き、さらに超高齢化社会が到来するのです。対症療法は限界です」

対症療法の犠牲者の一人がアイン……そんな考えが浮かんだとき、安藤が口を開いた。

「政府が人手不足を補おうと、新たな法律を作ったのはご存知ですよね？」

田川の頭の中にくせ毛の首相の顔が現れ、その横に〈外国人材受け入れ拡大〉という新聞の見出しが浮かんだ。

「実質的な移民政策の導入という記事を新聞で読んだ気はしますが、詳細は知りません。派遣労働者に係る法律を改正したときとパターンは同じでしょうか？」

田川が尋ねると、安藤が頷いた。

「製造業に派遣労働者を大量投入しコストを下げる。それも限界に来たので今度はより時給の安い外国人です。単純労働に従事する人材市場だけは拡大しています。人工知能《AI》が発達し、どんどん人間の仕事をうばっていくと、低所得の単純労働ばかり残ります。そうした職に就かざるを得ない非正規労働者を下層階級《アンダークラス》と位置付ける専門家もいます」

安藤の語尾が濁り、顔が曇る。

「ライバル企業同士で営業時間を調整しろと命令することはできないのでしょうか？ 明らかに無駄なことをやって人材不足になっている面があるとは思いませんか？」

田川の住む中野の新井薬師前商店街にも四、五店舗ほど二四時間営業のコンビニがある。わずか五〇〇メートルほどの狭いエリアに同じような品揃えの店が必要だろうか。

「様々な業種の根本的な問題を分析し、なぜ人手不足なのか政府が精査した形跡が一つも見えません。逆に考えれば、大手の人材派遣会社が政府に強く働きかけ、合法的に海外の人材を受け入れるよう迫ったように思えます」

田川は樫山と顔を見合わせた。

「万が一、リーマン・ショックのような事態に直面した際、大量に受け入れた海外の人材をいきなり切り捨て、母国に帰れと命じるのですか。派遣切りのときよりもずっと残酷で、外交問題になりますよ」

安藤の声に怒気が混じった。

田川は、店のガラス戸を通して外の景色に目をやった。神戸の下町を行き交う人たちは、ごく普通に生活している。昼休みに職場近くの食堂やラーメン屋に入り、主婦たちは近隣の商店で買い物をする。日本人がごく当たり前の生活を営む前提として、多数の人間が踏み台にされている。アインがひた隠す動機の背後に、歪《ゆが》んだこの国の仕組みが潜んでいる。

12

「こっちだ」

田川がミニバンを停車させた途端、安藤が後部座席の窓を開けて手招きする。左手には小さな懐中電灯が光る。安藤が空港の誘導員のように懐中電灯をグルグル回す。窓が開いた瞬間、冷えた外気が車内に容赦なく吹き込んだ。ライトを消し、運転席で待機していた田川は、両手に息を吹きかけた。気温計に目をやると、三度と表示されている。安藤と会った日の夜、腕時計の針は午後一〇時四五分を指している。

「早く！」

もう一度安藤が声をあげると、パタパタとサンダルを鳴らし、複数の足音が迫る。

「田川さん、お願いします」

足音が大きくなったとき、安藤が叫んだ。了解と告げ、田川はエンジンのスタートボタンを押した。ディーゼルエンジンが尻の下で鈍い唸り声をあげると、後部座席のスライドドアが開き、小柄な女性二人が息も荒く乗り込んできた。

「オーケーです」

助手席から後部座席をチェックしていた樫山の合図とともに、田川はサイドブレーキを解除し、アクセルを踏み込んだ。

「大丈夫だった？」

安藤が二人の女に体を向け、言った。ミニバンの後部座席は予《あらかじ》め乗員が互いに顔を合わせやすいよう、対面式にシートの向きを変えている。

「大丈夫ね、今日は黒田も社長も飲み会ね」

バックミラー越しに覗くと、髪をヘアゴムで束ねた女が引きつった顔で返答した。もう一人、野球帽を目深《まぶか》に被った女は小さく頷く。

「それでは打ち合わせ通り、御崎《みさき》公園へ向かってください」

安藤の指示に従い、田川はダッシュボードに据えられたカーナビに目をやり、ハンドルを切った。駐車場でミニバンの向きを変えている途中、コウベテキスタイルの社屋が近隣の住宅から漏れる灯《あか》りに薄らと見えた。

駐車場を発ち、ミニバンを走らせた。幹線国道を南東方向へ向かう。ミニバンは山陽本線の高架と阪神高速三号神戸線を越え、さらに海側へと急いだ。

安藤がコウベテキスタイルで働く実習生の中から、アインを知るベテランの二人を見つけた。

一旦元町のホテルに戻り、関係先へ報告をしていた田川に再度連絡が来たのが夕方だった。コウベテキスタイルに頻繁に出前を運ぶという中華料理屋に話をつけた安藤は、皿を下げに行った店の長男に頼み、二人にメッセージを託したのだ。田川は元町でレンタカーをピックアップし、夜を待った。


二人を乗せて走り出してから約一〇分、安藤が案内してくれた御崎公園へたどり着き、田川はエンジンを止めた。

夜間のため駐車場はがら空きで、灯りも乏しい。アインについて同僚たちから話を訊き出すには格好の場所だ。田川と樫山も後部座席へと移動し、二人のベトナム人実習生と向き合った。

「お口に合うかしら？」

樫山が紙袋を女性二人に手渡す。一時間前、港に近い店を樫山がネット検索で探し出し、手に入れた食べ物だ。

「ありがとうございます」

ヘアゴムの女が紙袋を開けると、フランスパン状のサンドイッチが見えた。閉店間際のベトナム料理店に駆け込み、蒸し鶏や豚の切り身、ベトナムハムなど様々な具材をフランスパンに挟んだ独特なサンドイッチを一五本、樫山がポケットマネーで購入した。

「バインミーね」

もう一人の女が弾んだ声で言った。

「長田区にベトナム料理の店があるのよ。行ったことある？」

樫山の問いかけに二人は首を振った。

「会社の周りと、駅近くの店しか知らないね」

野球帽の女が沈みがちな声で答えた。

「あとで寮の皆さんにも分けてあげて」

残りのサンドイッチが入ったビニール袋を樫山が掲げると、野球帽の女がありがとうと小声で言った。

「このバインミー、ハノイのスタイル。でも、おいしいね」

ヘアゴムの女がサンドイッチを一口食べ、笑みを浮かべた。包み紙を外したサンドイッチからはパクチーと魚醬の香りが漂った。

「彼女はチャンさん、故郷は南部ホーチミン近郊の漁村です」

安藤がすらすらと説明する。アインが育ったハノイは北部の内陸にあり、ホーチミンは海沿いにある大都市だと安藤が言った。日本でも東北と九州では料理の味付けが違うように、ベトナムも魚醬の種類やサンドイッチに挟む具材やソースが変化するのだという。

「とってもおいしいよ。ちょっとだけ、ホーチミンと違うだけね」

安藤が話している間、チャンが戸惑いの表情を浮かべた。

「お二人は別に怒っていないから、好きなだけ食べて」

安藤の言葉にチャンが安心したようにサンドイッチを頬張り始めた。

「彼女たち、日本人はすぐに怒り出すと思っているのです。色々とお察しください」

田川はサンドイッチを食べる二人のベトナム人女性を見つめた。

日本人はすぐに怒り出す……安藤の言葉が重く腑《ふ》にのしかかる。

「夕食はまだ食べていなかったんですよね？」

樫山が尋ねた。二人は同時に頷いた。

「昼間の仕事を終え、わずか三〇分の休憩中に用足しをしたのち、食事もなしでチャンとハーは働き詰めだったのです」

二人の貪《むさぼ》るような食べ方を見るだけで、職場の殺伐とした雰囲気が伝わってくる。

田川が黙って様子を見ていると、二人はあっという間にサンドイッチを平らげた。

「ごちそうさまでした」

野球帽を被っているハーがハンカチで口元を拭った。

「よろしければ、もう一ついかが？」

樫山がビニール袋を差し出すが、ハーは首を振った。

「寮のともだちにあげる」

ハーの言葉にチャンが頷く。

「カップラーメンや冷凍のごはんと缶詰ばかりね。だから、みんな喜ぶよ」

二人のベトナム人女性は、近くに故郷の料理を出す店があることすら知らなかった。見たところ、二人は二〇代後半から三〇代前半だ。きつい労働のあとで思いがけず口にした故郷の味をもっと楽しみたいはずだ。しかし、チャンとハーは苦楽を共にする同僚たちを気遣う。互いを思いやらねば、生きていけないのだ。

「いきなり連絡してごめんね。この二人、刑事さん、ディテクティブ、ポリス。わかるね？」

二人が食事を終えたのを確認すると、安藤が田川と樫山を指した。

「アインさんのことを知りたいそうだ」

二人が顔を見合わせた。

「黒田、ひどいね。アイン、いつも怒られていたよ。アインが一番怒られたね」

チャンが口を開いた。隣にいるハーも頷く。

「たたかれていたね、なんども、わたしたち、いつも見ていたね」

ハーがチャンの腕に手を寄せ、眉根を寄せながら叩くそぶりをみせた。

「なぜ、アインが怒られたの？　仕事がうまくなかったから？」

樫山が矢継ぎ早に訊くと、二人は強く首を振った。

「アインはみんなより日本語ずっとずっと上手。仕事もハード。まじめにやっていたよ」

チャンの言葉を聞き、樫山が首を傾げた。

「では、なぜ？」

「黒田、アインのことぎらい」

ハーが即答した。

「どうして嫌いだったの？」

樫山の問いかけに二人が顔を見合わせた。意を決したようにチャンが口を開く。

「ジェラス」

「やきもちかい？」

安藤がチャンに言う。だが、チャンは言葉の意味がわからないらしく、戸惑いの表情を浮かべている。

「黒田、社長と仲がいい」

ハーが助け舟を出した。ハーは口を尖《とが》らせたあと、両腕でチャンを抱きしめるようなそぶりを見せた。

「黒田さんと社長はカップルってこと？」

樫山が言うと、二人がなんども頷いた。

「社長と黒田常務は夫婦ですか？」

田川が訊くと、安藤が違うと答えた。

「社長の奥さんは病気がちで入退院を繰り返しています。黒田は三宮の外れにあったスナックのママだったようですが、いつの間にか経理担当として入社し、今に至ります」

「愛人《イロ》が乗っ取ったか」

田川が呟くと、樫山と安藤が怪訝な顔をした。

「失礼、現場の悪い符丁でしてね。つまり二人は愛人関係ということですね」

アインを安易な接待係として重宝した社長は論外だ。アインの名を口にした途端、黒田が激昂したのも納得がいく。黒田は若くて日本語が巧みなアインが社長のお気に入りになることを恐れていたのだ。嫉妬心や警戒心がきつい態度に変わり、非人道的な扱いへとつながった。

13

田川が怒りを堪《こら》えていると、安藤が言葉を継いだ。

「社長は頻繁に取引先と飲食に出かけ、その際アインを連れていったようです。彼女は日本語が格段に上手だったそうですから」

安藤が二人に目をやる。予想した通りだ。社長が色目を使ったかはわからないが、黒田が面白いはずがない。

「ほかに、アインのことで気になることはなかった？　細かいことでもいいから、教えてくれないかしら。例えばスマホを取り上げられたこととか」

樫山の問いかけに二人が目で会話した。直後、チャンが口を開いた。

「私たち、皆、スマホを黒田に取り上げられたね。週に一度だけ、黒田の見ている前で一〇分だけ使えるよ」

衣食住に制限をかけ、通信の自由さえ奪う。

「アインもスマホを取り上げられたと聞いたの。なにか変わったことはなかった？」

樫山が尋ねると、ハーが不安げな顔でチャンを見たあとに口を開いた。

「あれは夜遅いときだったね」

ハーが話し始めると、樫山が身を乗り出した。

「アイン、一人で事務所に行ったよ。事務所のパソコン使ったね」

真っ暗な部屋で、手探りでキーボードを手繰り寄せるアインの姿が頭の中に浮かんだ。

「あの夜の前の日、アインはスマホでハノイの家族とテレビ電話したね」

ハーが淡々と言った。

「SNSのチャット機能を使えば、国境を跨《また》いでも無料通話が可能です」

樫山が言った。

「アイン、娘と話したとき、黒田に見つかったね」

ハーの言葉が消え消えになった。

「以前、別の実習生から聞いたことがあります。アインさんのことだったんですね」

安藤が顔をしかめた。事務所で密かにパソコンを使い、郷里の娘と話す。親ならば誰しも子と接したい。まして遠く離れた日本にいて、きつい仕事に就いていればなおさらだ。

「フィーバー、アインの娘、フィーバー」

ハーが顔を曇らせ、言った。

「熱を出したんだね」

安藤が額に手を当て、咳き込む身振りをするとハーが頷いた。

「それで心配になって事務所に……」

田川も梢の親だ。凶悪事件の捜査本部に組み込まれ、所轄署の会議室や道場で寝泊まりする日々が続いた。そんなとき、梢がなんども熱を出した。当時はネットを通じたテレビ電話などなく、所轄署の公衆電話から連絡を入れた。妻の疲れた声を聞くたび、胸を鷲攌《わしづか》みにされるような思いにかられた。

「黒田に見つかったよ。アイン、すぐに叩かれたね」

ハーが低い声で言った。

「黒田常務が忘れ物を取りに来て鉢合わせしたようです。叩かれたという話は初耳でした」

安藤が眉根を寄せ、言った。

「アイン、ジェイルね」

ハーが聞きなれない単語を使った。

「ジェイル？　もしかして……」

樫山が自身のスマホのメモ欄に〈jail〉と打ち込み、ハーに見せた。

「そう、jailね」

樫山とハーの間にある画面を見つめ、田川は肩を強張らせた。

「jailとは、監獄という意味でしょうか？」

樫山が眉根を寄せた。

「まだそんなことを」

安藤が声を荒らげた。

「懲罰房です。見せしめとしてケージが使われていた時期がありました。労基署が立ち入り検査したときに発覚したので、現在は使われていないはずなのですが」

「ケージとはまさか……」

樫山の声が上ずっている。

「大型犬用の鉄製の檻《おり》です」

田川らのやりとりをチャンとハーが不安げに聞いているのがわかった。

「jailはひどいね。ご飯食べさせてもらえないし、トイレも……」

チャンが俯いた。

「ごめんなさい。嫌なことを思い出させてしまって」

チャン自身がケージに入れられたのかはわからない。ただ、チャンはアインが懲罰房に入れられたことは覚えているようで、瞳に恐怖の色が浮かぶ。

「ひどすぎる」

「私も色々と考えさせられます」

樫山の言葉尻が濁る。

田川は携帯電話のファイルから元町の百貨店で見つけた看板の写真を引っ張り出し、ハーとチャンに向けたが、二人の反応は芳しくない。

〈↓山側（Yamagawa）〉

「Yamagawaとはなんですか？」

チャンが首を傾げた。

「神戸の山側にある高級住宅とか、お金持ちのことを指しているらしい」

田川が説明しても、二人は肩をすくめる。樫山が小さくため息を吐いた。

「一つ一つやるだけです。では、この人は知っているかな？」

田川は手帳のポケットに挟んでいた写真を取り出し、二人の前に差し出した。

「おばあちゃんね」

チャンが白髪の老女の顔を見て反応した。

「知っているかな？　アインと仲のよかった人だ。アイン、フレンド」

田川は身振り手振りを交えて言った。能代署でコピーしてもらった藤井の写真だ。

「しらない。ごめんなさい」

ハーが申し訳なさそうに言った。

「いや、かまわないよ」

田川はため息をなんとか堪えた。

「アイン、元気かな」

ハーがぽつりと言った。

「アイン、モモとかリンゴを分けてくれた。優しい人」

ハーの言葉に樫山が頷いた。樫山によれば、ベトナムでは近しい人に対し、ひんぱんに果物や、菓子を贈ることがあるという。それだけ人間関係が密で、互いの結びつきが深いのだと田川は思った。

「なにか手がかりは？」

安藤が心配そうに田川の顔を覗き込んできた。

「残念ながら謎は解けません……二人の接点は神戸ですが、この土地での面識はない。一方、秋田で出会い、神戸という共通の土地を通じて仲が深まったという確証はつかめました。そして、二人を結びつけていたのは、おそらくこの山側という言葉です」

田川は携帯電話に映る看板写真を睨み続けた。そのとき、画面の右上隅にある時刻表示が目に入った。

〈〇：〇一〉

日付が変わり、二月一一日になった。

神戸に来て三日目、アインの起訴まで残された期限は九日だ。今回は田川のペースで事を運ぶことができない。寒さを増す神戸の夜の闇の中で、田川は額に脂汗が滲《にじ》み始めたのを感じた。

第三章 錯綜

1

「田川さん、お一ついかがですか？」

樫山が紙袋から小ぶりの饅頭《まんじゅう》を取り出し、田川の鼻先に差し出した。

「ありがとうございます」

田川は手帳と老眼鏡を窓際の手摺りに置いた。

「新神戸駅の売店で作りたてがあったので、つい買ってしまいました」

樫山の指先には、湯気を立てる白い塊がある。田川は手を差し出し、受け取った。

「肉まんですね」

「関西では豚まんと呼びます」

「ああ、あの大阪名物の？」

大阪出張から戻る同僚がいつも赤い袋を携えている。

「こちらは三宮の老舗、一貫軒のミニ豚まんです。前から食べてみたかったので」

樫山が早速、豚まんに口を付けた。田川も饅頭を割る。すると、ほのかな肉の香りと湯気が上がった。

「お口に合いましたか？」

気落ちしている田川を気遣ってか、樫山がおどけた調子で言った。

「もちろん、絶品です」

田川は芳醇な肉汁を味わった。

ほんの一〇分前、寒風がプラットホームに吹きつける新神戸駅から東京行きの新幹線に飛び乗った。樫山がばたばたと売店に駆け込んだのは、この逸品を買うためだった。

豚まんを平らげたあと、田川は車窓に目をやった。臨海部にある巨大な煙突群が遠ざかっていくと、窓枠に置いた手帳に手を伸ばす。

追加の用紙が重なった手帳は着実に厚みを増し、不恰好に膨らんでいた。成果がない中で手帳が変形すると、いつも憂鬱《ゆううつ》になる。しかも今回は期日があと九日しかない。その大切な一日、二月一一日もすでに午後三時を過ぎた。

「強烈な出張でしたね」

樫山がぽつりと言った。

神戸を発つ直前に湊川・東山商店街の魚勝に清水を訪ねた。田川は捜査の礼を言いつつ、藤井詩子につながる人物をなんとか探してくれるよう、重ねて頭を下げた。

清水はすでに五、六人の老人に当たっていると明かし、さらに知人たちにも手配の網を広げたと教えてくれた。飛び込み同然にもかかわらず、親身に世話を焼いてくれる清水やその周辺の人たちには頭が上がらない。

その後、もう一度コウベテキスタイルを訪れた。昨日とは打って変わり、常務の黒田は口数が少なく、田川と樫山の話を神妙に聞いていた。だが、態度は頑なで、両目には強い敵意が宿っていた。田川と樫山が交互にアインの勤務実態、人権無視の仕打ちを確認すると、黒田が凄《すご》んだ。だが、以前のように物を投げつけるようなことはしなかった。

〈もうあんたらにはなんも喋《しゃべ》らん〉

黒田はなにかを思い起こした様子で言った。

〈今、揉《も》め事起こしとうないんや〉

揉め事の塊のような人物が殊勝な言葉を吐いた。

〈大事な取引が控えとんや〉

強気一辺倒だった黒田の態度が変化したのはなぜか。田川は考え続けた。小さな応接セットを挟んで対峙する間、事務所の中をあちこち観察した。労災防止のポスター、地元議員との集合写真等々、昨日訪れたときと違いはなかった。

だが応接セット近くには、宅配業者のダンボール箱が新たに何個も積まれていた。有名ブランドのほかサバンナの草原を模したイラストがプリントされた箱も複数あった。

気性の激しい黒田が懸命に感情をコントロールしていたのは明白だ。なぜ自制したのか。己の意思か、それとも誰かの指示があるのかは二回の面会ではわからなかった。

「黒田さんがあんなことを言うとは意外でした」

樫山が口を開いた。

「なんのことですか？」

田川は手帳のページをめくるが、思い当たる言葉はない。

「ちょうど電話に出られていたからお気づきにならなかったのかも」

一〇分ほどの訪問だったが、事務所を出る間際に特命捜査対策室の上司からいつ帰京するのか尋ねる電話が入った。

「彼女はなにを言いましたか？」

「〈ウチも人権無視されている〉という趣旨でした。意味がわからなかったので、訊き返しました」

「彼女はなんと？」

「〈安い工賃を飲まないなら、二度と注文はださない。死ぬなら死ねといつも取引先からプレッシャーをかけられている〉、そんなことを言っていました」

デフレという言葉が頭に浮かんだ。

「彼女はこんなことも言っていました。〈実習生の賃金がどうこうなんてことより、異様な値下げ圧力に晒《さら》される中小企業こそ被害者だ〉〈まともなレートで仕事が降りてくるなら、実習生なんか使う必要がない〉等々です」

黒田の言葉を手帳に刻む。デフレという目に見えぬ魔物が日本中を侵食しているが、中小企業も被害者だという言葉を鵜《う》呑《の》みにはできない。

「東京に一旦戻るとして……」

田川は手帳に目を戻し、ページをさらに遡った。

〈システムトラブル〉

ページを繰る手が止まった。

〈サバンナ：顧客対応のシステムにバグが生じ、一千件近い音声データが消失〉

田川はもう一枚、ページを遡った。

〈サバンナ・ジャパン　顧客管理システムの不具合について会見へ〉

一流企業が自らのミスを記者に明かし、顧客や株主、投資家向けに頭を下げた。だが、些細《ささい》なミスをあえて差し出し、トラブルやスキャンダルの核心を隠蔽《いんぺい》したのではないか。刑事は常に人間を性悪説でとらえる。良心の呵責《かしゃく》に耐えきれなかった犯人《ホシ》など、長い刑事人生で一人も出会ったことがない。様々な利害関係を呑み込み、ときに大規模な消費者問題が浮上しても大企業は自らの利益確保と保身に走る。なんども刑務所に入る犯罪常習者よりも企業の方がよほど狡猾《こうかつ》なのだ。

「帰京したら、サバンナを再度当たりますか？」

いつの間にか樫山が田川の手帳を覗き込んでいた。

「システムトラブルの裏側を探りましょう」

「連絡してきた中村さんという人に予定を訊きます」

スマホを片手に樫山が席を立ち、デッキへと向かった。田川は手帳に視線を向け、サバンナに関するメモを再読し始めた。

2

「急に押しかけて恐縮です」

田川は小声で告げ、樫山とともに真っ白な会議室で頭を下げた。

三軒茶屋のサバンナ日本法人本社に着くと、若い女性スタッフに五階へ通された。会議室が二〇あるという最新鋭ビルの内部を歩き、奥まったスペースに案内された。入り口に〈ロッキー〉の札がつけられた真っ白な部屋は、山脈に降り積もった雪をイメージしているという。案内のスタッフが出て行った直後、部屋にやや低めの女の声が響いた。ここ数日、樫山が問い合わせを入れ続けた女性社員だった。

〈サバンナ・ジャパン企画室　ヴァイス・プレジデント　中村沙織〉

受け取った名刺には、見慣れない肩書きがある。田川の目の前にはセミロングの髪、グレーのスーツを纏った中村がいる。田川と樫山の前には紙コップとミネラルウォーターのボトルが置かれた。

「この肩書きはどのような意味を持つのでしょうか？」

田川は柔らかな口調で尋ねた。相手の警戒心を和らげつつ、様子を見るジャブのようなもので、心の内側を覗き込む作業だ。

「企画室なんでも屋さん的な位置付けです。日本流に言えば、課長補佐といったところでしょうか」

中村は口元に笑みを浮かべた。

「上司の肩書きは企画室マネージングディレクター、部長級となります」

中村が大型の革製ファイルを涼しい顔でめくると、樫山が口を開いた。

「改めてデータ消失の経緯を教えていただきたいと考えております」

丸顔で化粧気のない樫山に対し、中村は間違いなく美人の部類に入る。髪は薄いブラウン。髪の分け目や根元まで綺麗に染められている。メイクは自然な感じで、どぎつい印象はない。ただ、目鼻立ちが常人よりくっきりしているため、人によっては冷たい印象を持つかもしれない。隙のないクールビューティだ。

肩に力が入る樫山とは対照的に、中村は穏やかな笑みを絶やさず、革の手帳に挟んでいたクリアファイルをデスクに置き、中からイラストが印刷された紙を何枚か広げ始めた。

「こちらはお持ち帰りいただいて結構です」

綺麗に手入れされたネイルに目が行く。薄いピンクだ。左の人差し指にシルバーのリングが光る。

〈指輪好きな人は、自分の志向を表に出すのよ〉

上品な指輪を目にした瞬間、かつて聞き込みに行った老占い師の言葉が蘇った。

〈婚約や結婚指輪と同じように、指輪はどの指でも重要な意味を持つの〉

〈左手の人差し指に指輪をはめる人は、自らの積極性を高めたいという強い意志を持っている。色恋の方面では、「自分をずっと観ていてほしい」という願望があるわ〉

中村に気づかれぬよう、田川は思い出した事柄を簡単にメモした。この間、中村は田川、樫山の前に資料を置く。

「まずは障害の原因となったシステムのバグについてご説明させていただきます」

中村はグリーンの万年筆でイラストの中心を指した。キャップの先にサバンナ・ジャパンのメインシステムという括りがある。

「こちらのシステムから顧客情報を管理するサーバーと、顧客から直接問い合わせのあったシステムとはこのルーターを通し……」

田川には理解不能な専門用語が次々と飛び出す。説明を聞く樫山の表情は硬く、時折中村に訊き返している。

「ハッカー等、外部からの不正アクセスが原因で生じたトラブルではなく、ルーターの定期的なバージョンアップと、ソフトの再起動がメインシステムに大きな負荷をかけてしまいまして……」

中村の説明に一切の淀《よど》みがない。システムの専門家ではないはずだが、その仕組みを深く理解し、咀嚼《そしゃく》している。樫山の問いかけに対しても言葉を濁すことはなく、大きな見本市のコンパニオンのように滑らかに話し続ける。

「こちらが顧客対応の音声データが消失した簡単な経緯となります」

中村が話を終えた途端、樫山が口を開いた。

「データ復旧サービスの会社等々、外部の業者も含めてご利用になられたのですか？」

「いえ、使っておりません」

唐突な問いかけに、中村は面食らった様子だ。傍らの樫山は攻撃の手を緩めない。

「御社は顧客最優先の社是を掲げられています。顧客対応窓口に寄せられた生の声は貴重な財産なのでは？」

「ご指摘の通りです。しかし、我々が本当に重要と考えるものについては、音声データのほかにテキストでバックアップしております」

中村が革手帳を開き、その中から別のファイルを取り出した。

「こちらは、弊社のミスでお客様にご迷惑をおかけしたときのやりとりです」

中村の細い指先から、一枚の書類が田川と樫山の前に差し出された。

〈●●様　注文したサイズと違う品物が到着→返品、交換作業に通常より四日も多い一週間を要し、多大なるご迷惑を……〉

提示されたデータには花柄のワンピースの写真が添付されていた。

「他にもございます」

スニーカーや書籍の写真が添付された一〇枚程度の書類だ。樫山が最初に目を通し、横の田川に手渡す。たしかに顧客と電話で直接やりとりしたオペレーターが記録した物だ。客の言い分にサバンナ側がどう対応し、善処したのか。それらの経緯が細かい文字で記されている。

「藤井さんについては、こうした記録に残す必要はないものだった？」

「クレームを一〇段階で格付けしています。テキストに残しているのは一〇段階で重要度の高いもの、レベル七から一〇までです。お客様と直接やりとりするスタッフたちには専門の管理職がおりまして、すべてのクレーム、問題のあった取引に目を通しております」

頑なに捜査への協力を拒んでいるのではなく、手続きが煩雑なのだろう。また、田川と樫山が突っ込んで尋ねてくるであろうことも予測して、補足資料まで用意していた。

「藤井さんとお話しされたオペレーターさんに会うことは可能でしょうか？」

樫山がなおも食い下がる。

「こちらをご覧いただけますでしょうか」

中村は先ほどのクレーム対応書類の末尾を指した。アルファベットでメールアドレスや社内の内線番号が記されている横に、数字が並んでいた。

「〇一一、〇九八とあるのは市外局番です。フリーダイヤルが繋《つな》がりにくい際、お客様はこちらのコールセンターに直接連絡をされます」

中村が淡々と言った。田川は頭の中で手帳のページをめくり続ける。市外局番は北に行くほど小さく、南は数字が大きくなる。

「北海道と沖縄ですか？」

「北海道は北広島《きたひろしま》市、沖縄は宜野湾《ぎのわん》市にそれぞれ五〇〇名ずつ、二四時間、三シフト交代で勤務しています。担当したオペレーターはそれぞれ把握しておりますが……」

中村が言葉を濁した。

「念のため、担当者のお名前と連絡先を教えてください。あとで我々が電話する可能性も含め、お伝えいただけますか？」

なおも樫山は引き下がらない。

「顧客のプライバシーに関わる質問には答えかねますので、そこはご了承ください」

「すでに亡くなられた方ですので、個人情報が拡散するようなことはありませんし、国家公務員として知り得たことを漏らせば、私が処罰の対象となります」

もう潮時だ。田川は樫山に視線で伝えた。サバンナが全て本当のことを言っているのか、現段階で判断はつかない。北海道と沖縄まで手分けして出向き、オペレーターと会うのも一手だ。だが手間をかけるだけの成果はあるのか。答えは明確にノーだ。万が一サバンナがなにかを隠蔽しているのであれば、中村が知恵をつける。のこのこ出かけていく捜査員に付け入る隙などみせないはずだ。

「なにかとお手数をおかけして、恐縮です」

田川はわざとゆっくりした口調で言った。

「協力は当然です」

中村は手際よくクレーム対応の書類をまとめ始めた。細くしなやかな指が紙を引き寄せ、クリアファイルに収められていく。中村が革の手帳の表紙をめくったとき、わずかな風圧で別の印刷物が会議机に流れ落ちた。

「失礼しました」

中村が慌てて紙を回収する。今までのしなやかな動作にはなかった小さな動揺が、細かく震える指先に表れていた。

「あの、つかぬことをお伺いしますが……」

田川は中村に右手を差し出し、その動きを制した。

「なにか？」

先ほどまでと違い、中村の頬がわずかに引きつっている。

「ちらりと見えましたが、チラシですか？」

田川は中村が素早く回収しかけた紙を指し、言った。

「ああ、こちらですか……」

会議室に入ってから、ずっと滑らかに話していた中村が言い淀んだ。視線が天井方向に向き、口元が少しだけ歪んだ。

「見覚えのあるお嬢さんだったので、モデルさんか女優さんですよね？」

田川は間の抜けた声で言った。中村がなぜ態度を変え、うろたえたのか。

「モデルです。あの、約束を守っていただけますか？」

「どういうことでしょう？」

「弊社の新しいＣＭのキャラクターになっていただくか検討中なのです」

「職務で知り得たことは絶対漏らしませんのでご安心を」

中村が安堵の息を吐いた。だが、中村はまだ田川の顔を探るように見ている。

頭の中には神戸で見た光景が蘇った。コウベテキスタイルの応接セットだった。テーブルに近い所にあったデスクの上に、サバンナのロゴが入った段ボールが無造作に積み上げられていた。

「あの、次の打ち合わせがありますので」

中村が早口で言い、左手首にある小さな腕時計に目をやった。

「それでは、我々はこれで。またなにかお話を聞かせていただくことがあるかもしれません。その際はよろしくお願いします」

田川は席から立ち上がり、中村に頭を下げた。

「捜査にご協力いただき、感謝します」

樫山が堅い口調で言ったあと、中村の先導で田川は真っ白な部屋を出てエレベーターホールに向かった。

3

「思った以上にボリュームがありましたね」

田川が空いた丼に蓋をすると、対面の男が笑った。

「濃い目の胡麻油と江戸前のネタ、下町の味はお口に合いましたか？」

「あんな大きなかき揚げは初めてです。今日の夕飯はいらないと妻に電話します」

昼下がりの小上がり席で、田川は突き出た腹をさすってみせた。

ランチの繁忙期を過ぎた人形町の老舗天ぷら屋は、親戚の家のようで居心地が良い。

「このエリアも再開発が進み、風情が失われつつあります。ここは最後の砦《とりで》ですよ」

眼前の小島孝夫《こじまたかお》が顔をしかめた。

人形町は日本橋の繁華街の東側に位置する下町情緒の色濃い一帯だ。戦災に遭っていないため、天ぷら屋だけでなく、蕎麦屋や洋食店など戦前の古い建物をそのまま使用する店が多い。

神戸から帰京して三日が経過し二月一四日になった。電話オペレーターへの聞き取り、他の手がかり探し、上司への報告などであっという間に時間が経った。アインが黙秘を続ける一方、期限はあと六日だ。

昨晩、田川は新たな手がかりを求め、かつて捜査で知り合った人物に連絡した。小島は、いなほアセットマネジメントというメガバンク系の資産運用会社で株式投資の総責任者を務めている。

「お時間は大丈夫ですか？」

「夕方まで空いています。それで、今回はどんな捜査を？」

空いた丼と椀を座卓の隅に追いやると、小島が身を乗り出した。

「すっかりお見通しですなあ」

田川は間の抜けた声で応じたが、優秀な金融マンの目は笑っていない。

「一般論でよいのでお知恵を拝借しようと思いましてね」

「個別企業を調べているのですか？」

小島が再び身を乗り出した。

「私が一番苦手な分野でしてね」

田川は座卓に置かれた小島のスマホを見た。

「ネット業界ですか？」

「ええ、それも相当に大きな企業です」

田川の言葉に小島が口元に笑みを浮かべた。

「もしやアプリコットコンピュータ、それともフェイスノート？」

小島の口から、世界中で普及するスマホやタブレットを製造する企業、そして里美や梢が頻繁に利用しているSNS最大手の名が出た。

「サバンナです」

「サバンナはオックスマートの一〇〇倍の規模を誇る巨大企業です」

田川の頭の中に、田園地帯に突然姿を現す巨大なショッピングモールが浮かんだ。

「株式時価総額を比較すると約一〇〇倍の違いがあるという意味です」

上場企業の発行済み株式数に現在の株価を掛け合わせて導き出す指標だという。

「オックスは約一兆五〇〇〇億円、サバンナは一兆ドル、日本円にすれば一一三兆円程度となります」

インターネットが爆発的に普及したことで、サバンナは世界にも例をみない急成長を遂げたという。

「一〇年ほど前、ニューヨークで創業者の講演を聞きました。彼は売り上げの大半を顧客の利便性を高めるシステム投資に注ぎ込み、そこで得た新たな収入をさらに再投資へ導くと真面目な顔で言っていました」

小島によれば、顧客の利便性最優先のポリシーを掲げる経営者はレアケースだという。

「経営手法のみならず、創業者のペインはもっと恐ろしいことをさらりと言っていました」

「その中身は？」

「涼しい顔で、〈地球上からリアル店舗を一つ残らず消す〉とね」

小島がスマホを田川に向けた。画面には日本実業新聞のネット版が映る。

〈米スポーツ・エクスパート、全米五〇〇店舗を閉鎖　サバンナに体力負け〉

「スポーツ・エクスパートは、一〇〇〇坪超の大規模店舗を手がけ、野球のグラブからキャンピング用品まで手広く扱っていました。私もニューヨークの駐在員時代に郊外店舗を愛用していましたが、無くなりました」

〈米衣料品大手TAP、既存店の六割削減へ　売り上げ減に歯止め掛からず〉

孫娘がよく着ているファストファッションだ。

「田川さんはサバンナを利用していないのですか？」

「妻と娘が孫の肌着やら紙おむつ、それに日用雑貨を頻繁に買っています。かくいう私も公務員用の専門書や絶版になった地図などを……」

「デス・バイ・サバンナという言葉をご存知ですか？」

田川は首を振った。

「直訳すればサバンナによる死となります。米国の株式市場では別名サバンナ恐怖指数と呼ばれています。顧客を奪われ、シェアと株価が急低下してしまう銘柄を指すんです。大手書店や百貨店、ホームセンターなど六〇銘柄で構成しています」

小島が手元のスマホにもう一度触れた。

「これは日本で影響の出た業種や個別企業の一例です」

小島が差し出した画面には、日本橋や新宿の一等地に店を構える老舗百貨店やオックスマート、家電量販店など大手企業の名前がずらりと並ぶ。

「サバンナのほか、日本ではYOYOCITYなどがインターネットを使った通販事業を手がけています。その規模は約一七兆円にのぼります。これは実店舗の売上高の約六%にあたり、年々その比率が上がっています」

新井薬師前駅にあった地元書店は数年前に廃業し、駅ビルにあったレンタルビデオ屋も消えた。

「他の商売を駆逐するなら、勤めている人はさぞ高給が約束されているんでしょうね」

田川が尋ねると、小島が頷いた。

「サバンナはITや運輸、他の小売りから多数の人間をヘッドハントしています。当然、高給でなければ人は集まりません」

「人材不足を嘆く警視庁には無理な話ですね」

田川が軽口を叩くと、小島が首を振った。

「アメーバのように成長する分、不必要と判断された人間が突然馘首される厳しい組織でもあります。毎年、一割近いスタッフが蹴り出されるようです」

「ようです、とは？」

「人事に関しては、サバンナは情報開示しませんから。ただ、問答無用の解雇システムだということは伝え聞きます」

田川は小島の話を素早く書き取った。警視庁本部は所轄の精鋭が集められる。ただし、上司に抗命したり、協調性に欠けると判断されれば即座に僻地《へきち》の交番勤務が待っている。厳しい組織という面では共通点がある。

田川がメモを取り終えると、小島が口を開いた。

「何はともあれ、サバンナは生活に欠かせないプラットフォーム企業ですよ」

「駅のプラットフォームということですか？」

「プラットフォームがなければ乗客は乗り降りできません。サバンナは田川家の電気や水道、ガスと同様、なくてはならないインフラですよ」

数年前までは里美が自家用車に乗って量販店に買い出しに出かけていた。それがいまはサバンナと提携したタケル運輸のドライバーが玄関先まで荷物を運んでくれる。

「日本だけでなく、欧米、アジアやアフリカの新興国も同様です。今、世界中の人々はこれら世界的なプラットフォーマーに完全に支配されています。もしや、警視庁もなにか動いているのですか？」

「どういう意味でしょうか？」

「公正取引委員会がなんども立ち入り検査しました。現在は政府がプラットフォーマーの規制強化に動き出しています。田川さんが関わる捜査は、いつも小さな波紋から大波を引き起こします」

小島の表情は真剣そのものだった。田川は慌てて顔の前で右手を振った。

「私は一介の窓際です。大波なんてとんでもない」

「どんな捜査を？」

小島が身を乗り出した。田川は渋々口を開いた。

「小さな事件の裏付けです。それで公取委は具体的になにを調べたのでしょう？」

「独禁法違反の疑いですよ」

警視庁とは馴染みの薄い法律だ。大手企業同士の談合、大手企業による下請けいじめ、大手企業による市場の寡占防止……田川は頭の中で法律の概要を思い浮かべたとき、最後に出てきた言葉が引っかかった。

「大手による独占の弊害を調べているのですか？」

田川の問いかけに小島が頷く。

「独禁法の中にある優越的地位の濫用の疑い、これです」

小島がスマホを取り上げ、画面をタップした。差し出された画面には〈独占禁止法第二条の九項五号〉の文字がある。田川は背広のポケットから老眼鏡を取り出し、細かい文字を追った。

そこには〈自己の取引上の地位が相手方に優越していることを利用して、正常な商慣習に照らして不当に、次のいずれかに該当する行為をすること〉として、圧力的な取引行為が例示されていた。

「サバンナの日本における利用者数は約四〇〇〇万人です。人口の三分の一がなんらかのサービスを利用しています」

「それだけ多くの人が使うなら、プラットフォーマーが高圧的になっても不思議ではない」

「販売にかかる経費をよこせとサバンナは言っています。セールだけでなく、通常の販売でも協力金という名目で業者から金を徴収します。市場の番人たる公取委が目を付けるのはある意味当然です」

小島は再度スマホを取り上げ、画面を二度タップした。すると、画面には白黒の顔写真が現れた。

4

「誰ですか？」

くせ毛でメガネをかけた頑固そうな老人が写っている。

「公正取引委員会の杉井《すぎい》委員長です。一〇年前は財務省の事務次官でした」

「この方が何か関係するのですか？」

「切れ者の彼が動けば、個別企業の株価が動きます」

小島が金融マンの目で言った。公共工事に絡んだ建設会社の談合や不公正入札で公取委が大鉈《おおなた》を振るい、大手と呼ばれる銘柄がいくつもストップ安になったのだという。

「サバンナの場合、本国の株価に影響が出ます。弊社もニューヨーク上場銘柄で組んだ投資信託があります。サバンナの動向には目を光らせているわけです」

番茶を啜りながら、小島が告げた。

「世界的なプラットフォーマーには欧州、そして日本の規制当局が強い関心を持っています。実際、経済産業省が主体となって罰則強化の試案づくりを始めています」

小島が再度スマホをタップした。今度は、インターネットニュースだ。

〈巨大基盤産業《プラットフォーマー》、規制と罰則強化へ 政府、課徴金引き上げ検討〉

「従来、公取委が優越的地位の濫用の違反行為を発見した場合、課徴金を求めました。もちろん、悪質ならば検事総長に刑事告発しますがね」

小島によれば、課徴金というペナルティーが一般的なのだという。

「従来は違反行為に該当する取引の売上高の一%を三年かけてペナルティーとして支払わせていました。しかし、欧米に比べてあまりに軽いと批判され、パーセンテージを上げる、あるいは適用期間をもっと長くするなどの案が練られています」

記事はプロの投資家を唸らせるだけの詳しく、鋭い中身らしい。

「SNSやネット通販に馴染みがないので、規制強化と言われてもピンときません」

「サバンナにとってダメージは甚大です」

「今度は日本法人の幹部に当たってみますかね」

「有能な人物が一人いますよ。オックスマートからヘッドハンティングされた男性です」

田川とは浅からぬ因縁がある企業の名が飛び出した。

「この人です」

座卓の脇に置いたブリーフケースから小島が日本実業新聞朝刊を取り出した。

「一週間ほど前にインタビューが掲載されました」

小島が乱暴に紙面をめくる。分厚い新聞の中程で小島が手を止めた。

「山本康裕マネージングディレクターです」

座卓に置かれた紙面には、鼻筋の通った中年男性が写る。ストライプのスーツに細身のネクタイ。ラテン系を思わせる窪《くぼ》んだ目鼻立ちは、有能なサラリーマン然としている。田川は手帳を取り出し、名前と肩書きをメモした。記事では新たに作った広大なスタジオの様子、そして新設備を用いたファッション事業の展望について触れていた。

「今朝方届いたサバンナの箱の中に、なにやら新しい商売というかキャンペーンを始めるとチラシが入っていました」

「ファッション事業を中心にしたサービスですね」

田川は小島の言葉を手帳に書き取った。三日前に訪れたコウベテキスタイルの事務所の風景が瞼の裏に映る。

「新しい事業もサバンナの一人勝ちになるのでしょうか？」

「日本ではYOYO CITYという先駆者がいます。さすがのサバンナも苦労するかもしれませんがね」

田川は小島の話に耳を傾けつつ、メモを取り続けた。

「先ほどプラットフォーマーの話をしましたが、YOYO CITYは日本のアパレル・ファッション業界で土台になりつつあります。百貨店やアウトレットモールが衰退する中、ネットで買い物が完結しますからね」

「それで、YOYO CITYの寺銭《てらせん》はいかほどですか？」

田川は以前に新聞で読んだ事柄を尋ねた。インターネットを通じた商売は、大きな業者がネット上にモールを作るようなものだ。多くの利用者が集まれば、莫大《ばくだい》な利益を生む。当然、モールの運営者たるネット通販業者は出店業者からテナント料、つまり寺銭を徴収して儲けにつなげている。

「出店するアパレルブランドの売り上げに対し、約三〇％となります」

「三割も徴収するのですか？」

「だからプラットフォーマーは強いのです。既存の商業施設は客足が落ちる一方ですが、YOYO CITYはシステムの利便性も高い」

「なるほど」

「サバンナも同じような仕組みを作って追い上げを狙っています。資本力では断然サバンナが有利ですし、狙った商圏をほとんど制覇してきた実績があります」

「では、YOYO CITYは負けてしまう？」

田川の問いかけに小島が眉根を寄せた。

「今までのケースならそうでしょう。しかし、YOYO CITYの若い社長はしたたかです。それに前回の投資家向けのミーティングではサバンナを蹴落とす秘策がある、そんな風にも言っていました」

　小島が告げた生々しい言葉を漏らさず手帳に書き取った。

「小島さんの予想はいかがですか」

　田川が尋ねると、小島が腕組みした。

「私も調べるのが商売です。色々と手を回して話を集めているのですが、これといった情報が入ってきません」

「強烈な値引き合戦とかでは？」

「値引きに関しては、既に両社ともにクーポンを発行して熾烈《しれつ》な競争をおこなっています」

　クーポンと聞き、田川はサバンナの商品画面を思い浮かべた。わずかではあるが、従来の買い物にポイントという名のクーポンが付与されていた。競合社であれば、互いに商品価格を調べ、クーポンを使って値引きをして消費者の気を引くのだろう。

「あくまでも未確認情報ですけれど……」

　突然、小島が声のトーンを落とした。田川が視線で促すと、小島が言葉を継いだ。

「知り合いの大手紙記者から聞いたのですが、ＹＯＹＯＣＩＴＹの社長が最近頻繁に霞が関にいるらしいのです」

「ほお、私のご近所ですね」

気鋭のネット通販の若手社長と霞が関、意外な組み合わせだ。

「政府の規制に向けて事情を説明しているとか？」

「ＹＯＹＯ ＣＩＴＹは政府のプラットフォーマー規制に引っかかるような大規模な業者ではありません。なぜあのエリアで目撃情報が相次いだのか、見当がつきません」

小島がスマホの画面にＹＯＹＯ ＣＩＴＹの若い創業社長の写真を表示させた。無精髭《ぶしょうひげ》でサングラス、髪はバサバサで湘南か房総のサーフショップの店長のようだ。七三分け、背広姿の官僚ばかりの霞が関に出没すれば目立つのは間違いない。

「市場《マーケット》千里眼の小島さんでも無理なことがあるのですね」

「なにか情報があれば、ぜひ」

小島がおどけて肩をすくめた。田川は笑顔で返す。しかし、現在二月一四日で起訴に向けた期限はあと六日。一向に手がかりが見つからない局面をどう打開するか。田川は細かい文字が並んだ手帳のページを睨み続けた。

「ちょっと失礼」

鈍い振動音が聞こえたあと、小島がスマホを手に顔をしかめた。

「秘書から電話です」

小上がり席から離れると、小島が店の土間へ降りて通話を始めた。田川は腕を組み、考えを巡らせた。

5

「持ってきてもらったビールをくれないか?」

ホテルのシャワールームを出た山本は、バスローブに袖を通し、ベッドルームに声をかけた。バスタオルで髪をぬぐいながら進むと、中村がスマホを左耳に当て、口の前で人差し指を立てている。サイドテーブルにある置き時計に目をやると、午後九時半過ぎだ。

山本は窓辺のソファに音を立てぬよう体を沈めた。高層階の大きなガラス窓から煌びやかに光る六本木の街を見下ろしながら、電話のやりとりに耳を傾ける。バレンタインデーの食事は、ホテル近くのイタリアンで済ませ、中村にはブランド物のスカーフをプレゼントした。山本は革製のブレスレットをもらったが、会話は自然にあの件に流れてしまった。

「はい……近日中にスケジュールを確認して折り返しご連絡差し上げます」

業務用の声で答えたあと、中村が深いため息を吐いた。その後は乱暴にスマホをベッドに投げつけた。

「刑事です。山本さんに会いたいと言ってきました。例のデータの件、責任者のご意見をうかがいたいとか。彼らは北海道と沖縄のオペレーターにも当たっています。刑事たちとのやりとりに関しては、リポートを出しました」

「ああ、ざっと読んだ」

冷蔵庫から缶ビールを取り出し、山本はプルトップを開けた。よく冷えた辛口ビールが喉を強く刺激する。

「ざっとでは困ります」

珍しく中村が不機嫌な声を上げた。よほど電話の内容が気に障ったのだ。

「樫山とかいうキャリア警官がしつこかったんだろう？」

「いえ、もう一人の田川という警部補です。前回はほとんど話さなかったのに」

中村が不満げに口を尖らせたが、山本の耳になにかが引っかかった。

「田川だって？」

缶ビールをサイドテーブルに置き、山本は腕組みした。胸の中に小さなインクの染みが滴り、これが徐々に広がっていく感じがした。

「そうか……オックスマートのヘドロを浚《さら》った刑事だ」

「あの一件ですか？」

「出入り業者の不正からオックス本体まで捜査の手が伸びた」

オックスマートの経営を揺さぶった刑事が、今度はサバンナに迫っている。

「データは完全に廃棄したよな?」

山本の言葉に、中村は無言でサイドテーブルを指した。

「そうだ……君がメモリを叩き潰したのをこの目で見ている。それに連絡用に買った格安スマホもSIMも始末した」

山本は缶ビールの残りを一気に喉へ流し込んだ。

「相手の出方を見て、こちらも対応策を練る」

「それでは明日、午後に一時間ほど会議室を取ります」

中村はベッドに放り出したスマホを取り上げ、スケジューラーをチェックし始めた。

「方針は決まった。そんなものは後回しでもいいじゃないか」

山本は中村の右腕をつかみ、引き寄せるように力を込めた。バランスを崩した中村が山本の胸に倒れこむ。田川という刑事が怖くないと言ったら嘘になる。だが、腕の中にいる中村が証拠を完全にこの世から消し去った。強引な取り調べや過度な見込み捜査への批判が着実に高まる中、状況証拠で迫ってきても、肝心のデータは存在しない。

中村の髪からほのかに香水の匂いが漂う。証拠を亡きものにしてくれた女を抱くことで、田川の追及を乗り越えることができる。いや、強い意志を持って征服することが身の安全につながる。

「最近ゆとりがなかった。悪いと思っている」

柔らかな髪をすくい上げたとき、突然、枕元の電話がけたたましく鳴った。ホテルのフロントや客室係メンバーのほとんどは顔見知りだ。よほどのことがない限り、電話を鳴らさぬよう指示してある。

〈バンケットの安斎《あんざい》です〉

髪をオールバックに整えた青年の顔が浮かんだ。

「どうした？」

〈急遽お耳に入れたいことがありまして〉

安斎という青年は、サバンナが納入業者と会議や感謝イベントを行う際の宴会場や会見場を担当する窓口だ。

〈明後日の昼過ぎ、気になさっている企業の記者会見用会場の予約が入りました〉

「何名分だ？」

〈三〇〇名収容できる宴会場になります〉

電話口にフランスの城の名を冠した宴会場の名前が響く。芸能人の結婚披露宴やプロスポーツ選手の会見で使用されるケースが多く、約一〇〇坪の広さがある。一時間で一〇〇万円以上かかる会場を押さえたとなると、重大会見を開くのは間違いない。

「中身は？」

〈そこまではお話をいただいておりません。ただし、先方からはテレビやスチールカメラの要員も全て受け入れ可能に、万全の態勢を整えてほしいとのご要望を賜っております〉

「ありがとう。また教えてくれ」

〈かしこまりました。私からの情報ということは口外無用に願います〉

山本はため息を吐き、乱暴に電話を枕元に戻した。

「こんなときに仕事だなんて、勘弁してくれ」

布団の中に向け、山本は口汚く言った。だが、先ほど腰の辺りにあった中村のシルエットが見当たらない。

「至急、奴らの動きを……」

中村の姿を探しながら言ったとき、シャワールームから激しい水音が響き始めた。

山本は手元のスマホを睨んだ。

山本はスマホの通話履歴を開き、男の名を探してタップする。幸い、相手はすぐに電話口に出た。外資系大手広告代理店の営業マンだ。

〈斎藤《さいとう》です。なにかお急ぎの件でしょうか？〉

「明後日、ＹＯＹＯ ＣＩＴＹが新サービスに関する発表を行います。例のプランはどうなっていますか？」

〈少々お待ちください〉

電話口で書類を繰る音、そしてキーボードの打鍵音が響く。

〈明日にでもご報告しようかと考えておりました。例のプラン、御社のゴーサインが出ればいつでも発表できます〉

「では、ＹＯＹＯ ＣＩＴＹの発表直前のタイミングでぶつけてください」

〈然《しか》るべく〉

電話口で斎藤の自信たっぷりの声が響いた。よろしくと告げ、山本は電話を切った。斎藤ならばそつなく動いてくれるはずだ。

スマホの画面をタップし、ＹＯＹＯ ＣＩＴＹのサイトにつないだ。サーファー上がりの若き創業者、そしてさらに若い幹部たちの笑顔を凝視し、山本は口元を歪めた。

6

「まだ残っていらっしゃったんですか？」

田川が警視庁本部の自席で手帳のメモを整理していると、樫山の素っ頓狂な声が響いた。

「もうこんな時間ですか」

壁の時計に目をやると、午後一一時半を回っていた。樫山の手にはコンビニの買い物袋がある。

「サンドイッチですけど、お食べになりますか？　それとも……」

樫山がスマホの画面を何度かタップする。

「どうしました？」

「夜食を取りましょうか？　このサービス、便利ですよ」

樫山が画面を田川に向けた。自転車とナイフ、フォークをイメージしたイラストが目の前にある。

「近所の飲食店から配達してくれます。デリ・エクスプレス、アメリカ発祥のサービスです」

樫山によれば郵便番号や住所を入力するだけで、近隣で営業中の契約飲食店が表示され、迅速に出前が届くという。

樫山が何度か指を横に動かすと、霞が関や銀座、日比谷、虎ノ門界隈《かいわい》にあるファストフード店、深夜営業の中華料理屋の写真が表示された。米国のほか、欧州やアジア諸地域で急速に勢力を伸ばす配車サービス大手が始めた仕組みだという。

「誰が配達をするのですか？」

「登録した学生や一般の勤め人、中には主婦もいます。配達員の専用リュックにGPSが入っているので、店を出てからどんなルートでここまで来るかもリアルタイムでチェックできる優れものです」

「樫山さんは頻繁に利用しているのですか？」

「所轄署に捜査本部《ちょうば》が立ったときや、本部で深夜まで残業しているとき、週に二、三度は使っています」

「私は昼飯を食べ過ぎたので遠慮します。しかし、そのサービスにもいずれ、外国人の学生や労働者が参入するんでしょうね」

田川が言うと、樫山が急に顔を曇らせた。

「そういえば、コンビニのレジに中国人留学生の徐さんがいました」

樫山がぽつりと言い、項垂れた。置かれた境遇は全く違うが、遠く能代の留置場にいるアインのことを思い出したのだろう。

「使う側にとっては便利でも、配達する人の気持ちはどうでしょうか？」

「どういう意味ですか？」

「サバンナで物を買うと、商品の状態や使い勝手、配達のスピードに関する感想を求められます。その出前サービスにしても、配達員は常にネット上で監視され、料理の質のほかに配達時間や接客態度を評価される仕組みですよね」

「それがサービスの質向上につながる、そういう売り文句です」

樫山が手元のスマホを見ながら言葉を濁した。

「最近、サバンナの荷物が急増して休みが取れないと宅配便の担当者が嘆いていました。出前にしても、利便性が高いかもしれませんが、配達員はどうでしょう？」

樫山が黙り込んだ。神戸の長田で会った青年の言葉が頭をよぎる。

〈二四時間サービス、即時配達……消費者のあくなき欲求に応えるため、企業は無理をしすぎている〉

地元商店街を大きなリュックを背負って自転車で駆ける青年の横顔を思い浮かべた。

「あっ……」

樫山が声を上げた。手元のスマホを凝視している。

「検索したら、こんな記事が出ていました」

〈デリ・エクスプレスの配達スタッフは、原則同社との雇用関係がない。個人事業主として働くため、配達中の事故で怪我を負っても労災の対象外となる。このほか、健保や年金などの各種社会保険料も自分で支払わなければならない〉

田川は経済誌の記事に目を凝らし、ため息を吐いた。

急速に広がる便利な配達サービスは、飲食店にとっては新規顧客の獲得チャンスだろう。顧客も多種多様なサービスの選択肢を得る。

だが、両者をつなぐ個人の配達員は大きなリスクを背負っている。便利なサービスの裏側には、過酷な搾取の構図が潜んでいた。

「金を持つ人間だけが利便性を享受し、持たざる者は徹底的に使い倒され、極度に疲弊するだけ。そんな図式が今回の捜査で見えてきました」

秋田から神戸、そして東京に戻る間、様々な人間に会い、話を聞いた。長期のデフレとネット社会の革新は、日本人の生活を二分したといえる。利用する者、使われるだけの労働者という極端な仕組みによる歪みは、今後も大きくなっていくのだろう。

対面で樫山がバツの悪そうな顔をしている。田川は慌てて話を変えた。

「樫山さんは会議のはしごでしたか？」

「アインの一件はいろんな要素を含んでいますから」

樫山はコートを脱ぎ、田川の隣席の椅子にかけた。帰京後、田川と樫山は別行動を取った。田川は聞き込みを経て気にかかったことを一つ一つ潰す作業、樫山は警視庁と他省庁との折衝だ。

「田川さんはなにか収穫がありましたか？」

サンドイッチの封を切りながら、樫山が尋ねた。

「清水さんから連絡がありません。現状、望みは薄いと言わざるを得ません」

亡くなった藤井は八〇歳を過ぎた老婆だ。彼女のことを覚えている人も同年代のはずで、鬼籍に入った方も多いだろう。

「サバンナのことを調べていました」

田川は小島に会ったこと、最大手ネット通販企業が世界中の流通業の仕組みを根こそぎ変える可能性を秘めていることなどをかいつまんで伝えた。

「意外な収穫もありました。中村さんの上司に会うことになりました」

田川が言うと、樫山が肩を落とした。

「藤井さんの音声データは消失した、それに対応したオペレーターにしても……」

「しつこいのが身上です。なにかボロを出すかもしれません」

田川は手帳に貼り付けた新聞のコピーを開いた。

「山本康裕マネージングディレクター、なんだかデキる人風ですね」

「切れ者のようです。サバンナが今後、業容を拡大させようと目論《もくろ》む新たな日本の商品やファッション事業の実質的な最高責任者です」

「日本の逸品を海外に、そしてファッション事業……」

樫山が天井を見上げ、考え始めた。

「コウベテキスタイルのことを覚えていらっしゃいますか？」

田川が社名を言った瞬間、樫山が手を打った。

「黒田常務が変なことを言っていましたね」

〈今、揉め事起こしとうないんや〉

〈大事な取引が控えとんや〉

田川は手帳のページをめくり、メモの文字を指した。

「事務所にはサバンナの箱がいくつもありました」

樫山の言葉に田川は深く頷いた。

「アインの件と結びつくのか、調べる価値はあります」

「なるほど……」

「食い下がり、相手の綻《ほころ》びを探す。私はこんなやり方しか知りません」

田川と樫山が顔を見合わせたとき、机に置かれた樫山のスマホが機械音を鳴らした。

「すみません、タイマーをセットしていました」

樫山が慌てて音を消す。

「日付が変わって二月一五日になりました。あと五日です」

暖房の効きの悪いがらんとした部屋に樫山の乾いた声が響くと、心臓をゆっくりとつかまれるような息苦しさを感じた。

7

「昨日は一時間と申し上げましたが、勝手ながら三〇分でお願いします」

田川が受け取った名刺を見つめていると、対面に座った男が早口で告げた。

〈サバンナ・ジャパン企画室　マネージングディレクター　山本康裕〉

「構いませんよ」

山本が右手を差し出し、席に着くよう促す。田川は樫山と目配せしたのち、腰を下ろした。前回通されたロッキーとは違い、全体が淡い緑色の壁に覆われている。部屋の入り口にはプレーリーの文字があった。大平原を意味するのだろう。壁の緑が映える。

「なんどもお邪魔して申し訳ありません」

樫山の言葉に山本が鷹揚《おうよう》な笑みを浮かべ、長い脚を組んだ。

大企業の幹部には何人も会った。銀行や商社、流通と幅広い業種の人間だ。警察官を露骨に見下す輩、逆に萎縮《いしゅく》する者もいたが、目の前の男の第一印象は何かが違う。くだけた雰囲気が外資系特有のカルチャーなのか。

「お急ぎのご様子ですが、なにかトラブルでも？」

田川が切り出すと山本が眉間に皺を寄せ、苦笑した。山本の両目は手首の銀色の腕時計に向けられている。スイスの超が付く高級ブランドだ。所轄署時代に盗犯係を担当した知識によれば、一本で二、三百万円はする。

「急きょ、午後六時半から記者会見をセッティングしたものですから」

田川は腕時計に目をやった。今は午後二時だ。リハーサルでもあるのだろう。

「それで、本日はどのようなご用でしょうか？」

目つきは明らかに迷惑がっている。脚も組んだままだ。田川の顔を見たあと、山本は、樫山に目をやる。なぜ黙っているのか、樫山の態度を不思議がっている。

山本はオックスマート出身で日本企業流の接客マナーを知っている。来客の前で脚を組むのは明らかに非礼な態度だ。なぜ山本はこの姿勢なのか。田川が慎重に様子をうかがっていると、ドアノブを回す音が聞こえた。

山本の後ろの扉が開き、中村がプラスチックのトレイにコーヒーを載せて姿を見せた。田川は中村に軽く会釈し、口を開いた。

「例のデータ、復旧していませんか？」

山本が小さくため息を吐いた。

「あの件は、無理だったよね？」

「はい」

配膳を終えた中村は、トレイを胸に当て、小さく返答した。

「そうですか、残念です」

わざと間の抜けた声を出し、田川は山本と中村を見比べた。二人は示し合わせたように視線を交わす。阿吽《あうん》の呼吸とも言える。田川は二人の様子を観察しつつ、言葉を継いだ。

「再度調べてもらうことは可能ですか？　手がかりが乏しく、捜査が難航しております」

部屋から出ようとする中村の背中に向け、田川は声を張った。

「システム担当が不可能と申しております」

椅子を反らせながら、山本が顔を後ろに向けた。そのとき、二人の視線がもう一度交錯した。それぞれの目から発せられた見えない糸が、中間点で光ったような気がした。

「お役に立てず、まことに申し訳ありません」

姿勢を正した中村が田川に頭を下げた。

「復活したらお知らせください」

「警察の捜査には全面的に協力いたします」

椅子から腰を浮かせ、山本が言った。田川は腕時計を見た。部屋に入ってからまだ五分と経っていない。

「一つ、お聞かせいただけますか？」

田川はゆっくり切り出した。中村の動きが止まる。

「なんでしょうか？」

山本の口元から笑みが消え、腰を椅子に戻す。その後はもう一度脚を組み始めた。

「私の妻と娘はサバンナのヘビーユーザーです」

田川が言うと、山本が拍子抜けしたように言った。

「ご愛顧ありがとうございます」

「ＹＯＹＯ ＣＩＴＹが新たなサービスを始める公算が高いと友人から聞きました。サバンナさんとどちらがよいか、家族にどうアドバイスするか迷っていましてね」

「他社の事情は存じません」

「今日の夕方の会見は、ＹＯＹＯ ＣＩＴＹを意識したものではないのですか？」

山本は首を振ったが、後ろに控える中村は眉根を寄せ、田川を睨む。

「情報解禁前のことは、さすがにお話しできません。ぜひサバンナを引き続きご利用いただけますよう、奥様と娘さんにお伝えください」

立て板に水といった具合で山本が言い、脚を組みかえた。

「お忙しい中、ありがとうございました」

田川は樫山に目を向け、唐突に立ち上がった。

「あの、これでよろしいですか？」

山本が慌てて立ち上がる。

「一つだけ、後学のためにお尋ねしてもよろしいですか？」

「なんでしょう？」

中腰のまま山本が眉根を寄せた。

「サバンナさんは世界的な企業です。実績の出せない社員は容赦無く首を切られると聞きましたが事実でしょうか？」

唐突な問いかけに、山本が中村と顔を見合わせた。

「申し訳ありませんが、社内の機密事項のためお話はできません」

肩をすくめ、山本が言った。顔は明らかに困惑している。中村の表情が曇る。田川の長年の捜査経験に照らせば、ファンドマネージャーの小島が言ったことは事実だ。

「わかりました。貴重なお時間をいただき、ありがとうございました」

田川は樫山を促し、足早に部屋の出口に向かった。

「大丈夫ですか、中村さん」

扉の前で声をかけると、中村が不安げに田川の顔を見上げた。細く長い指が口元を覆っていた。

第四章　深掘り

1

　サバンナ本社を出た田川は、樫山と三軒茶屋駅西口にある喫茶店に入った。周囲を見回したあと、樫山が口を開いた。

「収穫がありましたか？」

「手応えはありました。サバンナが藤井さんの音声データを隠蔽したことは明白です。二人の様子を見て、疑念は確信に変わりました」

　厚みを増した手帳を取り出し、田川はテーブルに置いた。ホットコーヒーを少しだけ口に含む。カフェインの刺激が脳内に行き渡る。

「家宅捜索《ガサ》かけますか？」

　樫山が声を潜め、言った。

「現段階ではとても無理です。樫山さんの経歴に傷がついてしまう」

「でも、確信があるならば……」

「彼らは簡単に尻尾を出すような不手際はやらないでしょう」

「それなら、どうやって？」

「その方法を考えています」

硬軟使い分けた田川の態度に接し、中村は素直な反応を見せた。無意識のうちに口元を覆うのは、深層心理を読まれたくない者がとっさに起こす行動だ。

「流暢《りゅうちょう》に言い訳をしていたのは、演技だったわけですね」

悔しげに樫山が言う。

「それに、あの二人はデキていますね」

会議室に通されて以降、田川は山本、中村の間に流れる空気、そして二人の視線を注意深く観察した。

「多くを語らずとも意思疎通できる二人の視線は、男女の仲のそれでした」

「同じようなことがあったのですか？」

「ええ」

一五年ほど前、大手銀行の支店長撲殺事件を担当した。

捜査本部《ちょうば》の一員だった田川は、生真面目な部下の銀行マンが気になった。捜査本部の鑑取り班から早い段階でシロ認定されていたが、田川はネクタイに目をつけた。支店長がよく使っていた柄や色味と似たトーンのものをこの若手が頻繁に着用していたからだ。

　鑑取りのやり直しを装い、部下と支店長の妻にそれぞれ事情を聴くうち、二人が不倫関係にあることがわかった。捜査本部に個別に呼び込んだ時、二人は廊下ですれ違う際に視線で会話をしていたのだ。結局、真犯人《ホンボシ》はこの部下の銀行マンで、支店長のDVに苦しむ妻が主導した一件だった。

「ほかにも真面目な職業、例えば大学教授で同じようなことがありました」

「中村は山本のキャリアに傷がつくことを恐れているのでしょうか？」

「わかりません。ただ……」

　頭の中に再び会議室の鳥瞰図が浮かぶ。田川の対面にはスーツ姿の山本がいた。印象に残っているのは、脚を組んだまま応対するという行為だ。

「外資系特有のものでしょうか？」

　田川が尋ねると、樫山が困り顔になった。

「アメリカの大統領は、来客があるとホワイトハウスの応接室で握手しますよね。その後は多数のカメラの視線があっても背広のボタンを外し、脚を組み、会談します」

　スマホを取り出し、なんども画面をスワイプしていた樫山が言った。画面には大柄で金髪の大統領がいる。アジアの要人と会話するくだけた雰囲気の一枚だ。たしかに大統領は長い脚を組んでいる。

「外資系特有のスタイルでなければ、なんですか？」

「本能的に私を避けている、そんな風にみることもできます」

「避けるとは、煙たいから？」

「そうかもしれませんし、違うかもしれません」

田川は喉元まで這《は》い上がってきた言葉を飲み込んだ。取調室で被疑者と対峙するとき、田川が一番気にするポイントだが、これが山本に当てはまる理由が見つからない。

「山本が怪しいのですか？」

樫山が身を乗り出した。短期間だが、樫山は頼もしい相棒に成長した。田川の心のうちを読んだのだ。

「わかりません。まだお話しできるような感触をつかんでいません。ただ、気味が悪いというか、掴みどころがないというか」

山本が中村に指示をしてデータを隠蔽したとしたら。サバンナは社内で厳しい競争がある。藤井の再三の電話がなぜ山本の失点になるのか。その点が見えない以上、軽はずみなことは言えない。だが、喉の奥に魚の小骨が刺さったような不快な感触が残る。

強く首を振り、田川は樫山に目をやった。

「能代の介護施設のパソコンですが、ネット閲覧記録はどうなりました？」

樫山がスマホの画面に触れたあと、何度も指を動かす。

「サバンナの購入履歴のほか、他の施設利用者が使った棋譜のサイト……」

秋田県警提供のデータを読み、樫山が眉根を寄せ、顔を上げた。

「殺しの手の一件からすると、専門家が調べていない可能性があります」

顔をしかめた樫山が席を立ち、スマホを携えて店の外へ向かう。樫山の後ろ姿を目で追いながら、田川は腕を組んだ。スマホやパソコンの使用履歴、とくにネット関連のデータは最近の捜査では欠かせないものだ。

「案の定、パソコン単体の履歴を調べただけでした」

眉根を寄せながら、樫山が席に戻ってきた。施設のパソコンのネット接続の履歴を簡単にトレースしただけだという。樫山によれば、手順がわかれば田川でも調べられる初歩的な調べだった。

「警視庁の専門捜査員を急遽秋田に派遣するよう手配しました」

専門捜査員はプロバイダーと呼ばれる接続業者にまで使用履歴の調べの範囲を広げ、ネット利用者がどのようなサイトをチェックし、メールや簡易型チャットの使用頻度がどの程度だったか等々、微に入り細に入り調べるという。

「詳しい履歴が判明すれば、捜査の方向が変わるかもしれません」

田川は自分に言い聞かせるように呟いた。

2

「想定問答のチェックは済んだのか？」

「ＹＯＹＯ　ＣＩＴＹに関する質問が出ると思いますが」

「他社のサービスにコメントする立場にない、いつもの答えで通すように」

午後五時、六本木のホテルで山本は広報部の若手スタッフに指示を飛ばした。

「山本さんはじめ、幹部の皆様のお席はあれでよろしいですか？」

バンケット係の安斎が山本の傍らに駆け寄り、会見場の壁際にあるステージを指した。特製の壇の上に会議机が設置され、白いシートがかけられている。そこにマイクが三本、それぞれの下にはサバンナ日本法人の役職と氏名が掲げられたネームプレートがある。

「結構。あとは早めにマイクチェックを頼みます。質問者用のマイクも調整を」

バンケットに入ってから二時間半が経過した。普段芸能人の結婚式やディナーショーが開催される大きな宴会場は、あっという間に記者会見場に姿を変えた。

「一般紙やテレビ、週刊誌など今のところ八〇名近い記者が集まります」

中村が顔を上気させながら駆け寄った。記者席の最前列に山本は腰を下ろした。左側には新戦略を説明するための大型スクリーンが設置され、スタッフが画像や概略を次々に表示させる。今回は三つの大きな柱を発表する。隣席に中村が腰を下ろす。山本はスクリーン脇にいるスタッフにスライドを始めるよう指示を飛ばした。

「あと一分ください。最終確認やっています！」

スクリーン脇から甲高い声が響いた。わずかな時間も惜しい。怒鳴りつけたい気持ちを抑え、中村に目をやった。中村は進行表が挟まったクリップボードを見つめている。

「あの刑事、随分あっさり引き下がったな」

「……そうでしたね」

中村の返答がいつもよりわずかに遅れた。

「どうした？」

「前回はあの女性刑事が好戦的だったのに、随分と接し方が違うなと思いました」

「優秀な刑事だろうが、この世から消滅したものを探し出すことは不可能だ」

「そうですね」

中村が小声で言った直後、若手スタッフの声が響いた。

「お待たせしました、準備オーケーです！」

スクリーンの両脇にセットされたスピーカーから柔らかなアコースティックギター

のメロディーと、ハスキーな女性ボーカルの声が流れ始めたと同時に、スクリーンにサバンナのロゴマークと題字が映った。

〈サバンナ、新サービス発表〉

「題字のあとはフリーアナウンサーの進行で始まります」

スピーカーから若手スタッフの声が響く。

「進行台本を全てチェックしている暇はない。次のスライドを！」

山本の指示で、画面が素早く切り替わった。

〈新配送サービス導入〉

スクリーンにサバンナのロゴ、そして自転車とナイフ、フォークを象《かたど》った別企業のロゴが表示された。

〈小型荷物をデリ・エクスプレスでご自宅、オフィスまで急送します〉

山本とは別部門のロジスティック担当者が四カ月前から綿密にデリ・エクスプレスとの業務提携に関する交渉を続けてきた。食品配送システムをサバンナも導入する。デリ・エクスプレスの配達員約六〇〇〇名が、文具や書籍など小型の荷物を迅速に届ける。

「次は山本さんの分です」

〈日本の職人・匠の技を世界へ！〉

山本が全国を歩いて調査を行い、本国の幹部連になんども掛け合ったプロジェクトの名前が現れた。

〈日本各地の中堅中小企業をフルサポート〉

ここ数年、インバンウンド消費が急増する中で、大手百貨店などが催事場で開催する職人の技を詰め込んだ逸品の展示会に富裕な海外観光客が多数訪れていることに着目した。

一本五、六万円もする爪切りや和包丁、漆器や焼き物が飛ぶように売れると知り、サバンナのシステムに組み込むことを決めた。

なんども日本を訪れる富裕な観光客は匠の技に惜しみなく金を払う。しかし、催事のタイミングが訪日時期とずれてしまえば、彼らに機会損失が生じる。そこでサバンナのサイトで日本の匠に関する専門サイトを設置し、両者をつなぐ。

〈世界百カ国の顧客に迅速アクセス　サバンナが輸出代行サービスを開始〉

新しいサービスでは、契約した全国の中堅中小企業がサバンナの倉庫に荷物を送るだけで、在庫管理や梱包《こんぽう》、通関手続きなど煩雑な作業を一括して代行する。

〈アジアなら三日、北米でも五日以内にお客様のお手元へ〉

このシステムを構築している最中、日本のアパレル業界の構造的な問題に気づき、これを逆手に取るもう一つの柱を考え出したのだ。

「次を頼む」

画面が切り替わった。

〈ファッションの目玉事業の概要について〉

デザイナーとともに考え抜いた新たな事業のロゴが画面に現れると、拳に力が入った。

「ようやくここまで来たな」

傍らの中村に声をかける。ここ半年以上、中村とは二人三脚で事業の骨組みを考え、本国や日本法人の幹部たちにビジネスの優位性を訴え続けた。

〈目玉商品！〉

スクリーンに、真っ白なワイシャツが二着映った。なんども縫製工場に足を運び、社長や職人にダメ出しを繰り返した。

「量産体制に問題はないな？」

「神戸など関西、岐阜や愛知の東海地域で今後生産ラインが本格稼働します」

山本は安堵の息を吐きながら、中村の顔を見た。苦労を共にしてきたパートナーの顔がどこか沈んでいた。

「まだ刑事のことを考えているのか？」

「いいえ、なんでもありません」

中村が山本から視線を外し、天井を見上げた。どこか虚ろな感じがした。いや、なにか考えごとをしているようにも見える。警察や記者が迫っても、証拠と動機が全くない以上、心配することはない。山本が中村の横顔を見つめていると、広報スタッフが声を張り上げた。

「続きを始めます」

「絶対間違いのないように」

山本の声に、会見場のスタッフ全員の表情が引き締まった。

3

田川が本部の自席で手帳を睨んでいると、傍らで樫山が素っ頓狂な声をあげた。

「サバンナの話題です」

樫山がノートパソコンのキーボードを叩き始め、インターネットのニュース一覧を開いた。スポーツ紙や一般紙、経済専門誌の見出しがずらりと並び、〈New〉の文字がいくつも点滅する。どれもサバンナの新戦略に関する見出しだ。時刻は午後九時半過ぎ、会見が終わってから二時間経ち、様々なメディアが記事配信を始めたのだ。

「やっぱりハンサムですね」

ネットニュースの見出しをクリックした樫山が画面を凝視する。田川も液晶画面を見た。すらりと背の高い男がいる。サバンナの配送用ダンボールを小脇に抱え、人懐こそうな笑みを浮かべた男性は台湾の人気俳優だという。

「彼を起用することで、日本だけでなくアジアや欧米の顧客にもアピールできますね」

田川も画面に目をやった。次に映っているのは、真っ白なワイシャツが二枚だ。

「これはなんですか？」

〈日本の職人・匠の技を世界へ！〉

田川は自らの胸元に目をやった。よれたネクタイの下には、化学繊維がたっぷり配合された白いワイシャツがある。一方、画面のシャツは二万円の値札だ。その下には高価な爪切りや和包丁の写真が載る。値段はいずれも五万円以上、中には三〇万、五〇万の品もある。

「こんな高級なシャツは安月給の刑事には無縁です」

田川が首を振ると、樫山が記事を拡大させた。

「これは関係あるかもしれません」

樫山が画面に顔を近づけた。

〈インバウンドで日本を訪れ、ファンになった海外顧客向けに、日本の逸品をセレク

ト〉

〈職人・匠の技を世界へ〉

〈第一弾は超絶縫製シャツ、金属加工品〉

老眼鏡越しに画面の記事を追った。樫山の丸い爪の先には、先ほど見た白いワイシャツの拡大画像がある。

「手間をたっぷりかけているから、二万円。しかし、考え方次第では割安かもしれません」

樫山が画面の拡大図を指した。白いワイシャツの胸元の部分が見える。

「高級なリネン、麻ですよ」

田川が首を傾げていると、画面を凝視していた樫山が呟いた。

「そういうことか」

なにか閃《ひらめ》いたらしい。田川は顔を覗き込む。

「世界の有名経営者や俳優、スポーツ選手の間でシンプルな暮らしを志向する人たちが増えています。このシャツはそういう人たちを狙っています」

数年前に早逝した米国の天才経営者の名を樫山が告げた。

「彼はいつも同じTシャツとジーンズでしたが、シャツは著名デザイナーの作品で、一点で数万円する高級品でした」

「同じ柄のTシャツにそんな値段を?」

「服を選ぶ時間が無駄、それよりもっと別なことに思考と仕事の時間を振り向けたい、そんな風に考える著名人は案外多いのです」

樫山がキーボードに指を走らす。検索欄に欧州のスターサッカー選手の名前を入れると、樫山はエンターキーを押す。すると、写真一覧が画面に表示される。

白い壁と黒いスーツ、無地のワイシャツがずらりと並んでいる。

「彼は巨額の年俸の大半を環境団体に寄付しています。ほら、ここを」

樫山の丸い爪が画面下にある横文字に添えられた。

〈僕は服を選ぶ時間が惜しい。派手なスーツやタキシードを選ぶより、海洋汚染の防止や熱帯雨林の保護を考えたい〉

樫山によれば、世界中にいる大金持ちや著名人は社会貢献に余念がないという。

「そうか……影響力のある著名人を起用し、ファッションだけでなく生活スタイルそのものを提案するわけですね」

「ええ、そんな狙いがあると思います」

樫山がキーボードを叩くと、再び画面はサバンナの新商品に切り替わる。

襟の角が丸まっているラウンドカラー、高給取りの銀行員や商社マンが好んで着用しそうなドレスシャツのようなタイプだ。

〈三センチ間隔で二四針、世界最高水準の技術↓職人が丁寧に縫い合わせ、大型機械での大量生産は不可能〉

〈襟も手縫い↓Rの形状が崩れにくい〉

〈接着芯を使わず、フラシ芯を使用↓過酷な高温プレス機にも対応、皺ができにくく……〉

田川が普段着ているシャツは、量販店で三着五〇〇〇円の安物だ。

田川の耳の奥で何台ものミシンの音が蘇った。コウベテキスタイルの事務所で聞いた音だ。同時に、寒い取調室で肩を落とすアインの暗い表情も浮かんだ。

「これだけ宣伝するんです。技術力のある企業を起用して、万全の製造体制を整えているのでしょうね」

田川は唸るように言った。依然として、耳の奥でミシンの音が響く。

「田川さん、コウベテキスタイルがこのシャツを作っていたら？」

樫山が思い詰めたように言った。

「日本には数百、いや数千の縫製工場があるはずです」

唐突な樫山の言葉に、田川は首を振った。だが、数百、いや数千あろうとも、その一つひとつを潰して調べるのが仕事ではないのか。田川は自らに言い聞かせたあと、口を開いた。

「サバンナの高級シャツ製造にアインが関わっていたとして……」

田川が唸るように言うと、樫山がスマホを取り出し、画面を何度かタップした。

「秋田県警に連絡して、アインの証言を得ましょうか？」

樫山は顔を上気させ、スマホを耳に当てた。だが、田川は右手を挙げ、制した。

「サバンナが提供するシャツ、どこで作っているか調べる方法をあの人なら知っているかもしれない」

田川は携帯電話を取り出し、通話履歴のページを遡った。目的の名前の上で通話ボタンを押す。呼び出し音が三度鳴り、快活な声が耳元に響いた。

「毎度図々しいお願いばかりで、本当に申し訳ありません」

携帯電話を片手に、何度も頭を下げた。

〈ほかならぬ田川さんのご依頼です。私もあのシャツには興味を持っていましてね〉

電話口で小島の朗らかな声が響く。

〈普段着ているシャツより造りが良さそうです。なにか事件に関係ありそうですか？〉

「いや、ほんの参考程度でして」

田川が依頼内容を説明して口籠《くちごも》ると、小島の声が弾む。

〈名刑事のセンサーが反応したなら、将来大きな事件になる。製造に関わったメーカーで良いですか？〉

「お願いします」

〈サバンナは情報開示を渋るでしょう。この手の商品はコピーされるケースが多いですから。しかし、私もプロですから必ず聞き出してみせますよ〉

「もう一つお願いが……」

田川の声に小島が電話口で笑った。

〈できるだけ早く入手しましょう。これからちょうどニューヨーク支社のアナリストとの電話会議でしてね。どうかお気遣いなく〉

小島は調べた結果を早期に教えてくれると約束し、電話を切った。

スマホをなんどもタップする樫山の肩を叩き、田川は壁時計をもう一度指した。短針が一〇時を指した。

「あとほとんど四日しかありません」

田川が言った途端、樫山のスマホが鈍い音を立てて振動した。

「秋田県警です」

短く言ったあと、樫山がスマホを耳に当てた。二、三度短い返事をしたあと、樫山はなんどか頷き、電話を切った。

「警視庁捜査一課の専門捜査員が明日朝一で秋田に飛びます。民間でSEを務めた後、サイバー捜査官として中途で入った巡査部長です」

「一課の後輩とコンビを組んだ若い捜査員ですね」

数年前、インターネットを悪用した劇場型犯罪が起きた。その際、後輩の無骨な刑事とサイバー捜査官がコンビを組んだ。田川は手帳のページを遡った。

「その捜査員に、現場周辺の防犯カメラの映像も洗い直すよう指示してもらえませんか？」

「二度ある事は三度ある、ですね」

「この際、徹底的に洗い出してもらいましょう」

田川が樫山の目を見て告げたとき、机に載せていたガラ携が鈍い音を立てて振動した。

4

携帯電話を取り上げ、小さな液晶画面を見た。手元で点滅しているのは〇七八で始まる市外局番だ。首を傾げながら通話ボタンを押す。

「田川です」

名乗った途端、耳元にダミ声が響いた。

〈まいど！　湊川の清水ですわ！〉

大きな声が鼓膜を刺激する。

「どうなさいましたか？」

〈手がかりを知ってそうな人がおったで〉

「本当ですか？」

〈せや。知り合いの知り合いやけどな。会《お》うてみるか？〉

清水は矢継ぎ早に個人の名前、そして相手の職業を告げた。刑事とは商売敵だが、足で稼ぐという仕事のやり方は同じだ。なにか有力な手がかりがあるかもしれない。

「もちろんです。明日、神戸に行ってもよろしいですか？」

〈手配しとくで。あとはまた連絡するわ〉

清水が一方的に電話を切ると、田川は樫山に目を向けた。

「神戸の清水さんから連絡がありました。協力者が見つかったそうです」

樫山が目を見開いた。

「明日神戸へ急行します。樫山さんは？」

田川が言うと、樫山が顔を曇らせた。

「私は北へ」

田川の席の傍らに、小さめのボストンバッグがある。

「サイバー担当の巡査部長ですが、人見知りというか、口下手というか」

樫山によれば、朝一番の飛行機で秋田入りするサイバー捜査官は、県警のやり方を露骨に批判し、摩擦が生じる公算が大だという。

「悪気はないのですが、秋田はいろいろとナーバスになっている時期なので……」

システム会社から警視庁に転じた人材ならば、勝手がわからないのは当たり前で、そこにいきなり他県の応援へ行けと言われたのだ。皮肉の一つも言いたくなるだろう。

「では、お互いに連絡を取り合いながらやりましょう」

田川はデスクの引き出しを開け、必要な資料を鞄に入れた。

「本当に感謝しています」

「堅苦しい挨拶はやめてえな。ほら頭上げて」

神戸元町の古いアーケード街にある喫茶店で田川は目の前の老人に頭を下げたあと、窓の外に目をやった。午後三時をすぎた商店街は大勢の買い物客が行き交う。

「この界隈、賑やかやろ」

視線を辿った老人が笑みを浮かべた。老人の名は廣岡敏《ひろおかさとし》、年齢は八八歳だ。亡くなった父親と同世代だが、廣岡は背筋が伸び、言葉が淀むこともない。矍鑠《かくしゃく》という言葉がぴったりの好々爺だ。老眼鏡を鼻の頭にのせ、人懐こい笑みを田川に向ける。

「清水さんもたいそうな紹介の仕方をしたみたいやな」

廣岡は地元紙、神戸新報の元記者だ。社会部長を経て経営幹部まで上り詰めた人物だと清水から教えられた。記者時代に戦後混乱期の神戸市の様子を詳細にルポした人物でもある。清水とは新聞社主催のイベントでなんどか顔を合わせたという。

「清水さんからおおよそのことは聞きましたで。最初は雲をつかむような話やと思ったけどな、事情が事情やし、なんとか力になりたい思うてな」

廣岡の言葉に、田川はもう一度頭を下げた。

「神戸は港町特有の気質がある。来る者は拒まず、去る者は追わん。だから昔は藤井さんみたいな人がぎょうさんおったと思う」

廣岡がコーヒーカップをテーブルの隅に避け、ノートを広げた。

「藤井さんは湊川の奉公先から逃げて、おそらく三宮か元町へ来たんやと思うわ。若い女の子が稼ぐいうたら、ここくらいしかあらへん」

ノートに古い写真が貼り付けてある。軍服を着た大勢の若い兵士たちがフロアで踊り、その間を派手な衣服を身に纏った日本人女性たちが行き交っている。

「戦後間もない頃のダンスホールの写真や」

「当時のダンスホールとは……」

「今でいうキャバクラ的な店や。戦前からこういう店はこの辺りに多かった。これは戦後の混乱期に、真っ先に復興した店の一枚」

ダンスホールの女給という職業は、ビールや料理の配膳だけが仕事ではない。その先には貧しい環境に置かれた女性たちにとって厳しい現実が待ち受けていたと廣岡が言う。

「ダンスホールで女給をやるか、あとは街角に立って客をひくパンパンやろうな」

廣岡の口から残酷な言葉が漏れた。

「当時の神戸は東京や横浜と同じで、けっこう大きな部隊が進駐しとった。わしのおぼろげな記憶では、三宮なんかの中心部はイーストキャンプと呼ばれ、港周辺や山手、つまり山側の洋館なんかが将校向けに接収されとった」

前回神戸を訪れた際、駅から緩やかな坂道を登った小さなビジネスホテルに泊まった。その先にはさらに勾配のきつい坂道が続いていた。廣岡が言った山側とは、藤井にとって辛い記憶につながるキーワードだ。

「これも読んでみてや。昔わしが書いた記事や」

顔をしかめたまま、廣岡が言った。

〈当時の神戸には進駐軍クラブがあった。主に酒や食事、あるいは音楽など娯楽を提供する軍人専用の慰安施設で、そこには相当数の日本人女性が出入りしていた〉

田川はルポの先に目を向けた。

〈将校クラブはOC（オフィサーズクラブ）、下士官クラブはNOC（ノンコミッシ

ヨンドオフィサーズクラブ）、兵員クラブはＥＭ（エンリステッドメンズクラブ）などと呼ばれ……〉

戦後の混乱期、日本女性が本人の意思とは相反する形で進駐軍の慰安を買って出たことはドラマや小説で知っていた。だがこのように様々な区分があり、そこに出入りする女性にも自《おの》ずと差があったことまでは知らなかった。

「ダンスホールの女給やパンパンの大半は貧しい層の出身、あるいは戦災で親族をなくした人ばかりや。体を張ってカネを稼ぎ、生き残った家族、幼い兄弟やらを養っていた。一方、山側には生まれついての金持ちがたくさん住んどった。戦後のどさくさで儲けて、のし上がった連中もおった。そんな連中を彼女たちはどんな思いで見ておったんかなあ」

三宮だけを見ていたら、わからない事柄だった。長田や湊川、いわゆる海側にあるエリアを歩き回ったことで、神戸の街が二極化していることを実感した。田川は所詮よそ者だ。自分の意思と関係なく神戸に来た藤井が、目に見えるヒエラルキーを体感したとき、這い上がろうという強い気持ちを抱いたとしても不思議ではない。

「一つ提案なんやけど……」

先ほどまで快活に話していた廣岡の言葉尻が濁った。

「なんでしょうか？」

「戦後の混乱期にそういう商売をせざるを得んかった女性たちをよう知る人物に心当たりがあるねん」

「ぜひご紹介ください」

「せやけどな、あの婆さん警察が大嫌いやねん……」

「どういう意味でしょうか？」

「福原って知っとうか？　東京で言えば吉原。かつての遊郭、今でいうソープランド。警察が目を光らす商売でのし上がった人なんや」

かつての遊郭、売春防止法が施行されて以降は特殊浴場として男の世話をする商売のことだ。廣岡は婆さんと言った。かつて城北の所轄署で警官人生をスタートした田川は、なんどか生活安全課の緊急取り締まりに歓楽街へと駆り出された。

「捜査のためです。ぜひ会わせてください」

「警察やと名乗ると、間違いなく会わへんで。人捜しをしている探偵ということにしよか」

身分を偽るのは信義に反する。だが、起訴までの日数が迫っているだけに自分のやり方をとやかく言っている場合ではない。

「お願いします」

田川がもう一度深く頭を下げた途端、廣岡がガラ携を取り出して通話を始めた。

5

「珠恵《たまえ》ちゃん、人助けや思うて協力してくれへんか?」

古いソファに座るなり、左横に座る廣岡が対面の老婆に切り出した。家政婦らしき中年女性が淹れた紅茶のカップを手に持ち、老婆がずっと田川の顔を睨んでいる。

「廣ちゃんの紹介やから会うたけど、なんやうさんくさいんと違うか、この人」

三分前、小さな探偵事務所の調査員だと名乗ったものの、髪を赤茶に染め上げた老婆は警戒心を解いていない。

「遺族が足取りを捜しとんや、な、手伝うてえな」

廣岡が猫撫《ねこな》で声を出すが、老婆は動じない。

「よろしくお願いします」

田川は紅茶に手をつけず、ひたすら頭を下げ続けた。

元町から一五分ほど、次第に勾配がきつくなるトアロードの坂道を登り、北野という神戸でも有数の住宅街近くまで廣岡とともに歩いてきた。

古い洋館や紳士服や婦人服を売る老舗を何軒か通り過ぎ、関西で一番大きなモスクのシルエットが見えた。トアロード沿いにある老舗の佃煮屋の店先からは、濃厚な醤油の香りが漂っていた。

老婆の名は山下珠恵《やましたたまえ》だと廣岡が道すがら教えてくれた。佃煮屋の角を右に曲がり、一〇〇メートルほど歩いたところにある古い洋館が山下の住まいだ。観光客が多いトアロードから少し離れただけで、住宅街は驚くほど静かだ。

山下は終戦直後、元町界隈を拠点に体を売った女たちを束ねた姉御だと廣岡が明かしてくれた。朝鮮戦争が勃発して特需が沸き起こると、山下はかつての妓楼を買い取り、身寄りのない女性たちに稼ぎの場を与え、衣食住を提供していたという。妓楼、その後の特殊浴場のオーナーを経て、現在は悠々自適の生活を送っている。

廣岡は神戸の近代をルポする間、なんども山下に取材して友好的な関係を続けたと明かしてくれた。

「名刺もらおか」

山下が田川に向け右手を差し出した。田川は廣岡の顔を見た。これ以上、嘘はつけない。いや、田川の嘘をはなから見越しているからこそ、山下は睨み続けているのだ。

「珠恵ちゃん、かんにんな。この人は東京の警視庁から来た刑事さんや」

「ほらな、やっぱり警官《デコスケ》やんか」

山下が露骨に舌打ちし、ソファから腰を浮かしかけた。

「ほんま、かんにんて。でも話だけでも聞いたってくれへんか。この通りや」

廣岡がなんども両手を合わせ、山下に頭を下げる。田川も廣岡に倣い、山下に体を向け、頭を下げた。

「警視庁捜査一課の田川と申します」

田川は身分証を提示した。一方の山下は露骨に眉根を寄せ、田川を凝視している。

「ほんまやったら、デコスケにウチの敷居跨がせたないねん。でも廣ちゃんの面子もあるしな、今日は特別や」

大きく息を吐き、山下が腰を下ろした。

「失礼なのは承知しております。どうかお許しください」

田川は頭を下げたまま、言った。

「廣岡さんは、ウチらみたいな女たちのことをよう調べ、新聞に書いてくれた。戦後の混乱期やったとはいえ、ウチらみたいな稼業は常に人に蔑《さげす》まれる存在や。記事を書いてくれたおかげで、ようやく市民権を手に入れた」

廣岡に視線を向ける山下の両目が薄らと充血しているように見えた。

「そんで、なにを知りたいんや？」

田川が顔を上げると、山下が眉根を寄せたまま紅茶を啜った。廣岡が早口で藤井の事柄を話し始めた。元新聞記者だけあって、要点をかいつまんで相手に伝える術は巧みだった。

「藤井詩子さんか……」

山下がカップをソーサーに戻し、天井を仰ぎ見た。

「秋田出身で、湊川の縫製工場かなんかで女工やっとったらしい」

「秋田とは、神戸では珍しいな」

「秋田杉の産地で能代という街の出身です。この港町は全国から商売人が集う場所で、そのツテで神戸へ来たものと思われます」

田川が言うと、山下が腰を上げた。

「ちょっと待っててな。アルバムやら取ってくるわ」

山下がソファを離れ、ゆったりとした足取りで隣の部屋に消えた。

「廣岡さん、本当にありがとうございます」

「ええって。それより、珠恵ちゃんがあないに機嫌が良いのは珍しいで」

仏頂面だった山下の態度は軟化したが、とても機嫌が良いようには見えない。長年つきあいのある廣岡の言うことを信じるしかない。

部屋の外で、山下が家政婦を呼ぶ声が聞こえた。踏み台やら脚立という声が漏れ聞こえたところをみると、書架か戸棚にアルバムの類いがあるようだ。

「きつい婆さんやけど、根は優しいんや」

廣岡が笑みを見せると、部屋の外から怒声が響いた。

「聞こえとうで」

田川と廣岡は顔を見合わせ、声に出さぬよう笑った。

「よっこらせ」

煤けたノート数冊を小脇に抱え、山下がソファに戻ってきた。

「お手数おかけします」

「ほんまやで」

しかめっ面だが、山下の声音はどこか優しい響きがあった。山下はソファに腰を下ろし、チェーンで首から吊っていた老眼鏡をかけた。

「これ見てや」

山下が粒子の粗い写真プリントを指し、ノートを田川と廣岡に向けた。

「ずいぶん古いプリントですね」

「なんせ昭和やからな、令和、平成の前や」

お下げ髪の少女が三名写っている。笑顔を見せる者はなく、どこか表情が強張っている。

「ウチが世話した子たちや。戦後はこんな子がぎょうさん三宮や元町におった」

写っている少女が藤井とは限らない。だが、こうして藤井と同世代の少女たちの顔を見ると、混乱した時代の一面が手に取るように理解できる。

「彼女たちは、実家や親戚に送金するため、懸命に働き続けた。しかし、一介の女工としての給金はたかがしれとう」

戦後の混乱期、大手企業の大卒初任給が三〇〇〇円程度だったと新聞記事で読んだ。町工場で得た給与はどの程度か。山下に水を向けた。

「長田あたりの女工さんは月に二〇〇円もいかんかったんとちゃうか。いや、衣食住込みで働き、もっと安い小遣い銭程度だったかもしれんな」

山下の話を聞きながら、田川はペンを握りしめた。

「少女たちの一人がこうなった。半分以上はウチの責任やけど、あの頃は誰しもや」

山下が写真を指す。皺だらけの指先に、ストライプの開襟シャツを着た青年、サングラスをかけて顎を突き出した少年がいる。二人の間には、きついパーマをかけ、どぎつい口紅を塗った女性がいる。肩口にフリルをあしらったブラウス、首元にはスカーフが巻かれ、足元は長めのスカートだ。

「ウチの店で稼いだあと、彼女は元町の外れで小さな喫茶店を開業したんよ」

田川は手帳のページをめくり続けた。藤井が能代の介護施設に入居したのは二年半前だった。

「ほかのお嬢さんたちは？」

「有馬温泉の女中とか、安酒場の女給等々になったもん、それぞれや」

警視庁の捜査一課、秋田県警がそれぞれ藤井の足取りを追ったが、神戸を出てからの足取りはつかめなかった。辛うじて、能代に帰る直前まで仙台の秋保《あきう》温泉、秋田市川反《かわばた》の料亭で住み込みの仲居として勤めていたことだけが新たに判明した。

「私が足取りを捜している藤井さんですが、最終的に彼女は故郷の能代へ戻りました」

「母さんのお墓とかあったんかな？」

田川は首を振った。秋田県警によれば能代で仲居をしていた母は藤井が二〇歳の頃に肺病で亡くなった。遠縁の親族も亡骸《なきがら》を引き取らず、結局地元の寺で無縁仏として葬られたことも県警の調べで判明した。

「それでも、最後は母さんが恋しかったんかなあ」

天井を見上げ、山下が洟をすすった。

「そんな人が殺されるなんて、不憫《ふびん》すぎるわ。あんまり役にたてんで、すまんかったなあ」

「とんでもない。本当にありがとうございました」

「ほんま気の毒な人や。歯を食いしばって働いたのに、不憫や。彼女を成仏させてや」

「はい」

田川は短く答えた。いや、それ以上言葉が出なかった。

藤井は戦前に非嫡出子として生まれ、太平洋戦争の混乱に巻き込まれた。その後は奉公に出され、人間としての尊厳を奪われた。戦後も身を削って働き続けた。

一方、アインにしても、母国に幼子と家族を残し、希望の国と言われた日本で奴隷のように扱われた。二人の接点は神戸という土地にあり、互いに血の汗を流した場所が金持ちの住む山側をのぞむ海側にあった。寒風が吹きつける海側の記憶を話すことで、二人が互いの距離を縮めたのは間違いないだろう。

6

三宮で廣岡と別れたあと、田川は地下鉄で長田駅に向かった。

階段通路から地上に出ると既に日が傾き、商店街のアーケードに照明が点《とも》り始めていた。学校から家に戻る学生たち、勤め先から商店に立ち寄る女性たちの間を縫い、住宅街の方向へ足を運ぶ。

賑わう駅周辺とは打って変わり、住宅街にさしかかると極端に人通りが少なくなる。以前通った道を歩きながら、田川は藤井の無念を思い、そして日当たりの悪い取調室で肩をすぼめたアインの顔を思い返す。藤井が自らの半生を振り返る中で、遠く異国まで来て働くアインと心を通わせたという点は間違いないだろう。

アインは母国に幼子を残して日本に来た。藤井とは時代環境が全く違うが、厳しい状況で重労働を課せられ、神戸から秋田まで流れてきたのは同じだ。

日本語が巧みなアインが足取りを藤井に話すことで、共感する事柄が生じ、最終的には強い絆《きずな》に変わった。神戸という共通のキーワードも見つかった。だからこそ、介護施設で孤独だった藤井がアインにのみ心を開いた。

アインや藤井が多くの時間を過ごした神戸の海側は、二人にとって貧困と困難の象徴だ。持って生まれた金と階級に守られた人々が住む山側への強いあこがれが二人の距離を一気に縮めたのだ。そんな二人を引き裂いたのは、搾取する側からの危うい誘いだったのかもしれない。

駅から一〇分ほど歩いた地点で田川は足を止めた。以前、ベトナム人実習生たちを拾った駐車場の前だ。奥の方にはプレハブの簡素な建物のシルエットが見える。小さな窓からは電灯の明かりが薄らと漏れている。

〈実習生の賃金がどうこうなんてことより、異様な値下げ圧力に晒される中小企業こそ被害者だ〉

コウベテキスタイルの黒田常務は、樫山にそんな言葉を吐いた。隙間風が吹き込むプレハブの工場で一〇人以上のベトナム人実習生が昼夜を問わず働かされている背後には、デフレという魔物がいる。

だが、違法な労働環境を放っておくことはできない。空きスペースが目立つ駐車場をゆっくりと抜け、田川はコウベテキスタイルの事務所前に立った。事務所の中で数人の影が動いているのがわかる。

「こんばんは」

扉を開け、田川は事務所の中に入った。テレビで夕方のニュース番組を見ていた作業服の中年女性二人が振り返り、田川の顔を睨んだ。

「どちらさん？」

きついパーマをかけた一人が怪訝な顔で尋ねる。田川は背広から警察手帳を取り出した。

「警視庁捜査一課の田川です。黒田常務はいらっしゃいますか？」

先ほど口を開いた女性が事務所の奥に向け、声を張り、来客を告げた。

「しつこいな、ほんまに。あんた、いったいなんや！」

事務所の奥に給湯室でもあるのだろう。小さな暖簾をくぐり、黒田が怒鳴った。

「少しだけお話を聞かせてください」

「こっちにも都合があるんや、アポ取って出直しいや！」

「お願いしても時間を取ってくれるとは思えないのでね」

田川は手帳を背広のポケットに戻し、周囲を見回した。すると、部屋の中央にある簡易応接セットの背後にあるものが目に入った。田川はソファに近づき、言った。

「サバンナの箱が以前より随分と増えていますね。一枚二万円もするリネンのシャツ、御社はどの工程を担当しているのですか？」

黒田が手で口元を覆った。二人の女性スタッフが田川と黒田の顔を見比べ、ばつが悪そうに下を向き、示し合わせたように工場の方向に消えた。

「なにも話すことなんかないわ」

「いや、話してもらいますよ」

田川はポケットから名刺入れを取り出し、サバンナの山本の一枚を探した。

「先日、サバンナの山本さんというファッション事業の責任者と会いました」

サバンナの山本と告げた瞬間、黒田の眉根が寄った。目つきが一段と険しくなる。

「ウチなんか星の数ほどある孫請けの一社や。言われたことをやるだけや」

「商品に関して、詳しいことを明かすなというのはサバンナの指示ですか？」

「そんなこと、言えるかい！」

口調は相変わらず荒いが、黒田の顔に一瞬怯《おび》えの色が浮かんだ。もしやと思いさらに尋ねた。

「サバンナの山本さんがここに来られたことはありますか？　彼はファッション事業

の責任者だ。縫製の様々な工程に立ち会ってもおかしくない」

「知らんわい」

黒田の怯えの色が一層濃くなった。同時に、田川の耳の奥で安藤の言葉が響いた。コウベテキスタイルの社長は以前から、ベトナム人実習生を取引先との会食に同席させていると言っていた。同席と言えば聞こえはよいが、実態は温泉街の酌婦と同じであり、ときには食事の世話以上のことを強いていた。

「まさか、アインさんを接待に使った？　実習生はなんでもありのコンパニオンじゃない」

「もう、知らんことは知らん」

黒田が声を荒らげた。隠し事のために大声でごまかすのは、多くの犯罪者と同じやり方だ。こちらも当たりとみて間違いない。

「サバンナは大事な客。そしてアインは綺麗な女性で日本語も達者だ。いつもより接待に熱が入ったのでは？」

「もう堪忍してや」

強気一辺倒の黒田が萎《しお》れ、下を向いた。田川の読みが当たった。神戸の地でアインは過酷な労働を強いられた上、自分の意思に反する形で山本と会った。接待がどの程度の段階まで進んだかはわからない。仮に山本と会ったという事実をアインが藤井に伝えていたとしたら。生真面目な藤井が激怒するのは目に見えている。

「納入している元請けのメーカーのお名前は？」

「いい加減にしとき、言えんもんは言えんのや」

田川は手帳のページをめくった。新幹線の車中で小島からメールが届いた。二万円のシャツの製造を請け負っているのは、ヨックラという大手のアパレルだった。ヨックラは小島が投資している企業であり、株主権限で聞き出したのだという。元請けの名を告げると、黒田の表情がさらに曇った。

「私の独り言に付き合ってもらえませんか？」

田川が言うと、黒田は応接セットのソファに座り込んだ。

「サバンナは内外の富裕な顧客に日本の匠の技術を売り込みます。リネンのシャツは一着二万円します。私のような安月給には考えられない値段ですが、価値のわかる人は高品質なのに割安だと受け止めているようです」

「……それがどないしてん」

「ファストファッションの台頭で、日本のアパレル産業が窮地に追い込まれたと知りました。今回のサバンナの企画は、恵みの雨なのではないですか？」

「素人がわかったような口きかんといて。そないに単純な仕組みやない。今までずっと不景気なのに、設備投資はせないかん、給料も払わないかんでずっと借金経営や。

割りの良い工賃が入ったとしても、全部借金の返済にもっていかれるわ」

黒田が敵意剝き出しの目で田川を睨む。

「高級品って気軽に言うけどな、糸が通常よりごっつう細くて切れやすいんや。あんたみたいな化繊のシャツのおっさんにはわからんやろうけどな」

「たしかにその通りです。しかし……」

田川の言葉を黒田が遮る。

「二万円のシャツ、細かい縫製は別の会社や。うちはもっと単純な裁断と仮縫いを担当。文句ばっかり言いよるベトナム人に面倒な工程任せられるわけないやろ。それに、声がかかったんは一年ちょっと前や。いきなりやで」

慌てているのか、あるいは怒りにまかせたのか。黒田がサバンナとの取引を認めた。

「それでは、アインさんのようなベトナム人実習生の賃金は上がらない？」

「上がるわけないやろ。不慣れなあいつらが失敗するたび、こっちのロスが膨らむんや」

田川は手帳を開き、黒田の言葉をメモした。ベトナム人のことを露骨に見下し、侮蔑的にあげつらう。黒田の精神の根底には、外国人への強いアレルギーがある。しかし、コスト面で彼らを雇用せざるを得ないため、ストレスがたまる。その捌《は》け口が何倍にもなって実習生に向かう悪循環に陥っている。

「それでは、サバンナの商品を作っていることを認めますね？」

「勝手にすればええやろ！」

「こうやって警察が来ても、労働環境を是正するつもりはありませんか？」

「あんたに関係あらへん」

「管轄はたしかに労基署です。しかし、私はこうした劣悪な環境が殺人事件の根っこにあったのだと睨んでいます」

「この工場で殺しが起きたんか？　違うやろ、お門違いやで」

黒田が立ち上がった。初めて来たときのように周囲の物を投げつけるようなそぶりはないが、両目が田川を見据えていた。

「それでは、失礼いたします。事件が解決し裁判が始まれば、私は捜査の過程を公判で証言します。その際あなたの名前、それに会社のことも話しますので、そのつもりで」

田川もバッグを取り上げ、立ち上がった。

「おっさん刑事がイキってみても、この国はなんも変わらん。役人やら社長、政治家連中ばっかりええ思いして、ウチらみたいな下層民は一生働いて歯車のまま死ぬ。裁判だろうがなんだろうが、好きにしたらええ」

背中で黒田の舌打ちを聞きながら、田川は事務所を後にした。地下鉄の駅に向けて歩みを進め始めると、背中に大きなリュックを背負った青年が田川の脇を自転車で通り抜けた。先日、樫山が深夜に利用しようと提案したデリ・エクスプレスの配達員だった。遠ざかる大きなリュックを見つめていると、あの晩自らが口にした言葉が蘇った。

サービスを利用する側は利便性を目一杯享受する一方、あの青年のように使われる側はシステムに監視された上で、擦り切れるまで働かされる。

黒田の言ったことも理屈は同じだ。下請けや孫請けは徹底的に使われ、乾いた雑巾を絞り続けなければならない。

アインを苦しめたコウベテキスタイルの生殺与奪の権利は、元請けががっちりと握っている。その元請けにしても、サバンナという巨大な流通プラットフォーマーが手綱を持っている。世界中で幅を利かせているサバンナの要求に応じるため、アインや他のベトナム人実習生たちは寝る時間さえ奪われ、働かされている。

力の弱い個人を蝕《むしば》む病原菌が街中にばら撒かれている。左胸の分厚い手帳をさすったあと、田川は長田駅に向け足を速めた。

7

社内用のシステムを閉じた山本は、ブラウザの画面を開いた。

〈証券コード　30……　銘柄：YOYO CITY〉

銘柄名を入力して山本がエンターキーを押すと、パソコンに罫線《チャート》が表示された。後場が始まるとYOYO株は一気に値を上げ始めた。山本はパソコンの脇に置いた日本実業新聞の夕刊を見やる。一面トップには忌々《いまいま》しい見出しが躍る。

寝食を惜しんで山本が突き進めてきた新たな事業が、YOYO CITYという企業の新施策により、一気に色褪《いろあ》せてしまった。同時に、新興勢力が打ち出した新しい指針は、サバンナという世界最強、最大のネット物流企業の虚を衝くものだった。昨日、YOYO CITYの会見では大きな発表はなかった。加入する新しいブランドの紹介や、新CMに起用される女優とモデルのPR程度だった。山本たちの先回りで目玉をかくしたのだ。

〈YOYO CITY、出店企業に厳格基準適用へ＝一時的な大幅減収より社会貢献を選択〉

〈日本のネットビジネスの一大転機に〉

記事を執筆したのは、流通経済部の編集委員・福田美佳子、サバンナのスタジオを真っ先に公開した相手だった。会見よりもインパクトの大きなリークという手法を使うとは想像していなかった。油断していたとしか言い様がない。

ＹＯＹＯ ＣＩＴＹが全く新しい概念で取引先企業を選別するという衝撃的な内容だ。サバンナは、創業者ペインが経営理念として掲げているように、地球上からリアル店舗を一つ残らず消すのが目標だ。

顧客第一主義とうたってはいるが、その背後には貪欲に利益を追求し続ける姿勢がある。利益が出なければ顧客向けサービスの投資はできない。顧客の利便性が向上すれば、必然的に利益が上がる。そのサイクルを繰り返すことで、旧来企業を駆逐するのだ。

一方、ＹＯＹＯ ＣＩＴＹは利益を捨ててまでも、正しい行動規範を構築するという。貪欲な資本主義の権化のようなサバンナに対し、皆が平等に暮らせるようにと願う原始共産主義のような思想だ。

世界的なプラットフォーマーへの風当たりが強まる中で、ＹＯＹＯ ＣＩＴＹは社会に優しいという姿勢を鮮明にしたのだ。争いを極力避ける今時の若者層に強く訴求する経営方針にもなる。サバンナにとっては明確な脅威となり得るやり方だ。

福田がどのような経緯で記事を書いたのかはこの際問題ではない。サバンナの日本法人全体を揺るがしたのは、関連記事として掲載された解説面にある一文だった。

〈ＹＯＹＯ ＣＩＴＹの新施策導入により、世界最大手のサバンナをはじめ、国内外の競合他社が従来の営業手法の抜本的な見直しを迫られることは必至だ〉

福田の主観に基づく記述だが、サバンナの幹部たちを慌てさせる特大のインパクトを持っていた。

〈他社の施策についてコメントする立場にない〉

取材の電話には、共通の言葉で返答するよう部下たちに指示を飛ばした。しかし、模範解答を鵜呑みにして、すごすご引き下がる記者は一人もいない。

山本はスマホを取り上げた。二時間前に福田個人の携帯、そしてメールに話をしたい旨のメッセージを発したが、返答はない。山本は日本実業新聞の紙面を睨み、腕組みした。

〈ＹＯＹＯ ＣＩＴＹ、人権軽視の取引先を経営リスクと同列に判断〉

〈全出店企業に異例の調査実施を要請＝外国人技能実習生への過酷労働批判に対応〉

〈厚労省、経産省が歓迎の意向〉

虚を突かれた。山本はさらに記事を凝視する。ＹＯＹＯ ＣＩＴＹは自社の戦略を国のお墨付きとしている。

〈外国人技能実習生の労働条件について、かねてから低賃金・長時間就労の問題が取りざたされてきただけに、「大手企業が率先して取り組む姿勢を注視する」（厚労省幹部）、「外国人材との共生に向けた第一歩」（経産省幹部）などと霞が関の内部からも歓迎する声があがる〉

サバンナなど他の外資系プラットフォーマーは、独占禁止法や納税で常に日本政府とつばぜり合いを繰り広げてきた。ＹＯＹＯ ＣＩＴＹはこれを逆手に取り、国を味方につけたのだ。

数週間前、経済専門誌の記者が情報をくれた。ＹＯＹＯ ＣＩＴＹが隠し球を出すとの観測があるという。これがその弩級《どきゅう》の方策だ。同時に、日本実業新聞という国内最大の専門紙を巧みに使った。

山本は紙面をめくり、さらに解説記事に目を凝らした。

〈……自社のネット店舗に出店するブランドの製造現場の中には、過去三年間で労働基準監督署から是正勧告を受けた企業が多数あり……〉

〈……東海地方の縫製工場では、ベトナム人実習生の宿舎が老朽化したプレハブ建てで、雨水や風が吹き込むほか、トイレなどの環境も劣悪で……〉

〈ＹＯＹＯ ＣＩＴＹ関係者によると、「目先の売り上げが急減しても、人権軽視の取引先を排除し、会社のブランドを守るために社会的責任を果たす」としており……〉

〈ＹＯＹＯ ＣＩＴＹに賛同、出店の大手企業も動き出す＝ＣＳＲ強化、企業の必須

条件に〉

目眩《めまい》を起こしそうな記事が続いた。

ＣＳＲとは、コーポレート・ソーシャル・レスポンシビリティの略だ。環境や社会、経済に与える影響を深く考えつつ、企業の持続的な成長を目指すという意味合いがある。

サバンナでは、米国本社の号令の下、顧客への荷物発送における環境対策を真っ先に講じた。再生可能紙製パッケージを共通化し、二酸化炭素排出削減の目標も掲げた。さらに南米や豪州、アフリカの熱帯雨林を保護する取り組みにも参加し、環境意識の高い企業という理念を常に掲げてきた。

だが、ＹＯＹＯ ＣＩＴＹはさらに一歩踏み込んだ。記事によれば、ＹＯＹＯ ＣＩＴＹが外国人技能実習生を酷使する企業との取引を打ち切る決断を下したことに賛同し、複数の大手企業が同じ取り組みを始める。

〈女性下着最大手オニール〉〈もとみや〉……記事の中に、ＹＯＹＯ ＣＩＴＹ、そしてサバンナにも出店する大手企業の名が掲載されている。

〈オニールは以前から技能実習生の人権問題に関心があったことを明かしている……〉

記事には、福田が撮影した写真が載っている。オニールの法務担当役員と副社長が下請けの工場を訪れ、外国人実習生と笑顔を交わしている。

〈……オニールと下請け企業に資本関係はないものの、世界的に問題視される一連の労働条件を勘案し、人権無視の姿勢を放置すれば、経営本体そのものを直撃する大きなリスクになると判断した〉

山本は次の項目に目を走らせる。福田によれば、オニールは東海地方の縫製工場でミャンマー人実習生が違法に従事させられていることを内部告発で知ったという。その後、全取引先に対して調査を行った。福田の解説記事は、中堅中小の下請け企業であろうとも、人権無視は許されないと結んでいた。

「踏み絵か……」

思いが口をついて出た。

YOYO CITYが切り込んだのは、アパレルの分野のみだ。だが、こうした意識が定着すれば、サバンナは甚大な被害を被る。サバンナが扱う工業製品や様々な部品、食品等々の生産には今や外国人の安価な労働力が欠かせない。

万が一、意識の高い消費者がYOYO CITY並みの対応をサバンナに求め始めれば、既存の取り扱い商品の大半を売ることができなくなる。山本だけでなく、他の仕入れ担当者や幹部は一様に戦略の見直しを迫られ、防戦一方になる。

「山本さん！」

再度、男性スタッフが声を張り上げた。結論から先に言え……喉元まで這い上がってきた言葉を飲み込み、スタッフの顔を見る。

「NHRのネットニュースで速報です。YOYO CITY関連です」

日本実業新聞の次は公共放送・日本放送連盟だ。YOYO CITYは紙と電波で圧倒的な読者・視聴者数を誇るメディアにリークしたのだ。

「NHRは、YOYO CITYのネタでも別のテーマです」

同じネタを複数のメディアに流したとばかり考えていた。

「どんなネタだ？」

山本はスタッフの傍らに駆け寄り、パソコンの画面に目を向けた。

〈YOYO CITY、米アパレル企業と資本業務提携へ〉

男性スタッフを押しのけ、山本は見出しのバナーをクリックした。速報ニュースをAIの女性アナウンサーが読み上げ始めた。

〈関係者によりますと、インターネットアパレル通販大手YOYO CITYは、米国の新興アパレル企業、グリーンエレメンツ社と近く資本業務提携することで最終合意したもようです……〉

AIのアナウンサーが新興アパレル企業の名を読み上げた直後、山本は男性スタッフと顔を見合わせた。

「まさか……」

スタッフの口から不意に声が漏れた。

〈グリーンエレメンツ社は、価格の透明化を前面に押し出して、社会貢献活動などに意欲的な米国の若い世代から絶大な支持を集めているブランドです。関係者によりますと、YOYO CITYがグリーン社に一〇〇億円超の出資を行い、発行済み株式を……〉

数日前に読んだ米国の経済誌の特集記事の見出しが山本の頭の中に浮かんだ。米国や欧州では、インテリ層を中心に急進的な菜食主義のヴィーガンや、無駄な物を持たないミニマリストと呼ばれる若者が急増中だ。こうした層から圧倒的な支持を集めているのがグリーンエレメンツだ。

グリーン社の売りは、一枚のシャツがどのようなコストをかけて生産され、実際に販売されているか、その内訳を全面開示している点だ。

特集記事にあった同社サイトの詳細を見て、山本はため息を吐いた。例えば、一枚五〇〇〇円で同社サイト中に掲示されていたポロシャツはこんな感じだった。

〈材料費四七〇円〉
〈部品費二〇〇円〉
〈人件費五九〇円〉

〈関税七九〇円〉

〈輸送費五〇円〉

製造コストと実際の販売プライスとの差は企業にとっては秘中の秘であることは明白だ。だが、同社はこれを逆手に取り、支持を集めた。

「リークを二つって……」

男性スタッフが顔をしかめた。大きな戦略があれば、メディアを選別してタイミングを見計らいながら情報を出すのが王道だ。だが、ＹＯＹＯ ＣＩＴＹは圧倒的シェアを持つ専門紙、そして国民のほとんどが目にする公共放送とそれぞれ使い分け、同時に出した。

出し抜くはずの背中が、遥《はる》か遠くに去った。解説記事を頭の中で要約し、幾つもの対応シナリオを考えながら、山本は自席を後にした。

8

午後九時過ぎ、神戸から東京駅に戻り、電車を乗り継いだ田川は三軒茶屋の駅に降り立った。勤め先から帰宅する会社員、これから駅近くの飲食店街に向かう若者らで改札は混み合っていた。人波を縫い、駅のそばにある大型商業ビルへと続く地下通路を進む。

たすき掛けにした鞄のストラップをずらし、肩を小さく振った。鞄の中には東京駅で買った日本実業新聞の夕刊がある。他紙もチェックしたが、YOYO CITYの新施策を報じたのは実業だけだ。

〈YOYO CITYに続け、人権尊重経営＝外国人技能実習生を守れ〉

新幹線ホームの売店で目にした大きな見出しは、田川の心を鷲掴みにした。すぐに夕刊を買い、その場で記事に目を通した。四時間前、黒田と対峙した直後だっただけに、見出しが告げる施策が奇跡のように思えた。労基署と警察が手をこまねいている間に、新興のネット通販会社が先手を打った形だ。

人形町の天ぷら屋で話を聞いた小島の声が耳の奥でこだまする。小島はYOYO CITYの若い社長がしたたかで、秘策を持っているとの噂を口にした。隠し球が、強烈な爆弾として炸裂《さくれつ》したのだ。

その小島からも連絡が入った。日本実業新聞のほかに、NHRでもYOYO CITYと米国新興企業の提携に関する速報が出たという。

新神戸駅の新幹線ホームからサバンナに電話を入れたが、山本と中村は会議中だと告げられた。ならば、混乱に乗じて急襲してみるのも一手だ。

地下通路から地上に出る。国道二四六号沿いにある巨大な商業ビルの上部、サバンナの日本法人が入居するフロアは煌々《こうこう》と明かりが点《つ》いている。

田川は夜間通用口で警察手帳を見せ、サバンナのフロアに赴いた。受付には誰もおらず、カウンターに置かれた内線表をチェックし、ダイヤルした。

「アポなしで押しかけて申し訳ありませんね」

小さな会議室に通されると、田川は頭を下げた。

「山本と中村は会議に出ずっぱりになっておりまして……」

髪をブラウンに染めた丸顔の女性スタッフが申し訳なさそうに告げた。ネックストラップには村松《むらまつ》と記された社員章がある。

「待つのも商売でしてね」

田川がおどけた口調で言うと、村松がクスリと笑った。

「ここは社員用の打ち合わせスペースです。殺風景でごめんなさい」

八畳ほどのスペースの奥にはホワイトボードが設置され、会議机の隅にはチラシのサンプルらしきものが雑然と置かれている。

「カフェテリアが閉まってしまったので、お茶くらいしかお出しできません」

「どうかおかまいなく」

「そんなわけにはいきません」

村松とスタッフは素早くホワイトボード脇にある小型冷蔵庫に向かい、緑茶のペットボトルを取り出した。

「甘い物はお好きですか?」

「ええ、酒を絶ってから好みが変わりましてね。甘味好きのおじさんです」

村松が冷蔵庫の上にあった小さな瓶詰めと紙の小皿を手に取り、ペットボトルとともにテーブルに置いた。

「本来勤務時間中は遠慮するのですが、ちょうど出張帰りで疲れていましてね」

田川は小さな瓶を見つめた。昔、下町の駄菓子屋の店先に置かれていた飴玉を入れるような筒状の瓶だが、蓋が特徴的だ。こけしのイラストがプリントされている。瓶の中には丸い菓子がある。

「可愛いですよね、こけしの顔」

「ボーロはうちの孫娘が大好きです」

田川が言うと、村松が紙皿を取り出し、瓶の蓋を開けた。皿に小さな丸い焼き菓子が盛られる。よく見るとボーロの表面にもこけしの顔がある。田川は二、三粒をつまみ、口に入れた。ほのかな卵の風味と砂糖の甘みが口の中に広がった。

「どちらで売っているのですか? 孫に買ってやったら喜びます」

「残念ながら、東京では売っていません。仙台のお土産です」

「仙台はこけしで有名ですからね。村松さんが仙台へ？」

「いえ、上司が今月出張して、たくさん買ってきてくれたので」

村松が照れ笑いを浮かべた直後、田川は尋ねた。

「山本さんですか？　このところいつもお世話になっています」

「面倒見の良い上司で、細やかな気遣いを怠らない人です」

田川の耳の奥で、今月という言葉が引っかかった。

「お忙しい方だから出張が多いんでしょうね」

「ええ、頻繁にあちこちへ行きます」

「出張はリアル店舗のためですね」

田川の問いかけに、村松が頷いた。

「まだ正式に発表されていないので……」

村松の顔が曇った。このままでは警戒心を植えつけてしまう。

「このお菓子、限定とあるものですから、仙台の友人に買ってもらおうかと思いましてね」

田川は努めて優しい声音で告げた。すると村松の表情が笑みに変わった。

「弊社の女性スタッフ、それに山本さんのお嬢さんも大変お気に入りです」

村松がそう告げた直後、手元のスマホが光った。村松が画面を見る。

「会議室に資料を持っていかなくては」

「どうぞ、私は気ままに待たせていただきますので」

村松が頭を下げ、小さな会議室から出て行った。ドアの閉まる音がした直後、田川は手帳を取り出し、仙台出張と書き込んだ。

サバンナのような大企業で幹部の肩書きを持っていれば、頻繁に出張があるのだろう。仙台は東北一の大都市であり、商圏も巨大だ。駅前から西の方角には大きな商店街がいくつも連なり、地元だけでなく東北各地から多くの客が訪れる。通販のみならず、リアルな店舗で集客を図ろうとするのは理屈にあう。

だが、一つ気になることがある。日付だ。仙台は派手な初売りが有名だが、そうしたシーズンが終わった二月にわざわざ商圏の動線を見に行ったのは不可解だった。

「お待たせして申し訳ありません」

顔を上げると、ネイビーのスーツを着た中村が立っていた。

「いえいえ、勝手に押しかけたのはこちらですから」

田川は手帳のページを繰った。

「次の会議まであまり時間がないのですが」

中村が腕時計に目を落として言った。

「実はほんの数時間前まで神戸にいました」

田川が神戸と発した途端、中村の肩がわずかに強張った。

「コウベテキスタイルという会社です。ご存知ありませんか？」

中村が即座に首を振る。だが、両目の視線が田川の顔から天井に向けられた。

「ご存知ありませんよね、大手アパレルの孫請け縫製工場です」

「その工場と弊社にどのような関係が？」

「会社の事務所に御社の段ボールがいくつも積まれていました」

「弊社のサービスをご利用されているのでしょう」

中村の言葉に田川は首を振った。

「いえ、御社向けの商品だと暗に認めました。ヨックラの孫請けです」

「数万の企業と取引がありまして、全てを把握しているわけではありません」

中村の両目は醒め切っていた。

「それもそうですね」

田川はそっけなく言い、テーブルの紙皿に目をやった。

「そういえば先ほどこのボーロを分けていただきました。甘い物は疲れた体に効きます」

田川はボーロを二粒口に入れた後、テーブルの上の瓶に触れた。

「仙台の新しい名物らしいですね」

「そうですか」

こけしのイラストを一瞥したあと、中村が視線を外した。

「山本さんが仙台で買ってこられたとか。今度私も仙台出張の際に探してみますよ」

「それでは……」

再び中村が腕時計に目をやり、腰を浮かせた。田川も手帳を閉じ、立ち上がった。

中村が動きを止め、田川の顔を睨んだ。

「山本さんのような幹部が自らご出張なさるとは、お忙しいんですね」

出張の部分に力を込めると、中村が視線を外した。その肩が強張っている。

「可能でしたら、コウベテキスタイルの話を教えてくださる方に会わせてもらえませんか？」

「細かい取引先との話は上司の決裁を仰ぎませんと……」

「殺人事件の被疑者、ベトナム人実習生が勤務していたとしてもダメですか？」

田川がたたみかけると、中村はその手で口元を覆い、硬く口を閉ざした。

9

「探していたデータが見つかりました！」

田川が三軒茶屋から本部の自席に戻ると、樫山が書類を手に立ち上がった。その足元には、大きめの鞄がある。樫山も秋田からとんぼ返りしたのだ。田川が自席に目をやると、警視庁の名入り封筒がある。

「組対一課が融通を利かせてくれました。一〇日前に摘発した地下銀行の送金リストの中にアインの家族向けが含まれていました。総額三〇〇万円がベトナムに送られています」

「三〇〇万円?」

「日本円で総額三〇〇万円が五回に分けてベトナムに送られました。現地通貨に換算すると、約六億三〇〇〇万ドンとなります。振り込み時期は一月中旬からでした」

田川はデスクに歩み寄り、封筒を開けた。表計算ソフトの細かいマス目が蛍光ペンで塗られていた。他のマス目は部外者への機密扱いということで黒塗りが施されている。

「中古車や中古建機の輸出入代金と見せかける形で、北区在住のベトナム人グループが地下銀行を営み、計三億円分、二〇〇〇人分の不正送金の容疑で摘発されました。アインの送金はその中にあったのです」

樫山が早口で言った。通常、日本にいる外国人が海外に送金する際は銀行や認可を受けた業者を使わねばならない。だが、手数料が一件当たり五〇〇〇円前後と割高なため、五分の一程度のコストで済む地下銀行を使うケースが多い。こうした需要には大抵は闇の勢力が加担していて、実際に組対一課が内偵を続け、摘発に至ったのだと樫山が明かした。

「受取人はアインの家族ですか？」

「アインの叔母、ファム・フインが受取人です。差出人は庄子多栄子《しょうじたえこ》、サバンナの関連会社に勤務する派遣社員です」

「サバンナが口封じと殺しの報酬のために送金したわけですね？」

「そう考えるのが自然です。六億ドンは現地の平均的な年収の一〇倍に相当します」

樫山の声に力がこもった。ようやく犯罪の裏付けとなり得るデータが出てきた。

「庄子という派遣社員については、既に履歴書や自宅住所などの情報を取り寄せたほか、送金業者に出向いた際の監視カメラ映像もＳＳＢＣが押さえました」

「あちこち調整していただき、ありがとうございます」

「元々私が持ち込んだ話です。田川さんが神戸に行かれている間、時間を無駄にしたくなかったので」

自嘲気味に言った樫山だったが、すぐに表情が引き締まった。

「アインには足かせがあります」

「郷里の娘さんですね」

樫山が頷く。神戸で拾った話の中に、高熱に苦しむ娘の一件があった。アインの娘はまだ五歳だ。病弱なのだろうか。娘を丈夫に育てるために、六億ドンという金が使われたのかもしれない。

「田川さんの収穫は？」

「収穫と言えるかどうか……」

田川は清水と会ったこと、そして廣岡という元新聞記者、山下という事情通に話を聞いてもらった旨を告げた。その後、コウベテキスタイルを訪れアインらがサバンナ向けの二万円もする高級シャツの縫製に携わっていたことが分かった経緯を説明した。

「労基法違反はおろか、人権蹂躙《じゅうりん》をもメーカーに誘引させるサバンナの理不尽なやり方に対し、アインから話を聞いた藤井さんが怒りを募らせ、電話を入れて抗議した。中身が非常に厄介だったため、サバンナがアインを金で懐柔し……」

樫山が語気を強め言ったが、田川は右手でこれを制した。

「山本氏が神戸に滞在した際、アインと会っていたことも黒田の反応を見る限り、間違いない。これで犯行の全体像が薄ら見えてきました」

田川はＮＰＯの安藤の話を引き合いに出した。外国人実習生が仕事のほかに、顧客の接待に使われていた件だ。

「コウベテキスタイルの黒田、それに社長は、大切なお得意であるサバンナの山本氏に対し、アインに接待を強要していた可能性が大です。つまり、温泉街の特殊なコンパニオンに強いるようなサービスが含まれていたかもしれません」

田川の言葉に樫山が表情を曇らせた。

「仮にアインが山本氏との接待絡みの話を伝えていたら、藤井さんの怒りは相当なものになったでしょう」

樫山が頷き、田川の顔を覗き込んだ。

「他に気になることでも？」

「細部の情報が集まっていません」

「一課から派遣した専門捜査員が結果を出しましたよ」

樫山が鞄の中からタブレットを取り出し、何度か画面をタップした。

「これです。もう一歩踏み込むには十分な結果だと思います」

田川の目の前に差し出された液晶の画面には、細かい表計算アプリが表示されていた。

「かいつまんで説明します」

田川は自席に腰を下ろし、隣に樫山が座った。

「事件発生直後、秋田県警は介護施設のパソコンのネット閲覧履歴を表層的にチェックしただけでした」

田川が仕事で使うパソコンも閲覧履歴を消去する機能が付いている。当然、サイバー犯罪捜査のプロならば素人が考えつかない方法で消された中身を炙り出す。

「藤井さんの求めに応じ、アインはタブレット端末からサバンナになんどもアクセスしていました」

「藤井さんの遺留品になかったし、それにアインも持っていませんでしたよ」

「日本人スタッフの私物でした。藤井さんの個室で使いたいからという理由で借りていました。通信回線付きのタブレットからサイトにつないでいました」

「その履歴はどうやって？」

「サイバー捜査官が職員全員の通信機器をリストアップして、その中から目的のタブレットを発見し、その後は私が直接日本人スタッフから話を聞いてきました」

田川は手帳のページを忙しなくめくった。樫山によれば、秋田県警の初歩的なミスに気づいたサイバー担当が、ネットに接続可能な機器を全て調べ上げたという。

「音声データと同様、サバンナは藤井さんからのメールもシステムトラブルで消えてしまった、と通り一遍の回答を寄せたそうです」

田川は壁の時計に目をやった。既に二月一六日の午後十一時近くになっている。アインの起訴まで残された時間は実質的にあと三日だ。

「他にサイバー担当は何を？」

「田川さんが指示された通り、水路近くの児童遊戯施設の駐車場や周辺の防犯カメラの映像を現在もチェック中です」

「なにか怪しい物は出ませんでしたか？」

「アインと藤井さんが水路に向かっていく姿を一〇秒ほど捉《とら》えていました。これは県警も確認したことです。あとは散歩している男性一人の姿があったのみです」

「もしかすると……」

田川は口籠った。胸に湧いたもやもやとした気持ちを押し殺す。

「いえ、なんでもありません。明日、朝一で能代へ戻りましょう」

「そう言われると思って、既に手配しています」

樫山がジャケットの内ポケットからJRの切符を取り出し、白い歯を見せた。

10

二月一七日、暖房の効きが悪い能代署会議室で、樫山が一〇人の関係者全員にゆっくりと顔を向け、声を張った。最初に秋田を訪れたときと同じ新幹線に乗り、田川と樫山は能代へと戻ってきた。

「以上です。疑問点はありますでしょうか？」

秋田県警捜査一課の佐々木警部をはじめ、能代署の署長や刑事課長がずっと手元の資料に目を落としている。田川は他のメンバーの様子を観察した。

「この証拠をもとに、アインの取り調べに臨むのですね？」

能代署の署長の隣に座っていた青年が手を挙げ、言った。

「そのつもりです」

樫山が淀みなく答える。青年が右隣にいる中年の男性に小声でなにか耳打ちする。

「なにか？」

樫山が尋ねると、中年の男性が声を出した。

「完全な自供を取り、こちら側に回す自信があるわけですね」

「そうです、検事」

銀縁眼鏡の中年男性の発言に県警の面々が肩を強張らせる。

事件担当の検事だけでなく、秋田地検ナンバー2の次席まで臨席していた。緊張する県警メンバーとは対照的に、樫山はキャリア然として、動じた様子を一切見せない。

田川は手元の資料に目をやった。樫山が徹夜でまとめた捜査報告だ。田川が鑑識写真で殺しの手を発見したことが契機となり、容疑が自殺幇助から殺人に変わる可能性が高まったことが冒頭に記されている。そのあとは藤井とアインの接点、そして神戸での捜査の要点が続く。

アインの犯した罪は許されるものではない。しかし、犯行に至るまでの過酷すぎる試練が動機につながったのは間違いない。

　手帳のメモの文字を睨む。　懲罰用ケージ、早朝深夜等々の文字の筆圧が高く、用紙が破れそうになっている。

「送金記録について、裏付け捜査はどうなっていますか？」

次席検事が切り込んだとき、田川は我に返った。樫山は咳払いしたのち、口を開いた。

「現在、警視庁捜査一課の担当が送金した人物を行確中です。送り先であるアインの叔母についても、駐ベトナム大使館の警察庁担当者が接触を試みております」

「送金された三〇〇万円が殺しの代金と断定できますか？」

「これから直接アインと対峙し、自供を引き出します」

「失敗したら？」

次席検事は容赦なく樫山を追い詰める。

「最善を尽くし、結果を出します」

樫山が田川の顔を見たと同時に、次席検事の鋭い視線が田川に突き刺さる。

「検察庁と警察庁で内々に取り決めた期日の二月二〇日まであと三日です」

次席検事が淀みなく告げた直後、田川は膝の上に置いた拳を握りしめた。掌の内側にべっとりと汗が滲む。

「期日は重々承知しております。他になにかありますか？」

樫山が告げる。発言する者は皆無だ。田川は会議机に置いた手帳を手に取った。捜査に加わった時と比べ三倍近くに厚みが増している。

ベトナムへの送金記録という突きネタのほかにも、田川と樫山が神戸の下町をひたすら歩き、地を這うように集めた証言や記録が詰まっている。田川は手帳のページをめくり続けた。


「アイン、元気だった？」

アインが取調室に入ってくるなり、樫山が立ち上がって細い肩を抱いた。

女性警官が手錠と腰縄を外した。樫山は粗末な机の扉側に、アインは格子がはめられた窓側の席に着いた。

「うん、大丈夫」

田川は扉に近い記録係席に座り、録音と録画機材を作動させた。その後は、体を部屋の中央に向け、二人の様子を注意深く観察し始めた。

アインは手錠を外されたあとで手首を何度かさすり、ゆっくりと椅子に座る。

能代まで移動する間、樫山と役割分担を決めた。樫山がメインの取り調べ係を務め、田川は補助に徹する。樫山は努めて優しく接する一方、前回田川がアインの異変を察知したように、細かな動作や機微を見つけた際は調べに加わる。通常キャリアが取り調べをすることはないが、今回は特例だ。樫山が自分にけじめをつける意味合いもある。

「食事はちゃんと摂っているの？」

「一日三度食べています」

アインが俯き気味に言う。田川はアインの横顔を凝視した。メイクをしておらず、肌の色艶は以前会った時と変わらない。膝の上に置いた両手にしても、樫山が以前差し入れしたハンドクリームをきちんと塗っているようで、潤いを保っている。

「なぜ会いにきたかわかる？」

樫山が優しい口調で切り出したが、アインは無表情だ。

「私は頼まれて車椅子を押した。とても悪いことをした。でも、すぐに気がついて連絡した。それだけ。最初に刑事さんに話したよ。あのときと変わりないです」

アインは供述を変える気が全くない。

樫山が足元に置いた鞄からクリアファイルを取り出した。送金記録に関する証拠品の写しだ。樫山は書類を両手で丁寧に伸ばし、アインの目の前に置いた。

「庄子さんという女性は知っている？」

樫山の問いかけに、アインが一瞬視線を天井に向けたあと、ゆっくりと口を開いた。

「知っています。友達。ベトナムで何度か会った人」

アインの言葉を聞き、田川は手元の手帳にペンを走らせた。

〈庄子のベトナム渡航履歴の確認〉

捜査一課の樫山の部下たちはとっくに庄子の背後関係を洗っているはずだが、アインの証言の裏付けを完璧にする必要がある。手帳から目を上げ、アインを見る。肩に力が入るわけでもなく、樫山を冷静に見ている。

「庄子さんからあなたの叔母さんにお金が送られているの。知っているかな？」

樫山の言葉に、一瞬だけ首を傾げたあと、アインが口を開いた。

「庄子さんがベトナムの貧しい農村に学校を建てたがっているのは知っているね。叔母は熱心にボランティアをやっているし、庄子さんともなんども会っているよ」

「つまり、庄子さんから送られたお金は学校を作るための費用なのかな？」

「そうだと思います」

アインに不自然なところはない。一方で樫山の表情が厳しくなっていく。

「学校づくりは名目で、あなたにプレゼントされたお金じゃないのかな？」

「樫山さんの言っていること、おかしい」

アインが首を振った。

「学校建設に向けた準備はいつから始まっていたの？　ベトナムで庄子さんに会ったのなら、時期とか聞いていたはずよね？」

「わたしは叔母と庄子さんを引き合わせる役目だった。学校を作ってもらえるのは嬉しいことだし、ベトナムのためになるね。でも、詳しいこと、私は知らない」

アインの言葉を聞き、樫山が小さく息を吐いた。

「能代まで戻ってきたのは、そのお金のことを詳しく知りたいからなの」

「どういうこと？」

「ある企業からあなたがお金を受け取っていた、そう考えているの。庄子さんとあなたの叔母さんは隠《かく》れ蓑《みの》、つまりダミーという意味ね」

樫山が本筋に切り込んだ。焦るな……念を込めて田川は樫山を見つめた。

「庄子さんが勤務する会社を知っているよね？」

「彼女は旅好きな人で、一つの会社に長くは勤めたくない、趣味が大事な人。なんて言いましたっけ、アルバイトじゃない呼び方です」

「派遣社員よ」

「そう、派遣ね。だから、あちこち会社が変わります。今どこに勤めているかは知らない」

アインを観察する限り、どこまで本当のことを話しているのか判断がつかない。しかし一つだけ言えるのは、完全に取り調べがアイン主導になっていることだ。

田川はゆっくりと記録係席から立ち上がり、二人がいる取調室の中央に歩み寄った。田川はアインを一瞥したあと、樫山に耳打ちした。

「もう会社名を出してください」

樫山が頷くと田川は後方の記録係席に戻った。席に腰を下ろすと、アインが田川を睨む。

「アイン、よく聞いて」

樫山が書類を取り出し、机の上に置いた。アインが怪訝な顔で紙を覗き込む。

「庄子さんはサバンナの関連会社に勤めている。私たちは、あなたがサバンナからお金を受け取り、藤井さんを水路に落とした……つまり殺したと思っている」

樫山の言葉を聞き、アインが目を見開いたあと、俯いてしまった。

「お金のことを気にしているの？」

樫山の声にアインが肩をわずかに動かした。

「六億三〇〇〇万ドンはたしかに大金よ。しかし、私たちがお金の流れを把握した以上、いずれ没収されることを覚悟した方がいいわ」

アインが顔を上げる。

「犯罪に絡んだお金は日本の裁判所が預かることになる。あなたが頼まれて藤井さんを押したのか、それとも自分の意思で水路に落としたのかにかかわらず、ベトナムの銀行か業者に依頼して払い出しを止めるの」

アインの表情がみるみるうちに曇っていく。

「叔母が学校を作ろうとしているのに……嫌がらせです」

「お金を送った人の証言を取らなきゃならないし、本当に学校を作る目的なのかも確認する必要がある」

アインは多額の金が凍結されることを一番恐れている。

「お金を送った庄子さんという人については、大勢の警察官が調べている。本当にボランティア目的だったのか、何かの対価だったのかはすぐにわかる」

樫山がアインの顔を覗き込みながら言った。アインは洟をすすりながら首を振る。

「私、嘘は言っていない」

「サバンナを庇《かば》っているの？　サバンナから頼まれて藤井さんを殺したって明かすと、お金を取り上げられるの？」

樫山は怯むことなく攻め入った。サバンナという名を聞いた途端、アインの左肩がわずかに上がった。今まで見せたことのない反応だった。

「お金は学校のためではなく、あなたの娘さんを育てるためのものじゃないの？」

樫山が言った途端、アインが下を向いた。同時に強く唇を嚙んでいる。

「なぜ娘さんを残して日本に来たの？　どうして私に教えてくれなかったの？」

樫山が迫ると、アインは強く首を振った。田川の見る限り、金がアインへの報酬としてベトナムに送られたのは確かだ。しかも学校建設というもっともらしい理由ではなく、家族、特に愛する娘のために送られたものだ。

「あなたは藤井さんがサバンナになんども抗議の電話を入れたことを知っていた」

「私は藤井さんに頼まれた。でも、やっぱりいけないことだった。だからすぐに助けを呼んだ！」

アインが両手で机を叩き、椅子から立ち上がった。

「落ち着きなさい」

田川は思い切り低い声でアインに言った。アインが敵意の眼差しを向ける。

「あの人、私のこと嫌いで罠《わな》にはめようとしている。前も私のことを疑った」

アインが田川を指差す。

「座って」

樫山がアインの右肩を押さえ、軽く叩いた。

「あの人の前では、何も話さない」

眉間に深い皺を作りながら、アインが大声を上げた。田川は反射的に記録係席の横にある半透明のアクリルボードを見た。壁の反対側ではいくつもの視線が取り調べを監視している。

「一旦、休憩しましょう」

田川は自ら取調室の扉を開け、女性警官を呼んだ。

「しかし、田川さん」

「休憩です」

田川は強い視線をアインに送った。肩を強張らせたアインは、両目を充血させている。

「留置場に戻しますか?」

張り詰めた空気の中、女性警官が小声で言った。

「一時間以内に再開します」

女性警官はアインの両手首に手錠をかけ、手慣れた様子で腰縄を打った。

「私はあなたの味方よ。だから、本当のことを話して」

部屋を出ていくアインの背中に向け、樫山が叫んだ。だが、細い肩が反応することはなかった。田川は取調室の録音録画機材のスイッチを切った。

11

記録係用の椅子を中央に寄せ、田川は腰を下ろした。樫山は両肘を机につき、頭を抱えている。背中に県警幹部や検事の強い視線を感じながら、田川は口を開いた。

「取調室では、刑事が絶対的な主《あるじ》です。確固とした理由と証拠があって身柄を確保したのです。相手に舐められた瞬間から、勝負は負けです」

常に心がけていることであり、何人もの先輩刑事から伝授された心得だ。

「……はい」

「あなた自身、アインが罪を犯したことを確信しているはずです。気持ちを切り替えてください」

「……もう無理です」

樫山の肩が小刻みに震え始めた。洟をすする音も取調室に響く。田川は今までアインが座っていた椅子に腰掛け直し、頭を垂れる樫山と対峙した。

「ここで折れたら、あなたは一生後悔する。そして警察官僚として生きていけなくなる」

樫山が顔を上げた。両目が真っ赤に充血し、目の縁から涙が零れ落ちた。

「あなたは様々な圧力に晒され、精神的に参っている」

田川はアクリルボードを睨んだ。二人のやり取りを好奇の視線が追っている。殺人事件を担当するだけで、経験の浅い警官は疲弊する。今回の一件は外交問題に発展する危険性さえ含む。気丈に振る舞ってきた樫山の心の柱に大きなひびが入ったのだ。

「あなたは今後、より難しい局面に遭遇する。それがキャリアの務めであり、我々を統括する責任です」

樫山が瞬きを繰り返すたび大粒の涙が頬に落ちる。

「でも……」

「でもじゃない！」

田川は思い切り机を叩いた。

「べそをかくなら、今すぐ東京に帰れ！」

田川の怒声に樫山が目を剝いた。

「俺は頼まれて捜査に参加した。やれないというなら、今までの調べはなんだった？」

隣の部屋で様子をうかがっていた佐々木警部らが取調室に駆け込んできた。

「真摯《しんし》に協力してくれた湊川の清水さんたち、それにNPOの安藤さんに顔向けできるのか？　彼らは腐った日本を糾《ただ》すために力を貸してくれた！」

田川は右手を挙げ、一同を制した。

「大丈夫ですか？」

次席検事が冷たく言い放った。

「失礼しました」

田川は椅子から立ち上がって眼鏡の検事に頭を下げた。

「我々はあなた方の調べの着地点を慎重に見極めたいのです。自供を強要して、公判時に否認されるようなみっともないことは絶対に避けたい」

「必ず自供を得て身柄をお渡しします」

田川は頭を下げた。思い切り下腹に力を込め、奥歯を噛み締めた。

「今日の取り調べはどうするのですか？」

「もちろん、再開します」

樫山も口を開いた。

「取り乱してしまい、申し訳ありませんでした」

樫山も次席検事に頭を下げる。

「大丈夫ですか？」

能代署の署長が恐る恐る口を挟む。

「アインをもう一度、こちらへ」

田川が言い放つと、次席検事は他のメンバーを引き連れ、隣室へと引き揚げていった。

「田川さん……」

樫山が田川の傍らに駆け寄ったときだった。田川の背広の中でガラ携が鈍い音を立てて振動した。田川は樫山に断り、ガラ携を取り出した。小さな液晶には捜査共助課の直通番号が点滅していた。

通話ボタンを押すと、電話口に若手の宮本の声が響いた。

〈田川さん……〉

宮本が早口でまくし立てる。田川は急ぎ、指示を飛ばした。

12

女性警官に伴われてアインが戻ってきた。記録係席に田川を見つけると、アインが小さく息を吐き出した。

「アイン、あと少しだけ話をするわね」

「私、お金のことは知らないです」

「サバンナからお金は？」

「知りません」

　アインが態度を硬化させたタイミングで、田川はいきなり立ち上がった。アインの肩が強張る。田川は背広から小型ICレコーダーを取り出し、机の中央に置いた。

「これを聞いてもらえるかな」

　田川はアインの目を見据えて言った。アインの両目が田川の顔とICレコーダーをなんども見比べる。田川は再生ボタンを押す。

〈黒田さん、ひどいね。アイン、いつも怒られていたよ。アインが一番怒られたね〉

　神戸の夜、ミニバンを借りてコウベテキスタイルのベトナム人実習生を連れ出し、話を聞いた。アインをよく知るチャンという女性の声だ。暗がりの中、重要な証言を聞き漏らすまいと普段は使わないICレコーダーを用いた。

　静まり返った取調室の中で、チャンの声、そして田川と樫山の録音済みの声が響く。肩を強張らせたアインは、時折鼻を触り、ICレコーダーを睨み続けた。二分ほど音声を再生したあと、田川は停止ボタンを押した。

「誰だかわかるね？」

　アインは小さく頷くが、口は真一文字に結ばれ、声は漏れてこない。

「神戸に行ってきました」

　田川がゆっくり言うと、アインが鼻に触れたあと、腕を組んだ。

「コウベテキスタイルの黒田さんにも会った。ひどい会社でデタラメな人だった」

「そう、あの人はひどいし、会社のやり方もイリーガルだった」

樫山が加勢したが、田川はこれを目で制した。

「あなたがベトナムの娘さんを心配して会社のパソコンを密かに使った、そして黒田常務からひどい仕打ちを受けたことも全部調べました」

優しい口調で告げながら、田川は慎重に観察し続けた。先ほど何度か鼻に触れた右手が、今度は膝の上に向かった。田川はアインの右手に視線を向け続けた。膝に置かれた右手が激しく動く。手の裏についた汗を膝頭で拭うような手つきだ。今まで、警視庁本部二階の取調室で何度も同じ光景に遭遇した。

「アイン、まずはこの写真を見てほしいの」

樫山が写真を差し出す。先ほど手に入った若い頃の藤井の写真だった。アインは膝の上に手を置いたまま写真を見やり、首を傾げる。樫山は無言でアインの顔を見据えている。相手をこちらの陣地に誘い出せ、主導権はあくまで刑事にある……田川が強く意識したとき、アインが顔をあげた。

「藤井さんのこと、ずっと調べていたの」

樫山が田川に視線を向けた。

「若い頃の藤井さん、神戸にいたの。あなたと一緒よ」

アインの肩が強張る。樫山がクリアファイルを取り出した。

「田川さんと一緒に調べていたら、ある人から手紙をもらったわ」

ファイルから数枚の紙を抜き、樫山が机に置いた。アインの視線が釘付けになっている。

ほんの三〇分前だった。警視庁本部捜査共助課の宮本から連絡が入った。隣にある田川の席に速達が届いたため、宮本が気を利かせて連絡をくれた。速達を送ってくれる心当たりがなかったため、差出人を読むように頼んだ。

〈神戸市の山下珠恵さんと書かれています〉

宮本の口から飛び出した名前に、田川は即座に反応した。封を切り、中身をコピーした上で樫山のスマホに転送するよう依頼した。ものの五分でメールが届き、これを能代署でプリントアウトした。アインの目の前にある紙は、田川が知らなかった藤井の神戸での姿、そして足跡を綴ったものだった。

「藤井さんは、神戸の小さな縫製工場で働いていたの。でも給料が安かったので、繁華街で働き始めた。場所はダンスホールよ」

手紙のコピーに目を落とし、樫山が言った。アインはおそるおそる紙をのぞきこむ。

「ダンスホールといっても、ディスコやクラブとは違うのよ」

最終的には女が体を売る商売だと日本語と英語で伝えた。アインの両肩がみるみるうちに強張っていく。

「七四年前、日本は戦争でアメリカに負けたの。神戸にはアメリカ兵がたくさん駐留していて、藤井さんは彼らの中に飛び込んで生活の糧を見出していた」

樫山はファイルから古い神戸の写真を取り出し、先ほどの一枚の横に置いた。そこには街を闊歩《かっぽ》するアメリカ人将校や下士官、一兵卒らが写っている。

「ベトナム戦争のときと同じ。海外から兵士が来たら、その国の貧しい女性は……」

樫山の言葉にアインが首を振り始めた。

「……なんでもないね」

強く洟をすると、アインが顔を上げた。田川は樫山の横顔を凝視する。

〈田川警部補殿〉

万年筆でしたためられた封書には、山下の綺麗な文字が並んでいた。山下によれば、経営していた妓楼《ぎろう》で働いていた女性が藤井のことを鮮明に覚えていたという。

〈藤井さんと同じ東北、山形出身の妓《こ》でした〉

山形出身の女性は妓楼で働いたあと、船場の商家の主人に身請けされ、今も大阪に住んでいる。さらに、この女性は藤井の若き日の写真も大切に保管していた。

〈藤井さんは縫製工場を辞めたあと、元町のカフェで女給見習いになったそうです〉

今、田川の目の前で樫山が手紙の内容をアインに読み聞かせている。アインは殊勝な表情で樫山の声に耳を傾けている。

〈山形の妓によれば、藤井さんは手先が器用で他の同僚の服のほつれやボタンつけを率先してやるような気立ての良い子だったそうです〉

山下の手紙によれば、カフェの他の女給にもっと稼げる場所があると教えられ、パンパンを経て神戸福原の妓楼に勤め始めたという。

〈少しでも故郷の母親に金を送る、その一心で藤井さんは客を取り続け……〉

山下の手紙に接したとき、田川は涙が零れ落ちるのをなんとか堪えた。

〈妓楼でも、自分で端切れを買ってきて商売用のドレスやワンピースを作っていた〉

手紙を読んでいる間、樫山と歩き回った三宮の繊維街の光景が浮かんだ。訪れたときはどこか寂れたガード下だったが、藤井が熱心に端切れを買っていた頃は沢山の客でごった返していたに違いない。ゆっくりと手紙を読む樫山の声が取調室に響き続ける。

「お母さんにお金を送りながら、藤井さんはこつこつと貯金して、元町の外れに小さな洋品店を開いたそうよ」

アインの目を見据え、樫山が告げる。アインはすぐに下を向く。生前の藤井に聞かされていた話なのか。田川はアインを観察し続けた。

〈店を開いたころ、カフェのボーイ上がりの男と藤井さんは暮らしていたそうです。しかし、この男は酒飲みで、いつも彼女に暴力をふるっていたそうで……〉

幸の薄い女のもとに、酒癖の悪い男が転がりこむ。いつの時代も同じようなことが繰り返される。その後、男は店の売り上げを持ち逃げし、藤井は再び孤独の身の上になったと手紙に綴られていた。

「この手紙には、藤井さんの口癖が書かれているの」

アインに目を向けたまま、樫山が言った。アインは依然として俯いている。

「『生まれたときから貧乏だった。いつか絶対山側に住んでやる』……これが藤井さんの口癖だったと手紙には書いてある。あなたはまつかぜで藤井さんからこの言葉を聞いていた。そうよね？」

樫山の声音は柔らかい。だが口調は有無を言わさない強さを持っている。

「まつかぜのスタッフからは、あなたが藤井さんと山側と言っていたのを聞いているのよ」

樫山が切り込むと、反射的にアインが体をよじった。

「もう話したくない」

「わかった。無理強いはしない」

あっさりと樫山が引き下がる。一方、アインは警戒感を強め、樫山を睨んでいる。

樫山は自身の手帳のページを何枚かめくり、手を止めた。

「知らなかった。なぜ教えてくれなかったの？　あなたは大用のケージに閉じ込められた」

樫山のこめかみに血管が浮き上がった。黒田が懲罰用に使用した大型犬用のケージの記述がある。一方、忌々しい記憶が蘇ったのか、アインが反射的に口元を手で覆う。

「黒田さんと社長に対しては、近々労働基準監督署からきつい行政処分が下される。私があちこちに手を回したから。酷い連中は必ず罰せられる」

樫山の血管がなんども動く。樫山は霞が関のネットワークを駆使し、地方の労基署を所管する厚労省に連絡を入れた。行政処分という言葉に嘘はなく、刑事事件に発展する公算も十分ある。

「あなたを苦しめたケージの話なんかしたくない」

田川は樫山の横顔を凝視する。奥歯を噛み締め、必死に涙を堪えている。神戸の長田区でケージの話に接したとき、樫山は大きなショックを受けた。当の本人に告げるのは、もっときついストレスを伴う。

痛みを受け入れて相手の懐に飛び込まねば、取り調べは前に進まない。相手の胸元に捜査結果という鋭い刃を刺していくのが取り調べだ。その刃を抜き取るとき、取調官は大量の返り血を浴びる。その覚悟がなければ、硬く口を閉ざした容疑者から自供を得ることなどできない。

能代に来る途中の車内で、田川はケージの話を持ち出すことを提案し、その意図を樫山に告げた。当初は狼狽《ろうばい》した樫山だったが、たった今、警察組織の一員として高い壁を乗り越えた。静まり返った取調室に、洟をすする音が響き始めた。アインが口元を覆う。

「ケージのことを藤井さんに話したの？」

アインがわずかに首を縦に振った。

「藤井さんもアインと同じように辛いことを経験されたはずよ。二人の間でどんな話が交わされたのか、その中身を今となっては知ることはできない。でも、私と田川さんがあなたと藤井さんのことを徹底的に調べたことはわかるよね？」

樫山は、アインの心に刺し込んだナイフの手応えに震えている。だが、中途半端な切り込み方は、かえって相手を苦しめる。止《とど》めを刺す覚悟でもう一段、深く抉《えぐ》れ。徹底的に調べたと樫山が言った直後、田川の方を向いたアインと目が合った。だが、アインは強く首を振った。

机に両手をつけ、樫山が身を乗り出した。圧を感じたのだろう、アインが無意識のうちに後方に体を反らす。このときも、アインの左肩がわずかに上がった。

「サバンナからお金が振り込まれている。あなたは言い逃れできないのよ。藤井さんはサバンナになにを言ったの？　教えて、あなたを助けることができるかもしれない」

アインはわずかに体を反らせ、脚を組んだ。田川はアインの動きを注視した。同時に、以前見た光景が頭の奥に蘇った。今までにアインが見せたことのない体勢を田川はさらに注意深く観察した。

「私、最初に言った。藤井さんは病気が辛かった。治る見込みがなかったから、私に車椅子を押してくれと頼んだ。その通りにしただけ、本当に悪いことをしたと思っています」

アインがぶっきらぼうに言ったとき、体の中心を微弱な電流が走ったような錯覚にとらわれた。一瞬、目の前の取調室の光景が消え、視界が真っ白になった。

だが、聴覚は生きている。樫山の懸命の説得が聞こえる。

「電話の顧客サービスではらちがあかなかった。つまり、藤井さんのクレームを聞き入れてもらえそうになかった。そんなとき、サバンナの山本さん、あるいは別の人からオファーをもらったんじゃないの？」

田川は強く首を振り、我に返った。

樫山がオファーの部分に力を込めた。アインは机に視線を向けたまま、動かない。オファーという言葉が何度も耳の奥で反響した。

「サバンナへの通話記録はなくなっていた。でも、あなたが手助けしたんでしょう？」

樫山がさらに迫る。しかし、アインはなおも腕組みし、左足を右膝の上に置いている。同じ姿勢をどこかで見た。そう感じた直後、田川は口を開いた。耳の奥にあるオファーという言葉、そして視線の先にある脚を組んだ姿勢が瞳に焼き付く。無礼ともいえる態度は、サバンナの山本と同じだ。

「樫山さん」

田川は扉近くの記録係席に戻り、樫山を呼んだ。

「どうしました？」

樫山が小声で尋ねると、田川は首を振った。目の奥が痺《しび》れる。先ほどアインの姿を見たときの感覚が次第に痛みに変わる。

「我々はアインに濡《ぬ》れ衣《ぎぬ》を着せているのかもしれません」

「えっ！」

樫山が声を上げた。

「一旦、取り調べを止めます」

短く言い残し、田川は一人で取調室のドアに向かい、ノブを回した。アクリル板越しに、いくつもの鋭い視線が背中に刺さる。ここで取り調べを止めなければ、真の意味でアインを傷つけ、貶《おとし》めてしまうことになる。

ドアを開け、薄暗い廊下に出る。ひんやりとした空気が全身にまとわりつく。ドアの向こう側で樫山が内線電話をかけ、女性警官を呼び出す声が聞こえる。

「田川さん！」

取調室の隣で様子を監視していた県警の佐々木が飛び出してきた。

「どうしたんですか？」

「アインを一番苦しめていたのは、私たちだ」

「神戸のひどい雇い主や、彼女をいいように使ってきた日本のシステムが一番の悪者じゃないんですか？」

佐々木が怒鳴るが、田川は首を振った。

「田川さん！」

取調室の扉が開き、樫山が顔を出した。その顔は明らかに戸惑っている。いや、次第に怒りを交えた眼差しに変わっている。

「アインを留置場に戻したら、もう一度会議を」

田川は一方的に告げると、冷たい空気が支配する薄暗い廊下を歩き始めた。

第五章　汚泥

1

「少しだけ、二人で話をさせてください」

小さな会議室の前で、田川は県警の佐々木や能代署の署長らに告げた。傍らには不安げな樫山が立ちすくんでいる。

「それでは」

田川はドアを開けた。樫山を促し、薄暗い部屋に入る。八畳ほどのスペースには、簡素な会議机とパイプ椅子があり、田川は隅に腰を下ろした。対面に樫山が座る。樫山は分厚い捜査資料をバッグから取り出し、机に載せた。

「今日、アインに会ってから、ずっと違和感がありました」

樫山が怪訝な表情で田川の顔を覗き込む。

「アインに対する容疑が間違いだったらどうでしょう？」

「ですから田川さんが殺しの手を見抜き、自殺幇助から殺人容疑に切り替えるために……」

田川は右手を挙げ、樫山の言葉を制した。

「それが見込み違いだったらという意味です」

「藤井さん殺害の実行犯が別にいるのですか？」

樫山が目を見開いた。心底驚いている様子だ。

「この事件には、幾重にも罠が仕掛けられていました」

細かなジグソーパズルのピースが頭蓋《とうがい》の奥に映る。念を込め、これらを瞼の裏へと導くと、それぞれの破片が少しずつ形を成していく。

重篤ながんを患った藤井が殺してくれとアインに懇願した。アインは強い求めに抗じ切れず、止《や》む無く車椅子を押した。出張の移動中、あるいは本部の自席で似た事件の判例を調べた。有罪判決は免れないが、懲役二、三年の求刑に対し、執行猶予の付いた判決がいくつかあった。実刑判決が出ても刑期はおそらく一、二年だ。

アインに見返りの金を提供し、真犯人は息を潜めて経過を待つ。事件のことは早々に世間から忘れられ、アインは誰にも知られることなく刑務所を出る。真犯人は罪を償うことなく今まで通りの生活を送り、アインは多額の報酬を得る。

真犯人がもう一段用心深かったらどうか。実際、田川は殺しの手を見抜いた。県警の検視官が立ち会っていたとしたら、同じことになったはずだ。

もし田川の新たな筋読みが正しければ真犯人は複数の分厚い壁に守られている。

樫山が足元に置いた鞄から青い表紙のファイルを取り出し、勢いよくページをめくり始めた。資料には秋田県警が調べた介護施設スタッフの個人名簿がある。県警の捜査員たちは一人ひとりと時間をかけて面談し、藤井との鑑の濃淡を調べ上げ、捜査報告書を樫山に提出していた。

「残念ながら、その中に実行犯はいません」

「では、誰ですか？」

ファイルを閉じ、樫山が姿勢を正した。

「我々二人が会ったことのある人物です」

樫山が身を乗り出したが、田川は首を振った。

「まず、私が感じた違和感から説明します」

背広の襟を正したあと、田川は樫山に向き合った。

「今まで二回、取調室でアインと会ったとき、そして今さっき。彼女の態度に明確な違いがありました」

「肌とか、髪とか……」

眉根を寄せて樫山が言ったが、田川は即座に違うと言い切った。

「仕草です」

田川は右手で自分の鼻を触った。

「取調室は異様な空間です。何度も逮捕された常習犯でさえ緊張し、日頃とは違う態度や仕草が表れます」

田川は今までに自分の手で身柄拘束した殺人犯が取り調べの際、否認していたときの様子を話した。

「アインの場合、それが鼻だったのですか？」

「それに、これも」

田川は自分の右膝に右手を添え、なんどもさする素振りをしてみせた。

「たしかに彼女は膝をさすっていましたね」

「極度に不安を感じた際、無意識のうちに現れる仕草の一つです。例えば……」

田川はいきなり右手で自分の口元を覆い、そのまま話し続けた。

「こうして口元を覆うと、相手は表情を読みにくくなります」

樫山が田川の顔を凝視する。

「生まれついての詐欺師を除き、人間誰しも嘘をつくことに後ろめたさを感じます。視線があちこちに泳ぐ人もいますが、口元を覆って、本心を悟られぬようにする人も多い」

樫山が納得したように頷く。

「今回の捜査を通じて会った人の中で、アインと同じ仕草をした人がいました」

「そんな人、いましたか？」

樫山が眉根を寄せ、首を傾げる。

「サバンナの山本さんです」

「えっ」

「鼻のほかにも違和感があったのです。例えば、我々を前にしたとき、脚を組む動作です」

いくら外資系企業幹部であっても、欧米人でない山本が来客の前で脚を組むのは極めて不自然な感じがしたと明かした。

「脚を組んだのは、今日のアインも一緒でした」

「たしかに、彼女は組んでいましたね」

「脚を組むという仕草、欧米人の生活習慣とは別に、重要なヒントを含んでいます」

「なんですか？」

「刑事にヘソを向けないための防御姿勢です」

樫山が拍子抜けしたように口を開けた。

「取り調べ時、我々捜査員は被疑者のヘソの向きに注意を払います。人間、本心を明かしたくない、嘘をつき続けるという明確な意思が働いているとき、ヘソが刑事の正面から外れます」

マル暴関係者が他の組員を庇って自首したような際、ベテランの組対捜査員が行う儀式めいた事柄があると田川は告げた。

「奴ら、突っ張っていますからね。体を反らせ、脚を組む。極めて態度の悪い連中です。しかし、ヘソの原理がわかっていると、別の一面が見えてきます」

田川の目の前で、樫山が椅子の背に体を預け、脚を組んだ。

「そうですね。無理に突っ張った格好をすると、ヘソが田川さんに向かない」

樫山の言葉に頷いてみせる。

「そんなとき、組対の刑事は面白いことをします」

そう言うと田川は立ち上がり、樫山の背後に回った。樫山は不思議そうに田川の顔を見ている。直後、田川は椅子の背をつかんだ。

「その態度はなんだ！　真面目にやれ！」

わざと大きな声を発し、椅子の背をつかみ、強引に向きを変えた。今まで別方向を向いていた樫山の腹部が、正面を向く。

「びっくりした……これでヘソが田川さんの真向かいになりました」

田川は樫山の対面に座り直し、口を開いた。

「マル暴相手にはこれが効くのです。山本氏のヘソもそうでした。欧米流のビジネススタイルかと思いましたが、違う。そんな見方に傾いたのは些細なきっかけでした」

田川はガラ携の写真ファイルを開けた。

「スマホのように綺麗な写真は撮れませんが、これが契機です」

小さな画面を樫山に向ける。

「こけしのお菓子?」

「幼児が好むボーロという焼き菓子です。孫娘が大好きでしてね」

「このこけしは?」

「仙台の業者が作った名産品だそうです。山本氏がサバンナのスタッフに土産物として配っていたうちの一つです」

「山本氏が仙台に行っていた?」

「それも今月です」

「しかし、サバンナはリアル店舗の開店を計画していますし、商圏が大きな仙台に行っても不思議ではありません」

「ご指摘の通りです。ただし……」

田川は二度目の神戸から東京に戻った直後、サバンナに出向いたと明かした。その際、サバンナの幹部たちはYOYO CITYが打ち出した新機軸の対応に追われ、長い時間待たされた。

「最後に中村さんが現れました。そのとき、不意打ちでこけしと山本氏の出張の話を振ったところ、様子が一変しました」

「そういうことでしたか」

「肩が異様に強張り、彼女は絶句し、美しい手で口を覆いました。長年の経験に照らせば、心証はクロです。何かを隠していたところに虚を衝かれ、あの冷静な女性が硬直してしまった」

田川が低い声で告げると、樫山が大きく息を吐き出した。

「やりましょう」

田川は胸のポケットから分厚くなった手帳を取り出し、密かに書き溜めていた山本の不審点を書き出したページを開いた。対面で樫山が身を乗り出す。

「なにから始めますか？」

「まず、これから」

田川は手帳に書き留めた自分の文字を指した。

2

田川は手帳のページの一点を指したあと、樫山の顔を見た。取調室に入る前、能代署刑事課の庶務係に頼んでプリントアウトした仙台駅の構内見取り図だ。

「仙台駅ですか？」

樫山が首を傾げる。

「事件前日の山本の行動をトレースする必要があります」

「こけしのボーロを買ったのは本当かという意味ですか？」

「彼は本当に買っています。それ自体が問題ではなく、駅の土産物コーナーからどこに行ったのか、履歴をたどる必要があります」

サバンナで会った村松というスタッフの顔を思い出す。中村や山本が田川をうるさがっているのを知らず、愛想よく対応してくれた。その際、こけしボーロが出てきた。刑事が追っている事実をあの二人は部下たちに一切伝えていない。それだけ後ろめたいことがあり、社内でも極秘に藤井対策が実行されたとみるべきだ。

山本の不審な態度、そしてサバンナが明確に藤井のデータを隠匿している手応えがあるからこそ、捜査員として培ったセンサーが敏感に仙台の土産物に反応した。ここが突破口になるかもしれない。ようやく感じ取った薄明かりを手繰り寄せる。樫山がスマホを取り出し、アドレス帳をめくり始めた。

「官房経由で宮城県警に防犯カメラ映像の回収を依頼します」

樫山が目的の人物をアドレス帳に見つけたようだ。丸い指先が画面をタップしようとしたとき、田川は口を開いた。

「駅構内だけでなく、駅周辺の他の交通機関や商業施設もお願いします」

頷いた樫山が立ち上がり、小声で通話を始めた。警視庁の防犯カメラ追跡部隊SSBCがここ数年で蓄積したノウハウは、捜査研修を経て地方の県警本部にも導入されている。

宮城県警が警視庁のように一、二時間で相当量のデータをかき集める能力を有しているかは未知数だが、組織の全勢力を事件に振り向けねばならない。

アインがなぜ山本を庇うのか。田川は手帳のページを繰り続ける。

当初、自殺幇助容疑を素直に認めたアインと藤井の間には、神戸、山側という共通項があった。神戸の貧しい海側で命を削るように働き続けた二人にとって、山側という場所は、這い上がらねばならない目標だった。

藤井は一時的に山側に近づいたが、素行の悪い連れ合いのせいで転落した。最終的には、わずかな蓄えを介護施設に投入して終《つい》のすみかとした。そこに現れたのが同じ神戸で辛酸を嘗《な》めたアインだ。

田川が文字を睨み続けていると、樫山の声が響いた。

「宮城県警がすぐに動きます！」

スマホを机に置き、樫山が言った。

「秋田県警本部で解析作業を終えた一課のサイバー担当を急遽宮城に振り向けます」

「ありがたい」

短く返答したあと、田川は再び手帳に目を落とした。

そして、つい三〇分ほど前のアインの変調だ。樫山とともに調べ上げたデータで追及したところ、アインの態度が急変した。

田川の傍らで、樫山が早口で通話を続ける。山本の行動履歴を調べる間、まだなにかやることがあるはずだ。田川は樫山の声を聞きながら、懸命に考えを巡らせた。

山本に対して芽生えた疑念が徐々に心の中に広がっていく。電話を続ける樫山が会議机の周辺をゆっくりと歩くと、上に置かれたファイルが視界に入る。

視線で樫山に断ったあと、田川は青いファイルを手元に引き寄せ、ページを繰った。県警捜査一課と能代署刑事課が手分けして介護施設の職員に聞き取りを行った報告書だ。地元の鑑取りは任せきりにしていただけに、田川が初めて目にする内容もある。

園長、副園長、事務職員ら五人分の聞き取り結果を記している。藤井の入園してからの生活の様子、他の入居者との関係……調査は多岐にわたっていたが、田川の興味をひくものはない。さらにページをめくる。介護スタッフの副長、五二歳女性の欄がある。頑固、人付き合いが嫌い……今までの証言と同じような聞き取り事項が並ぶ中、末尾にある記述が田川の目に入った。

〈小学校時代の同級生が来園〉

田川は手書きの文字を食い入るように読んだ。

〈浅野恒太郎さん、藤井さんと二時間超、談話室で話し込む↓浅野氏、さらに二日後にも再来園〉

田川は浅野という老人が最初に訪問した日時を見た。今年一月初旬、午後二時とある。ページの最後に能代署刑事課所属の巡査長の名前があった。電話を続ける樫山の脇をすり抜け、田川は部屋の外に駆け出した。

3

「山本さん！」

受話器を手でふさぎながら、中村が顔をしかめた。

「いやな記事が出ました」

「要約してくれ、時間がない」

山本は目の前のノートパソコンを睨んだまま言った。

「普通の記事ならそうします。ぜひご自分の目で確かめてください。日本実業新聞のネット版です」

いつの間にか中村が傍らに立っていた。表情がとりわけ険しい。山本は表計算ソフトを閉じ、画面を切り替えた。見出し一覧を一瞥する。

〈NEW！ 外国人技能実習生の労働環境、巨大流通業の経営リスクに急浮上 編集委員・福田美佳子〉

刺激の強い見出しの横に、勝気そうな福田の顔写真がある。YOYO CITYが発表した新施策について、日本の産業界に動揺が広がるという分析記事だ。

ストレスと寝不足のせいか、液晶を睨む両目がかすむ。瞼をこすったとき、不意に横浜の自宅マンションの光景が目の前に浮かんだ。

サバンナの契約金から、住宅ローンの残債を一括返済した。多少の蓄えもある。だが、娘の留学資金を今後四、五年分程度は賄う必要がある。学費や生活費で年間一〇〇〇万円以上かかる。娘のためには、高額のサラリーで働き続けねばならない。

東京の私大を卒業してから二〇年以上経過した。経済学部のゼミでの成績は下位で、優秀な同期生たちはメガバンクや大手商社に入った。流通の最大手とはいえ、オックスマートという就職先はゼミ生たちの間では明確に下層扱いされた。卒業後、なんどかゼミの同期会に顔を出した。

〈最速でメガバンクの虎ノ門支店に配属された〉

〈花形のエネルギー部門で海外勤務が決まった〉

　優秀な成績で卒業した同期たちは互いにキャリアを誇示し、マウント合戦が始まった。そんな中、国内最大手の通信会社に入った同期から言われた言葉が頭蓋の奥で響く。

〈所詮スーパーだろ。パートのおばさんのシフト決めて、納品業者からリベートもらって、気楽な仕事だな〉

　つかみかかりたい衝動を抑え込み、山本は卑屈な笑いでごまかした。給与の面でも、金融や商社にはとてもかなわなかった。

　卒業後三度目の同期会は三〇代半ばだった。娘が生まれ、社宅を出て府中に中古マンションを買った。メガバンクに入った同期は本店の総合企画部へ、商社の同期は海外子会社の専務になっていた。

〈日本中、そしてアジアにも巨大モールが出来ている。おまえの仕事すごいな〉

　商社に入った同期に真顔で言われ、給与だけが仕事の価値ではないと痛感した。地方都市の進出反対運動を切り崩し、アジア諸国では政治家や役人に袖の下を使い、モールの進出を成功させ始めた頃だ。

〈新聞記事読んだよ、すごいじゃないか〉

　オックスマートからサバンナに移籍して以降、大学の同期たちからのメールが相次ぎ、なんどか酒席を共にした。

メガバンク本店総合企画部に配属された同期は派閥争いに巻き込まれ、四〇代半ばで子会社に転じ、給料も三分の一になっていた。商社マンもエネルギープラントの巨額損失計上の責任を問われ、関連会社の工場長に左遷された。地方の工場では、作業服に着替え、多くの工員と油塗《まみ》れになっていた。

酒席の途中、急ぎの案件で中村が山本を呼びに来た。同期生たちは羨望《せんぼう》の眼差しで中村と山本を見比べた。中村のよそよそしい態度と、鷹揚に応えた山本の様子で関係を察したのだ。

今さら、下層一歩手前の安月給の勤め人に墜《お》ちるわけにはいかない。日本という急速に縮む風船の中で、出世や体面ばかりを気にしてきた連中とは違う。世界規模で思う通りの絵を描き、成功という名の金を手に入れ、娘をグローバルの舞台に引き上げる。

あと四、五年がむしゃらに働き、その後は多額の報奨金を得て引退する。子供が独立してしまえば、とっくの昔に愛情が薄れた妻と別れ、中村と気ままに旅をして暮らす。その日までは誰にも行く手を邪魔させない。

自らの両手で強く頬を張り、かすんだ視界をクリアにする。福田が書いた挑発的な記事に山本は目を凝らした。

4

「樋口《ひぐち》巡査長はどなたですか？」

会議室のあるフロアから一階下の刑事課に駆け込むなり、田川は書類整理や証拠品の確認に追われる所轄署の捜査員たちに言った。窓を背に座る刑事課長が顔をしかめ、立ち上がった。

「どうされました？」

「樋口さんにお話をうかがいたいのです」

若い捜査員が立ち上がった。

「お尋ねしたいことがあります」

田川が刑事課のシマに足を踏み入れると、四、五人分の鋭い視線が向けられた。

「本職がなにか？」

交番勤務から刑事課に来て、一、二年の新米刑事だろう。田川は携えてきた報告書の樋口が担当したページを指した。

「田川さん、こちらへ」

刑事課長がシマの中央にある応接用の椅子を勧める。田川は樋口の背中を押しながら席に着いた。

「この浅野さんというご老人について知りたいのです」

田川は報告書を指しながら言った。

「人付き合いが苦手で、身寄りもない被害者を訪ねてきた数少ない人物です」

樋口が後ろ頭を掻《か》いた。

「本職は担当者から話を聞いただけで、この浅野さんという人は知りません」

「浅野さんは小学校の同級生ということが書いてありました。今も能代に？」

田川の問いかけに、樋口が同僚捜査員たちへ目を向けた。

「浅野の爺さんなら、アサノブティックの大旦那《おおだんな》だ」

捜査資料を書いていた中年の捜査員が振り向き、言った。

「アサノブティックとは？」

「能代駅近くにあった洋品店です。二〇年近く前に廃業しました」

中年の捜査員は机上にあった管轄地図を手に、田川の横に座った。

「ここが本署、それでここが能代駅。昔は駅前に小さな地元百貨店があって、その並びにいくつも商店が並んでいました」

太い指の先に、能代駅と駅前ロータリー、タクシー乗り場の見取り図がある。全国のどこにでもある小さな駅前商店街だ。

「浅野さんはご存命ですか？」

「今も店舗裏の自宅にお住まいです。昔は市の防犯協会の役員でした」

中年捜査員が百貨店跡地近くの宅地を指した。

「今すぐ会えませんか？」

田川が切り出すと、中年捜査員が課長に顔を向けた。

「すぐに調べろ」

課長の一声で、樋口が弾かれたように自席に戻った。

「なにか手がかりですか？」

刑事課長が小声で尋ねる。

「少し気になることがありましてね。よく調べてくださいました」

田川は簡易ソファから腰を上げ、課長、そして中年の捜査員に頭を下げた。送金履歴発見で前のめりになった樫山と同様、田川も焦っていた。いつしか勾留期間内にアインを起訴してもらうことが最大の目的となっていた。だが、優先すべきは期限内での起訴ではなく、事件の真相を掘り起こすことだ。

「こちらが住所と電話番号になります。自宅にいるかどうか」

樋口が小さなメモを田川に差し出した。田川はポケットからガラ携を取り出し、メモにある番号を押した。すると、中年捜査員が首を振った。

「本職がまず電話をします」

驚く田川を横目に、中年捜査員がスマホの画面をタップした。傍らには、いつのまに来たのか、心配げな樫山がいる。

「新たな手がかりかもしれません」

田川が答えた時、能代署の中年捜査員が顔を向けた。

「浅野さんが会ってくれるそうです」

中年捜査員は若手の樋口を呼び、車を出すよう指示を飛ばした。

「行きましょう」

樫山を促し、田川は刑事課を後にした。

5

能代駅前ロータリー脇の駐車場に捜査車両を停《と》めたあと、鯱流しのモニュメントを横目に、田川は表通りから一本路地に入った。能代署から七、八分。薄らと粉雪をまとった生垣が続く。樋口巡査長に案内され、田川と樫山は古い商店の扉を開けた。一五畳ほどのスペースは薄暗く、かつてたくさんの衣料品が陳列されていた棚には、古新聞や商工会のチラシが雑然と置かれ、一様に埃を被っていた。

土間にはダルマストーブが置かれ、その周囲にパイプ椅子や古びた座布団を敷いた椅子が五脚据えられていた。

「能代署です」

樋口が告げると、奥のガラス戸が開き、禿頭でメガネを鼻にのせた老人が顔を見せた。

「ご苦労さま」

語尾が上がる地元言葉で老人が言った。

「突然押しかけて申し訳ありません。警視庁の田川と樫山です」

田川と樫山は揃って警察手帳を老人に提示した。老人は浅野と名乗り、古びた椅子を勧めた。田川と樫山は丸椅子に腰掛け、樋口は直立不動の姿勢で傍らにいる。

「何を知りたいんですかな？」

田川は樫山に目で合図したあと、手帳から生前の藤井の写真を取り出した。県警が事前に介護施設から借り受けた集合写真を引き延ばしたものだ。

「この女性をご存知ですか？」

田川が写真を向けると、浅野の顔が曇った。

「知ってるもなにも……」

浅野が洟をすすり始めた。

「殺されてからだいぶ時間が経っているのに、葬《とむら》いさえやってねえ、詩子がかわいそうだ」

「浅野さんは、なんどかまつかぜを訪ねておられますね？」

樫山が柔らかな声音で訊く。

「んだ、詩子が能代に戻ってきたのをずっと知らんかったから、三、四度しか行ってながった。もっと会いに行って、話し相手にでもなってやれたらなあ」

カーディガンから皺だらけのハンカチを取り出すと、浅野が目元をぬぐい始めた。

この鑑は濃い。

「詩子さんとは、どんなご関係ですか？」

浅野の皺くちゃな手を握り、樫山が尋ね始めた。

「小学校の同級生だ」

田川はポケットから厚みを増した手帳を取り出し、浅野の言葉を書き取り始めた。

「入学から卒業までずっと一緒ですか？」

「んだ」

樫山が浅野の手をさすりながら話を引き出す。樫山の柔らかな雰囲気と穏やかな外見がなせる業だ。田川とともに現場を歩き、樫山は人との距離を縮めるコツを体得した。

「仲が良かったの？」

「んだ。少しばかりかわいそうな子でなあ」

浅野が天井を見上げた。

「妾の娘だったから、この辺りの悪ガキどもに白い目で見られたり、妾腹っていじめられたりしてでた」

幼なじみの証言を聞くと、生まれた直後から藤井が逆風に晒されていたことがわかる。

「俺だちの子供のころは、能代は景気がいがっだ」

「秋田杉の産地で、全国から買い付け人が来たんですよね」

「んだ、だから、詩子と母親が住み込みで働いでいだような料亭がたくさんあった」

浅野が言う通り、能代は華やかな港町だった。全国から人が集えば、飯を食べ、酒を飲む。必然的に飲食業に従事する人間も増え、横暴な雇い主に抗えない女性が出てくる。

「俺は弱い者いじめが嫌いでな」

浅野の皺だらけの拳に血管が浮き出す。

「詩子は女だし、どう頑張っても自分の生まれを変えることはできねえ。そんな弱いところを突いてくる奴らを、どうしても許せなかった」

藤井を庇った心根の優しい少年の面影が浮かんだ。都内のマンモス団地で育った田川にも覚えがある。他の地域から越してきた片親の少年少女など、自分とは違う背景を持つ人間に対し、子供ほど残酷な生き物はいない。

「それで、詩子さんと再会して、まつかぜではどんな話をされましたか？」

「ん、なんだって？」

浅野が聞き返すと、樫山がゆっくり質問を繰り返した。

「オックスだ。詩子はオックスに怒っていた」

「オックスとはなんですか？」

「柳町にあるスーパーだ」

「オックスマートですね。それがどうしてお二人の間で話題になったのですか？」

「あいづら、許せねえ」

突然、浅野の声音が変わった。

「あいづら来る前は、この辺りはにぎやかだった」

初めて能代を訪れた日の光景が頭の中をよぎる。留置場にいるアインのために、樫山は駅から少し離れた古いアーケードのある柳町の商店街に行き、幹線道路沿いにあるオックスマートで靴下やフリースの上下を買った。

「自分勝手すぎる」

もう一度、浅野が唸るように言った。樫山が不安げな目つきで田川を見る。顎を小さく動かし、田川は話の先を尋ねるよう促す。

「やづらが能代に出てきて、駅前の商店は軒並みやられだ」

樫山が深く頷いた。

「柳町に新しいオックスが出来ても、能代は人口が減っだ。そしたら、今度は別の場所にもっと大きなショッピングセンター作るって言い出してな」

古い商店街は細々と営業を続けているが、秋田杉の取引で隆盛を極めた面影はどこにもない。どっこらしょと声をあげ、浅野が椅子から立ち上がり、店の奥のスペースに向かった。田川が小さな背中を目で追っていると、樫山が傍らに駆け寄った。

「田川さん、またオックスマートですよ」

「相変わらずの焼き畑ですね」

戸棚の引き出しを開け、何かを探す浅野の後ろ姿を見ながら、田川は考え込んだ。

〈軒並みやられだ〉

浅野も被害者の一人だ。

「あっだ」

戸棚の前で、浅野が叫んだ。樫山とともに老人のもとへ駆け寄る。

「これだ」

浅野の手には、小型の名刺帳がある。灰色の煤けた台紙に薄いセロファンが貼られ、その間に様々なタイプの名刺がある。能代市の産業振興会、農協職員、地銀の融資課長……。田川は素早く名刺の群れに目を走らせる。皺だらけの浅野の人差し指が一枚の名刺を指した。田川は樫山と顔を見合わせた。

「詩子とは、何度もオックスの話をしだんだ。特に、この男を許せねえってな」

浅野の掠《かす》れ声に怒気がこもる。同時に名刺に添えられた指先が激しく震える。

「藤井さんは彼のどういう所を許せないと言っていたのですか？」

「人殺しだからだ」

声は掠れていたが、老人ははっきり人殺しと言った。

「詳しく話していただけますか？」

「もぢろんだ」

浅野の目つきが険しくなった。

「山本氏は誰を殺したの？」

浅野の手を強く握り、樫山が尋ねた。

「詩子の親友の姪《めい》っ子で、大高雅子《おおたかまさこ》」

田川は手帳にペンを走らせた。書き上げた文字を向けると、浅野がそうだと頷いた。

「詩子の親友も貧乏な家庭でな。雅子は懸命に生きた子だった」

浅野が亡くなった女性の身の上を語った。

「家が貧乏だったから、中学校の頃から新聞配達をして、その後は奨学金で県立高校に入った。綺麗な子だった」

「ご存知だったの？」

「ああ、俺が寄り合いで使う店に出ていたからな」

浅野が柳町にあるスナックの名を口にした。高校卒業後、雅子は通信制の大学に入り勉強を続けた。同時に家計を支えるため、夜の仕事を始めたという。

「店で俺に付いてくれたとき、雅子からいろいろと事情を聞いた。そしたら、知り合いの娘で、詩子ともつながりがあることがわかった」

浅野の口調がきつくなった。雅子が店に勤め始めて二年ほど経った頃、山本が訪れるようになったという。オックスの出店に絡む仕事で、地元商工会関係者らと会食したのち、頻繁にスナックに顔を出したと浅野が語った。

「俺もなんどかこいづの顔を見かけた。雅子は山本にぞっこんだった」

雅子は能代を出て東京で仕事を得たいと山本に訴えたという。山本もそんな雅子の願いを知り、オックスの関連会社で契約社員の空きがあれば口を利くとの趣旨で間合いを詰めていったという。

「雅子は真剣だったんだ。山本は離婚して、彼女と一緒になるとも言ったらしい」

短く言ったあと、浅野が唇を噛んだ。皺だらけの瞼がなんども動き、両目が真っ赤に充血していた。田川は樫山に目を向けた。真剣に話を聞いていた樫山も呟いた。

「許せない……」

今までなんのつながりもなかった樫山と浅野という二人の顔に、藤井の怒りが宿ったように見えた。

6

「前例がありません」

能代署会議室の対面で、秋田地検の検事が眉根を寄せた。

「新事実が浮上したのです。被疑者が真犯人《ホンボシ》を庇っている可能性が出てきた以上、慎重な見極めと裏取りが必要です」

田川の左隣の席で樫山が立ち上がり、抗弁した。検事が腕を組んだ。田川はゆっくりと首を動かし、右側を見た。能代署の署長、刑事課長、県警本部の佐々木らが口を真一文字に結び、検事を凝視している。

「今日は二月一七日、アインの起訴までの期限はあと三日、それまでに真犯人の犯罪を立証できますか？」

腕を組んだまま検事が言った。田川は樫山と顔を見合わせ、口を開いた。

「末端捜査員が意見を申し上げるのは気が引けるのですが、一度、アインの勾留延長を裁判所に求めていただけませんでしょうか？」

田川の言葉に検事の左眉が吊り上がった。

「メディアにはなんと説明するのですか？」

不機嫌な声音で検事が言った。

「自供の確認に手間取っている、それではいかがでしょうか？」

樫山の言葉に田川の右側に座る県警の面々が敏感に反応した。

「それでは我々が……」

能代署の署長が言葉尻を濁した。警察庁キャリアの樫山、そして警視庁の田川とよそ者が事件を引っ搔き回した。挙句、今度は犯人が違うと言い出したのだ。地検だけでなく、秋田県警の面目は丸潰れだ。

「新たに浮上した人物は本当に実行犯なのですか？」

「それを見極めるために、勾留延長を」

田川が言うと、検事が露骨に舌打ちした。拳で会議机を力一杯叩きたい衝動をなんとか抑え込み、言葉を継いだ。

「サバンナ・ジャパンの山本康裕の行動履歴を確認させてください」

「藤井さんを殺害する動機は十分に有していると考えます」

田川に次いで、樫山も言った。

「もう一度、説明をお願いします」

検事が感情を排した声で告げる。田川は手帳のページを繰った。

「介護施設まつかぜに被害者が入所して以降、彼女のもとを訪れた人間は能代市内で衣料品店を営んでいた浅野恒太郎氏のみです」

浅野の生年月日と現住所、そして被害者・藤井と小学校で同級生だったことを説明した。

「浅野氏によれば、計四回の面会時、藤井さんはオックスマート、そして山本氏を許せない、そう語ったそうです」

左隣の樫山が大きなファイルから数枚の紙を取り出し、検事に差し出した。

「簡単な経歴です」

浅野の元から能代署にとって返し、樫山がインターネットで検索したデータを加工して作った資料だった。

山本の出身地と年齢、卒業大学、オックスマートに入社してから経たポスト、そしてサバンナ・ジャパンに移籍した経緯がまとめてある。上場企業役員の手前までキャリアを重ねた山本は、日本実業新聞のほか、経済雑誌に度々登場した。華麗なる転身をキャリアホッピングという最新の用語で説明する記事もあった。

「それで、なぜ藤井さんはこの男を憎んでいたのですか？」

資料に目を落としたまま、検事が尋ねた。

「能代の街を壊し、その後は日本中の商いを壊そうとしている。それに、サバンナに移籍してからもアインのような技能実習生を食い物にした、それらの要因が複雑に絡み合っていたものと推察されます」

田川が淡々と告げる間、樫山が別の書類を取り出し、検事や捜査幹部に差し出した。浅野の名刺ホルダーにあったオックスマート時代の山本の名刺をスマホで撮影したものだ。雄牛のイラストが印刷され、営業本部営業統括部新店企画課係長の肩書きがある。

資料が各自に行き渡る間、田川の脳裏を様々な風景がよぎった。継続捜査担当になり、最初にぶつかった大きな事件《ヤマ》は、オックスと出入り業者が絡んだ殺人事件だった。全国各地の商店街が大規模ショッピングモールに駆逐され、聞き込みは難航し、人と人の繋がりを探る鑑取りにも難儀した。商店街が破壊されたことで、古くから続いてきた人間の営みが壊れていたのだ。

地域社会が破壊されたあとに直面した大きな事件では、人間が部品のように扱われていた。社会保障コストの安い派遣労働者が急増し、大企業が人間の尊厳を無視するような形で労働者を使い捨てにしていた。

そして今回だ。ネット社会の急激な台頭とともに商業の寡占化が急速に進み、外資系の大手物流会社が国境を越えて日本の仕組みを破壊した。

日本社会の高齢化、人手不足など深刻な問題をも巻き込み、ネット企業という怪物と、そこに巣くうエゴ剝き出しの人間たちが、健気《けなげ》に生きてきた人間をいとも容易《たやす》く踏み潰してしまった。

樫山が資料を配り終えた。それぞれの手元には、現在進行形の事件の最深部のデータがある。

〈地元の商工会とは共存共栄が可能〉

〈郊外から新たな顧客を集めることが可能。柳町に最大規模で新たな商圏が誕生する〉

山本の名刺の裏側には、小さく几帳面《きちょうめん》な文字で綴った浅野のメモが残っていた。

一九八〇年代半ばにオックスマートが能代進出を決め、地元向けの説明会を開催した。駅前で衣料品店を営む浅野のほか、薬局や食料品店、飲食店関係者ら二〇〇名程度が説明会に集まったという。最終的には地元商工会との話し合いがつき、オックスマート能代店は一九九〇年に開業した。

浅野が記録していたのは、九〇年代後半、オックスが改装を経て全国チェーンのテナントを増やす際、担当だった山本が商工会に説明を行った際の言葉だ。

「秋田県北部に大型のスーパーが出店するのは初めてで、当初は物珍しさから客が集まったそうです」

〈ウチにも出店の誘いが来たが、テナント料が高すぎて話にならなかった〉

つい一時間ほど前、浅野が下唇を嚙みながら言った。

〈共存共栄と言いながら、テナントは割高な家賃を払える全国規模の企業ばかりだ〉

〈客足が落ち始めると容赦ない値下げセールが始まり、町の商店の客が根こそぎ奪われた〉

田川は手帳にある浅野の言葉を読み上げた。

「藤井さんはその話を聞いて憤慨した、そういうことですか？」

検事が書類に目を落としたまま言った。

「ええ、自分が子供の頃に通った店の大半が廃業したのは、オックスマートによる焼き畑商法のせいだと浅野氏に語ったそうです」

「それで、山本氏にはどんな関係が？」

「オックスマートの能代進出時の担当者が山本氏でした」

田川はもう一度手帳に目をやり、言った。

「目下、オックスマートは東能代インター近辺で新たな大規模商業施設の建設を計画中です。浅野氏がこのことを話したところ、藤井さんはもっと怒ったそうです。こちらを」

〈能代・大館、北秋田全域の新たなショッピング革命〉

目下、オックスマートが開発を進めている北秋田地域の大型商業施設に関する地元向け説明書類だ。樫山はオックスマートの公式ホームページからダウンロードしていた。

「サバンナに移籍する直前、山本氏はプロジェクトを後輩の社員に引き継ぎました」

樫山の言葉に、対面の検事が反応した。

「それでは、その山本氏は能代に土地勘があるのですか？」

「地元商工会向けの説明会や懇親会のたびに、なんども訪れていました」

話を聞き、検事が眉根を寄せた。

「県警の皆さん、メディア向けの説明は可能ですか？」

「勾留延長の言い訳という意味ですか？」

県警本部の佐々木が聞き返すと、検事が頷いた。佐々木が署長らと顔を寄せ、小さな声で地元紙やテレビ局の記者の名前を挙げる。

「お手数をおかけします」

樫山が検事、県警の面々に頭を下げた。

「まだ延長すると決めたわけではありませんよ」

「万が一、アインが冤罪《えんざい》に問われるようなことになったら、いえ、自ら進んで罪を被るような事態が事件の根底にあったら、最悪の場合、日越の外交問題に発展します」

樫山が強い口調で検事に迫る。検事の眉間の皺が一段と深くなる。

「勾留延長の請求に向け、我々や県警が腹を括る決め手はないのですか」

田川は手帳のページをめくった。

「これはつい先ほど知り得たことであります」

田川は浅野への聞き込みで飛び出した事実に関し、説明を始めた。

「山本氏と能代とはもう一つ接点がありました」

田川が傍らの樫山に目を向けた。能代署の若手から入手した資料を片手に、樫山が一同を見回した。

「こちらの女性は大高雅子さん、一四年前に縊死《いし》した人物です。享年二九でした」

樫山の掲げる資料には、派手な化粧をした長い髪の女の写真がある。

「市内住吉町のアパートの外階段で工事現場用のロープを用いて……」

死亡時の年齢は二九歳、柳町商店街裏にあるナイトクラブ・ドラゴに勤務していた女性の名前、略歴を樫山が淡々と報告する。

「遺書が残っていたほか、県警検視官の立ち会いの下、事件性がないことも確認され自殺と断定された一件です。しかし、彼女が自ら死を選んだ直接の原因は、我々が追っている山本氏が作りました」

急浮上した被疑者の名を樫山が告げると、会議室に低いどよめきが沸き起こった。

「当時の初動捜査の資料が残っておりました。この女性は東京から度々出張に訪れる大手流通業の担当者と店で会う以外にも、近隣の飲食店、ときには男鹿半島にドライブし、秋田市内の高級レストランまで出かけるなど交際を重ねていました」

樫山の横顔が怒りで引きつっていた。

「妻と離婚した上で婚約する、東京から来た男性はなんども彼女に告げたそうです」

縊死の仏が見つかれば、事件・自殺両面で調べが始まる。検視官が到着する前に、能代署の捜査員が関係者を当たって証言を集めていたのだろう。

「山本は当時結婚しておりました。地方に仕事で来て遊び半分に女性を騙《だま》した。大高さんは藤井さんの親友の姪っ子です」

能代は小さな町だ。首を吊って亡くなった女性に関する情報は住民の間を駆け巡った。

「大高さんは人見知りでなかなか心を開かない人でした。お店に出るのは、かなり心身に負担になったはずです。他の同僚たちも彼女が苦労して勤めていたと証言したそうです。ですが、山本はそこにつけ込んだ。閉塞《へいそく》的な地方暮らしから解放してあげる、そんな甘言で彼女の心を溶かし、関係を重ねました」

田川の説明に検事が身を乗り出した。田川は手帳のページをめくり、言葉を継いだ。

「大高さんが自ら命を絶ったとき、お腹には二カ月の子供もいました」

報告したあと、田川は奥歯を噛み締めた。藤井と同様、大高も貧しさから逃れようともがいていた。そんな娘が死んだと聞かされた藤井の思いはいかばかりか。山本への怒りが爆発したのは間違いないだろう。

「アインは能代に来る以前、神戸の縫製工場で苛烈な環境で働かされていました。その経歴は、年代こそ大きく違いますが、藤井さんの足跡と重なります。まつかぜで二人が心を通わせ、そしてオックスマートとサバンナをつなぐ線上にいた山本氏の存在を知った、それが事件の根底にあります」

誰も発言しない。検事が腕を組み、目を閉じた。県警の面々も神妙な顔だ。

「山本は、神戸でアインに会っています。詳しい話はのちに聞くとして、ここでもアインを好き勝手にしたものと本職は考えています」

田川はもう一度、会議室のメンバーを見た。誰も言葉を発しない。

「故郷を破壊し、複数の貧しい女性の心を弄《もてあそ》び、その子供まで殺してしまった山本氏に対し、藤井さんが怒りを募らせたのは容易に想像がつきます」

田川が言ったあと、樫山が言葉を継ぐ。

「サバンナは社内で苛烈な減点主義が採用されています。藤井さんがアインのこと、そして自殺に追い込んだ女性の件を山本氏に質《ただ》したとしたら、殺意につながると考えます」

樫山が言い終えたときだった。

「失礼します」

突然、会議室のドアをノックする音、そして女性職員の声が響いた。

「会議中だぞ」

弾かれたように能代署の刑事課長が応じたが、職員は強く首を振る。その顔は引きつっており、異変を察した課長がドアの方向へ駆け出した。

「なんですかね？」

樫山が囁《ささや》いたとき、刑事課長が樫山の名を呼んだ。

「サイバー捜査官がいくつかデータを解析したそうです」

刑事課長の言葉の直後、今度は樫山が弾かれたようにドアに向かった。

7

五時間前、サバンナのスタッフたちがランチから戻るタイミングだった。受付に突然三〇名の男女が集結し、来訪を告げた。

この瞬間から、サバンナは大型台風に襲われたような騒ぎとなった。

公正取引委員会の調査官たちは独占禁止法四七条に基づき、行政調査を行うと宣言したのだ。東京地検特捜部が家宅捜索に入るのと同様、強制的な調査とされ、法務部は拒否できなかった。半年前と同じく、調査官たちは大量の段ボールを持ち込み、関係書類を大量に押収し始めた。

この間、山本は各部門の幹部たちと緊急ミーティングを三つこなし、ようやく自席に戻った。パソコンのキーボードに触れた途端、モニターにメールが五〇件以上届いていると表示された。コンプライアンス、営業企画、物流……サバンナのあらゆる部門の担当者が浮き足だっている。先の検査から半年あまりしか経ていないタイミングで、公取委が再びサバンナを襲った。狙いは独占禁止法の優越的地位の濫用で、サバンナが近く打ち出す送料に関するものだった。

サバンナでは、毎年一定額の会費を支払っている顧客に対して配送料を優遇してきた。他の通販サイトとの差別化をより鮮明にするため、今度は一回当たり二〇〇〇円以上の買い物をした顧客に向け、配送料をタダにするサービスを始めると半月前にプレスリリースを出した。

公取委はこれに目をつけたのだ。サバンナ本体が倉庫から送り出す荷物のほか、一般の小売業者がサバンナのサービス内で発送する荷物にも新送料が適用されることになる。このため、唐突な経費負担増を危惧する中小の業者が反発したことに公取委が呼応し、今回の抜き打ち調査につながったのだと幹部ミーティングで知らされた。

会議では、他の狙いもあるのではないか、そんな疑問、不安が渦巻いた。だが、公取委のスタッフは会議室を占拠し、黙々と作業を続けるのみで本当の狙いが見えていない。

山本の手元には様々な部署にいる同僚たちからメールを通じて悲鳴が届いた。椅子の背に体を預け、こめかみを強く押す。一年の間に二度も公取委が入るのは、極めて異例の事態だ。警察、検察、そして公取委。日本では〝お上〟が絶対的な上位にいる。庶民はその権威を信じ、マスコミは垂れ流される情報をうのみにして報道する。サバンナは世界で約一兆円規模の広告費を投じている。日本でも一〇〇億円単位で金を入れているが、公取委の行動によってその大半がイメージダウンにつながり、ドブに捨てたも同然となる。

「山本さん」

中村が傍らに立った。視線が打ち合わせスペースに向けられている。山本は中村に続き同僚たちの間を縫い、狭い打ち合わせスペースに向かった。

「再度、細かいことを確認させてください」

アクリル製の半透明の扉を閉めると、中村が切り出した。

「完璧にやった。安心してくれ」

短く告げた瞬間、目の前の中村の顔が恐れを抱いた老婆の顔に切り替わった。

「仙台以降の足取り……」

山本は考えを巡らせた。仙台での商用を済ませ、詳細な物件調査をすると偽り、スタッフ二名を先に帰京させた。その後は、一人で秋田の能代まで赴いた。

「仙台から能代への移動手段は？」

「ジグザグで向かった」

小声で交通機関や複雑な経路を伝えた。目の前で中村が安堵の息を吐く。

「どこかで俺とあの街の接点が浮かぶかもしれない……」

サバンナに移籍する直前まで、北秋田地域にあるオックスマートの店舗網見直しの仕事に携わっていた。

「郊外インターチェンジ近くの案件でしたね」

「地元商工会向けの説明会、県担当者の立ち会い、あの街には一〇回以上行っている」

「以前の名刺データなら手元にあります」

小脇に抱えていたタブレットをテーブルに載せると、中村がなんども画面に触れ、ファイルを表示させた。商工会や市役所、そして県庁関係者の名刺が画面に一覧表示された。

「能代へ行ったことは紛れもない事実だが、事件と俺を結ぶ線はない」

「あの部屋で完全にデータを破壊しましたし、会社のサーバー、バックアップデータも全て消去済みです」

六本木のいつものホテルの部屋で、中村は備え付けのオブジェを使い、爪の先ほどのメモリーカードを粉々に壊した。

「念のため、エンジニアに頼んで何度もデータの消去を確認しました」

中村は社内の若手エンジニアに食事を奢《おご》り、反社会的勢力との取引実績を消すためと偽り、日本国内のデータが確実に消えたことを確認したという。

「破片は別々の袋やティッシュに分け、ホテルの外のコンビニ、レストランや駅のトイレのゴミ箱など一〇箇所以上に分散して捨てました」

「ありがとう」

中村から詳細を聞いたことで、山本は息を吐いた。

「ベトナム人との連絡用に使ったスマホも、俺が直接受け取った」

老婆の華奢《きゃしゃ》な身体の乗った車椅子を押したあと、震える左手であの女から格安SIMがセットされたスマホを回収した。

もう一度、あの日の朝の状況を思い起こす。打ち合わせスペースの小さなデスクに両手をつき、山本は目を閉じた。

アインには孫請けの黒田を決行の一〇日前に接触させた。電話で指示を出すと、黒田は露骨に難色を示した。だが、抗弁できる立場にあるかと凄むと、渋々承諾した。

アインは日本語の読み書き、そして日常会話に不自由がないことは、三宮で食事をした際に確認済みだった。老婆が日課としている散歩の時間についても、事前に黒田経由で聞き出していた。

一月末の休日、神戸から密かに秋田に飛んだ黒田は、介護施設の外で待ち伏せし、山本の伝言をアインに言い含めた。黒田も必死だっただろう。命令に背けばサバンナ関連の商品の注文は今後一切途絶えることになる。

指示した通り、黒田は格安ＳＩＭをセットしたスマホをアインに手渡した。その後は黒田を経由してアインと連絡をつけ、山本は仙台出張のあとで能代を訪れる計画を立てた。

猛吹雪などで藤井が外に出ないことも想定した。その際は、日を改めて能代に入る……仙台にいるとき、なんども天気予報をチェックし、天候が荒れないことを見定めた。

〈藤井を消す。手伝わなければ、すぐ入管に通報する。そうなれば不法滞在《オーバーステイ》で強制送

還、ベトナムには一文無しで帰ることになる。それで娘や家族が喜ぶのか？〉

黒田は、アインに対してなんども噛んで含めるように伝えたと報告した。自らの生活と会社の命運がかかっていただけに、黒田は依頼を成し遂げた。

「山本さん」

頭上から中村の声が響いた。

「大丈夫だ」

目を閉じたまま、山本は答えた。

瞼の裏に水路脇の広大な駐車場の残影が映った。車椅子を押すアイン、そしてにこやかに会話する藤井の顔が識別できるほどの距離に迫ったとき、山本は駐車場の陰から二人の前に躍り出た。通せんぼうするような形で進み出た途端、藤井が激昂した。

山本の顔を睨んだあと、藤井はアインを振り返り、黙りこくっていた。この間、少しだけ間が開き、アインがわずかに俯き、藤井になにも答えなかった。この期に及んで、アインは怖気《おじけ》づいたのか。不安に感じた山本は、己とアインに対し、後戻りができぬよう声を張り上げた。

〈追い先短い婆さんが死んでくれれば、アインも俺も、会社も全てうまくいく〉

そんなことを口走った記憶がある。藤井は眉を吊り上げた。

〈アインを金で買ったのか！〉

がんに冒されているとは思えぬほど、藤井の声は大きかった。危うく気圧《けお》されそうになった。

〈そうだ。おまえが死ねば、全ては解決だ〉

山本は自らを鼓舞し、藤井を載せた車椅子のハンドルをアインから奪い取った。

〈殺してみろ！　絶対にバレるわよ！〉

〈死ね！〉

ハンドルを強く握り、車椅子ごと藤井を水路へと押し出した……あとは、アインに念を押すだけだった。

〈三〇〇万円渡した。素直に殺したことを認めれば、二、三年で娘に会える。俺のことは絶対誰にも言うな、わかったな〉

顔を近づけ、両目を睨んだ。アインは唇を震わせながら頷いた。

〈段取りはわかっているな〉

〈はい、私が車椅子を押した〉

〈もう一度、言ってみろ〉

〈私が車椅子を押した〉

〈なぜ、押した？〉

〈藤井さんに頼まれた。がんで助からない、殺してくれと頼まれた〉

〈そうだ。すぐに警察に電話しろ。いいか、現場から立ち去った。俺のことは絶対に言うな〉

アインに強い口調で念押しし、現場から立ち去った。

「誰にも見られていない。口止めもした」

閉じたままの瞼に、別の光景が映った。

羽田空港から東京都心に戻ったあと、渋谷駅でSIMをトイレに流し、端末は革靴の踵で粉砕し、不燃物用のゴミ箱に廃棄した。警察がマンパワーで端末や極小のカードを探し出そうとしても、サハラ砂漠で小さなピンを探すのと同じで、不可能だ。

「データも、山本さんとベトナム人を結ぶ線もありません。能代に行っていたことが嫌疑の対象になっても、物的証拠は何一つありません。安心してください」

中村が低い声で言う。

「俺は能代へ行ったことはあるが、やましいことはない」

「その通りです」

短く言ったあと、中村が頷いた。

「刑事に尋ねられたら秋田に関する経歴を明かす。しかし、疑われるような証拠はない。堂々と対応する」

絶対に捕まることはない。大股で打ち合わせスペースを出ると、山本は自席に戻り、キーボードを引き寄せた。

周囲のスタッフは依然公取委の検査にうろたえている。

「落ち着け、ウチの部門は無傷だ」

山本は萎縮する同僚たちに声を張り上げた。

8

「まもなく分析結果が届きます」

能代署の会議室で樫山が田川、そして県警のメンバーに目配せした直後だった。会議机の上のスマホが小さく振動した。

「来ました！」

樫山はスマホを操作したあと、足元に置いた大きな鞄からタブレットと数本のケーブルを取り出してつないだ。

「モニターにつないでください」

樫山の指示で女性職員がテレビの背面に回り、伸びたケーブルを装着した。

「サイバー捜査官が防犯カメラ映像から割り出しました」

能代署の職員が連絡を入れて以降、樫山は会議室の隅に行き、小声でサイバー捜査官と二、三分言葉を交わしていた。サイバー捜査官は能代署より装備が充実した秋田県警本部に行き、分析を続けていた。

「どうぞ、お使いください」

延長コードをモニターの背面に接続した職員が告げると、樫山が手元のスマホを凝視し、口を開いた。サイバー捜査官からのメモが載っているようだ。

「二月六日、午前一〇時過ぎのJR仙台駅、新幹線中央改札口付近の映像です。当該事件発生の前日となります」

田川をはじめ、県警と能代署の面々が一斉に画面を見た。粒子の粗い映像だが、コートを着たサラリーマンや旅行客が次々と改札を通るのがわかる。一五人ほど改札を出た後、画面に緑色の枠が現れ、一人の男性客の顔を捉えた。

「サバンナの山本氏です。同社スタッフらしき二名と一緒です」

スマホの画面をタップしながら樫山が説明を続ける。改札を出た山本らサバンナの一行は、田川にも見覚えのある場所に現れた。

「仙台駅西口近隣の大型商業施設や地元商店街に続く通路です」

茶色のタイルが映り、コート姿、大きめの鞄を持った三名の男性が歩いている。

「この映像を短時間で集めたのですか？」

能代署の刑事課長が尋ねると、樫山が頷いた。

「全国各地の主要駅、公共機関の大半が映像を半年ほど保存しています。それらの映像を警視庁の顔認証システムにロードし、山本氏の動きを抽出しました」

樫山が説明する間も、緑色のフレームが山本の顔、そして全体像を捕捉し続ける。従来であれば担当捜査員が回収した映像を前に、目を皿のようにしてチェックしていたが、最新の顔認証システムによって数十時間におよぶ映像の中から、ものの一〇分ほどで個人を特定することが可能になった。システムとは無縁の田川にとっても驚きの結果だった。

「警視庁のＳＳＢＣ分析捜査係と鑑識課が協力体制を構築したことで、この種の解析作業は格段に速くなりました」

樫山は鑑識課が民間企業と協力して構築した捜査支援用画像分析システム《DAIS》の説明を加えた。

ＳＳＢＣの機動分析係が回収した映像をシステムに通すことにより、不明瞭な箇所を集中的に補正し、裁判で証拠能力を有するほど鮮明に解像度を上げることが可能だという。加えて、個人ごとに特徴のある歩容認証技術も動員し、山本の動きを網羅的に集めたと言った。キャリアのリーダーシップと秋田県警本部に派遣されたサイバー捜査官のスキル、そして警視庁が稼働させている最新鋭のシステムが巧みに連携している。

次々に画面に表示される山本の映像を見ながら、樫山が言葉を継いだ。

「仙台でリアル店舗の候補を探している、サバンナ側はそう証言するでしょう」

樫山が画面を切り替えた。液晶モニターには、白い壁と床に囲まれた商業施設の中で、熱心に説明を聞く山本らサバンナのスタッフが映っている。スタッフの一人は巻き尺を取り出し、床の長さを計測している。宮城県警本部の担当者が駅周辺の防犯カメラ映像を回収し、警視庁のサイバー捜査官が駅と同じように解析をしたのだという。

「こちらは午後の分になります」

今度は薄暗い空き店舗を広角で捉えた映像だった。山本に随行するスタッフ二人が大きなノートを広げ、データを書き加えている。親切に応対してくれた村松というスタッフの証言に間違いはない。

樫山がタブレットの画面をタップするたび、モニターの映像が切り替わる。他の商業施設を五つほど訪れた山本は、駅に隣接するホテルに入った。

「ここまでが六日の日中分です」

樫山がスマホをなんども触る。動画ファイルに説明が添付されているようだ。

「こちらは同日午後三時、ホテルを出る山本氏です」

先ほどと同じように、広角レンズで捉えた映像の中に緑色の枠がかかる。大きめの旅行鞄を肩紐で下げ、一人で移動する山本だ。

「行き先は？」

能代署刑事課長が尋ねる。

「こちらです」

大勢の人がベンチに座る映像に切り替わった。天井の隅に据えられたカメラの映像で、ベンチの脇から奥に向かって歩いていく山本が映る。

「仙台駅西口にある高速バスターミナル待合室です」

高速バスと聞いた瞬間、田川は肩を強張らせた。

「行き先は山形駅でした」

今度は大きな通り沿いに何台もの大型バスが停車するアングルに映像が切り替わった。ターミナルのスタッフが大きなトランクを座席下の収納スペースに積み込む背後で、再び緑色の枠が表示された。

「午後四時前、山本氏は山形駅前行きに乗車しました」

「その後は？」

田川が尋ねると、樫山が首を振った。

「現在、山形県警からのデータを待っています。バス会社に問い合わせたところ、この便で途中下車した男性の乗客はいなかったことが確認済みです」

手元のスマホとメモを見ながら樫山が答えた。

山本が仙台から山形に向かったのは確定事項となった。

「六日の夕方前に山形駅に着き、その先に秋田へ向かったとしたらどうでしょうか？」

田川が口を開くと、県警の面々が相次いで頷いた。

「仙台から新幹線を使って盛岡、そして秋田へ向かう手段があるのに、あえて山形にバスで来た。距離や所要時間を考えると、山形からは鉄道を使ったかもしれません。時刻表はありますか？」

樫山はスマホを取り出し、時刻表を検索した。山形・秋田間をすべて在来線で行くルート、山形県北部の新庄まで山形新幹線を使ってそこから在来線に乗り換えるルート、どちらもその日の夜中に秋田に着けることが分かった。田川が語気を強めた。

「山形、秋田の駅にある防犯カメラ映像を辿り、最終的に能代に来たことが確認されれば十分な証拠になります」

刑事課長が立ち上がり、口を開いた。

「すぐに能代駅、東能代駅周辺の交通機関の防犯カメラ映像を回収します」

「お願いします」

樫山がキャリアの口調で告げたとき、田川は手を挙げた。

「厳重保秘で願います。我々の動きが相手に漏れれば、言い訳の余地を与えてしまう」

田川は樫山に顔を向け、言葉を継ぐ。

「山本は我々の動きを察知していません。なんらかの方法で事件当日、あるいは前後の行動を訊き出したとき、綻びが見つかれば、山本を真犯人《ホンボシ》として追及することができます」

田川は一気に告げた。樫山が深く頷き、県警の面々も低い声ではい、と応じた。

「私は地検へ出向き、次席に状況を報告します。なにか進展があれば、逐一皆さんにご報告します」

樫山も席を立ち、力強い口調で言った。

「私は揺さぶりをかけます」

田川はガラ携を取り出すと、通話履歴のページをたどった。

9

「ポテトとチキンナゲットもいかがですか?」

能代署の若い捜査員が紙皿に取り分けた揚げ物を田川の前に差し出した。

「いや、もう結構」

先ほどの捜査会議から一時間後、署長がポケットマネーで大きなピザを五枚、そして揚げ物の出前を取った。能代署の若い捜査員や樫山はチーズやサラミが大量にのったピザを何ピースも口にしたが、田川には味が濃すぎた。ポテトまで口に入れてしまえば、今後数時間喉の渇きと戦う羽目になる。紙コップの緑茶を飲み干し、田川は一同を見回す。

「なにか連絡は入っているか？」

能代署刑事課長がナゲットを頬張る若い捜査員に声をかけた。

「まだです」

「データ回収に行った連中から連絡は？」

「一〇分ほど前に県警本部に入ったとだけ……」

「急がせろ」

刑事課長が苛立《いらだ》った声をあげた。

「網は広げました。焦らず獲物を待ちましょう」

田川が言うと、刑事課長が恐縮したように頷いた。

「樫山さんに連絡は？」

「サイバー捜査官もさすがにそこまでは……」

スマホを見つめ、樫山が告げた直後だった。廊下の方向から乾いた靴音が響き、会議室のドアが開いた。

「ありました、地元のタクシーです！」

中年の捜査員が息を切らせて駆け込んできた。田川は樫山と顔を見合わせた。よほど急いできたのだろう。息を切らせている上、顔全体が紅潮している。

「市内のタクシーを片っ端から当たりました。事件当日の朝、地元民ではない男性客を乗せた運転手がいました。県北タクシーです」

捜査員の掠れ声を聞き、会議室に残っていた田川ら一同は低い唸り声をあげた。

「データを引っ張れるだけ持ってきました」

コートのポケットから指の先ほどのUSBメモリが現れた。樫山が素早く立ち上がり、捜査員の手からメモリを受け取る。

「こちらをお使いください」

署の女性職員がノートパソコンを差し出す。樫山はメモリをパソコンに挿し込んだ。

「中身はなんですか?」

「県北タクシーの二月七日時点での稼働状況を記録したデータです」

田川は席を立ち、パソコンを睨む樫山の脇に駆け寄った。小さな駆動音がしたあと、画面に地図と小さなタクシーを象ったアイコンが表示された。

「ドライブレコーダーのデータは?」

「あいにく、田舎の零細業者でして、まだ入っていません」

捜査員の声に樫山が下唇を噛んだが、気を取り直したように声を出した。

「それで、当該の車両は？」

「こちらになります」

未だ息の荒い捜査員が画面の中を指した。

〈45〉

タクシーのイラストに番号が振られている。四五番の運転手が怪しい人物を乗せたと証言した。

「タクシーの番号をクリックすると、その日の走行ルートと時間がわかる仕組みです」

中年捜査員の声に反応した樫山がマウスをクリックする。再びデータを読み込む音が響いたあと、画面が切り替わった。

〈45／走行履歴〉

能代市を中心に、周辺町村の地図がパソコンの画面に現れた。

「泊まり番の最後の客だったようで、はっきり記憶に残っていたと証言しています」

樫山が走行履歴のバーをクリックすると、画面が表計算ソフトに切り替わった。縦の表に乗せた客数、横の欄は走行距離と料金を示している。

「最後、二三番目です」

中年捜査員の声と同時に、カーソルが一番下の欄に動く。乗客数は一、走行距離は三・

五キロ、料金一七八〇円とある。そして、乗車した時間は二月七日の午前八時二八分。

「ここを押すと、経路が出るわけですね？」

言うが早いか、樫山がクリックする。画面がもう一度地図に切り替わった。

「乗ったのは柳町新道。高速バスの停留所近くです」

刑事課長が高速バスの部分に力を込めた。田川は記憶を辿る。アインの着替えを買いに行った古いアーケード街の西端、オックスマートの古い店舗がある辺りだ。店舗は幹線道路に面している。

「秋田を早朝に高速バスで経ち、能代駅に行く少し手前で降りると……」

刑事課長が言い終えぬうちに、樫山が口を開いた。

「見てください！」

画面に能代市中心部の地図、そしてタクシーの走行ルートが赤く彩られていた。赤い線はオックスマート近くからまっすぐ北上し、米代川にかかる橋の手前で左折し、介護施設の近くで途切れていた。

「つながった！」

田川は拳を握りしめ、声をあげた。

「もう一度、走行ルート付近の防犯カメラ映像を当たれ！」

刑事課長の指示は絶叫に近かった。

最終章 斜日

1

「この組み合わせ、刑事ドラマみたいですね」

暖房の効きの悪いビジネスホテルのロビーで、樫山が言った。

「実は、理にかなっているんですよ」

小さなテーブルにのせた紙の牛乳パックを手に取り、田川は言った。

「箸やフォークを使うと、どうしても監視対象から視線が外れてしまう。あんパンならそんな心配はありません」

田川はあんパンを齧《かじ》り、おどけて見せた。

「樫山さんの朝飯は？」

田川の問いかけに樫山が首を振る。

「とても喉を通りそうにないので」

「もう一個、買っておきましたので、お好きなときにどうぞ。食べられるときに食べておかないと、もちませんよ」

　コンビニの袋に入ったあんパンを差し出すと、樫山が受け取った。

「やっぱりいただきます。たしかにいつ食べられるかわかりませんものね」

「この稼業はそういう宿命です」

　自嘲気味に言いながら、田川はストローで牛乳を啜った。

　田川も樫山と同じで、とても食べ物が喉を通るような状況ではない。牛乳のあとは再びあんパンに齧り付き、無理やり胃に押し込む。天井を見上げると、昨夜の会議室の光景が鮮明に蘇った。

〈トレースできました！〉

　深夜の能代署会議室で、刑事課の捜査員たちの歓声が上がった。地元の県北タクシーの走行履歴を割り出したあと、刑事課だけでなく生活安全課や手の空いていた交通課の要員も動員した。タクシーの走行履歴に沿う形で、一五名の捜査員たちが街に散り、商店や民家の防犯カメラを当たり、実際に一七件の映像を回収した。

　このうち、六件が山本らしき男の姿を捉えていた。分析機材が揃っていない能代署の中で、鑑識係で機器の扱いに慣れた若手を動員し、なんとか画像を編集した。

　午前零時前になり、会議室のホワイトボードには能代市の市街地図、タクシーの走行履歴、そして防犯カメラ映像から切り取った写真が貼られた。

「疲れていると、甘い物が沁みますね」

隣で樫山が言った。東京から能代、そして神戸へと出張した。その後はとんぼ返りで能代に戻り、ずっと根を詰めた。若い樫山が疲れている以上に、還暦が視野に入ってきた田川も疲労困憊《こんぱい》だ。

市内の足取りだけでなく、能代に至るまでの山本の行動履歴も摑んだ。樫山が警察庁の官房経由で捜査協力を依頼したことが奏功し、宮城、山形県警も迅速に動いた。

仙台市から山形市、そして秋田市を経て能代市へと、山本はなんども高速バスと電車を乗り換え、移動した。バスの車内ではニット帽を目深に被り、薄い色の付いたサングラスとマスクを着用する念の入れようだったが、警視庁鑑識課の判別ソフトを使うことで、頬骨や鼻梁、耳たぶの形などからほぼ間違いなく山本本人だとの鑑定結果も得た。

仙台市で同僚と別れ、山本は密かに秋田の北の外れ、能代にたどり着いた。タクシーの乗務日誌とGPSの記録によれば、山本は事件現場近くの橋のたもとでタクシーを降りた。時刻は午前八時三四分、発生時刻の約一時間前だ。その後、付近の児童遊戯施設の駐車場近くに設置された防犯カメラにもマスクとニット帽で顔を隠した山本がかすかに映り込んでいた。田川は捜査に加わった頃まで手帳を遡った。

犯行現場付近で散歩をしていた男性のことを田川もメモしていた。だが、殺しの手に気を取られるあまり、完全に見落としていた。田川は自分の頬を張りたい気持ちを堪えた。この段階でアインを操った人物を想定していたら、ここまで遠回りすることはなかった。

なぜ山本はわざわざ能代に来たのか。理由は明らかだ。あとは任意の事情聴取に持ち込み、手駒を徐々に切りつつ、確実に自供を得る。

「クリームパンを追加で買ってきましょうか？」

田川が軽口を叩くと、血色の悪い樫山が首を振った。

「あと少し、ここが分水嶺です」

樫山が頷く。自ら発した分水嶺という言葉に、肩が強張る。真犯人《ホンボシ》の行動履歴は把握した。あとは、山本を庇うアインをどうやって自供させるかだ。いや、自供させた上で、山本に事実を突きつけ、やつにも吐かせる。

「それでは、署に行きましょうか」

コンビニの買い物袋に紙パックやセロファンを放り込むと、田川は立ち上がった。

2

「ゆっくりお休みになれましたか？」

隙間風が吹き込む会議室で田川が樫山と話し込んでいると、能代署の署長が姿を見せた。

「ええ、多少は」

樫山が作り笑顔で返す。

「アインはすでに取調室に入っております」

意を決したように署長が告げた。田川が立ち上がると、充血した両目をこすりながら樫山が頷いた。長い刑事生活の中で、何十人もの被疑者と対峙したが、これほど気が張るのは初めてだ。取調室までの道のりが途方もなく長い気がする。

薄暗い廊下を右に折れる。一〇メートルほど先、取調室の隣にある小部屋に若手検事と県警幹部たちが入っていく。

そのまま通路を進み、署長が取調室のグレーのドアの前で歩みを止めた。樫山が大きく息を吐き出したのち、顎を引いた。それではと告げ、田川はドアノブを回した。

部屋の中央部、格子窓を背にアインが座っている。樫山が差し入れしたフリースの上下とゴムのサンダル。薄茶色の髪はヘアゴムでまとめられている。今まで監視役として立ち会っていた女性警官が目配せして部屋を出ていく。

「アイン、おはよう」

樫山が声をかけ、真正面に座る。アインはわずかに目を動かしたのみで、言葉を発しない。田川はドアに近い記録係席に座った。樫山が手元のノートにペンを置くとアインが口を開いた。

「樫山さん、なにを訊きたいですか？」

「嫌なことを思い出させるかもしれないけど、我慢してね」

「もう、平気」

「神戸にいたころ、真夜中にパソコンを使って、黒田さんに激しく怒られたことがあった。これは昨日話したわね」

アインの表情が曇る。

「あなたは故郷のお子さんを心配して、インターネットで会話したかった」

「娘が肺炎になりかけた。大きな病院に行かないと死んでしまうかもしれない、村の医者にそう言われた」

アインの声がか細くなる。田川には娘、そして孫娘もいる。胸を握り潰されそうな思いになる。

「娘さんの具合は良くなったの？」

「医者がなんとかしてくれました。でも、病弱なので、心配」

樫山が田川を見た。金で殺しの共犯を請けたのは、遠く離れた母国にいる娘のため、そんな切実な思いが潜んでいる。

「インターネットを使ったのは、他にも理由あるね」

「どんなこと？」

樫山の言葉を受け、アインが背筋を伸ばした。田川はアインを見据えた。隠していることを明かす、そんな雰囲気はない。

「私、ネットのテレビ電話を使って娘や両親、親戚となんども話した。でも他にも大事なことがあったね」

「家族のほかにお友達と話していたの？」

「そう、友達」

アインが語気を強めた。その両目に強い怒りが宿っている。

「何を話していた？　よかったら教えてくれないか？」

田川は取調机に進み出た。

「助言、アドバイス」

アインが意外な言葉を発した。田川は思わず樫山と顔を見合わせた。

「誰に対して？」

「近い将来、日本に来ることになっているベトナム人たちね」

アインによれば、現地の研修施設と神戸・長田をつなぎ、なんども会話したという。

「日本に来るな、酷いところだってアドバイスした」

アインが眉根を寄せ、語気を強めた。

「ベトナムと日本の斡旋業者の言ったこと、全部嘘だった」

嘘という言葉に接し、樫山が下を向いた。

「綺麗な部屋に住める、業者に払った金は一年以内に全額返せる、休みの日は遊びに行ける……全部嘘だった。だから騙されるな、そう教えた」

樫山の肩が強張る。神戸で会ったNPOの安藤によれば、ベトナム人実習生の大半が一〇〇万円ほどの金を仲介業者に支払って来日している。現地では年収の数倍に当たる大きな額だ。金だけでなく、住環境や労働条件が違うとなれば、その落胆の度合いは計り知れない。

「日本よりも韓国や台湾の方がずっと受け入れのシステムが整っている。私、日本に来てからずっと調べた。韓国や台湾のほかにも、これから人手が足りなくなるアジアの国、いっぱい出てくる。例えば中国。日本とは比べものにならないほど景気が良いから」

田川は言葉を失った。樫山も神妙な顔つきで耳を傾けている。

「ここ二、三年でベトナム人実習生が七〇人以上も日本で死んだ。病気や怪我もあるけど、働きすぎて、疲れて、ノイローゼで自殺した人もいっぱいいる。よその国、こんな酷いことになっていないよ」

アインが田川、そして樫山へ強い視線を向けた。良き理解者として樫山を見ていた視線ではなく、日本人への敵愾心《てきがいしん》を剝き出しにしているのだ。

「私のベトナムの故郷は、小さな村ね」

「以前、写真を見せてくれたことがあったわね」

樫山とアインが言葉を交わす。ベトナムの大使館時代にやりとりしたのだろう。すると、樫山が田川に顔を向けた。

「小さな山脈が連なり、その間に棚田がたくさんあるエリアです。水牛が田畑を耕し、自給自足に近い生活をする住民が大半です。飛躍的に近代化するホーチミンやサイゴンとの格差が急速に広がっているので、アインのような人がこぞって外に出るのです」

「そうですか」

東京生まれの田川には実感が持てない。亡くなった両親の故郷に出向いた回数もごくわずかで、地方の原風景がない。だが、豊かな生活でないことは想像ができる。そのような暮らしから抜け出すためにアインはベトナムの大都市に出て日本語を習得し、来日した。

「何もない村、全員が貧乏。隣村から日本に行った人が何人かいて、帰郷したらみんな大きな家を建てた。日本は素晴らしい国だと思ったね。でも、全然違ったよ」

ベトナムの地方の村の住居がどのような造りかはわからない。だが、今も水牛が農耕作業を担っているとなれば、粗末な小屋のような造作だろう。隣村の大きな家が、アインにとっての山側だったのかもしれない。

だが、神戸での暮らしは違った。海側の街、劣悪な環境に閉じ込められ、苦労して来た日本、神戸の山側の景色を見る機会も少なかったはずだ。

3

「神戸の黒田から逃げたあと、あちこちに行ったね」

アインの口から、東大阪、宇都宮、郡山と三つの都市の名前が溢れ出た。田川は樫山と顔を見合わせた。神戸からどのようにして能代にたどり着いたのか、県警の調べで判明していなかった事実がようやく本人の口から出てきた。

「最初に紹介されたコウベテキスタイルから逃げたのなら、あとはどうやって仕事と住まいを見つけたの？」

樫山が尋ねた。実習生に転職の自由はない。日本への渡航費用や就業時の補償金という借金に縛られた上、転職の自由がない実習生が逃げるのは、相当な覚悟が必要であり、次の仕事のあてがなければ安易に飛び出すこともできない。するとアインが醒めた目付きで答えた。

「ベトナム人のネットワークで次の仕事を探した」

「それで東大阪へ？」

田川の問いかけにアインが頷いた。

「ランドリー、洗濯の仕事で人手が必要な会社だった。会社の人が三宮まで迎えにきた」

淡々とアインが告げるが、表情は暗い。

「東大阪もたいして変わりなかったね。黒田ほど酷い人はいなかったけど」

アインは東大阪の工場地帯の片隅にあるクリーニング業者の工場脇、プレハブの寮に入ったと告げた。しかし、コウベテキスタイルと同様、狭い部屋に何人ものベトナム人のほか、中国人やネパール人が詰め込まれ、全くプライバシーがなかったと言った。

「寮はいろんな国の人がいて、習慣が違う。トラブルが絶えなかったから、大阪から出ることを決めた」

東大阪で二カ月ほど過ごし、その後は他のベトナム人から紹介されたブローカーを頼り、宇都宮、そして郡山へとアインは移動した。

「スマホはどうしたの？」

「東大阪で、外国人向けの業者から買った。盗難品だったとおもう」

日本人であれベトナム人であれ、もはやスマホなしの生活は成り立たない。まして逃亡者同然のアインにとって、スマホは命綱だったのかもしれない。

「違法なブローカーに斡旋をお願いしたの？」

「そうするしかない。逃げたベトナム人や中国人がたくさんいる。イリーガルな業者は次々に仕事を見つけてくれる。でも、宇都宮の清掃会社で働いていたとき、同じ寮にいたネパール人が入管に見つかって強制送還された。だからまた逃げたね」

不法滞在の外国人を摘発する出入国在留管理庁のことだ。アインはたまたま会社の仕事先にいたため難を逃れたが、他の外国人が摘発されると聞けば不安がつのるのは当然だ。

「能代に来たのもブローカーを使って？」

矢継ぎ早の樫山の問いに、アインが即答する。

「日本に来て四つ目で、やっと普通に仕事できる場所見つけた」

アインが安堵の息を吐いた。樫山と訪れた介護施設の職員用アパートを思い出す。八畳の部屋に二段ベッドが設置されていた。以前のように狭い部屋に五、六人が詰め込まれるような劣悪な環境ではなかった。

「大変だったわね、アイン」

少しだけ洟をすり樫山が言った。するとアインの目付きが変わった。

「日本人と樫山さん、勘違いしているよ」

アインが強い口調で言った。

「日本人、とっくにお金持ちじゃなくなった」

「どういう意味？」

「日本はアメリカ、中国の次に経済が大きな国」

アインの言う経済が大きいとは、国内総生産《GDP》のランキングを指している。田川がGDPと告げると、アインがそうだと視線で応じた。

「お金持ちじゃなくなったとはどういうことなの？」

樫山が怪訝な顔で尋ねる。

「日本はずっと給料が下がり続けているよ。OECDの調査でも結果が出ている。私、ベトナム人の後輩たちに言った。もっと調べて、慎重に選んでほしいって」

樫山がスマホをタップした。途中、端末の番号に直電が入ったが、樫山は通話拒否のボタンを押し、検索を続けた。田川も傍らに寄り添い、画面を覗き込んだ。

「三度目に事務所でパソコン使っていたとき、黒田に見つかった」

アインが顔を歪め、言った。

樫山は立ち上がり、田川の横にたった。その後、手慣れた様子でスマホを叩く。

経済協力開発機構《OECD》、給与とインターネットの検索欄に文字を入れ、エンターキーを押した。

〈置いてきぼりになる日本〉

エコノミストが記したリポートの見出しが表示された。樫山が素早く画面をタップする。

「OECD加盟諸国の中で平均年収のトップはルクセンブルクの約七〇〇万円、次いでスイス六九八万円、アイスランドが六九三万円……」

画面の文字を読み上げる樫山の声が萎んでいく。田川は老眼鏡をかけ、スマホの小さな文字を追った。エコノミストによれば、OECDに加盟する三五カ国のうち、日本はこの中で一八位、平均年収は四五八万円となっていた。

「ルクセンブルクはタックスヘイブンで富裕層が多いし、スイスも人口が少ないから一概に比較できないけど、日本がこんなに下にいるとは……」

高失業率でデモが頻発しているイタリアやスペイン等々、南欧諸国と日本は大差ない。

「田川さん、こんな記事もありました」

スマホの画面に額が後退した中年男の顔が映る。テレビや新聞でなんども目にした携帯通信会社を興した著名経営者だ。

〈後進国になったことを日本人は受け入れるべし〉

著名経営者は、衰退産業に固執し、新技術を受け入れる気がないとまで喝破していた。極貧から這い上がり、世界でも有数の富豪になった男だ。その言葉には説得力がある。

「私たち、帰る場所がないと思って働きにくるね。それくらい覚悟しないと、ベトナムにいる家族にお金送ることができない」

アインの言葉にも説得力がある。田川には狭いながらも落ち着ける自宅が待っている。捜査で忙しくても、家に帰れば里美が手作り料理で迎えてくれる。梢、孫にしても手の届く場所にいる。アインが言った帰る場所がないという言葉には、田川が想像できない重みがある。

「お金もらうのは大変なこと。でも、給料が増える、家族に送るお金が多くなる、そんな希望がほとんどない国に来る価値は全然ない」

田川と樫山は黙り込んだ。いや、口を噤むほかない。

「ごめんなさい、でも、日本がお金持ちだと思っているベトナム人はすっかり減った。今はスマホですぐに情報が伝わるから」

捜査に予断は禁物……なんども教わった言葉が頭をよぎる。神戸で拾った過酷な労働現場の話は、愛する我が子を労《いた》わる母親の心情を映し出したものだと思っていた。

「日本は日が昇る国だとベトナムにいるころ思ったね。でも、もうとっくに日が沈んだ国、貧乏人ばかりの国だよ」

アインは断言した。田川は樫山と顔を見合わせた。田川の頭の中で、主婦を殺した老人の顔が浮かんだ。自治会長で民生委員を兼ねていた老人が人を殺《あや》めるはずがない。捜査本部の思い込みが事件解決を遅らせ、継続捜査専門の田川を呼び寄せた。

「ちゃんとしたスキルがあるのに給料の安い日本人がたくさんいる。エンジニアとかプログラマーとか、給料いっぱいくれるアジアに出稼ぎに行く日本人も増えている。これから、日本人が景気の良いアジアに出て、仕送りする日がくるね」

アインが強い口調で言い切った。エンジニアやプログラマーがどの程度の給与を得ているのか、田川は知らない。だが、民間企業の給料が全く上がっていないという現実は、捜査の過程でなんども実感した。出稼ぎに行く日本人が増えるかどうかは未知数だが、アインの言葉には現実味があった。

今回の一件にしても同じだ。ベトナムは発展途上国で日本が面倒をみてやっている、そんな傲慢な先入観が田川の意識の中にあった。思い込みを戒めていたからこそ、アインの言葉が心に突き刺さった。

4

アインの証言の要点を書き取ったのち、田川はわざと咳払いし、席に戻った。取り調べに不慣れな樫山だけでなく、田川も話に聞き入ってしまった。

田川が視線を送ると、樫山が足元に置いた鞄からファイルを取り出し、机の上に置いた。アインが樫山の手元を見る。その顔が強張る。分厚いファイルは、捜査結果の集大成だと暗に誇示するもので、徐々に揺さぶりが効き始める。樫山がファイルから一枚の写真を取り出し、アインの目の前に置いた。

「アイン、これを見てほしいの」

樫山が畳み掛けるとアインが下を向いた。机の上には、粒子の粗い写真がある。能代市内で山本がタクシーを降車し、事件現場に赴く際に撮られたものだ。現場付近の民家の防犯カメラに映り込んだものの一つだ。

「もう一枚、見てくれるかな」

ファイルから別の写真を取り出し、樫山が先ほどの一枚の隣に置いた。秋田市から高速バスに乗り、能代市内の柳町新道停留所で降車した山本だ。アインが写真を見比べている。

「私たちは一生懸命調べたの。あなたは藤井さんを殺していない」

アインがゆっくり顔を上げた。

「あなたは藤井さんに頼まれて車椅子を押した、最初そう言ったわね」

子供を諭すように、樫山が穏やかな口調で尋ねる。だが対面のアインは再び下を向き、黙り込んだ。今まで頑なに黙秘していた態度とは違う。唐突に山本の存在を突きつけられ、戸惑っているのだ。写真を見比べたという事実がアインの心に生じた迷いの証左だ。アインの心の揺れを読み取った樫山が言葉を継いだ。

「あなたはサバンナに頼まれて、あなたの手で藤井さんを殺害した、私たちはそう思っていた。でも、その見方は間違いだった。だから、謝らなきゃいけない」

いきなり椅子から腰を上げると、樫山は両手を机につき、深々と頭を下げた。突然の行動に面食らったのか、アインが目を見開き、固まった。

「間違い？」

アインが小声で訊くと、樫山がゆっくりと腰を下ろした。

「そう。私たちは重大な勘違いをしていたの。つまり、ミステイクだった」

「私、藤井さんに頼まれて車椅子を押した。初めからそう言った」

アインが強い口調で言うが、樫山は強く首を振る。

「藤井さんはアインに殺してくれとは頼んでいない。それに、アインが藤井さんの車椅子を押したのでもない。別にもう一人いて、その人が藤井さんを殺した。あなたはある人に頼まれて、藤井さんを連れ出したの」

樫山が二枚の写真をアインの方へと押し出した。反射的にアインが体を後ろに反らす。口では自殺幇助を主張して山本を庇っているが、今の反応はそうでないことを雄弁に語っている。田川はアインの細かな仕草や表情の変化を見逃さぬよう、目を凝らした。

「この人が藤井さんの車椅子を押した人よ。アインが知っている人だよね」

二枚の写真をそれぞれ指し、樫山がアインに詰め寄る。するとアインが唇を嚙み始めた。

「藤井さんが亡くなった朝、あなたはこの男性に会っているわよね？」

樫山の言葉を聞いた瞬間、アインが肩を強張らせ、項垂れた。

「知らない人」

下を向いたまま、アインが言った。アインは先ほども下を向いた。前回と違うのは、アインの両肩が強張っている点だ。田川はなおもアインの様子を注意深く観察した。

「いいえ、あなたはこの人を知っているわ。名前を教えてくれないかしら」

樫山の語気が強くなる一方、アインの頭がさらに垂れる。田川はわざと大きな咳払いをし、樫山に冷静になるよう促した。

「あなたは神戸時代にこの人に会っているんでしょう。黒田に無理強いされて苦しかっただろうし、悔しかったと思う。でも、あなたがこの人に神戸で会ったという事柄は、とても大事なこと」

神戸、黒田というキーワードに触れた直後、アインの肩がさらに強張った。体全体を小さくすることで、迫る危険から逃れようとする本能的な仕草だ。

「あなたは藤井さんを裏切った。神戸からいきなり現れた黒田にそそのかされて、山本に協力した。ベトナムの娘さんにお金を送りたいなら協力しろ、さもなければ入管に通報するとか、娘さんを傷つけるとかって脅された。そうよね？」

樫山が畳み掛けるが、アインは顔を上げない。強張っていた両肩がわずかに震え始めた。

「アインはお金のことを怖がっているんじゃないの？」

田川はアインを凝視し、その心の内を読み解く。

警察はサバンナの山本の存在を炙り出し、神戸で会ったことも摑んでいた。しかも藤井が死んだ日に山本が能代にいたことまで突き止めた……田川の視線の先、アインは息を殺し、必死に考えを巡らすうちに血圧が上がっているのかもしれない。

「藤井さんを水路近くまで連れて行き、山本氏からお金を貰った。私はそう考えています」

樫山が声のトーンを思い切り落とし、言った。自分でも肩の震えに気づいたのだろう。アインが右手で左の肩を押さえた。

「山本氏が藤井さんを押し、水路で殺した。その見返り、つまりフィーとしてアインはたくさんお金をもらった。でも、それでいいの？」

樫山は意識せず、問いかけに緩急をつけている。思わぬ事態に直面した被疑者には、相当応えるやり方だ。

「人殺しの手伝いでもらったお金で、娘さんが大きくなるのよ」

娘という言葉に反応し、アインが顔を上げた。下唇を噛んでいるのは先ほどと一緒だが、今度は両目が真っ赤に充血している。

「買ってあげた服や本が人殺しのお金から出ていると知ったら、娘さんはどう思う？」

樫山が諭すと、アインが強く首を振った。

「なにも知らない」

「あなたがサバンナから貰ったお金が取り上げられるかはわからない。でも、正しいことをしてほしいの」

樫山の言葉に一層力がこもった。一方、アインは先ほどより強く唇を噛み、俯いている。同時に両肩が小刻みに震え始めた。

「アイン、あなたは藤井さんを殺した本当の犯人を隠した。これは犯人隠避という罪にあたる。でも、今、本当のことを自分から話してくれたら、裁判で有利になる。ベトナムの娘さんに早く会えるかもしれない」

樫山が放った言葉にアインが反応した。小刻みに震えていた肩の動きが止まる。偽証して捜査を攪乱《かくらん》したのは事実だ。だが、ここで真相を話し、かつ樫山が検事にその旨を丁寧に伝えれば心証はアインにとって有利に働く。

「藤井さんは、あなたが殺したんじゃない。サバンナの山本という人が車椅子を押した。あなたは、藤井さんを外に誘い出し、山本が押した。その瞬間を見ていたはずよ」

樫山が低い声で告げると、いきなりアインが両手で机を叩き始めた。

「私からは言えない！　なにも言えないね！」

アインの顔全体が紅潮し、首にいく筋も血管が浮き上がる。顔が赤くなった一方で、アインの唇が微かに震え、紫色に変色した。怒りと同時に、なにかに怯えているように見える。アインの対面にいる樫山も口を開けていた。田川、そして樫山にも今まで一度も見せたことのない表情であり、鋭い声だった。

「落ち着いて、アイン」

記録係席から机の脇に歩み寄り、田川は努めて穏やかな口調で告げた。アインの両目から涙がとめどなく溢れ出た。

「藤井さんを突き落とした人が正直に話したら、あなたも本当のことを教えてくれる。なにも言えないとは、そういう意味ね？」

アインの両肩をしっかりとつかみ、樫山が尋ねる。アインは天井を仰ぎ見たあと、もう一度叫んだ。

「私からは言えない！」

田川は樫山と顔を見合わせた。山本が犯人と供述したわけではないが、アインの言葉は雄弁にその事実を告げた。山本の存在が急に浮かび上がってきたことで、アインは激しく動揺している。同時に、怯えの感情にも襲われている。

「アイン、少し休憩するわね」

樫山が席を立ち、取調室の外に顔を出した。能代署の女性警官を呼び、アインを留置場に戻すようドアの外に控えていた署員に指示している。

「君の気持ちを裏切るようなことはしない。一番悪い人間を捕まえる」

田川は声をかけた。だが、反応はない。アインはなんども洟をすすり、声にならない声を発し続ける。

「アイン、ありがとう」

女性警官が部屋に入り、アインに手錠をかけ、腰縄を打つ。樫山は肩をなんどもさすったあと、アインを送り出した。

「田川さん……」

「自供したも同然です。彼女は精一杯の真実を教えてくれた」

田川は検事や県警捜査員が控えているマジックミラーに向けて言った。

5

「アインについては、殺人の共同正犯容疑、および犯人隠避とし、勾留を続けます。本件は偽計業務妨害の疑いもあります。裁判所にもその旨を伝え、正式に勾留延長の手続きを行います」

能代署会議室で次席検事が強い口調で告げた。田川は会議のメンバーを見渡す。署長は目を閉じ腕組みしたままで動かない。県警捜査一課の佐々木らは天井を仰ぎ見ている。

「私と田川警部補は一旦東京に戻り、真犯人《ホンボシ》の山本、そして証拠隠滅を手伝った中村を事情聴取します」

検事の言葉のあと、樫山が高らかに宣言した。会議室で異論を唱える者は誰一人いない。

「既に警視庁捜査一課のメンバーが二名の行確を実施しています。事情聴取を行ったあと、二人の身柄をこちらへ移し、秋田県警が逮捕状を執行する段取りでよろしいですね」

樫山が念を押すと、会議室のメンバーが一様に頷いた。

「田川さん、一言お願いできますか」

突然、樫山が顔を向けた。大勢の前で挨拶することに慣れていない。しかし、今回は筋読みの甘さが全体を振り回すことになっただけに、断るわけにはいかない。渋々腰を上げると、田川は会議室の面々をゆっくり見渡した。

「このたびは申し訳ありませんでした」

頭を下げ、低い声で切り出した。

「本職の余計な一言を発端に、皆様には大変なご迷惑とご苦労をおかけしました。本職の力不足でした。しかし皆様のご尽力があり、ようやくここまでたどり着きました」

聞こえよがしの舌打ちや罵声《ばせい》を覚悟したが、会議室で不満が漏れることはなかった。

「これから東京へ戻り、確実に山本と中村を落としてきます。その後は速やかに秋田に戻ってきます」

揺れのきつい東北新幹線の中で、田川は分厚くなった手帳のページを繰り、三時間前の光景を思い起こした。隣の席では樫山がせわしなくノートパソコンのキーボードを叩く。

「樫山さん」

田川が声をかけると、樫山の指が止まった。

「これからの方針を詰めておきませんか？」

樫山がノートパソコンを閉じ、田川に体を向けた。

「山本と中村に対しては、それぞれ二名の捜査員が二四時間フル行確しています。現状、二人に逃亡の気配はなく、普段通り会社と自宅の間を往復しています」

「女性にこんなことを言うのは気が引けるのですが……」

「かまいません」

存外に強い口調だった。一〇日以上樫山と行動を共にしてきたが、どこか頼りなかったキャリア警視の表情は、一人前の捜査員の顔になった。

「山本と中村は男女の関係です」

「以前そう仰《おっしゃ》っていましたね。二人の仲が今後の事情聴取にどう関係するのですか？」

「ある方法でいきます」

「どんな形で？　田川さんが山本を、私が中村を担当するということですよね」

「あまり綺麗なやり方ではありません。しかし、時間がない。それに、相手は金で人の頬を叩《はた》き、殺しを買うような輩です。我々としても、手段の良し悪しを選ぶ必要はないと考えています」

「具体的には？」

田川は胸のポケットから使い古したガラ携を取り出し、樫山の目の前に向けた。

「携帯電話？」

「樫山さんはいつものスマホをご用意ください」

田川は小声で樫山に事情聴取で用いるアイディアを伝えた。具体的な段取りを話し始めると、徐々に樫山の眉根が寄っていく。

「それはちょっと……」

「あまり筋の良い方法ではありません。しかし、彼らは口裏を合わせてくるでしょうし、アリバイも用意するはずです。もちろん、防犯カメラの映像を押さえていることは最後まで明かしませんが、その前の段階では、この方法で二人の心を揺さぶりたいのです」

「後々問題にならないでしょうか？」

「二人の事情聴取はあくまでも任意です。正式に逮捕し身柄を拘束した際は、ルールに則《のっと》って取り調べする必要があるでしょう。しかし、その前は違います」

自分でも驚くほど力んでいた。同時に、サバンナの会議室で長い脚をなんども組み替えた山本の表情が浮かぶ。余裕綽々《しゃくしゃく》、どこにも隙はない……明らかに田川を見下していた。だが、その一方、脚を組むことによってヘソを見せず、必死に罪を隠していた。それだけ警察が迫っていることへの恐れと不安があった証拠だ。

「早く完落ちさせねば、失意のまま殺された被害者に申し訳が立たない」

県警が用意した鑑識写真が頭の中で蘇る。真っ青に変色した藤井の顔、そして不自然な形に硬直してしまった手だ。

「田川さんのご提案に従います」

樫山が頷いたとき、新幹線が猛スピードで福島駅を通過した。

6

昼前から取材や打ち合わせが計三件、立て続けに入った。山本は中村を伴い、渋谷の国道二四六号沿いにある高級ホテルのラウンジに赴いた。

一つはビジネス誌の企画で、新たなビジネスに関するアプローチと顧客層の分析手法について一時間、ライターの取材に応じた。

その後は在京紙とテレビ局がそれぞれタイアップ記事を出してくれることになり、

タレントの起用やカメラマンの手配をしつつ、互いにスケジュールを練った。

ホテルのラウンジを出て渋谷駅に向かう途中、昼食を取り損ねたことに気づき、中村とともにセンター街近くのチェーンのラーメン屋に入った。

煮卵とチャーシュー付きの特製醤油ラーメンを啜りながら、山本は切り出した。

「こんな時間まで付き合わせてすまないな。それに、こんな味の強い学生向けラーメンだ。あとで埋め合わせする」

インド人のアルバイトから紙ナプキンをもらい、山本は口元を拭った。

「とんでもありません。こうして二人になるのは久しぶりですし私は嬉しいですよ」

食事を終えて箸を置き、中村がはにかんだように笑った。

「少し時間があるから、コーヒーを飲んでいこう」

山本はガラス戸越しに見える緑色の看板のコーヒーチェーン店を指した。

「ちょうど新作のラテが入っているはずです」

山本が席を立つと、インド人アルバイトが流暢な日本語で礼を言った。昼時を外して客もまばらなラーメン店の出口に向かい、ドアを押し開ける。中村を先に歩かせ、混み合う珈琲店に入る。

「夕方の会議まで少しだけ、よろしいですよね」

新作をオーダーした中村が笑みを浮かべた。

「少しだけとは？」

「もう少し二人でいたい、そういう意味です」

「了解」

顎で窓際のカウンター席を指すと、山本は先にスツールを二人分確保した。

ノートパソコンをこれ見よがしに広げる若者やタブレットでオンラインゲームに興じる高校生らで店はほぼ満席だった。

ダラダラとセンター街を行き交う学生や若者たちを眺めながら、山本は考えを巡らせた。問題は調査に入っている公取委の動きだ。配送料に絡んだ調査だけならば、山本の部署は切り抜けることができる。しかし、福田記者が解説記事で記したように、公取委が経産省や厚労省と連携していた場合、ことは厄介だ。

日本の匠シリーズの商品の大半は、頑固な職人やその弟子たちが手作りしているが、アパレルは別だ。役所が裏で手を結んで、縫製作業の過程にまで口出ししてくれば、新規事業は大きく出遅れる。

「お待たせしました」

山本の左横の席に中村が滑り込んだ。横顔を見ると、ほんのりと赤みがかっている。世間的にみれば、食事後の上司と部下だ。

中村の手からカップを受け取り、酸味のあるブレンドに口をつける。今、踏ん張って仕事の難局を乗り切り、刑事の追及をかわせば自分で描いてきたプランに一歩ずつ近づける。

ニューヨークでも香港でもいい。中村とともに気ままに旅を続け、苦労したサラリーマン生活を忘れる。

「なにを考えているんですか？　ちょっと難しい顔です」

山本はカップを窓際に押しやり、思い浮かんだ事柄を中村に話した。今、部下ではなく一人の女として見ている中村ははにかんだような笑みを浮かべた直後、表情を引き締めた。

「サバンナは大丈夫でしょうか？」

山本は即座に首を振った。

「公取委の件なら、上層部がなんとかする」

「あの件は？」

「証拠はこの世に残っていない、それは君が一番よく知っているじゃないか」

「でも、やっぱり心配で」

「大丈夫だよ」

大きなガラス戸に目をやり、山本はセンター街を歩く若者たちに目を凝らした。渋谷を行き交う若者たちのほとんどは、一生低賃金を強いられ、ボロ雑巾のように使い捨てられる運命が待っていることを知らない。下層民は下層の世界だけで交わり、上に別のクラスがあることさえ知らずに死んでいく。絶対に生き残ってやる、山本はひそかに念じた。

「なにか見落としがあるかもしれない、警察は私たちの知らない手段で証拠を見つけるんじゃないかと思うと、不安が不安を呼んでしまって」

中村が弱音を吐くと、目の前の人波が砕けた小さな氷に見え始めた。強風に煽《あお》られ、川面に張った氷が砕け、小さな塊となって海へと流れていく姿だ。

〈人殺し！〉

あの日の朝、吹き荒ぶ寒風を突き抜け、老婆の声が山本の耳に届いた。老婆が吐いた強烈な言葉は、冷め切っていた体を一気に沸騰させた。

風は異様に冷たく、山本の両頰を容赦なく突き刺した。だが、腹の底から、間欠泉のように怒りの水柱が背骨を突き抜け、一切の思考を遮断した。

押せ……強く自分に言い聞かせたのち、老婆を車椅子ごと押した。

口汚く自分を罵った老婆の体は羽毛布団のようだった。老婆が振り向き、驚きの表情を浮かべ、なんどか口を動かしていた。呪いの言葉を吐いたのか、助けを求めたのか。

老婆の両目は大きく見開かれ、山本ではなく、別の方向を見ていた。山本の後方にいたあのベトナム人の女に向けられていた。

老婆が今際《いまわ》の際になにを訴えたのか、今となってはわからない。だが、山本は数日に一度、水路に落ちるまでの老婆の軌跡がストップモーションのように夢の中で再生され、寝床から飛び起きる。

山本が車椅子を押した直後、老婆はとっさに振り返った。体をよじり、左手は車椅子の縁を掴んでいた。水路に落ちてしまえば、絶対に助からないのに、最後の最後まで生きようとあがく。老婆は重篤ながんに冒され、余命幾ばくもない体と知っていたはずだが、最後はなんとか助かろうとしたのではないか。

〈人殺し！〉

たった今、耳の裏側であのときの叫びが聞こえたような気がした。成仏するような死に方でなかったのはたしかだ。なぜ自分はあんな非道を働けたのだろう。

「山本さん、聞いていますか？」

「大丈夫だ」

仮に能代に行ったことが知られたにしても、やましいことはない。以前の仕事が気になったので出かけた、その一点で突き通す。そもそも、あの老婆を殺す動機、そしてその証拠を田川ら刑事たちはつかんでいない。状況証拠ばかり揃えても、肝心の動機とあのデータがなければ逮捕状を請求できない。

コーヒーをもう一口飲むと、山本はセンター街へ目を向けた。先ほど亡霊のように蘇ったどす黒い水の流れは消え去り、普段と変わらぬ人波が見える。山本がため息を吐いた直後だった。背中に人の気配を感じた。

「ご無沙汰しています」

振り返ると、時代遅れのコートを羽織り、大きな鞄を抱えた中年男が立っていた。以前と同じように柔和な語り口だが、目つきは一際険しい。中村は口元を手で覆っていた。

「少しお時間をいただけませんか」

「この一杯を飲み終える程度の時間でしたら」

オリジナルブレンドのカップを掲げると、目の前で中年男が首を振った。その直後、今まで店内でスマホのゲームに興じていた革ジャンの青年、週刊誌を読んでいたアパレル店員風の女が田川の背後に現れ、山本を取り囲んだ。

7

「ミネラルウォーターとウーロン茶しかありませんが、よろしければどうぞ」

田川は自販機で買ったボトル二本を会議机に置いた。対面には不貞腐《ふてくさ》れた山本が腕と脚を組み、座っている。

「てっきり取調室だと思っていました。ドラマの見過ぎですかね」

刑事課の隣にある一〇畳ほどの小さな会議室で、ウーロン茶に手を伸ばしながら山本が軽口を叩いた。

二〇分前、センター街で山本に任意同行を求め、覆面車両で渋谷署に連行した。田川の背後には、捜査一課の若手が陣取り、無言で山本を睨み続ける。山本は肩をすくめ、革ジャンの捜査員に促されて素直に車両に乗り込んだ。

渋谷署に移動する間、山本は一言も発しなかった。助手席から何度か振り返ると、山本に動揺した様子はなかった。かといって、観念した気配もうかがえなかった。捕まらない自信があるのか。田川は彫りの深い顔を睨んだ。

「任意で来ていただいているのに取調室というわけにはいきません。それに、取調室では飲み物や食事、嗜好《しこう》品を提供することは堅く禁じられています」

「なぜですか。昔の刑事ドラマでタバコや食事を勧めているシーンがありました」

「自供を得ても、その任意性が疑わしくなるからです。警察側が被疑者に物品を与えたことにより、虚偽の証言を誘導したと疑われる可能性があります」

田川はパイプ椅子にゆっくりと腰を下ろし、分厚くなった手帳を目の前に置いた。秋田出張を共にした古びた旅行鞄は机の下に片付けた。ウーロン茶を飲みながら、山本が手帳を凝視している。

田川はページをめくった。鉛筆やボールペンを使い、捜査の過程で目にしたもの、手で触れたもの、街に漂う匂いを残さず書き込んだ。そして数多《あまた》の証言を漏れなく書き込むことで、捜査の全容を把握し、事件のキモがどこにあるかを探り出す。幾重にも折り畳まれたリフィルは田川の強い筆圧で歪み、糊でつぎはぎしたメモが蛇腹状に連なる。

おまえのことは徹底的に調べた、言い逃れは絶対に許さない……そんな思いを込め、田川はページを繰り続けた。

「それでは、始めさせていただきます」

「弊社においでくだされればよかったのに」

口元に薄ら笑いを浮かべ、山本が言う。二五年前の田川であれば、襟首をつかんでふざけるなと言い放っただろう。

「なかなかお時間を取っていただけそうにないので、こんな形になってしまいました」

任意同行の意味を山本はよく理解している。口元の薄笑いは余裕の表れだ。一方、席に着いてからずっと脚を組んでいる。

「お尋ねしたい点がいくつかありますので、ご協力ください」

「なるべく手短にお願いします」

口元を歪め、山本が言った。

「悪いけど、アレを」

会議室のドア近くに控えていた革ジャンの捜査員に告げる。若手はすぐさまA4の茶封筒を差し出した。田川はゆっくりと封筒を開け、折りたたまれた紙を取り出した。

「少々お待ちください」

田川は四つ折りの紙を机の上に広げた。

「地図ですか？」

「東北六県分です」

折り目を均すため、田川は右手でゆっくりと地図に触れた。

「悪いが、アレも」

革ジャンの若手がピンク色の蛍光ペンを差し出した。このとき、田川は机の下に左手を潜り込ませ、ズボンのポケットからガラ携を取り出し、通話ボタンを押した。

全ては打ち合わせ通りだ。祈るような思いで、田川は机の下にある鞄の上にガラ携を置いた。

田川は老眼鏡をかけ、地図の右側に目を凝らした。〈仙台〉の表示に蛍光ペンを置き、これを高速道路に沿って走らす。仙台宮城インターから村田ジャンクションを経て、ピンクの線が山形道へと入った。

「なにをなさっているんですか？」

「行動履歴の確認です」

蛍光ペンの先が、村田ジャンクションから宮城川崎インター、笹谷《ささや》インターを経て、山形北インターへと移動した。

「あなたの足取りを地図の上で追っています」

ペンを一旦地図の上に置き、田川は手帳のページをめくった。

「今年二月六日、あなたは高速バスを利用して仙台から山形へ、そしてすぐまた秋田へと行かれました」

手帳から顔を上げ、山本の顔を睨む。口元の薄ら笑いは消えたが、頬が痙攣《けいれん》する、目が泳ぐ、肩が強張る……容疑者特有の兆候は表れない。

「ええ、行きましたよ」

「この日以前に山形に行かれたことはありますか？」

ペンを置き、田川は唐突に尋ねた。山本が少しだけ首を傾げている。

「仕事のほかにスキーや観光でなんどもあります。それがなにか？」

「山形名物でつったい肉そばという食べ物がありますが、ご存知ですか？」

「つったい……なんですか？」

「冷たいを山形弁でつったいと言います。肉そばは文字通り肉がのったそばのことです」

「そば処《どころ》なのは知っています。山形駅近くの食堂や専門店で、大きな木枠に盛られた板そばをいただいたことがあります。しかし、その冷たいなんとかは知りません」

山本の顔に戸惑いの色が浮かんだ。

準備万端で臨んでいるのであれば、意表を突く。長い刑事稼業で、なんども使った手だ。今、山本は頭の中で想定問答を繰っている。だが、そこに答えはない。ないことが狙いだ。

「今でこそB級グルメで人気ですが、寒村の厳しい歴史を体現するような食べ物です。かつて研修に来た山形県警の仲間から聞きました」

山本が眉根を寄せた。

「山形は米どころですが、かつては寒冷で稲作が盛んでなかった。そうした土地では、寒さに強いそばを作ります。山形や福島でそば打ちが盛んなのは、こうした背景があります」

「あの……」

戸惑いの色を濃くする山本が口を開きかけたが、田川は右手でこれを制す。

「貧しい農村では鶏を飼っていたそうです。卵を産んでくれる貴重な生き物ですからね」

焦れた様子の山本が会議机に右手を置き、ピアノの鍵盤を弾くように指を動かし始めた。

「しかし卵を産まなくなった老いた雌鶏《めんどり》は、最終的に出汁になります」

「出汁がどうしました？」

「雌鶏を潰して、鶏ガラで出汁を引き、硬くなった肉をそばの具にする。ひたすら卵を産んできたのに、最後は殺されてしまう鶏は不憫ですね」

机を叩く指のピッチが上がった。

「格差社会が問題になっていますが、つったい肉そばと今の日本は似ています。一人一人の働き手は雌鶏のように死ぬまで働かされる。そしてその死は誰にも注目されない」

言葉を区切り、田川は山本を睨んだ。

「現在は労働者の代わりがいくらでもいる。大企業は次々に現場へ鶏を投入する。日本人だけでなく、海外の貧しい国から引っ張ってきてでもです」

貧しい国の部分に力を込めると、対面の山本の目つきが変わった。明確な敵意の色が二つの瞳に宿った。

8

「さて、本題に戻りましょう」

再びペンを握り、田川は秋田市から北上するルートをなぞった。

「今度は翌二月七日の履歴です。早朝に秋田市のビジネスホテルをチェックアウトし、秋田駅から柳町新道行きの高速バスに乗った。間違いありませんか？」

「そうですよ」

落ち着き払って供述するのは詐欺犯や盗犯に多い。だが、目の前にいるのは、女性の命を奪った凶悪犯だ。平静な分だけ、粗暴な容疑者より数段タチが悪い。

「もう一度確認します。二月六日の午後二時過ぎ、あなたは仙台駅周辺の商業施設を視察したあと、同行したサバンナの同僚たちと別れ、山形に向かい、その日のうちに数駅だけ新幹線を利用し、そこから在来線で秋田へ向かった。なぜ仙台から新幹線を使わなかったのですか？　そのまま盛岡、秋田へ行けば不便もない」

「このところ忙しい日々が続いていたので、少しゆっくりしたかったのです」

「旅の目的はなんでしたか？」

「説明する義務があるのですか？」

「義務はありませんが、我々はあなたの行動に強い関心を抱いています。疑っていると言い換えることもできます。ご自分の口からご説明していただけませんか」

怒りの蒸気が腹の底から湧き上がるが、田川は努めて穏やかな口調で促した。

「サバンナに移籍する以前、私がオックスマートにいたことをご存知ですか？」

脚を組み直しながら山本が言う。

「オックスマートでの最後の仕事は、能代市郊外のショッピングモールの立ち上げでした。用地買収やテナント誘致、地元商工会との調整に明け暮れ、多大な労力を要しました」

田川は手帳のページを勢いよくめくった。能代の商店主、浅野を当たったときの記述が現れた。

〈ウチにも出店の誘いが来たが、テナント料が高すぎて話にならなかった〉

〈共存共栄と言いながら、テナントは割高な家賃を払える全国規模の企業ばかりだ〉

〈客足が落ち始めると容赦ない値下げセールが始まり、町の商店の客が根こそぎ奪われた〉

「能代駅近くの洋品店のご主人、浅野さんという方をご存知ですか？」

田川の問いかけに、山本が天井を見上げた。

「記憶にありません。全国各地を飛び回り、多くの人に会いました。その中のお一人なのかもしれませんね」

「浅野さんは、あなたのことを鮮明に記憶されていました」

「ですから、私は二月七日に秋田市から能代市へ行きました。手がけた仕事がどうなっているのか、ビジネスマンとして気になるじゃないですか」

「せっかく仙台まで来たのだから、能代も見ていこう、そういうことですか？」

田川の言葉に山本が頷いた。

「サバンナの仕事は多忙を極めています。新事業の足がかりとして、リアル店舗の運営も目前でして、それで候補地の一つ、仙台へ行きました。同じ東北です。この機会を逃すと、次はいつになるかわからなかったので秋田へ」

堰《せき》を切ったように山本が話した。

「同じ東北と仰いましたが、東京と宇都宮のようなわけにはいきません。仙台と能代は約三〇〇キロ離れています。東京・仙台間とあまり変わりません。それだけの距離をわざわざ移動したのですか？　しかも、あなたはもうサバンナの人です」

田川が訊くと、山本がため息を吐いた。

「新たな物件を一生懸命手がけたのです。進捗《しんちょく》状況が気になった、それだけのことです」

「だから、仙台に同行したサバンナの同僚にも行き先を告げずに能代へ？」

田川は手元の手帳のページをめくった。山本の事情聴取に踏み切る直前、樫山の手配で捜一の中堅巡査部長らがサバンナに急行し、同僚らから裏付けを取った。

山本が田川の手帳を凝視する。

「サバンナの同僚に気遣いさせたくない、いや、気づかれたくありませんでした」

「その気持ちは本当ですか？」

「田川さんに嘘を言っても始まらない。落ちぶれたとはいえ、オックスマートは流通業というくくりの中でサバンナの競合社ですから」

山本がまた脚を組み替え、言った。

「気づかれたくないのは、別の要因があったからではありませんか？」

田川の挑発に山本の眦《まなじり》が切れ上がる。

「動機と申し上げたほうが正確かもしれません」

田川は手帳のページをめくり、クリップで挟み込んでいた写真を取り上げた。

「二月七日午前八時二〇分前に能代の柳町新道、高速バスの停留所付近で撮影された一枚です」

写真を手元に置くと山本が覗き込む。サングラスをかけ、マスクを着用している男が写っている。

「能代署捜査員が回収した防犯カメラ映像です。県警と警視庁は、ここに写っている人物があなただと考えています」

「当日、どんな服装だったかはあまり記憶がありません」

写真から目を外し、山本が会議室の天井を見上げた。

「服装はこちらです。ご確認ください」

田川は手帳のページにクリップでとめた他の写真三枚を山本の手元に置いた。山形駅で新庄行の新幹線に乗車する直前の一枚では、黒っぽいコートの襟を立て、口元を隠している。だが、サングラスはかけていない。次の写真は山形新幹線から在来線に乗り換える際、新庄駅構内の売店でコーヒーを購入する姿が防犯カメラに鮮明に写ったものだった。三枚目は翌朝、秋田駅で能代方面へのバスに乗った直後だ。寒かったのか、コートの襟を立て、そしてマスクで顔の半分を覆い、サングラスも着用している。山本は写真を見比べ、口を閉ざす。

「警視庁には精緻《せいち》な顔認証システムがあります。防犯カメラから抽出した画像、写真をシステムにかけたところ、山本さんと同一人物であることが確認されました。その正確さはいくつかの裁判で証拠として採用された実績があります」

田川は手帳の別のページに挟んでいた新聞の切り抜きを取り出し、先ほどの写真の隣に置いた。サバンナの新規事業について取材を受ける山本の写真だ。

「私は仙台から山形を経由して、秋田、能代へと向かいました。なにも隠し立てすることではありません」

山本の言葉を聞き、田川はさらにページをめくった。

「ご説明、ありがとうございます。しかし、おかしいな」

田川はわざと間の抜けた声で言った。

「なにがですか？」

「秋田県警の捜査一課、能代署刑事課や他のメンバーが能代市内や建設予定地である郊外地の映像をくまなく探したのですが、山本さんの姿はどこにもなかった」

田川の手元には、のべ五〇名の警察官が調べた捜査資料の写しがある。

「これからご説明しようと思っていました」

山本が口を開いた。

「東京で緊急事案が発生したので、結局新しい施設の予定地は見られませんでした」

「そのようですね」

田川は新たに複数の写真を山本の手元に並べた。能代駅前でタクシーを拾った時の様子は、駅前に設置されたカメラに捉えられていた。その後は秋田空港まで急行し、ロビーやチェックインカウンター、保安検査場でも山本の姿が映っていた。

「私の言い分が正しいことをあなた方は確認しているじゃないですか」

山本の額に薄らと汗が滲んだ。田川はページをめくり、クリップで留められたもう一枚を差し出した。

「これはどうですか?」

秋田空港で捉えられたものと違い、マスクとサングラスを着用し、コートの襟を立てて俯き気味に歩く姿の一枚だ。

「私ですね。これがなにか?」

山本の声を聞いた瞬間、田川は問題の一枚を裏返した。

〈二月七日 能代市児童遊戯施設……〉

県警捜査一課の認印が押してある。

「こちらは、藤井さんという女性が亡くなった現場近く、市の公共施設の駐車場にある防犯カメラが捉えた一枚です。今、あなたはご自分だと認められた。ここは新たな施設から一五キロ以上離れていますし、郊外に行くバスの便もない。それに、近くまであなたを乗せたタクシーの運転手がはっきり覚えていました」

「そうですか……」

山本の声が萎む。

「なぜこの場所、米代川沿いにある水路の近辺に行かれたのですか?」

「長時間バスに乗っていて、暖房で顔がほてっていました。風に当たりたかったので」

「なぜわざわざタクシーに乗り換えてまで？」

田川が身を乗り出すと、山本が首を振った。

「少し、休憩してもいいですか？」

「もちろん」

田川は写真の横にあるミネラルウォーターのボトルを山本の前に差し出した。

9

山本が小休止してから五分が経過した。田川は忙しなく手帳のページを繰りながら山本を観察し続けた。山本はペットボトルの中身を一気に飲み干した。過度に緊張を強いられると、人間は喉が渇く。

「いかがですか、あと少しだけお付き合いいただけませんか？」

大きく息を吐き、山本が椅子に座り直した。今までと同様、長い脚を組み、ヘソを田川に向けない。

「電話はどなたから？　あるいはメールでしたか？」

「なんのことでしょう？」

「二月七日の朝、あなたが能代市に到着してから、重要な連絡が入ったとおっしゃいました。もし構わなければ、連絡の主をお聞かせいただきたいのです」

田川は山本の顔を凝視した。黒目がわずかに左右両方向へ動き、山本が口を開いた。

「たしか、アシスタントからでした。社の重要な会議が開かれる、参加は可能か、そんな内容だったと思います」

「そうですか」

短く言い、田川はページをめくった。

「おかしいな」

田川は手帳から顔を上げた。

「我々が入手した通信履歴によれば、その時間帯にあなたのスマホに電話はおろかメール、メッセージの類いは着信していません」

手帳には、樫山が裁判所に令状を発付してもらい、通信会社から正規に取り寄せた一覧表がある。田川はコピーをリフィルに貼り付けていた。広げて見せると、山本が強く首を振った。

「SNSのダイレクトメッセージを使用していました」

山本は利用者数の多いアメリカのサービスの名を口にした。

「その履歴を見せていただくのは可能ですか？」

「残念ながら不可能です。一カ月前に退会しました。最近、ヘイト発言や罵詈雑言《ばりぞうごん》が溢れているので、辟易《へきえき》していまして」

　山本の額の汗が増した。

「それでは、裁判所の令状とともに捜査協力を依頼します」

　田川はゆっくりと手帳の余白にＳＮＳの会社名を書き込んだ。

「送信してきたのは、部下の中村さんですね？」

「そうです」

　田川は部屋の隅にいる革ジャンの捜査員に目をやった。

「アレを」

　田川が指示すると、若い捜査員が近くの机に置いた茶封筒から書類を取り出した。書類を手に取り、老眼鏡をかけた。人差し指で細かい文字と数字をなぞり、山本に顔を向けた。

「やはり中村さんからも発信した履歴はありませんね」

　田川の言葉に山本が頷いた。

「通信に関しても二人で打ち合わせをしたのですか？　いや、二人で口裏合わせしたのかと尋ねています」

　会議机の対面で、山本が目を見開いている。

「もういい加減にしませんか？」

田川は思い切り声のトーンを落とした。

「私は仙台から能代へ行った。前に手がけた仕事が気になっていたからです」

「違う、あなたは嘘をついている。なんのために能代へ行ったのですか？　本当の目的を話してもらえませんか」

田川が切り込むと、山本が眉根を寄せた。

「ですから……」

山本が反論を試みた瞬間、田川は右の拳を会議机に叩きつけた。

「我々警察はあなたを疑っている。それも凶悪な殺人事件の被疑者としてです」

山本がわざとらしく大きなため息を吐いた。

「私は容疑をかけられるようなことはしていない」

山本が両手で強く机を叩いた。

「警察が防犯カメラの映像や写真をたくさん集めようが、私が殺しをした瞬間をとらえた物があるのですか？　決定的な一枚がないから、こうして回りくどいことをして、私を圧迫し、自供を強要している。不当な事情聴取です」

一気に告げると、山本は椅子に座りなおした。依然として脚を組む。大声を出して抗弁する。田川は山本を睨んだあと、机に散らばった写真を回収した。

「もういいですか？」

なおも山本が大声を出す。田川は集めた写真を丁寧に揃えたあと、手帳のポケットから別の一枚を取り出し、山本の目の前に置いた。

「これをよく見てください」

田川は写真を指した。太い人差し指の先には、真っ青に変色した人の手が写っている。

「こんなグロテスクな物を見せて、無理やり供述を引っ張り出すつもりですか？」

「いいから、よく見て」

山本が金切り声を上げる一方、田川は思い切り低い声で応じた。

「犠牲者は藤井詩子さん、直接の死因は急激な体温低下に伴う心不全です」

山本が写真から顔を背ける。

「末期がんで極度に体力が落ちていた彼女が氷点下の水に突き落とされたら、結果は明らかだ。そして、彼女を車椅子ごと突き落としたのが、あなたです」

田川は言い終えると、山本を睨みつけた。山本は駄々っ子のように体を反らし、写真から顔を遠ざけた。

10

「山本さん、見てください」

　田川は椅子から立ち上がり、鑑識写真をつかんだ。体を反らした山本の傍に立ち、写真を顔の前にかざした。

「二月七日、あなたの計画は成功したかにみえた。だが、後日この写真を私が目にした瞬間から、事態は変わり、あなたに行き着いた」

「やめてください！」

　山本が田川の手を払いのけると、甲高い声を発した。

「被害者が遺《のこ》したこの手は、我々警察官の間では〝殺しの手〟と呼ばれています」

　払われて机に落ちた写真を取り上げた。

「末期がんの患者が車椅子ごと水路に転落した。自殺かもしれない。だが、あのとき、水路の脇にはベトナム人労働者がいた。アインという女性です」

　椅子に座りなおし、田川は山本を見据えた。

「あなたが当初描いたプラン通りに事は運びました。アインは藤井に殺してくれと頼まれ、車椅子を押したと自首し、逮捕されました。絶対にあなたの要求を断れないコウベテキスタイルの黒田を使い、アインを買収したからだ」

田川は手元にある写真を見つめた。秋田市から能代市へと移動する車中でこの写真を目にしていなければ山本と向き合うこともなかった。自分は失意のまま殺された、犯人を捜してほしい……死後硬直した藤井の手が、写真の中で動き出しそうだ。

「この不自然な手の向きは、覚悟を決めた被害者のものではなかった」

写真に目を向けながら、田川は言った。

「これは任意の事情聴取ですよね。私は自分の意思でこの場所から出ていきます」

机を力一杯叩き、山本が椅子から腰を上げた。

「もう逃げ場はない」

下から睨み上げると、山本が露骨に舌打ちした。

「私がその方を殺したという明確な証拠はあるのですか？　私がその人を殺す動機は？」

「今のところ証拠はありません。ただ、あなたが金で犯罪を請け負わせたアインは、自分が被疑者ではないと証言を翻しつつあります」

「警察お得意の自白の強要でもしたからじゃないのですか？　現に、私は任意聴取なのに高圧的な態度で供述を誘導されている！」

「違いますね」

「それなら、私がその方を殺す動機はなんですか？」

「サバンナという巨大企業、そしてあなた自身のキャリアと体面を守るためです」

「随分と大雑把な動機ですね。しかしその方と会ったことはないし、恨みを持つようなこともされていない」

田川は強く首を振った。山本の両手が、机の端をつかんでいた。追い詰められ、自身が崖っぷちにいることを内心悟っているのかもしれない。田川は手応えを感じた。

「彼女は故郷能代を壊したオックスマートを忌み嫌っていた。それに、大切な友人の姪をたぶらかし、みごもっていたその姪、大高雅子さんを自殺に追い込んだ山本という担当者をね」

田川は手帳のページをめくり、浅野老人を当たったときのメモを凝視した。話を聞きながら、自分でも怒りが湧いてきた。手帳の紙に太い文字が刻まれている。

「また、藤井さんはアインという良き理解者の人生とプライドを粉々にした大企業に憤っていました。現に、彼女はサバンナに抗議の電話を入れた」

「それこそ何度も言っているじゃないですか。私の部下の中村が申し上げた通り、藤井さんという方が弊社にクレームを入れられた際のデータは、システムトラブルによって消失してしまいました。私の関知するところではない」

乱暴に言い放つと、山本が挑発的な目線で田川を睨んだ。

「電話を受けたオペレーターにしても、大きなトラブルでなかったと報告しています。田川さんも確認しているはずです」

「そうでしょうか？　私はデータが残っていると睨んでいます」

　田川は冷静に切り返す。

「では、どこにあるというのですか？」

「彼女が隠し持っている、そんな気がしてならない」

「彼女とは？」

　山本が眉根を寄せた。

「中村さんですよ。文字通り、あなたの彼女、いや愛人と言った方が正確だ」

「バカなことを言わないでください。彼女はオックスマート時代からの同僚で、優秀な部下です。しかし、想像されているような関係ではありません」

「サバンナという巨大な企業、そして愛するあなたのプライドを守るために、彼女が共犯を買って出た、違いますか？」

「あり得ない！」

　山本のこめかみにいく筋も血管が浮き出し、顔全体が紅潮した。

「我々が間合いを詰めるに従い、彼女は追い込まれた。いくら愛する人のためとはいえ、もはや耐えきれない、そんな思いを抱いていたらどうでしょうか？」

「ふざけるな！」

山本が握り拳で強く机を叩いた。

「中村は部下だ。彼女でも愛人でもない！」

「そんな冷たいことを言ってもいいのですか？　彼女は間違いなく共犯として訴追される。せめてあなたの指示だったと証言してはいかがですか。情状面での心証は幾分よくなるでしょう」

「くどいよ、田川さん！　たかだか部下の女を、なぜ俺が庇う必要があるんだ！」

「あなたが彼女を愛していることを咎《とが》めているわけではないのです」

「だから、中村は部下だ。それ以上でも以下でもない。彼女の能力は買っているが、愛しているという感情は一切ない！」

もう一度山本が机を叩いた。直後、田川は机の下、鞄の上に置いたガラ携を取り上げた。

「樫山さん、様子はいかがですか？」

上司の名を呼んだあと、田川はスピーカーフォンのボタンを押した。

〈相当に驚いたようです。この声、聞こえますか？〉

田川のガラ携の小さなスピーカーから、女のすすり泣きが漏れ聞こえた。

「そろそろ本当のことを言ったらどうだ。もう、あなたは終わりだ」

ガラ携を机に置くと、山本が力なく椅子に座り込んだ。

11

渋谷署二階会議室から飛び出すと、田川は四階の部屋に駆け込んだ。生活安全課が使っている八畳ほどのスペースのドアを開けると、異様な光景が目に飛び込んできた。中村が会議机に突っ伏している。電話越しに聞こえた嗚咽《おえつ》が田川の両耳に突き刺さる。

「田川さん……」

樫山が顔を曇らせ、外に出るよう視線で促した。部屋には渋谷署の女性捜査員が二人いる。中村がさらに動揺して暴れれば、二人が制してくれる。田川はガラ携を握りしめ、薄暗い廊下に出た。

「効き過ぎだったかもしれません」

廊下に出るなり、樫山が顔をしかめた。

「糸が切れましたか？」

「ええ、ぷっつりと」

樫山がドアの方向に目をやる。扉越しでも中村の泣き声が漏れ聞こえてくる。

「彼らは犯罪に手を染めたのです。手緩いやり方では罪の重さを実感できません」

昨夜、東京に戻る新幹線で明かした通り、あまり筋のよくない手段を講じた。警視庁本部や渋谷署の取調室は可視化に伴い、録音と録画機材が配備されている。任意であろうと、部屋に入った瞬間から事情聴取は全て記録する決まりだ。そこで考えついたのが、装備のないスペースで「囚人のジレンマ」を応用することだった。

囚人のジレンマは練達の刑事たちが使う取り調べ手法の一つだ。頑なに否認する複数の容疑者を別々の部屋に入れる。そして双方に、先に自白すれば罪を軽くしてやると告げる。しばらく時間が経ったあと、別の捜査員が取調官に耳打ちしてその場を去る。対面にいる容疑者は、仲間が自分を売って自供したかと疑心暗鬼に陥り、最終的に犯行を口にする。

今回、田川は山本の冷徹かつ自分勝手な性格を見抜いた上で、献身的に仕えてきた中村を揺さぶる作戦を実行した。中村は、山本に任意同行を求めた直後に樫山が近づき、渋谷署に連れてきた。警察が迫っている気配は本人も強く感じ取り、胸の中に不安が渦巻いていたはずだ。

田川と山本のやりとりをガラ携で電波に乗せ、別室にいる樫山のスマホへと送り出した。打ち合わせ通り、樫山はイヤホンで田川の調べを聞き、決定打が出る直前に中村に対して別室のやりとりを聞かせた。愛する山本が調べを受けているだけでも相当な心理的な負担になる。そこに山本の本音をぶつけるという奇策に出た。

「彼女はなにか話しましたか？」

「嘘だ、そう叫んでから異変が……」

樫山によれば、山本が愛情とは無縁との趣旨で話し始めると、中村は口元を歪め、強く唇を嚙んだという。その後は一気に涙腺《るいせん》が決壊し、奇声を発した。

捜査二課の後輩の話を思い出した。結婚詐欺を専門に追う刑事から、何人もの騙された女の哀れな様子を聞かされた。山本が中村をどのように籠絡《ろうらく》し、なにを餌にしてきたのかはこれから調べるが、有能な女はいきなり太い支柱を失い、激しく動揺したのだ。

「それでは、私が尋問します」

田川は扉を軽くノックすると、部屋に入った。渋谷署刑事課、生活安全課の女性捜査員が腕を組み、中村を監視していた。二人に会釈すると、田川は中村の対面に座った。

「私のことを覚えておられますか？」

田川の声に、中村がゆっくりと顔を上げた。両目が真っ赤に充血しているほか、涙で化粧が崩れたのか、目元が黒く変色している。

「酷い人ですね」

「あなたの曇った目をなんとかしてあげたかった」

「うそ」

中村の声は思い切り低い。オカルト映画で見た悪霊が乗り移った霊媒師のようだ。

「私の目は曇っていなかった」

腹の底から絞り出すような声音だ。

「あの男の本心、私が気づかずにいるとでも思ったの?」

中村が右手で目元を拭う。据わった両目が一層凄みを増す。

二課の後輩から聞いた話とは全く感触が違う。騙された女たちは、相手が逮捕されたあとも男を庇う。田川自身が関わったDV事件も同じだった。男に貢いだ挙句、殴る蹴るの暴行を受けた女は、自分に落ち度があったから暴力を受けたと泣きながら相手の放免を懇願した。

「あんた、バカじゃないの」

突然、中村が樫山を睨み、罵声を発した。

「どういう意味?」

「嘘泣きに騙されるなんて、バカみたい」

ハンドバッグを開け、中村が化粧ポーチと濡れティッシュを取り出し、乱れたメイクを手慣れた様子で直し始めた。

「嘘泣きですって？」

たちまち樫山が目を剝く。

「そうよ」

滲んだマスカラが目元から消えた。中村は鋭い眼光でなおも樫山を睨む。

「どういう意味ですか？」

田川の問いかけに、中村が低い声で話し始めた。

「蜥蜴《とかげ》のしっぽ切りという言葉をご存知でしょう？」

中村が口元を歪め、気味の悪い笑みを浮かべた。

「スマホを取り出しても？」

「どうぞ」

ハンドバッグからシルバーのカバーが付いた大型のスマホを取り出すと、中村がなんどか画面をタップした。

「なにをする気ですか？」

田川の問いに、中村がもう一度気味の悪い笑みを浮かべ、言葉を継いだ。

「田川さんが必死に探していたものを出してあげる、そう言ったらどうなさいますか？」

「なんだって？」

田川は樫山に目をやる。樫山も驚いた様子で、中村の肩をつかむ。

「なにがあるっていうの？」

「触らないでよ」

中村が体をよじり、樫山の手を振りほどく。同時にスマホの画面をタップすると、小さなスピーカーから鮮明な音声が流れ始めた。

〈大変お待たせいたしました。こちらサバンナ・カスタマーセンターの兵藤《ひょうどう》がお受けいたします〉

〈私、サバンナに言いたいことがあって電話したんやけど〉

〈どういったご用件でしょうか〉

〈あんたらサバンナって、日本の匠とかいう謳《うた》い文句で新たな事業を始めるらしいやん〉

〈お客さま、我々は情報を持ち合わせておりません。どのようなご用件でしょうか。後日、改めてご説明させて……〉

〈ふざけんといて、役所のたらい回しみたいなことはやめんかいや〉

〈どうか落ち着いてください。ご用件を承りますので、ゆっくりお話しいただけますか〉

〈山本康裕っちゅう偉い人がいてるでしょう？　その人に電話、替わってもらわれへ

んかなあ〉

〈こちらで特定のスタッフへのお取次はいたしかねます〉

〈山本は人殺しや！　何も知らない女の子に手え出して子供作ったくせに、手切金もなしに捨ててしもうてな。よう聞きや、しまいにその女の子は、お腹の子と一緒に死んでしもたんやで！　私はなあ、その女の子の母親から直接遺書を読ませてもろたし、ほんまのことやで！〉

〈お待ちください、そのようなことを仰られても……〉

〈ええから、はよ山本に取り次がんかいや！〉

〈ですから、規則でそれはできかねます〉

〈彼女だけやないで。山本は孫請けの縫製工場に勤めるベトナム人技能実習生まで食いもんにしとんのや〉

〈お客さま、これ以上は我々の職務では対応しかねます〉

〈ほんなら、弁護士に相談して、正式に告発しよか？　それでもええん？　ええか？　穏便に済ませたかったら、今すぐ山本を電話に出したらええだけの話やん〉

〈できかねます。こちらの電話は録音されております。しかるべきタイミングで、弊社のコンプライアンス担当のスタッフとも相談して……〉

〈そんなまどろっこしいことは無理や。こっちは年寄りやし、いつ死ぬかもわからん。

今、私の横に、アインいう山本の被害者がおるんや。孫請け企業に強引に女を提供させるやなんて、内規違反どころか、立派な犯罪でしょうが〉

〈ですから……〉

〈アイン、あんたらベトナム人実習生がコウベテキスタイルにどんだけ酷いことをされたんか説明するし、あんたもこっちに来《き》い！　あんたは歴とした性暴力の被害者なんやから！〉

田川は樫山と顔を見合わせた。中村は口元に薄ら笑いを浮かべ、スマホの画面に触れ音声を止めた。

「これは……」

田川がスマホを指すと、中村が頷いた。

「これが初回の電話。まだ七回分のデータがあるわ。田川さんもさっき言っていたじゃない。私が持っているって。正解よ」

「なぜ今頃……」

樫山が眉根を寄せ、唸った。

「外資系企業ではね、自分の身は自分で守らなきゃいけないの。特に、サバンナみたいな競争の激しい大企業は、常に内外の敵が私のポジションを狙っている」

「それでは、あなたは今まで我々のデータ提供要請に嘘をついていたのか？」

冷静に対応しなければならないのはわかっているが、頭に血がのぼる。

「裁判所の正式な令状をお持ちでしたか?」

中村が平然と言ってのける。

「持っていなかった。しかし……」

「この事情聴取も任意よね。私の善意で捜査に協力して話をした。しかも犯罪の動機となるデータを提供します。システム担当者の尽力で昨晩データが復旧したので」

中村が不敵な笑みを浮かべた。嘘に決まっている。捜査の重要な証拠をどこで差し出すか、中村は慎重にタイミングを見計らっていたのだ。

「では、正式に裁判所に捜索差押許可状を発付してもらいますので、そのスマホを……」

田川が告げると、中村が右手でこれを制し、再びバッグに目をやった。

「そう仰ると思って、こうしてきました」

バッグの中から薄型のノートパソコンを取り出すと、中村が机の上に置いた。

「再生しますよ。こちらが元データ」

中村がキーボードを押すと、音声が再生された。

〈あんたらサバンナって、日本の匠とかいう謳い文句で新たな事業を始めるらしいやん〉

「音声データを至急秋田県警に転送させてください。現地で介護施設のスタッフにこれが藤井さんの肉声だと確認してもらうために」

樫山がスマホで県警の佐々木を呼び出した。咳払いしたのち、田川はもう一度中村と向き合った。

「以前から、こうなることを予想していたんですか？」

「保険はかけておかないと」

醒めた両目で中村が田川を睨み上げる。

身震いするほど中村の視線が鋭い。

田川は中村の手を凝視した。左手の人差し指にシルバーのリングが光る。同時に、老占い師の言葉が頭をよぎった。

〈左手の人差し指に指輪をはめる人は、自らの積極性を高めたいという強い意志を持っている。色恋の方面では、「自分をずっと観ていてほしい」という願望があるわ〉

自分の記憶を辿る。自分は中村の動機を色恋だけで判断した。だが、正解は積極性という部分にあった。中村は自らの立場を守ると同時にキャリアアップも狙っていた。

「山本さんを切る、そう判断したのはあなただけの判断ではないですね？」

田川の頭の片隅に浮かんだ言葉を樫山が代弁した。

「私の判断です。色恋の部分があったのは事実です」

一瞬だが、中村が下を向いた。しかし、すぐに顔を上げ、田川を睨んだ。

「今回の一連の流れの中で、山本があちこちで不貞を働いていたことがわかりました。薄々感づいてはいましたけど、女は私だけじゃなかった」

中村は下唇を嚙んだあと、言葉を継いだ。

「先ほど、愛情はないってあの人が言っていましたけど、そんなことはわかっていました。私の前で娘に電話したり、無神経に家庭の話をしたり。それに、すごいケチ。会社の経費は湯水のように使うのに、自腹のランチはチェーンのラーメンとかあたりまえ。ホテルで会うときも、コンビニで水を買わされるの。だから、いつか捨てられる、そんな気配は常にね」

中村が天井を仰ぎ見たあと、田川の顔を見た。

「山本は自分のキャリアと立場を守るために、違法行為に手を染めた。しかも殺人という凶悪な犯罪でした」

「あなたは立派な共犯だ」

田川の言葉に中村が強く首を振る。

「私は凶悪犯を告発したんですよ。それとも、このデータを持ち帰ってもよろしいですか？　そうすれば、事件は永遠に解決しませんよ」

自信たっぷりの口調で中村が言った。その視線はスマホとパソコンに向けられている。

「蜥蜴のしっぽ切りとは、サバンナの上層部が自分たちの体面を守るために、山本さんを差し出した、そういう意味ですか？」

「さあ、どうでしょう」

口元を歪め、中村が笑った。

「中村さん、あなたの見返りは？　アインと同じように多額の現金でも受け取る約束でもしたのですか？」

田川の問いかけに、中村が首を振る。

「勘違いしないで。私は上司の不正に気づき、こうして殺人の動機となる証拠を提出したんですよ。そんな善意の市民に疑いをかけるの？」

もう一度、中村が不敵な笑いを浮かべ言葉を継いだ。

「近く、サバンナが山本に処分を下すと思います。新サービスの導入に当たり、業者からリベートをもらっていた疑いがあるので。三〇〇万円とか、他にもあるみたいね。例えば、スイスの高級腕時計とか、レストランの食事クーポン、ドイツ車なんかもあるかも」

中村の口が醜く歪んだ。

「もしや、サバンナは会社として山本を泳がせていたのですか？」

「私のような一介のスタッフには深い事情はわかりません。ただ、私は上司の不正を見逃すことができず、内部のしかるべき人間に相談をしていました」

姿勢を正すと、中村が言い切った。

12

「田川警部補、中村は三軒茶屋のサバンナ本社に戻り、いつものように淡々と業務をこなしています」

「逃げる気配はないな?」

「ありません」

捜査一課の革ジャン捜査員が田川の耳元で報告し、樫山にも一礼して会議室を後にした。

「彼女の方が上手《うわて》だった、そういうことですね」

ため息交じりに樫山が言った。

「なんとか彼女も逮捕したいのですが……」

中村の事情聴取を終えてから一時間後、田川と樫山は渋谷署に残り、今後の方策を協議した。山本は引き続き捜一刑事たちの監視の下、会議室にいる。

中村が藤井との会話録音データを開示したことを告げると、山本は肩を落として黙りこくった。弁護士を呼ぶかと尋ねたが山本は首を振った。完全降伏だった。

「電話で秋田の次席検事と話しましたが、中村の起訴は難しいということでした」

「ある種の司法取引みたいなものだ」

中村が事情聴取の間に言ったように、田川と樫山がサバンナに何度も押しかける間、裁判所が発付した令状を持参したわけではなかった。この間、データがシステム障害によって消去されたとの証言はもちろんうそだが、これを立証する術はない。中村を訴追するだけの証拠になり得ない。さらにデータはシステムの復旧により回復された。中村の方が一枚も二枚も上手だった。

「悔しい」

突然、樫山が机を拳で叩いた。

「真相ははっきりしました。今、できることを全力でやりましょう」

田川が伝えると、樫山が眉根を寄せたまま頷いた。

「ちょっと、失礼します」

机の上に置いたスマホが鈍い音を立てて振動し始めると、樫山が普段の優秀なキャリアの顔に戻った。

「はい、そうです。田川さんとも協議して……」

スマホを握り、樫山が立ち上がる。樫山は空いた左手の親指を立ててみせた。警視庁上層部、あるいは警察庁の幹部から入電だ。

田川は、手帳を睨みながら今後の段取りを考える。

一番の当事者は秋田県警と能代署の捜査本部だ。藤井殺害を自供したアインを現在も勾留している。田川と樫山で真犯人《ホンボシ》の山本の身柄を能代署へ連行し、秋田県警に引き渡す。取り調べを田川と樫山が補助しながら、アインが偽証し、サバンナと山本を庇っていたことを証明する。その間、秋田県警の佐々木警部らが山本から完全な自供を得て対外的に公表し、秋田地検へ送致する……あと四、五日で田川の役目は終わる。

会議室の窓際で上司と連絡する樫山の横顔を見ながら、事件を振り返る。今回の発端は、名も無い一市民の告発から始まった。

幼い頃から苦労を重ねた女性は、秋田から神戸へと移り、身を粉にして働き続け、そして終の住処《すみか》として生まれ故郷の能代へ戻った。

そこでサバンナという巨大な企業が日本の商慣行やそこに関わる人々の生活を粉々に壊していることに気づき、強く憤った。その際、同志となったのがベトナム人のアインだった。だが、藤井の義憤はあっさりと覆された。

アインはベトナムの平均年収の一〇倍という途方もない金に釣られ、良き理解者だった藤井を殺す計画に加担した。

人の心を金で買う行為の背後には、日本の歪んだ姿が潜んでいた。デフレが止まらず、企業も消費者も疲弊していた。そんな環境下で勢いを増したのがネット通販業者であり、自らの意思がどこまでも通用すると勘違いした山本だった。

田川は先日目にした大和新聞の特集記事を思い起こした。

政府は外国人労働者を正式に受け入れるため、出入国管理法を改正した。今後五年間で三〇万人超の外国人を正規に入国させ、労働力不足を補う方針だ。

記事の中には、政府が制度を整えることで悪徳ブローカーを排除する狙いがあるとの記述があった。表向き、アインらのような過酷な環境で働く外国人は減るだろう。だが、黒田のように使う側の意識が変わらなければ、悪徳ブローカーを排除したところで悲劇はなくならない。

今度は神戸の安藤の言葉が頭をよぎる。二四時間サービス、即日配達……消費者のあくなき欲求に応えるため、企業は無理をしすぎている。

窓際で話し続ける樫山の横顔を見る。外国人労働者の受け入れを決めた中央官庁の役人と、樫山は同じ土俵にいる。だが、制度を作った高級官僚たちと、今の樫山では随分と物の見え方が違うはずだ。

「失礼しました」

画面をタッチした樫山が、会議机の上にスマホを置いた。

「段取りは決まりましたか？」

「ええ。本日二月一九日中に秋田県警が山本の身柄を受け取りにきます。明日の始発の新幹線で我々も秋田へ同行することに」

「地検はどうなりました？」

「山本の正式な聴取を経てから、アインに改めて事情を聴く。その後、アインが素直に偽証を認めれば、後々公判の心証が良くなる、そんな道筋が警察庁上層部と検察との間でできつつあります」

「そうですか」

田川は両手を後頭部に当て、椅子の背に寄りかかった。

「秋田の皆さんがいらっしゃる前に、詳しい動機を聴いておきましょうか」

田川は天井を仰ぎ見た。渋谷署の下のフロアの会議室には、項垂れた山本がいる。藤井殺害に至る詳しい状況を知り、これをメモにまとめて秋田へ引き継ぐ必要がある。

「私も一緒に話を聞いてもよろしいですか？」

スマホをポケットに片付けながら、樫山が言った。

「もちろんです。行きましょう」

田川は腰を上げた。

〈アイン、ベトナム人実習生がいかに酷いことをされたのか説明するからこっちに来て!〉

13

田川の隣で樫山がパソコンのキーを押し、音声ファイルを止めた。両目を閉じ、腕組みしていた山本が、大きな息を吐き出した。

「これが動機ですね。他にもあなたを名指ししている録音データがある」

田川が切り出すと、山本が両腕で頭部を覆って、嗚咽を漏らし始めた。

「秋田の施設のスタッフたちが、この音声が藤井さんのものだと確認しました」

樫山が低い声で告げると、掌で目元を拭った山本が顔をあげた。

「もう一度確認します。今の段階で弁護士を呼ぶことは可能です。会社の顧問弁護士なり、個人的に付き合いのある先生なりに連絡できますよ」

山本が強く首を振った。

「逃げ場はないようです。弁護士を入れたところで、その音声データがある以上どうにもならない。それに、会社が顧問弁護士を回してくれるとは思えません」

山本がため息を吐き、言った。

「なぜ顧問弁護士がダメなのですか？」

「顧問はサバンナを守るために仕事をします。こんな事態になったら、私を切り捨てるために全力を尽くすのが雇われ弁護士の使命です」

吐き捨てるように山本が言った。

「わかりました、あなたの意見を尊重します」

田川は短く告げ、会議机の上に分厚くなった手帳を置いた。

「秋田県警の捜査員が来るまでに、簡単な事情聴取を行います。よろしいですね？」

田川の言葉に山本が頷く。

「なぜ、藤井さんを車椅子ごと押したのですか？」

「激しく罵られました」

「それで逆上した？」

「逆上とは少し違うかもしれません。しかし、私の気持ちのどこかで強い意志が働いていたのは間違いありません」

山本が吐いた〈強い意志〉という言葉を素早く手帳に刻み込む。田川の隣で樫山がスマホの録音アプリを起動させ、机の上に載せる。

「あなたは仙台出張を利用し、藤井さんとの接触を試み、実際に米代川沿いの水路脇で対面した。これは計画的な行動ととらえてよろしいですか？」

「はい……」

「いつからプランを？」

「今年の初め、一月の初旬くらいからです」

病気を苦にした自殺と幇助ではなく、明確な殺人事件だ。あの鑑識写真を目にすることがなかったら、山本は今目の前で項垂れていることはなかった。いつものように自信満々の表情でオフィスに陣取り、中村や取引先アパレルブランドの華やかな人たちとともに、エリートサラリーマンとして仕事を仕切っていたはずだ。

「どうやって計画を進めたのですか？」

田川は自分の質問要旨を手帳に刻み、山本の顔を見た。今まで反り返っていた体は俯き気味となり、脚も組んでいない。必然的にへそが田川に向いている。ようやく山本は観念し、本当のことを語り始めた。

「孫請けのコウベテキスタイルの黒田さんを使い、アインと連絡をつけるよう段取りを始めました」

「どのように依頼したのですか？」

田川はさらに切り込んだ。山本が諦めたように首を振った。

「手伝わねば、今後一切取引しないと暗に伝えました」

ぽつりぽつりと山本が経緯を話し始めた。

事件の一〇日前、黒田をアインに接触させた。命令に従った黒田は神戸から秋田空港、そして能代へと赴き、中村が用意した連絡用のスマホをアインに手渡した。アインと黒田、そして山本はスマホを使って互いに連絡を取り合い、犯行に至ったという。

「孫請けの弱みにつけこんだ？」

「あいつらは、そういう生き物なんですよ！　あの女は典型だ。下にいる者には当たりちらし、強い者にはこびへつらう。裏表《うらおもて》がはっきりしすぎるくらいだから使いました」

田川は歯をくいしばった。怒りで山本をなぐりそうだ。そういう生き物の部分が一番表われているきたならしい人物がおまえだ、口元まで来た言葉をなんとか飲み込んだ。

通信会社に通話履歴を確認する必要はあるが、山本の言葉に嘘はないようだ。

「一連の作業は山本さんご自身の手で行いましたか？」

「いいえ。業務に忙殺されていましたから、アシスタントに手伝ってもらいました」

山本が発したアシスタントという言葉に、樫山が鋭く反応した。

「中村さんですね？」

山本が力なく頷く。

「ここは重要な点です。中村さんはあなたの要請で黒田をメッセンジャーとして使い、アインを見つけ出し、その後に連絡手段を確保した。間違いありませんね？」

「はい……」

田川は樫山と顔を見合わせた。

中村は殺人事件の動機となる音声ファイルを任意提出し、一人のうのうと逃れた。だが、目の前にいる山本の証言の裏が取れれば、中村も共犯として摘発することが可能になる。殺人幇助容疑が適用できるか、樫山が秋田地検と協議することになりそうだ。中村を絶対に逃すわけにはいかない。

「黒田は、コウベテキスタイルのベトナム人実習生を使い、彼女たちのネットワークでアインがどこに逃げたのか、突き止めました。そして結果的に、藤井さんがどこに住んでいたのかも把握しました。すべては私の指示が発端です」

山本が力の抜けた声で告げる。舌打ちを堪え、田川は樫山を見た。同じことを考えていたのだろう。樫山がメモ用紙を差し出すと、山本が見取り図を書いた。あとで詳細を裏付けするが、短期間で入念な準備作業が行われていたのは明白となった。

「中村が用意した無記名SIMをセットしたスマホを黒田がベトナム人に届けました。黒田経由で色々と指示を出しました。ベトナム人の彼女には、ショートメッセージを出したりしました」

田川は手元の手帳に供述を記し続けた。

「私が藤井さんを水路に落としたあと、アインと打ち合わせていた通りに動きました」

「打ち合わせとは？」

「私が押したあと、彼女は施設に戻り、一一九番通報するという手筈《てはず》です」

「一連の動きを見届け、現場を後にしたのですね？」

「ええ」

「その辺り、詳細をのちに秋田県警に供述できますね？」

「はい」

殺人幇助の疑いで黒田を出頭させ、山本の証言の裏付けを取る。その辺りの手間は樫山の配下にある警視庁捜査一課の正規メンバーが受け持つことになる。

「中村さんは、やはり共犯ですよ」

田川が唸ると、樫山が口を開く。

「中村さんは依頼をつないだだけ、そう証言されてしまえば罪に問うことは難しいです」

「私を見限った部下です。その辺りも周到に準備していると思います」

田川はもう一度樫山に目をやり、頷いた。一旦、中村のことは外し、山本の事柄に集中すべきタイミングだ。咳払いしたあと、田川は切り出した。

「事件の核心、つまり動機についてお尋ねします」

脱力していた山本が顎を引き、田川の顔を直視する。

「すべての事柄は、アインが起点になりました」

「そうかもしれません」

田川の言葉に対し、山本は素直に頷いた。

「来日したアインは神戸に赴き、酷い仕打ちを受けた。黒田はもちろんのこと、あなたからもだ」

目の前で山本が肩をすぼめている。

「過酷な環境から脱出したアインは、様々な土地、仕事を渡り歩いたあと、能代に流れ着いた。そこには藤井さんがいた」

「はい……」

「アイン、藤井さんの共通点は、女性としての尊厳を著しく傷つけられたこと、そしてエリートサラリーマンの山本を知っていたこと」

「その通りです」

山本はずっと下を向いている。

「オックスマートで華々しい成果を上げ、あなたはサバンナという業界の巨人にスカウトされた。あなたほどの幹部なら、藤井さんの訴えやアインの嘆きなど無視することもできたのではありませんか？」

田川の問いかけに山本が強く首を振る。

「警察の方はそう考えるかもしれません。しかし、外資系企業では、わずかな失点も許されないカルチャーがあります。とくにサバンナの場合は過度とも言える減点主義で個人のパフォーマンスが評価されます」

「パフォーマンスとは、担当業務の実績とか成果という意味合いですね」

「はい」

短く答えたのち、山本が下を向いた。言葉を選んでいる様子だ。

「明らかな保身です」

山本が発した言葉が耳殻の奥を強く刺激する。己を守るために人を殺める。今まで何度も接してきた事件の動機だ。

秘密を暴露されたくなければ金を払え。不正を見逃してやるから、言うことを聞け。殺人の裏側には、追い詰められた犯人の心がある。のちに正式な供述調書を秋田県警がまとめるが、相手に脅されたというくくりとは違う。

藤井は親友の姪、そしてアインに対して山本が卑劣な行為に及んだことに強く憤った。加えて、日本社会が抱えている矛盾を正そうと試み、サバンナのコールセンターに連絡した。山本の存在を突き止め、そしておかしな労働環境を是正するために動き、殺された。相手を強請《ゆす》って金品を対価として得るという気持ちは微塵《みじん》もなかったはずだ。

「もし藤井さんの訴えがオペレーターから法務部門に伝わり、これが社内全体に広がったらどうなっていましたか？」

田川は感情を抑え、訊く。目の前の山本が強く首を振り、顔を上げた。

「私の場合、運が良かったのかもしれません」

「どういう意味ですか？」

「中村です。彼女がいたから食い止められました」

山本が淡々と話を続ける。一般顧客対応のオペレーターのもとに、サバンナ社員の個人名でクレームが入るのは極めて稀《まれ》だという。警視庁に置き換えればわかりやすい。本部の刑事部捜査一課だけで四〇〇名近い刑事が在籍する。一一〇番通報で田川の名を唐突に告げられたら、オペレーターは戸惑うと同時に、特殊なケースとしてメモなり連絡事項なりとして他の部門と情報を共有するだろう。

その旨を質すと、その通りだとの答えが返ってきた。

「不審に思ったオペレーターの判断で、顧客サービス部の責任者から中村のところに音声データとテキストが送られてきました」

「その後、あなたと中村さんで協議して、どう処理するか決めたわけですね」

「はい」

「万が一、中村さんが不在だったら？」

「別の人間が法務担当に相談し、一巻の終わりです」

「なるほど。それで法務部、あるいはサバンナの日本法人はどうしたのでしょう？」

「私のチームが主導していた事業は、一時停止を強いられたでしょう」

「その際、責任を問われる？」

「そうなっていたと思います」

「具体的な責任の取り方は？」

「減俸なら軽い方です。サバンナは改めてオックスマートやＹＯＹＯ ＣＩＴＹから私のような人間を引っ張ってきたでしょう」

「馘首されるという意味ですか？」

「確実にＡＩＰが適用されます」

いきなり飛び出した横文字に田川は首を傾げた。

「なんの略語でしょうか？」

樫山がすかさず尋ねると、山本が口を開いた。

「アクト・インプルーブメント・プログラムの略です」

「アクトとは、実績という意味合いでしょうか？」

樫山の問いかけに山本がゆっくりと頷く。

「毎四半期、業務を始める前に、どのくらい利益が計上できそうか上司と相談します。その目標を半年、あるいは一年間に達成できなければ、減点の対象となります」

「つまり、あなたが手掛ける新事業で二億円の売り上げとか利益を出せ、そういう意味合いですね?」

田川が尋ねると、山本が頷いた。

「その通りです。私の目標額は五〇億円、次年度は七〇億円の売り上げ計画でした」

「ノルマが達成できないときに、そのAIPが適用されるのですか?」

「適用と言えば聞こえがいいですが、実質的な退社勧告です」

「商売には波がつきもの、突っぱねればいいじゃないですか?」

田川が言うと、山本が強く首を振った。

「AIPは、本人が辞めるまでずっと続きます」

田川は樫山と顔を見合わせた。

「なぜ目標を達成できなかったか、通常業務を離れ、上司からネチネチと詰められた上に、別室でリポートを書かされます。これが一、二カ月続きます。それでも辞めない場合は、倉庫の配送係に回され、通勤不可能な場所への異動を告げられます」

山本の声が萎む。

「今まであなたが部下にその仕組みを使ったことは？」

「二、三人でしょうか」

「つまり、身をもってその恐ろしい仕組みを知っていたから、保身に走ったというわけだ」

田川は手帳に要点を記しながら尋ね続けた。

「ＡＩＰが適用されたことを他の従業員に知らせてはならぬ、愚痴を対外的に漏らしてもいけない。がんじがらめにされます」

田川はため息を吐いた。世界中のリアル店舗を全てなくすのが目標と豪語する企業だ。外の敵を潰す前に、自らのスタッフも冷徹に切り捨てる。だが、そのために人が殺されてもいいとは思えない。腹の底で沸点近くになった怒りを抑えつつ、田川は言葉を継いだ。

「アインさんが従事していたような劣悪な環境を、関連する会社に是正するよう通達する方が先だとは思わなかったのですか？」

懸命に感情を押し殺し、田川は尋ね続けた。

「すみません……娘の進学で金が必要だったので」

「お嬢さんはおいくつですか？」

「高校二年生、一七歳です。来年からアメリカの大学に留学させるつもりでした」

「どの程度の費用がかかるのですか？」

「一年で一〇〇万円は必要です。順調に四年で卒業しても四〇〇万円、寮費や生活費を加えれば六〇〇〇万円はかかります」

巨額の学費に田川は思わず樫山に目をやった。

「私立の一流校になればそれ以上かもしれませんね」

樫山が肩をすくめ、田川は思わず顔をしかめた。

「日本にはたくさん大学がありますよ。最近学費が高くなっているとはいえ、アメリカの一〇分の一程度です」

「それではダメなのです」

「どういう意味ですか」

顔をしかめて尋ねると、山本が助け舟を求めるように樫山に目をやった。樫山を見ると、眉根を寄せ、山本を睨んでいる。

「日本では、もうダメなんですよ」

「意味がわかりません」

田川が語気を強めると、山本が小声で答える。

「日本は人口が急速に減っています。それに伴い、経済規模も萎み続けています。娘には、暗い未来が待っている国にとどまってほしくない。幼い頃に海外の学校に通った娘も同じ考えです」

「だから人を殺した？」

会議机に拳を叩きつけたくなる気持ちを押し殺し、田川は尋ねた。

「娘のためにはなんとか今の地位にとどまり、新しい事業を成功させる必要がありました」

「その過程で、中村さんと関係を持つことも必要だったのですか？」

「それは……別の問題でした」

中村の名を持ち出した途端、山本がさらに萎《しお》れた。

14

山本の言葉を手帳に刻みながら、田川は対面を睨んだ。家族のため、特に娘を持つ父親として、子供の未来に金をかけたいという気持ちは痛いほどわかる。しかし、裏切られたとはいえ、山本には中村という愛人がいた。仕事を共にしつつ、悪事に加担させ、しかも己の欲求のままに男女の関係を続けていた。

「そんな都合の良い理屈が通るとお考えですか？」

田川の言葉に山本が肩を落とす。

「自分の地位が大事で愛人との関係も続けたい。そんな傲慢な気持ちを抱く男のために、藤井さんは死んだ」

田川は思い切り右の拳を握り締めた。指の間に挟んだプラスチック製のボールペンが不快な音をたてて軋《きし》む。

「娘のことは本当に考えています。日本はもはや先進国の地位から凋落《ちょうらく》するのみです。大切な子供を下層、社内でアンダークラスと呼ぶ属性に落とすことは絶対にできません」

下唇を噛み、山本が肩を震わせ始めた。

「日本人の格差拡大が問題になりましたが、現状、事態はより深刻になっています。一度下層に落ちれば、這い上がれなくなる。貧乏が固定化され、孫子の代まで貧困と下層の輪廻《りんね》が続きます」

ボールペンがさらに軋む。

「下層の子供は同じクラスの人間としか交わらない。結婚も、学校も、職場も全て下層の人間しかいない世界が目の前に迫っています。そんな下層が日本の九〇%を占めるのです」

山本の話を聞いた直後、田川はペンを机の上に叩きつけた。

「あなたは今、下層の人間と言ったのですか？」

「……はい」

「舐めるなよ！」

　傍らの樫山が強く腕をつかんだ。

「田川さん、ダメです」

　樫山が強い口調で制した。

「いくらなんでも、人を見下しすぎだ。あなたは裕福なサラリーマンだが、あんまりだ」

「言葉が過ぎたかもしれませんが、サバンナの内部では顧客のランク付けで実際に使っている用語です」

　自然に出てきた下層という単語は、冷徹に顧客を分別する企業の有り様を露骨に体現している。

「具体的には？」

「サバンナは膨大な顧客データを保有しています。定期的に注文する商品や高額な買い物をした顧客等々です」

「年収とか？」

「そうです。年間三〇〇〇円の会費を払い、一年で二〇万円以上を買うメンバーについては、他のデータ分析会社からの資料とも併せ、おおよそ一〇〇〇万円以上の年収のある人物、あるいは家庭だとAIが判断します」

「AI?」

「人工知能のことですよ、田川さん」

樫山が説明を始めた。個人のクレジットカード使用状況はもとより、東京のどのエリアに住んでいるか、自家用車はなにか、大型家電の有無等々の膨大な個人情報をデータ分析のふるいにかけ、これを強力な処理能力を持つスーパーコンピューターが解析する。それをもとに、サバンナのようなネット通販業者が効率的な宣伝活動を行うという。たしかに、田川がサイトにアクセスすると、興味のあるノンフィクションや古い専門書の類いが頻繁にお勧め商品として表示される。

仕組みがわかった途端、全身に悪寒が走った。便利さと引き換えに、田川の購買データや里美の趣味や嗜好がすべてサバンナに吸い上げられ、生活の機微が丸裸にされている。

「サバンナ内部では、もっと精緻に個人データを分析しています。その過程で、年収が三〇〇万円以下を下層、社内ではアンダークラスと呼び、収益を生まない最低の客層として蔑んでいます」

「では、私はどの層ですか?」

「以前お話しいただいた時の様子を勘案するに、中層です」

「優秀な山本さんのお嬢さんなら中層はもとより、十分上層に行けるのではないですか。国内の大学を出て一流企業に就職すれば、下層にはならないはずだ」

田川が言うと、山本が強く首を振った。

「娘の世代では、中層という概念が消え去るのです」

山本の表情がどん底のように暗い。田川自身、あと数年で定年退職する。雇用延長、あるいは民間で再就職先を探すことになるが、一般企業よりも受け取る年金の額は多少多いはずで、下層に落ちるという恐怖感は乏しい。

「ＡＩの話をしましたが、これからはコンピューターやシステムが人間の仕事をどんどん奪っていきます」

「奪うとは？」

「かつてどこのオフィスにもファクスがありました。大量の資料を相手に送るようなときは、紙がローラーに絡まぬよう監視している事務員がいましたね」

「たしかに、新人刑事や所轄署の事務職員がいました」

急ぎの資料を他の捜査本部や県警などに送る際、しばしばコピー用紙に印刷されたインクが紙詰まりのトラブルを起こした。

「今はメールに文書を添付して送ります。それに伴い、事務の補助をする要員を雇う必要はなくなりました」

山本の言葉で合点がいった。地取り捜査にしても、街中の防犯カメラを集めることが主力となり、昔ながらの一軒一軒目撃情報を潰すやり方はすたれた。現に目の前にいる山本の足取りを正確にトレースしたのは最新機器とシステムだ。

「インターネットやシステムに仕事を奪われた人間は、賃金の安い業務に従事するしかありません。コンビニの無人店舗化はサバンナが実証実験に入っていますから、あと四、五年のうちに、全国で当たり前になります」

山本が淡々と告げる。

「道路の補修工事、ファストフード店の調理や清掃などといったAIにできない、体を酷使する仕事に就くような道しか残されていません。必然的に中層ランクの人たちは知らず知らずのうちに下層に落ちます」

山本が発した言葉が田川の背筋に冷水を浴びせた。先ほど山本が言った貧乏が固定化し、孫子の代まで続くという説明が異様な現実感を帯びる。

「旧来の商システムを壊したサバンナにいるから、その実感があるということですか？」

「アメリカでは百貨店や専門店を駆逐した大型ショッピングセンターや大手衣料品企業が相次いで経営破たんしました。日本でも同じことが起きています。いえ、そのようにサバンナは突っ走ってきました」

田川は山本の供述の要点を手帳に刻み続けた。下層の文字を記す際、一際筆圧が高まる。

オックスマートという日本の商業慣行を一変させた大企業でさえ、巨大なIT企業サバンナに駆逐されかけている。双方の中枢を知る山本は、肌身で下層に落ちる恐怖を感じていた。

「日本の大学を卒業しても、先行きの暗い日本企業、朽ちていく国内産業に娘さんを就職させるわけにはいかない、そういうことですね？」

山本が神妙な表情で頷いた。

中村という愛人がいたことは別にしても、娘を思う気持ちが山本の保身につながり、これが殺人事件の要因の一つになった。田川はメモを加えつつ、自身を納得させようと試みた。だが、今一つ腑に落ちない点があった。

ページを数枚遡ると、なんどもヘソという記述が出てきた。まだ山本の腸《はらわた》をすべて切り取ったわけではない。田川はペンを置き、山本を睨んだ。

15

「動機の一端は理解しました。繰り返しになりますが、今のお話も秋田県警の捜査員に供述できますか？」

「はい」

山本が殊勝に答えた。この素直さこそが胸の中に残る違和感だ。ヘソを見せず、頑なに否認し続けた山本の心が折れた。直接の原因は中村の裏切りに他ならない。藤井の遺した音声データという決定的証拠が山本を崖っぷちに追い込み、観念させたのは間違いない。だが、それだけでしなやかそうに見えた木の枝が折れるものか。

「もう一つ、教えてほしいことがあります」

田川が切り出すと、山本が不安げな眼差しを向けた。

「あなた自身のことを知りたい」

手帳のページを遡る。山本の経歴をメモした箇所に差し掛かると、文字を指でなぞった。

「山本さんは有名私学の出身でしたね」

家柄の良い子弟が数多く通う大学の名を口にすると、山本の表情が一瞬曇った。

「たしかに卒業しました」

山本の眉根が寄り、視線が机に向かう。貧乏な家庭に育ち、食い扶持《くち》減らしのために高校卒業後に奉職した田川にとっては雲の上の学校だ。

「あまり話したくなさそうですね」

「良い思い出が一つもないですから」

山本の表情がさらに曇る。

「ずっと嫌でしたよ。スクールカーストの最下層でした」

山本が吐いた言葉に、田川と樫山は顔を見合わせた。

「先ほどと同じ意味の下層ですか？」

樫山が尋ねると、山本が小さく頷く。

「私は多摩地域の市立中学、都立高校を経て、大学に入りました」

「なるほど……」

樫山が声をあげた。

「幼稚園からずっとエスカレーターで上がってくる人たちが大勢いますね」

「大学から入った、しかも多摩育ちの貧乏人なんて人間扱いしてもらえません。私は四年間、ひたすら下層民でした」

田川の耳元で、樫山が小声で話し始めた。

「江戸時代から続く料亭の息子、お屋敷街の地主の娘、超がつくお金持ちが多い学校です」

樫山の声を聞いていたのか、山本がゆっくりと顔をあげた。

「露骨ないじめはありませんが、もっと陰湿な差別がありました」

山本の両目が真っ赤に充血し始めた。

「たとえば、デニムのジャケットをなんども着ていると、こう言われます。〈そのジャケット、お気に入りなんだね〉と。お坊ちゃんたちは毎年車を買い替え、お嬢様は服も高価なブランド物ばかりです。それに引き換え、我々はアルバイトに追われ……」

山本の言葉が消え消えになる。

「しかし、あなたはオックスマートのような上場企業に就職したじゃないですか」

田川は貧しい工員の家に生まれた。父親が勤めた町工場の給与は格段に安く、母親は常にパート勤めをしていた。父ががんで早逝すると、田川は弟と妹の学費を捻出するため、高校時代はアルバイトに明け暮れ、卒業とともに奉職して家計を支えた。田川の眼前で山本が強く首を振る。

「就職先も下層でしたよ。お坊ちゃまたちは、大手都市銀行や総合商社、マスコミ等々、コネが物を言う最難関へ内定していきました。〈パートのおばさんたちのシフト組むのが仕事だろ〉、内定をもらってからもそんな言葉を投げつけられました」

山本の顔を凝視すると、会議机に幾粒かの涙が零れ落ちた。

「同級生たちを見返したい、そんな思いで就職後は突っ走ってきたのですね？」

山本がかすかに頷いた。娘のため、そして自分を見下してきた同級生たちへのコンプレックス……オックスマートの急成長を支え、サバンナに移籍後は日本の商慣行を根底から変えようとした男は、人一倍墜ちることへの恐れが強かった。

「事件の当日の状況や娘さんへの思い、そして大学時代のこと。すべて秋田県警の捜査員に話してもらえますね」

田川は手帳を閉じ、山本に顔を向けた。かすかに山本が頷いたのがわかった。

「あなたは重大な犯罪を犯した。今後しばらく接見は弁護士のみとなります。ご家族からの差し入れやメッセージ等々も弁護士経由となります」

「その必要はありません」

かすれ声で山本が言った。

「なぜですか？」

「私が逮捕されたと知れば、妻は即座に離婚に踏み切るでしょう。元々娘のためだけに夫婦をやっていましたから」

田川は樫山と顔を見合わせた。樫山が肩をすくめる。

「ただ、娘に申し訳なくて」

「過去の判例からすると、あなたは間違いなく実刑判決を受ける。何年で娑婆《しゃば》に戻れるかはわかりませんが、社会復帰してからでも娘さんに報いることはできます」

「しかし、もう留学は無理です」

「いい加減、目を覚ましなさい！」

田川が力一杯机を叩くと、驚いた山本が顔をあげる。

「あなたが言う通り、中層はいなくなるかもしれない。だが、強い意志で仕事を選び、一生懸命働けば、下層とやらに落ちることはない。いや、そんなランク付けに惑わされるような生き方を選ばぬよう、あなたが様々な手段でメッセージを送る義務がある」

山本が田川を直視している。

「山本さん、山側という言葉をご存知ですか?」

田川の問いかけに山本が首を振る。

田川は神戸の地元民の間で山側、海側という表現があると説明した。海側は文字通り瀬戸内海に面したエリアで、山側は六甲山系沿いにある高級住宅地だと告げる。

「アインは、海側の長田区の縫製工場で厳しい労働条件の下、懸命に働いていました。あなたが娘さんを思うように、彼女も故郷に残してきた幼い娘さんを常に考えていました」

田川は手帳のページをめくり、安藤から聞いた大型犬用のケージについてのメモを見つけた。

「シェパードなど大型犬を飼うケージにれっきとした人間が強制的に収容されたのです」

山本が右手で口元を覆う。

「ここからは私の想像です。サバンナ向けの商品を作るため、アインをはじめベトナム人実習生たちは劣悪な環境の下で働かされた」

山本は口元を覆ったまま頷いた。

「話はまだ続きます。神戸の苛烈な環境から逃げ出したアインは、流れ流れて能代へ行った。そこで出会ったのが同じく神戸で働いた経験を持つ藤井さんでした」

田川はさらにページを繰る。東山商店街の清水から聞いた記述がずらりと目の前に並ぶ。

「小学校を卒業したばかりの藤井さんは、アインと同じように縫製工場に勤め始め、その後は仕送りのためにパンパンまでやった」

山本は先ほどと同じように口元に手を当てていた。

「文字通り体を張って金を稼ぎました。その過程で彼女が強く意識していたのが山側という言葉です」

田川は深く息を吐き、呼吸を整えた。神戸で丹念に拾った話は、過酷なものだった。自分で刻んだ文字を再見すると、血反吐《ちへど》を堪えながら生き抜いた若き日の藤井の姿が蘇る。

「神戸でお会いした方から得たのは、若い頃の藤井さんの口癖が、山側に住んでやる、というものだったということでした」

田川は樫山に目をやった。相棒の両目が真っ赤に充血していた。

「山側に行く、すなわち金持ちになるという血が滲むような強い思いです」

田川は山本を睨み、言葉を継いだ。

「生まれた家が貧乏だった。そんな人間が這い上がるためには、昔の社会では相当な辛酸を嘗めたはずです。貧しい国で生まれ、懸命に家族を支えようとしたアインもそうです。彼女たちは自らの生い立ちを克服するため懸命に働き、そして山側というキーワードでつながった」

山本の肩が激しく揺れ始めた。机の上に落ちる滴も増した。

「あなたは下層に落ちることへの恐れから、藤井さんに手をかけた。そして自分の身を守るために、這い上がろうとしたアインの頬を札びらで叩いた。しかも、一度は下請けの人身御供《ひとみごくう》としてプライドも体もずたずたにされた人物です。あなたはアインの心を二度も殺したんだ」

田川は机の上にある分厚く変形した手帳に触れた。

「彼女たちが苦しんだ事柄をあなたがきちんと咀嚼し、そのメッセージを伝えることができれば、娘さんは強く、真っ正直に生きていける」

田川は山本の両目を見据えた。そのとき、背後で鈍い音が響いた。

「なんですか?」

樫山が反応し、立ち上がる。樫山の視線は後方にあるドアに向けられている。渋谷署の誰かが事情聴取中だと知らずに部屋に入ろうとしている。樫山が小走りで部屋の隅に向かい、ドアを開ける。

「捜査一課の樫山……」

樫山の声がいきなり途絶えた。

16

「次長……」

ドアが開いた直後、樫山が消え消えの声で言った。田川も椅子から立ち上がり、扉に駆け寄った。見知った顔がある。仏頂面の特命捜査対策室の理事官がいる。だが、樫山の視線が向かっているのは、もう一人の背広の男だ。ごま塩頭で銀縁のメガネをかけている。

「田川さん、どうなりました?」

田川の肩越しに理事官が山本を見やる。

「完落ちしました。逃亡の懸念はありません」

「わかりました。では、こちらへ」

理事官が田川と樫山を廊下へと導く。先ほどから樫山が肩を強張らせているのが気になる。田川が黙っていると、メガネの男が口を開いた。

「刑事局次長の葛城《かつらぎ》です」

分厚いレンズの奥で小さな目が光った。警察庁刑事局次長といえば、全国都道府県警察の刑事畑を統括するナンバー2だ。将来は警察庁長官、あるいは警視総監へ昇任するキャリアの中のキャリアといえる。樫山が驚くのは無理もない。

「どういったご用件でしょうか？」

怪訝な顔で樫山が尋ねると、咳払いした葛城が口を開いた。

「一連の捜査が大詰めに入ったとの情報をもらったあと、別の事情が出てきました」

「別の事情？」

田川は思わず口を挟んだ。渋谷署の薄暗い廊下にいるのは、理事官を含めてキャリアばかりだ。その中でも葛城は別格だ。

「中村の事情聴取で使った部屋を用意してもらいましょう。立ち話で済ますわけにはいかない」

田川は会議室にいる革ジャンの捜査員に山本の監視を依頼すると、駆け足で廊下を進み、渋谷署の刑事課に向かった。

廊下を通り抜け、階段を降りる間に様々な思いが頭の中を駆け巡る。

かつて大企業絡みの捜査を担当した際、同じような場面に遭遇した。山本と同じように否認を続けていた容疑者に動かぬ証拠を突きつけ、自供を得た。すると、犯罪を隠蔽しようと目論む企業や、関係方面に配慮する警察上層部が密かに動き、田川の捜査結果を曲げるよう迫った。

現段階で圧力がかかるような気配はないが、なぜ刑事局ナンバー2の葛城が現れたのか。田川は言い様のない不安にさいなまれながら、渋谷署刑事課のドアを開けた。

田川らが席に着いたことを確認すると、葛城が一同を見渡して言った。

「お二人ともご苦労さまでした」

樫山とともに、田川は小さく頭を下げた。まだ油断はできない。理事官は腕を組み、両目を閉じている。局次長は理事官の七、八期先輩に当たるはずだ。すでに幹部同士で意思疎通を図り、なんらかの決定事項を伝えにきたのだ。

樫山は中村と山本の事情聴取で忙殺されていた。その間二人の知らないところで見えない力が働いた可能性もある。額に浮き出た汗を手の甲で拭い、田川は口を開いた。

「僭越《せんえつ》ながら、なぜ局次長がわざわざ所轄署へいらしたのですか？」

理事官が田川を睨んだ。

「早急に伝えねばならないことがありましたので、事情聴取の最中に出向きました」

葛城が抑揚のない声で告げる。感情に乏しい声の分だけ、胸の中で湿った霧のような不安が垂れ込める。

「結論を教えてください」

焦れたように樫山が切り出した。

葛城は携えていた革のバインダーを開き、ページを繰る。ゆっくりした動作の分だけ、田川と樫山の苛立ちが募る。葛城が何枚かページをめくったあと、手を止めた。

「今回、二人はサバンナの山本氏を事情聴取しましたね」

「はい」

田川は樫山と同時に返答した。

「サバンナに対しては、警察だけでなく、別の機関も調べに入っています」

葛城が手元の書類に目を落としたまま、言った。

「公取委ですよね」

すかさず樫山が告げる。

「公取委となにか裏取引でもしたんですか？」

樫山の言葉に葛城が思い切り顔をしかめた。

「彼らの正式名称は公正取引委員会ですよ。裏取引なんてとんでもない」

「ではなにが？」

樫山が前のめりになる。

「公取委の詳しい調査内容は我々警察庁にもわかりません。私の予想では、新聞等々で騒がれているプラットフォーマー規制にかかるなんらかの弱みを見つけた、その程度の感触しか持ち合わせていません」

会議机に置かれた樫山の拳が小刻みに震えている。田川自身も机の下で拳を握り締め、葛城の次の言葉を待った。

「こちらを持参したのです。捜査の参考になりますか？」

葛城が革のバインダーから書類を一枚取り出し、樫山の前に差し出した。目を凝らすと、公取委の見慣れない書式の中に、細かい文字がずらりと並ぶ。

「えっ！」

田川が背広のポケットから老眼鏡を取り出していると、樫山が甲高い声を上げた。慌てて眼鏡をかけ、樫山の丸い指先を見つめた。

「まさか……」

田川も思わず声を漏らし、対面にいる葛城に目をやった。

「お役に立てますか？」

刑事局次長が口をへの字に曲げて尋ねたとき、田川と樫山は同時に椅子から立ち上がった。

17

〈この書類は正規のものであり、公判時に間違いなく証拠として採用される。あなたの言い分は？〉

〈先ほども申し上げた通り、黙秘します。今後なにも話しません〉

分厚いマジックミラーで取調室の様子を見ながら、田川と樫山は顔を見合わせた。

〈あなたのかつての上司、山本氏はあなたの関与を認め、素直に取り調べに応じています。あなたが否認するのは勝手だが、公判時の心証は確実に悪くなる〉

マジックミラーの向こう側、能代署取調室で秋田県警の佐々木警部が中村に詰め寄る。しかし、中村は一切動じない。

〈あなたは上司の山本に指示され、探偵を使って藤井さんのことを調べ、そしてアインさんに連絡をつけるようプリペイド式のスマホやSIMカードやらの手配も行った。殺人の共犯ですよ〉

依然、中村は背筋を伸ばし、対面の佐々木を睨んでいる。

「彼女、有名な弁護士を雇ったようです」

樫山が中村に目を向けたまま言った。

「もう逃げ場はない。犯人隠避、殺人幇助とダブルです」

田川も中村を見つめ、言った。

渋谷署に警察庁の葛城が姿を見せたあと、樫山の指示で警視庁捜査一課の刑事二名が帰宅途中の中村を中野新橋付近の路上で捕捉し、任意同行を求めた。その後は、一課の女性捜査員が中村を能代へと移送した。

「あれだけ自信満々だったのに、思わぬ落とし穴がありましたね」

田川は強気の姿勢を貫く中村の横顔を見つめた。

「まもなく逮捕状執行ですね」

「短いようで長かった」

田川は大きく息を吐いた。

二月一九日の午後、キャリアの葛城が渋谷署に持参したのは公取委の内部資料だった。田川らの捜査と並行する形で、公正取引委員会はサバンナに対する抜き打ち調査に着手していた。欧米の規制当局だけでなく、日本でも経済産業省が中心となりプラットフォーマー寡占化抑止の議論が始まった。同時に、公正取引委員会がサバンナと数万に上る国内取引企業との実態調査を続けていた。

サバンナは圧倒的に優位な立場を利用し、取引先企業に対して配送料の一方的な負担を強いた。複数の取引先がタッグを組み、公取委に実態調査に乗り出すよう求めたことが、実際に抜き打ち調査につながったのだという。

「怪我の功名で褒められたものではありませんが、結果オーライとしましょう」

「そうですね、諦めかけた獲物が目の前にいますから」

田川は分厚く変形した手帳を取り出し、ページをめくった。ちょうど真ん中のところに、書類のコピーが挟んである。田川はゆっくりと紙を広げた。

〈公正取引委員会/公益通報情報に関する報告〉

田川と樫山が完全に見落としていたポイントだった。

公正取引委員会は、大手企業同士が価格を内密に統制する闇カルテルを摘発するほか、談合の案件も扱う。

多岐にわたる公取委の所管の中で、公益通報者保護という仕組みがある。闇カルテルや談合は当事者が水面下で手を握り合うため、不正が発覚しにくい。そこで企業内部から通報を募る、すなわち不正の告発を公的に推奨しているのだ。

告発の対象は、談合や闇カルテルだけではない。大手企業が優位な立場を使って下請けや孫請け企業を搾取しているようなケースも公取委は積極的に情報を集める。

一方、告発する個人は本来弱い立場にある。正義感にあふれた個人が不正に関する情報を公取委に提供したことが企業側にばれた場合、不当な左遷や解雇に追い込まれることもある。こうしたことを防ぐ意味合いで、公益通報者保護法が制定された。

「サバンナのコールセンターがダメなら公取委でしたか」

　田川は手元のコピーを凝視した。

　被害者の藤井詩子がどのように公取委と公益通報に関する情報を得たかは定かではない。だが、アインの助けを借りてインターネットで情報を集めたことは十分に考えられる。介護施設の公衆電話には公取委の出先機関への架電記録はなかった。施設の固定電話を使ったのかもしれない。ここでも調べの漏れがあった。だが、こうして動かぬ証拠が出てきたことは怪我の功名だ。

〈サバンナ日本法人／取引先衣料メーカー、および下請け・孫請けの縫製工場作業従事者に関する劣悪な労働環境に関する通報〉

　報告書のコピーの末尾には、仙台にある公取委の出先機関、藤井詩子から直接電話を受けたという担当係官の署名が記されている。

　昨日、葛城が公取委の書類を持参した直後、田川と樫山は手分けして裏付け捜査を行った。仙台にいる担当官に樫山が問い合わせを入れると、報告書の正規の写しをすぐにメールで転送してくれた。

〈神戸市長田区の（株）コウベテキスタイルにおいては、ベトナム人技能実習生が労基法違反の状態で長期間就労を強いられていたうえに、日常的なセクハラに加え、顧客企業の幹部に対する性的な接待をも強要され……〉

メールに添付されていたファイルには、藤井の告発が詳細に記されていた。書類を読み込んでいた樫山は、藤井の告発の最後の部分に注目した。

〈このような状態を放置できないと考え、サバンナ日本法人になんども連絡したものの、担当オペレーターを通じて紹介された中村沙織氏は一向に話し合いに応じず……〉

田川と樫山は驚き、さらに裏付けを行った。仙台の係官によれば、公取委本体が威信をかけてサバンナの抜き打ち検査を行ったことから、これを援護する意味でことの経緯を調査部門に伝え、これがキャリア同士のつながりで内々に警察庁にもたらされたのだ。

〈山本氏はあなたの上司であり、愛人だった。大切な人を切り捨てて、逃げ切るつもりだったのですか？〉

事前に田川が詳細なレクを施したことが奏功し、取調室で秋田県警の佐々木が一気に切り込んだ。田川は中村の横顔を睨む。

〈話すことはありません〉

〈あなたもこうして秋田まで任意同行を求められた。いずれ逮捕・起訴されるだけの証拠が見つかったということです。それでも黙秘を貫きますか？〉

佐々木が強い口調で迫ると、中村が頷いた。

〈徹底的に闘います〉

中村は佐々木ではなく、マジックミラーに向けて言った。

「絶対に許さないから」

樫山が特殊ガラスに顔を近づけ、唸るように返答した。その直後、取調室のドアをノックする音が響いた。県警の若手捜査員が佐々木に近づき、耳元で囁いた。

〈逮捕状が発付されました。山本氏の分、そしてあなたの分もね〉

佐々木が言い放つと、もう一度中村が田川らの方向に顔を向け、目を剝いた。

18

「田川さん、これを見てください」

能代署のガランとした取調室で、樫山が田川の目の前にスマホを差し出した。

「なんですか？」

田川は胸ポケットから老眼鏡を出し、尋ねる。目の前の画面が派手なオレンジ色に染まっているのは確認できるが、中身まではわからない。

「スクープですよ、日本実業新聞のスクープ！」

老眼鏡を鼻にのせ、田川は画面に目を凝らした。経済専門紙のネットニュースのロゴの下に〈独自!〉の文字が点滅中だ。

「便利すぎるのも考えものですね」

記事に目を通しながら樫山が顔をしかめた。田川は画面を拡大表示した。

〈サバンナのスマートスピーカー〝ダイアナ〟に重大疑惑浮上〉

〈AIの死角、個人情報大量流出の懸念表面化〉

見出しを一瞥した直後、田川は首を傾げた。樫山がスマホの画面を切り替えた。

「スマートスピーカーとは、このことです」

画面に田川も馴染みのある草原のイラストが映る。サバンナのアプリだ。樫山の丸い指先が何度か画面をタップすると、円錐《えんすい》形の物体が現れた。

「これは……」

「どうしました?」

「妻が買うか迷っていた物です」

「スピーカーに話しかけると商品の注文ができたり、音楽が聞けたりする優れものです」

サバンナのゴールド会員ならば、小さな高性能スピーカーがわずか三〇〇〇円で買えると里美が熱心にチェックしていた。

「優れもので賢いからスマート、というわけです」

樫山が画面をスクープ記事に戻した。

〈インターネットに常時接続することで、食品から大型家電の購入も可能で、家庭の電化製品の電源の操作、好みの音楽再生も自在にできるサバンナの戦略的スマートスピーカー〝ダイアナ〟を巡り、重大な疑惑が浮上した〉

〈AIが利用者の好みや購買頻度を学習して利便性を向上させるのがセールスポイントだ。しかし、便利さの裏側で、利用者の個人情報が大量に流出する懸念が指摘され……〉

田川はさらに記事に目を凝らした。

〈サバンナでは、専門の社員が個人のデータを収集しAIの精度を向上させる業務に就いているが、米国や欧州の一部の国で個人情報が流出したため……〉

「便利と引き換えに我々の日常生活のありとあらゆる情報が売られている、記事の趣旨はそういうことです」

最新のシステムやインターネットに疎い田川と違い、樫山が問題点を洗い出す。

〈サバンナの専門スタッフは守秘義務契約を交わして業務を行っているが、日本法人の一部社員がデータを社外に持ち出し、専門のデータ仲介業者に売却したもようで……〉

樫山が画面をタップすると、独自に入手したという個人情報リストの写真が現れた。

「ウチの家内がスピーカーに呟いたことや、購入履歴が売り物になるのですか？」

「もちろんです。奥様のような主婦層五〇万人分のデータがあれば、広告や商品開発で企業が対象を絞り込むことができますから」

例えば里美が台所で昭和歌謡をリクエストし、洗剤やコメを注文すると、これがAI端末にデータとなって蓄積されるのだという。

〈サバンナ・ジャパンのスタッフの一部は、顧客の訛りを分析すると称し、ダイアナの電源が入っていない際の日常会話まで無断で分析していたもようで……〉

里美は話好きで、始終娘の梢や友人たちと電話で会話する。田川の出張予定や地取り時の愚痴などが意図せざる形で外部に漏れる可能性さえある。背筋が寒くなる。

「ダイアナの導入は見送りますよ」

田川が自嘲気味に言った時、樫山が画面をスクロールした。

〈目下、サバンナに公正取引委員会の抜き打ち検査が入っているが、今回のデータ流出事案について同委も重大な懸念を持っている。今後、サバンナの日本市場での販路拡大や個人情報の取り扱いについて、処分次第で重大な路線変更を迫られることもありそうだ〉

記事の末尾には、きつい目つきの女性編集委員の写真が掲載されていた。

「我々の捜査情報については、三人の送検、起訴までは厳重に保秘しなければ」

田川が言うと、樫山が真顔で頷いた。直後、取調室のドアをノックする音が響いた。

田川は樫山と顔を見合わせ、口を開いた。

「どうぞ、入ってください」

19

「アイン、元気だった？」

能代署の女性署員が手錠と腰縄を外し、アインが樫山の対面に座った。

「ええ、元気」

手首をさすりながらアインが答えた。

「一時間ほど前、サバンナの山本氏を殺人容疑で、中村氏を犯人隠避容疑でそれぞれ通常逮捕しました。コウベテキスタイルの黒田氏も近いうちに逮捕状が出るわ」

アインが姿勢を正したとき、その理解度を試すように、樫山がゆっくりと告げた。

「山本氏は藤井さんを水路に落として殺した罪。中村氏は山本氏の犯罪を知りながら手助けしたことが判明して、その罪を問われる。それぞれに明確な証拠、エビデンスが見つかったの」

樫山が淡々と告げると、アインは右手で口を覆った。大きな両目から幾筋も涙が零れ落ちる。

「ずっとあなたを苦しめたわね、ごめんなさい。こんなに時間がかかってしまって」

掠れ声で言うと、樫山がアインにハンカチを手渡した。

「私はどうなりますか？」

「あなたも逮捕されます。容疑は、殺人の共同正犯と偽計業務妨害。私たち警察官に嘘の申告をしたことが罪になるの」

「私が自殺の手助けをした、そう言ったことが悪いのね」

「そう、あなたはあとでこの部屋に来る秋田県警の刑事さんに逮捕され、もう一度、検察に送られる」

樫山が姿勢を正し、アインに向き合った。

「アインは山本氏に依頼されて、藤井さんの自殺を手伝ったと嘘をついたわね？」

「はい。お金を受け取る約束をして、山本さんの言う通りにしました」

アインが素直に犯行を認めた。樫山が顔を向けると、田川は頷き返した。アインが虚偽の証言をして多数の警察官を長期間振り回したと認めた瞬間、藤井殺しの一件は実質的に決着した。樫山とアインに悟られぬよう、田川は密かに安堵の息を吐いた。

「明日、秋田県警の刑事さんがあなたの取り調べをします。同じことを彼らに言える？」

「ええ、でも刑事さんも検事さんも、前に会ったけど怖い人たち」

「もう怖くないわ。本当の犯人がわかったから。裁判では正直に話すの」

「でも、私、借金が残っている」

「私がなんとかする」

樫山の答えにアインが首を傾げた。

「詳しいことは、正式な取り調べのあとでね。なにも心配することはないわ」

樫山が両手を伸ばし、アインの右手を握った。能代から東京へ取って返す間、樫山はベトナム大使館や外務省と協議し、アインが悪徳ブローカーに負った借金の返済方法に道をつけていた。日越関係を重視する民間企業やNGOから寄付を募る形だという。

「あのお金は？」

アインは山本から受け取った金のことを心配している。

「最終的には裁判所が判断することになる。でも、今までの例を考えると残念ながら、あなたの手には渡らないと思う」

「そう……」

アインが肩を落とした。

「良かったじゃない、アイン」

樫山が意外なことを言った。アインが眉根を寄せる。
「良くない」
アインが言うと、樫山が強く首を振った。
「犯罪で得たお金を使わないことが良かったという意味よ」
アインが首を振る。ベトナムの平均年収の一〇倍もの金だ。悪いと知りながらも、
アインは金の行く末を気にしている。しかもその金は、自らが罪を被り、娘のために
得ようとしていたのだ。警察官という立場でなく、彼女と同じ立場だったなら、田川
も未練が残る。
「山本は、自分の娘の学費のために藤井さんを殺した、そういう主旨の供述をした。
人を殺してまで、娘に尽くそうとした。そんな企《たくら》みにあなたは加担したのよ」
そう言った直後、樫山がスマホを取り出し、画面をタップした。すると、動画サイ
トが映った。
「これは内緒にしてね。大使館ルートで録画したの」
もう一度樫山が画面を押すと、少女が白い歯を見せて笑ったあと、〝メー〟と大声
で叫んだ。ベトナム語で母を表す言葉だった。
アインが目を見開いた。田川も知らされていなかったサプライズだ。少女は現地語
で話し続け、アインの目から涙がこぼれ落ちた。

動画が終了して、しばらく誰も口を開こうとしなかった。そして樫山が諭すように言った。

「あなたの娘さんは、綺麗なお金で育ってほしい。人殺しをヘルプしたお金に触ってほしくないの」

樫山の言葉に一段と力がこもった。

「樫山さん、ありがとう」

アインの声が震える。樫山も掌で口元を覆い、必死に涙を堪えている。田川は二人がようやく心から安堵したことを確認し、切り出した。

「アイン、私も君に謝らなければならない。本当に申し訳なかった」

田川は机の脇に立ち、深く頭を下げた。

「田川さん、なにも悪くない」

「長いこと刑事をしてきたが、今回ほど難しい事件はなかった。もっと早く、山本たちの悪巧みに気づくべきだった。許してほしい」

低い声で告げると、アインが田川の右手を両手でつかんだ。

「嘘をついていたのは私。田川さん、なにも悪くない」

「しかし……」

「絶対にお金欲しかった。だから樫山さんと田川さんに嘘ついた。いけないこととした。

ごめんなさい」

アインの両手に一層力がこもる。

「詳しいことは秋田県警の佐々木警部に話してほしい。一つだけ、教えてほしいことがある。アイン、話してくれるかい？」

田川の問いかけにアインが手を離し、手の甲で涙を拭った。

「なにを知りたいですか？」

「藤井さんは、気難しい人だと施設の人たちから聞いた。なぜアインにだけ、彼女は心を許したのだろう？」

田川が尋ねると、アインが口を閉じ、天井を見上げた。

「二人は神戸にいたことがある。そして海側で懸命に働いた。アインが長田の縫製工場で大変な思いをしたことは、私と樫山さんが調べた。神戸で起こったことを藤井さんに話したのかな？」

田川は胸のポケットから厚みを増した手帳を取り出し、ページをめくった。睡眠時間を削り続ける過酷な勤務形態、厳しい外出制限に相互監視という異様な管理体制、大型犬用のケージを用いた人権無視のペナルティー……怒りを込めて綴ったメモが目の前にある。

「藤井さん、とても怒りました。その後、私が神戸で作っていた服がサバンナ用だったことを伝えると、藤井さんはもっと怒りました。それに、私が神戸で山本さんに……」

田川の視線を感じたのか、アインが左手首を右手でさする。

「辛いだろうが、詳しい話を教えてくれないか」

「なんでしょう？」

「アインが神戸にいたころ、黒田に頼まれ、山本たちサバンナの接待、つまりディナーに行ったことはあるかな？」

「はい、ステーキを食べに行った」

アインが辛そうに唇を嚙んだ。

「ディナーのあとは？」

「ホテルに行け、と社長と黒田に命令された」

田川は樫山と顔を見合わせた。

アインと同様、樫山も唇を嚙んだ。同じ女性として、話を聞くことすら辛いのだ。

だが、自分たちは警察官だ。詳しい事情を聞き、事実関係を詳細に確認せねば、先に進めない。田川はアインに顔を向け、口を開いた。

「アインは、山本の部屋に行った。間違いないね？」

すると、アインが顔を上げ、強く首を振った。眉根が寄り、みるみるうちに表情が険しくなる。樫山が尋ねた。

「どうなったの？」

「山本さん、私みたいな不潔な女はいらない、そう言った」

アインの答えを聞いた瞬間、田川は絶句した。強く握りしめた両手の拳に、身体中の血液が集まり、手の甲にいく筋も血管が浮き出たのがわかった。

「ひどい……」

樫山の形相が変わった。田川が今まで接した樫山は穏やかな笑みを絶やさなかった。泣き言を漏らすのは、優しい心根が限界に達したときだった。

だが、今は違う。同じ女性として、絶対に許さない。強い怒りの色が両目から発せられている。

「山本はアインと一緒にいなかった。アインはそのあと、どうした？」

怒りで肩を強張らせる樫山を一瞥したあと、田川は尋ねた。

「私は、隣の部屋に。山本さんの部下の人のところに行って、一晩過ごした」

アインが苦しげに言葉を絞り出した。

「会社の大事な仕事がもらえる。精一杯、サービスしてこい。黒田の言う通りにした。私、嫌だった。娘の顔が浮かんで、死にたかったね」

アインの表情が暗く沈んだ。

「もういいわよ」

樫山がアインの肩をなんどもさすった。

「そういう事情を全て知った上で、藤井さんが公衆電話を使ってサバンナに電話をかけたわけだね？」

「はい」

田川は樫山の顔を見た。たくましくなった相棒が力強く頷いた。

「今の話はとても大事なことだ」

「もちろんです。私が神戸の仕事の話、それから山本さんのことを話さなかったら、藤井さん怒らなかった。怒らなかったら、電話もしていないし、殺されることもなかった」

アインが再び口元を掌で覆い、俯いた。

「能代に来て、アインは藤井さんとどんな風に過ごしていた？」

田川はサバンナで時代小説を買った藤井のメモを見ながら尋ねた。

「藤井さんは一人で過ごすのが好きでした。図書館に行きたいけど、足が悪くて行けない。だから、私はサバンナを勧めた」

「それで文庫本を買ったんだね」

「そう。それに、データでも藤井さんは本を読んでいた」

「データ？」

田川が首を傾げると、樫山がスマホを差し出した。目の前にはサバンナが提供する電子書籍のアプリが表示されている。

「サバンナ・ブックシェルフ。このサービスを使ったよ」

田川は手帳のページを繰った。藤井はアインの助けを得て、施設の共用スペースにあるパソコンを使って注文を出し、スタッフのタブレットも借り受けていたと記録していた。

「パソコンだけでなく、タブレットも使いやすい。インターネットがどんどん新しいサービス始める。藤井さんも自分の部屋で使えるからって、自分用にタブレットを買うって言っていた」

突然、アインが涙を溢《こぼ》した。

「どうしたの？」

樫山が心配げにアインの顔を覗き込む。

「ごめんなさい、藤井さんの言葉思い出した。藤井さん、亡くなる前の日にこう言ったね。自分が病気で死んだら、タブレットを私にくれるって……。そうしたら、ベトナムにいる娘といつでも連絡が取れるだろうって。そんな藤井さんを……」

アインが机に突っ伏し、大声を上げて泣き出した。

「正直に話してくれてありがとう」

震え続けるアインの肩に右手を添え、田川は奥歯を噛み締め、感謝の言葉を絞り出した。

20

「信ちゃん、駅までお迎えに行かなくてもいいの？」

田川がキッチン横の狭いリビングでぼんやりとテレビのニュース番組を見ていると、シンクの方向から里美の声が響いた。手元にはしらたきや春菊の袋が見える。

「大丈夫だよ。いまどきはスマホで地図がチェックできるらしいじゃないか」

「それもそうね。さてと、今日は私もお肉をたっぷりいただきます」

秋田から戻って三日後の二月二三日、週末の夕方に田川は近所の馴染みの精肉店ですき焼き用の和牛をたっぷり買った。

夕方のニュース番組は関西の停電騒ぎや首都圏の電車事故の一報を報じてから中盤に差し掛かった。ご意見番と名札をつけた解説委員のコーナーに転じた。

〈私が一番注目したニュースはこちらです。ネット通販最大手サバンナに関する情報を分析します〉

リモコンを取り上げ、チャンネルを替えようか逡巡《しゅんじゅん》したが、液晶の右上に出た文字を見て田川は画面に釘付けとなった。

〈緊急調査に入る公取委調査官たち〉

マスクで口元を覆った男女が二〇名ほど、見覚えのある三軒茶屋の商業ビルの入り口近くにミニバンを横付けし、畳んだ段ボール箱を手にビルに吸い込まれていく。

かつて知己となった東京地検のベテラン検事の言葉が蘇る。検察では、極秘裏に記者向けレクチャーを施し、強制捜査の瞬間を撮らせる。

田川が知る限り、公取委調査の様子がテレビで放映されたケースは極めて稀だ。公取委はいずれ検察に告発を行う。その前段階として、検察上層部がメディア対策の知恵をつけたのかもしれない。サバンナをはじめとする世界的なプラットフォーマーをお上が叩くとなれば、溜飲《りゅういん》を下げる業者も少なくない。そんな司法の思惑が画面から透けて見える。

〈今回の緊急調査に対し、サバンナは新規事業を凍結し、見直しを図る方針を明らかにしています〉

マイクを持つ記者の後方で、緊急会見で頭を下げるサバンナの幹部たちの姿が晒された。

〈また、サバンナが提供するスマートスピーカー・ダイアナについても、日本法人から委託された外部の業者が約三万人分の音声データを無断で分析していたことも判明

し……〉

「もうそろそろね」

里美が言った直後、玄関のチャイムが鳴った。

「ごちそうさまでした。せっかくのご夫婦水入らずの週末なのに、図々しくお邪魔してしまいまして、恐縮です」

すき焼きのあと、白米をお代わりした樫山が頭を下げた。

「事件が終わったあとは、すき焼きで締めるのが我が家のルールでしてね」

「後片付けするから、あとはお二人でどうぞ。それに、これもいただいちゃいますから」

里美は樫山が手土産で持ってきた神保町の和菓子屋の包みを嬉しそうに解き始めた。

「お手伝いします」

樫山が慌てて言うが、田川は首を振った。

「どうか気になさらず」

田川は樫山を狭いリビングに案内し、古びたソファに腰掛けた。樫山は隣の小さなソファに着く。キッチンから里美の鼻歌が聞こえ始めたことを確認し、田川は口を開いた。

「今日は諸々ご報告があります」

田川は樫山の言葉を待った。

「サバンナは全面降伏し、日本法人の上層部全員が責任を取って辞職します。それに、山本については余罪が判明しました」

すまし顔で田川を見下げた男だ。思わず拳を握り締めた。

「社内の経費を不正流用した嫌疑がかかっているようです。サバンナとしては、近く横領で刑事告訴することも検討しているようです。それに新しい事実も中村が詳細なメモを提出したことから判明しました。山本はコウベテキスタイルの黒田から、キックバックも要求していたようです」

山本が完落ちしたときの状況が蘇る。サバンナは顧問弁護士を回すどころか、完全に自分を切りにくるだろうと山本自身が予見していた。川に落ちた犬に対し、大きな石をいくつも投げてくるのがサバンナだ。

「アインには悪いことをしました」

「そんなことはありません。田川さんが真実を掘り起こしたのです」

田川は口を閉ざした。殺しの手を発見していなければ、アインの公判に向けての準備は進行していた。田川が関わった分だけ、彼女の帰国が遅れる。

「アインとはその後会いましたか？」

「ええ……」

樫山が言葉を詰まらせた。両目にみるみるうちに涙が溜まり、ハンカチで口元を覆った。キッチンのカウンター越しに、皿を食器棚に運んでいた里美と目が合った。田川が目配せすると、里美は鼻歌を歌いながら階段へ足を向けた。

「アインの子供が来日できるよう努力します」

樫山が目元を拭い、言ったときだった。玄関でチャイムが鳴った。失礼と告げ、田川は腰を上げた。早足で玄関に向かう。

「タケル運輸です」

ドア越しに聞き慣れた声が響いた。新井薬師前商店街一帯を担当する配達員の青年だ。ドアを開けると、大きな箱を抱えたタケル運輸の制服を着た青年、そしてもう一人見慣れない顔の男性がいた。

「お孫さん用の荷物ですね」

青年が苦笑しながら、サバンナのロゴがプリントされた大きな箱を上がり框に運び込む。もう一人の男もこれに倣い、別の箱を重ねる。

「彼、見習いでしてね。ミャンマーから来た見習いのルインです」

青年が紹介すると、ルインと呼ばれた男が帽子を取り、田川に頭を下げた。

「ルインといいます。よろしくお願いします」

流暢とは言えないが、熱意が伝わる言葉だった。

「よろしくね」

田川が答えると、ルインが白い歯を見せ、笑みを浮かべた。

「ウチの会社、慢性的な人不足じゃないっすか。首都圏で試験的に海外の人材を雇い始めることにしたんですよ。いずれは彼らも運転免許を取って、一人で配達に来ますから」

「そうなのか」

田川は曖昧な笑みを二人に返した。

「それじゃ、毎度！」

威勢の良い言葉を残し、二人の配達員が出ていった。いつの間にか、田川の背後に樫山が立っていた。

「ルイン君、頑張ってほしいですね」

「この国も捨てたもんじゃない、そう思ってもらうために我々にはなにかできることがあるはずです」

田川は樫山を促し、リビングへと戻った。

エピローグ

「藤井さん、ごめんなさい。私、歌を聞いたら悲しくなった」

　アインが何度も手の甲で涙を拭う。詩子は戸棚からハンドタオルを取り出し、アインに差し出した。

　アインによれば、先ほどのロック歌手の曲が自動的に切り替わり、次のメロディーを奏で始めたのだという。インターネットの動画サービスに組み込まれているお気に入り機能が作動し、ここ数日、アインがなんども聴いた曲が自動的に再生されたのだ。

「たった今聴いた曲も、私は好きよ。メキシコの音楽が好きだったアメリカ人が同じようなメロディーを口ずさんでいたから」

　再度、薄暗いダンスホールの光景が頭の奥に蘇る。大方の客が帰ったあとで、アメリカの白人将校がギターでメキシコ民謡を爪弾《つまび》いた。

　再生されたばかりの曲は、もっとスローな曲だった。画面に目を凝らし、日本人のファンが加えたという日本語字幕を読んだ。著名なロック歌手が作ったバラードで、アメリカとメキシコ国境に暮らす人々の悲哀を描いたものだという。

国境の向こう側に行けば、良い暮らしが待っている……そんな希望を抱いて国境を跨いだものの、メキシコ人たちは厳しい現実と直面せざるを得ない……。

美しい旋律に乗って紡がれる歌詞は、故郷を捨てて出稼ぎに行く人間の悲しい心情を切々と歌い上げる。

再生された動画には、中南米出身の綺麗な女性歌手の姿が映る。間奏に入ると、画面が砂漠に作られた高く、長い国境の壁を映した。その瞬間、煤で汚れた客車に詰め込まれ、吹雪《ふぶき》の中を西に向かう幼い自分の姿が重なった。

〈壊れてしまった約束の地に辿り着いたとき、すべての夢はおまえの手から滑り落ちる〉

なんども繰り返されるコーラスを聴き、詩子自身も涙を堪えられなかった。

メキシコ調の美しいバラードの演奏を聴いた直後、詩子は動画を止めた。

目の前ではアインがハンドタオルで目頭を押さえ続けている。

「ベトナムに娘さんがいるんよね……会いたいよね」

「はい、すごく会いたい」

アインがなんどもしゃくり上げるたび、詩子の胸の奥で言い様のない熱が沸き、これが喉を這い上がって言葉に変わった。

「私もひどい目に遭い続けた。でも、私は覚悟してこの街を出たんよ。アインとは違う」

詩子は車椅子からゆっくりと立ち上がり、アインに告げた。

「サバンナに電話で抗議しましょう。もう私みたいな思いをする女は、どんな国でもこれで最後にせんとあかん。世界一の大きな企業だろうが、間違いは間違いよ。絶対に引き下がらん」

戸惑うアインの腕を摑み、詩子は自室を後にした。

「藤井さん、どこへ？」

「公衆電話がある。あそこから抗議するんよ」

自分でも驚くほど、その声は大きかった。

アインの腕をつかみ、ゆっくりと廊下を進む。右手を通し、アインがかすかに震えているのがわかる。

アインを助け、虐げられる女をなくす……先ほど、力いっぱい叫んだ己の言葉が耳の奥に反響した。同時に、瞼の裏に忌々しい男の顔が映った。

何年も体を売り続け、ようやく手にした金で元町近くに小さな店を開いた。だが、あの男はいつの間にか店の権利書を借金の形に入れ、博打と女で金を溶かした。男という生き物は、自分の面子と欲のためならばどんな嘘もつき、女を食い物にする。

廊下の途中で、詩子は足を止めた。

「藤井さん、どうしました？」

「アイン、助言しておくわね」

「どんなアドバイスですか？」

詩子はアインの目を見据え、言った。

「私を殺せ、いつか奴らはそんなことを言うてくるかもしれんわ」

「まさか……」

アインが強く首を振った。

「いいえ、あの男は絶対に私を殺せって言うわ」

「そんなことはありません」

アインの両目が充血し、みるみるうちに涙が溜まった。もう一度、強くアインの腕をつかみ、詩子は言葉を継いだ。

「私を殺してもいいんよ」

詩子は短く言い、公衆電話のあるホール横の通路に向け、弱った足を蹴り出した。

参考文献

・出井康博『ルポ　ニッポン絶望工場』講談社+α新書、2016年

・巣内尚子『奴隷労働　ベトナム人技能実習生の実態』花伝社、2019年

・橋本健二『アンダークラス　新たな下層階級の出現』ちくま新書、2018年

・成毛眞『amazon　世界最先端の戦略がわかる』ダイヤモンド社、2018年

・横田増生『潜入ルポ　amazon帝国』小学館、2019年

その他、新聞、インターネット等

解説

藻谷浩介

寒風吹きすさぶ、厳冬の秋田県能代市郊外。凍《い》てつく水路に、車椅子ごと落ちて死亡した、末期がんの老女。介護職員の若いベトナム人女性が、自殺幇助《ほうじょ》容疑で逮捕される。

貧しき者の間に起きたこの悲劇を見て、ただ一人「どこかおかしい」と直感した、警視庁の初老のノンキャリ刑事。本来担当外のこの事案に巻き込まれ、地味な30代独身のキャリア警視の女性と、二人三脚で真相究明に奔走する。

能代、神戸、それに東京の高層オフィスを舞台に、話は渦を巻くように進む。能代ほどには寒くはない神戸や東京にも、心の凍てついた人たちがいた。犯罪の背景に、国際競争の中で国ごと下層階級に落ちていきかねない日本の現実と、そこから自分だけ這《は》い上がろうとする者たちのあさましさとが浮かび上がる。

真犯人の男と、共犯者の女の目論見《もくろみ》は、TVシリーズ「刑事コロンボ」の第一作、

「殺人処方箋」のラストを思い出させる、緊迫のトリックプレーによって潰《つい》える。しかし本件の共犯者はコロンボの話とは違い、真犯人以上に冷酷だった。彼女の逃げ切りをみすみす許してしまうのかが、最後の山場となる。

＊

というようなアウトラインを持つ本書は、本格推理小説としてはもちろん、時間との戦いを描くサスペンスとしても、県警の事案に警視庁が入れる横槍《よこやり》をどう収めていくのかという組織小説としても面白い。能代と東京、神戸の山側と海側の対比を、情景が浮かび上がるように活写する、旅行小説としても秀逸だ。

だが何より本書は、アジア人研修生の低賃金労働に依存しつつGAFAなどの外国企業に席捲《せっけん》されつつある、日本の今を描く経済小説である。読了後も苦い余韻として残るのが、アンダークラスという言葉だ。どこまでがそう分類されるのか。そして、アンダークラスの上に君臨する上層階級とは、どこの誰なのだろうか。

被害者女性やベトナム人のアインは、知性や人間性は優れているのに、貧しい生まれ育ちゆえ、人としての尊厳を蹂躙《じゅうりん》されてきた。アインを虐待した神戸の女事業主も、国際経済競争の渦中で揉《も》みくちゃにされており、実は下層にいる。

それに対して真犯人はどうか。外資系企業のエグゼクティブながら、終始その地位を剥奪される恐怖感に取り憑《つ》かれていた。もし逮捕・服役後に余生があるなら、待っているのは実際にも最下層の暮らしだろう。彼こそは「上層になれる」という幻想に踊らされた下層民、言うなれば「アウシュビッツ収容所のユダヤ人看守」だったのではないだろうか。

それでは、主人公の田川《たがわ》刑事はどうか。ノンキャリの窓際ながら夫婦仲良く静かに暮らす彼は、アンダークラスなのか。仕事人間として彼の忠実な相棒を務めるキャリア警視の樫山《かしやま》はどうか。キャリアといえど国家公務員の給与は高くはないし、描かれない彼女の私生活には、描くべき華もなかろう。彼女もアンダークラスなのか。

そうだとするならつまるところ、日本人はみなアンダークラスなのか。だとすれば上層階級は誰なのだろう。GAFAの米国本社にいる幹部たちなのか。いや彼らも実のところ、真犯人と同じくいつ地位を失うとも知れない、アウシュビッツの看守に過ぎないのではないか。それでは、何とか大金をせしめて悠々自適の生活に入ることのできた、GAFAの創業者たちやその相続人たちはどうか。彼らも結局、「財産をいつどこで失うか」と生涯怯《おび》える、上層階級の皮を被《かぶ》ったお金の奴隷なのではないだろうか。

僅かな救いは、エピローグの被害者女性の言葉にある。ただし、一字一句飛ばさずに全編を読んでからでないと、その文意は伝わらないだろう。彼女の心はアンダークラスではなかった。どんなに貧しくて、汚辱にまみれた人生を送ってきても、身を賭した最後の思い遣《や》りを、人は持つことができるのだ。

「誰が下層（アンダークラス）なのか。決めるのは金か。いや、人としての矜持《きょうじ》だ」。

これは、このエピローグの余韻をかみしめた評者（藻谷）が、本書の単行本刊行時に提供した帯文である。迷った別案は、「金がないか、心がないか。本当の下層はどっちだ？」だったが、これはこの文庫版に採用頂けた。

＊

とはいえそのように、「金はないが、心はある」多くの日本の庶民が、主人公の刑事のように「この国も捨てたもんじゃない」とつぶやき続けられるのは、いつまでなのだろうか。この小説が発表されたのは２０２０年秋だが、果たせるかな、その１年余り後の22年冒頭から、極端な円安が進み始めた。作中で「これから、日本人が景気の良いアジアに出て、仕送りする日がくるね」と吐き捨てたアインの予言（＝作者の予言）は、着実に成就しつつあるようにも思える。

「円安は善。円高は輸出を減らす」というのは、昭和の感覚だ。今の日本の輸出品は、製造機械、ハイテク部品、高機能素材であり、顧客はメーカーなので、高くても高品質なものは売れる。まだ極端な円安になる前の21年の円ドルレートは年平均で110円だったが、日本の輸出は82兆円と史上最高水準で（財務省「国際収支状況」）、円ドルが121円ともっと円安だった15年の75兆円よりも多かった。1ドルが145円だったバブル期の90年の41兆円に比べれば、倍増である。

相手国別に見ても日本は、中国（香港含む）はもとより、英米独や、台湾、韓国、インドなどの主要工業国から、大幅な貿易黒字を稼いでいる。「日本の競争力は地に落ちた」と叫ぶのは、ほぼ例外なく、輸出の数字すら確認せずに日本が中国などに対して赤字になっていると勝手に勘違いしている人たちだ。政財官学界のトップ層にも無数にいるが、彼らは「社会的にはアッパークラスであっても、知的にはアンダークラス」な者たちである。

それでは日本の経済競争力のどこが問題なのかと言えば、そうした「知的アンダークラス」の諸氏が絶賛してきた「アベノミクス」の結果として、経済の規模自体がどんどん縮小していることだ。

経済の規模は、株価でも日銀短観でもなく、GDPで計る。アベノミクスの場合にはインフレを目指した政策だったので、インフレ分を補正した実質GDPよりも、名目GDPを用いるのが妥当だろう。そして世界の中で比較するには、円建てではなくドル建てで見るのが当たり前だ。プーチンが「我がロシアのGDPは〇〇ルーブル」、習近平が「中国のGDPは〇〇人民元」、と胸を張っても、「ドルなら幾らですか？」となる。

さて、日本の名目GDP（ドル建て）は、民主党（当時）の野田佳彦氏が首相だった2012年には6・3兆ドルで、バブル期の1990年の3・2兆ドルを遠く上回り、史上最高だった。それがアベノミクス末期の19年には5・1兆ドルと、まだコロナ禍の前なのに2割近くも減ってしまった。異次元金融緩和による、12年の80円から19年の110円への円安誘導が、世界の中での日本経済の価値を大きく下げたのである。さらに大幅な円安となった22年は、4兆ドル台前半にまで落ち込む予測だ。

そのように円安は日本経済を縮小させることが明らかなのだが、おかしなもので日本では、円安になると株価が上がり、景況感が良くなる。大量のドル建て資産を持つ大企業（輸出企業）が、円換算での含み益を増やすからだ。ドル持ちのアッパークラスにとっては、アンダークラスの面々の持つ円の経済価値が落ちれば落ちるほど、彼らをこき使いやすくなる、ということなのである。

困ったことに22年になってからさらに4割程度進んだ円安は、輸入燃料や原材料を高騰させている。ドルを持つ者たちの歓迎の声の裏で、日本から産油国に国富が流出し、その分だけ企業の採算や家計は悪化して、消費はさらに細る一方だ。21年の日本は、米欧中韓台などの工業国を相手にした史上最高額の輸出と、資源国からの同じく史上最高額の輸入が打ち消し合って、貿易収支はかろうじて黒字だった。しかし22年は1~9月の暫定値で11兆円と、高度成長期以降最悪の貿易赤字となっている。インバウンド消費は最盛期の19年でも5兆円弱だったので、円安でこれが少々増えるくらいでは、正に焼け石に水だ。

しかも残念ながら、この円安を止める策はない。アベノミクスの「異次元金融緩和」の後半で、安倍首相（当時）が、日銀に株や国債を買い込ませたからだ。これは米国以下の世界の先進国では禁止されている暴挙である。これがために、欧米諸国が金融緩和を手仕舞いする中で、日銀だけは未《いま》だに金融緩和を止められない。止めれば円安は止まるが、同時に金利も上昇するので、日銀が保有する国債と株の価格が下がって、債務超過になりかねないのだ。そうなれば日本経済は崩壊し、それこそ日本人が世界に出稼ぎに行く時代が戻ってきてしまうかもしれない。

インバウンド観光が再び解禁された22年秋。訪日客は、日本の商品とサービスの安さに目をむいている。しかし受け入れる観光業界の顔は浮かない。少子化で人手不足は深刻化する一方だからだ。コロナ禍前に働いていた外国人を呼び戻そうにも、彼らにとって日本の賃金は、昨年までの4分の3以下になってしまっている。これは、農場や工場や福祉施設など、外国人の低賃金労働者に依存してきたすべての業界で同じだ。次世代のアジア人の中にいる「次のアインたち」は、こんな日本にはもう来なくなってしまうのではないか。

経済的にアッパークラスからアンダークラスに転落しつつある日本。だがそれは、「知的な面でアンダークラス」のまま、経済的にだけ成金になってしまった国にとって、不可避の運命なのかもしれない。アベノミクス絶賛の空気に水を差し続けて来た少数の論者に、世の大多数は耳を貸さなかった。安倍長期政権の暴挙が物価高の元凶だと、今後も気付かず反省しない者も多いことだろう。経済の水準が、知性の水準に合わせて下がっていく姿は、もの悲しくも仕方なさを感じさせる。

それでも静かに願いたい。この小説の主人公たちのように、それでも日本人の多くは、貧しくとも矜持を失わずに生きている。彼らが、今回の教訓をもって自らの知性を鍛え直した先に、やがて日本が再浮上する日もあることを。

（もたに・こうすけ／地域エコノミスト）

相場英雄の
「みちのく麺食い記者」シリーズ

みちのく麺食い記者・宮沢賢一郎
奥会津三泣き　因習の殺意

文庫版　ISBN978-4-09-408369-9

福島県会津地方の田子倉ダム湖畔で、大手ゼネコンの副社長が他殺死体で発見された。大和新聞会津若松支局に出向中の記者・宮沢賢一郎は、事件に建設業界の構造改革、会津人の気質が絡んでいることを知り、調査に乗り出す。

完黙
みちのく麺食い記者・宮沢賢一郎
奥津軽編

文庫版　ISBN978-4-09-408434-4

新宿中央公園で地場スーパー会長・草野重二が他殺死体で発見された。大和新聞東北総局遊軍記者の宮沢は、五所川原市内で起こった殺人の取材を進めるうち、東京と青森で起きた二つの事件の繋がりに気づく。

相場英雄の
「みちのく麺食い記者」シリーズ

追尾
みちのく麺食い記者・宮沢賢一郎

文庫版　ISBN978-4-09-408491-7

大和新聞東北総局の宮沢は、盛岡支局に赴任した。直後、進学塾の春休み特別雫石合宿に向かう小学生を乗せたバスが、何者かに占拠されてしまう。車内には、警視庁捜査二課の管理官・田名部昭治も同乗していた。

共震

文庫版　ISBN978-4-09-406273-1

宮城県職員が、東松島の仮設住宅で殺害された。被害者の早坂順也は復興に力を尽くしてきた人物で、被災地の避難所の名簿を調べていたという。舞台は、石巻、釜石、陸前高田——。著者渾身の鎮魂と慟哭のミステリー。

相場英雄の
「震える牛」シリーズ

震える牛

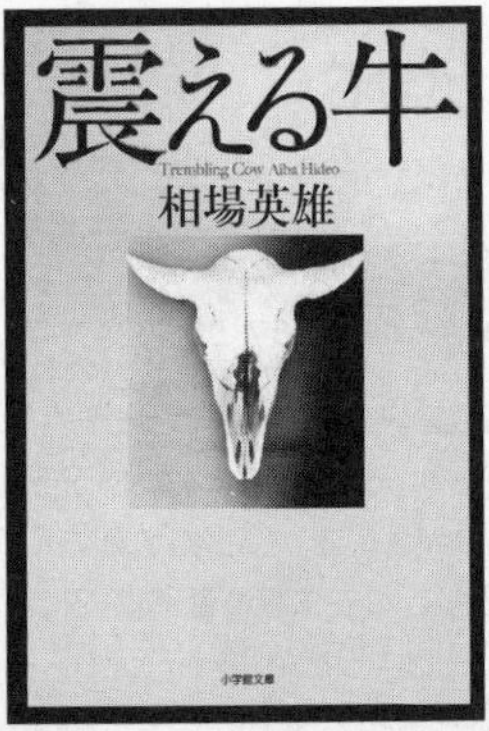

文庫版　ISBN978-4-09-408821-2

警視庁捜査一課継続捜査班に勤務する田川信一は、未解決となっている「中野駅前　居酒屋強盗殺人事件」の捜査を命じられる。事件には、食の安全と地方都市の直面する現実が大きく関連していた。

相場英雄の
「震える牛」シリーズ

ガラパゴス（上／下巻）

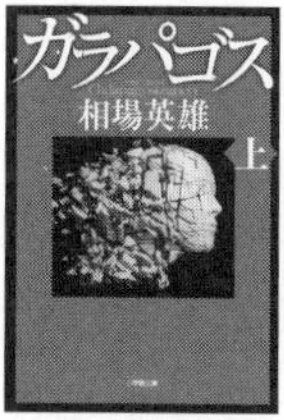

文庫版　ISBN978-4-09-406532-9
978-4-09-406533-6

警視庁捜査一課継続捜査班の田川は、身元不明のままとなっている死者のリストから殺人事件の痕跡を発見する。事故死に見せかけて都内の団地で殺害されたのは沖縄県出身の派遣労働者だった。

本書のプロフィール

本書は、二〇二〇年十一月に小学館より単行本として刊行された同名作品を改稿し文庫化したものです。